ミネルヴァ日本評伝選

斎藤茂吉

あかあかと一本の道とほりたり

品田悦一著

ミネルヴァ書房

刊行の趣意

「学問は歴史に極まり候ことに候」とは、先哲荻生徂徠のことばである。

歴史のなかにこそ人間の智恵は宿されている。人間の愚かさもそこにはあらわだ。この歴史を探り、歴史に学んでこそ、人間はようやくみずからの正体を知り、いくらかは賢くなることができる。新しい勇気を得て未来に向かうことができる。徂徠はそう言いたかったのだろう。

「ミネルヴァ日本評伝選」は、私たちの直接の先人について、この人間知を学びなおそうという試みである。日本列島の過去に生きた人々の言行を、深く、くわしく探って、そこに現代への批判を聴きとろうとする試みである。日本人ばかりではない。列島の歴史にかかわった多くの異国の人々の声にも耳を傾けよう。

先人たちの書き残した文章をそのひだにまで立ち入って読み、彼らの旅した跡をたどりなおし、彼らのなしとげた事業を広い文脈のなかで注意深く観察しなおす――そのとき、はじめて先人たちはいまの私たちのかたわらによみがえってくる。彼らのなまの声で歴史の智恵を、また人間であることのよろこびと苦しみを、私たちに伝えてくれもするだろう。

この「評伝選」のつらなりのなかから、列島の歴史はおのずからその複雑さと奥ゆきの深さをもって浮かび上がってくるはずだ。これを読むとき、私たちのなかに新たな自信と勇気が湧いてきて、その矜持と勇気をもって「グローバリゼーション」の世紀に立ち向かってゆくことができる――そのような「ミネルヴァ日本評伝選」にしたいと、私たちは願っている。

平成十五年（二〇〇三）九月

上横手雅敬
芳賀　徹

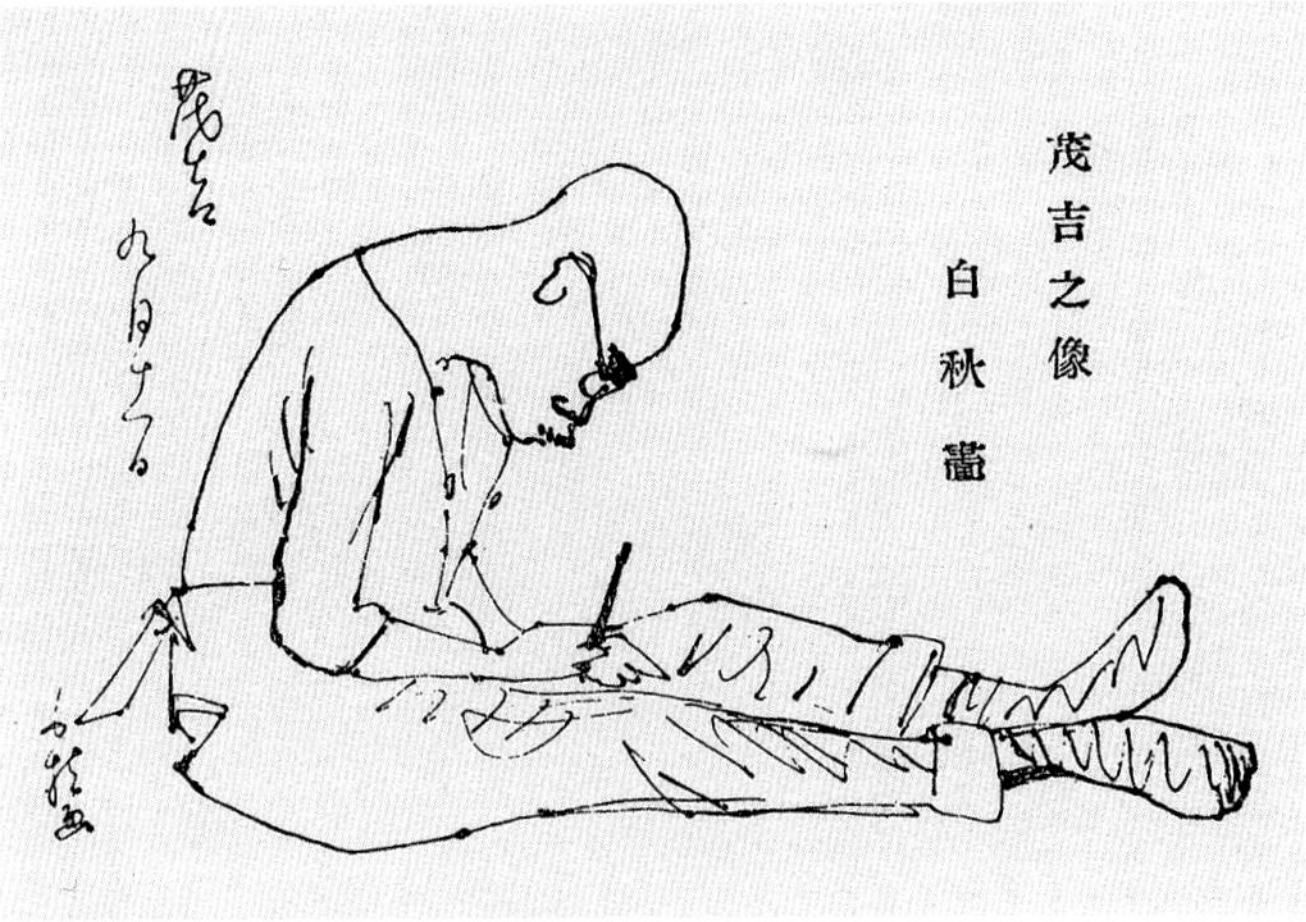

斎藤茂吉（北原白秋画）

（上）渡欧送別会（アララギ同人）

前列左より森田恒友，茂吉，安倍能成，今井邦子，中村憲吉，折口信夫。中列左より東新，小宮豊隆，杉浦翠子，岩波茂雄，岡麓。後列左より蕨桐軒，平福百穂，島木赤彦，古泉千樫。

（右）『定本愛国百人一首解説』
（表紙画は安田靫彦）

斎藤茂吉——あかあかと一本の道とほりたり

目次

目　次

目　次

図版写真一覧（出典表記法は「凡例Ⅲ」の九（三）を参照）

凡例

Ⅰ　本文中に登場する人物の年齢は、すべて数え年で記した。

Ⅱ　『万葉集』の歌人、柿本人麻呂の人名表記については、本人の活動した七世紀にはまだ「麿」字は使用されなかったとする説があり、木簡など出土資料の状況からもこの説が支持されるが、本書では斎藤茂吉の表記法に従い、地の文でも「人麿」と書くことにした。また、『万葉集』の歌の訓（和語による読み下し）は、研究の進展により、茂吉在世時とは大きく異なってきているが、『柿本人麿 評釈篇巻之上』『柿本人麿 評釈篇巻之下』所収歌については同書の訓に従い、それ以外の万葉歌については私見によった。これらは斎藤茂吉の事績に敬意を表するための措置でもある。

Ⅲ　資料の引用に際しては、表記等を次の方針によることとした。

一、常用漢字表・人名漢字別表に掲げられている漢字は、原則として新字体を使用する。ただし、原文にことさら使用されたと判断される異体字については、その字体を保存することがある。変体仮名は現行の字体に改める。

二、仮名遣い、濁点の有無、踊り字、および句読点は原文のままとする。

三、原文の誤記・誤植はみだりに改めず、紛らわしい場合には〔　〕内に適宜注記する。

四、原文の圏点は原則として保存するが、煩瑣にわたる場合は適宜省いてその旨を注記する。

五、原文のルビは原則として保存するが、総ルビの場合は適宜省いてその旨を注記する。難読語に新たにルビを付する場合は〔　〕で括る。
六、原文の傍線は保存し、その旨を注記する。
七、改行一字下げとしない引用文は「　」で括る。ただし引用部に「　」『　』が含まれる場合は、全体を《　》で括って原文の括弧を活かす。
八、強調のために新たに傍線を付することがあるが、いちいち注記しない。文意を補足した場合は、補足の語句を〔　〕で括って原文と区別する。
九、引用文末尾の〔　〕（　）内に資料名を指示する。
(一) 雑誌に掲載された文章については筆者名・題名・誌名・発行年月を記すが、前後の文脈から明らかな要素は適宜省く。巻号は原則として省くが、発行月と号数が合わない場合は注記することもある。新聞については発行年月日を示す。
(二) 斎藤茂吉の短歌および文章については原則として新版全集により、題名と全集所収巻は必ず記し、必要に応じて初出誌・発行年月等の情報を示す。他の個人全集を用いた場合もこれに準ずる。
(三) 巻末の「主要参考文献」に掲げたものについては、他と紛れない範囲で略称を用いる。第六群については著者の姓のみ記すのを原則とし、同姓の別人や同一人の他の著作と区別する必要がある場合には、名の一部、刊行年（西暦の末尾二桁）、書名の一部などを適宜書き添える。

序章　棺を蓋いし時

異口同音の追悼記事

斎藤茂吉が長い病床生活の末に息を引き取ったのは、一九五三年（昭和28）二月二十五日のことである。数え七二歳であった。新聞各紙は一斉に訃報を伝え、追悼記事を掲載したが、記事の内容は不思議なほど似通っていた。

短歌という、この日本独得の短い詩型は、日本の世界に誇る民族詩でもあるのだが、民族詩の民族詩であるゆえんは、たいがいの日本人ならばたやすくおのれの感懐を卅一文字に託し得る、つまり日本人の生活の中に溶けこんでいるというところにある◆明治、大正、昭和を通じてこの民族詩を歌い上げたのは亡くなった斎藤茂吉が第一人者であろう。まことにその意味では翁は医学博士であるよりも最高の民族詩人であった◆短歌は現代に生きていなければならない。万葉調に現代の息吹きを与えたのはまさしくアララギ派の法統を継ぎその総帥であった茂吉である。もしも翁がいなかったならば万葉はわたくしたちにとって「死せる古典」でしかなかったであろう。万葉の言葉がこれほどまでにいきいきとした近代生活の感覚を表現し感じさせるのは、茂吉の歌業の功績である◆「ひむがしに茜かゞよひ…」の独立祝典歌をつくった時は、「難解だ」「逆コース」だ〔ママ〕といわれたが、これほど美しい日本語を大切に使うことをしない国民はむしろ不幸ではないか。かれは何も古い言葉は古く使うのではなくそれに近代感覚を盛った、という意味で注目されるのだ。

〔『読売新聞』同月二十七日朝刊「編集手帳」〕

同じ日の『毎日新聞』朝刊の「余録」は、「日本人を知り、日本人を愛する者でなければ、茂吉の和歌は生れなかった。彼は現代日本において最高の民族詩人であったのである」と記し、『朝日新聞』の「天声人語」も、「万葉、ことに柿本人麿を徹底的に研究して自分のものにし、万葉における叙情の実感やリズムの美しさを、彼の振幅の大きい西欧的教養によって近代のものにした。万葉をして西洋の近代をくぐらせて万葉に還った歌人、という感じがする」と書いた。

三月二日、築地本願寺で執行された葬儀には約九百名が集まったという。当日代読された文部大臣の弔辞は、故人の生涯を「短歌は日本文学に独得な形式として、万葉集以来和歌といふ伝統的な詩形の中に日本民族の心を脈々と伝へて来たものであります」「明治の半ばに和歌革新運動が起るや斎藤先生は正岡子規のあとをうけ、アララギ派の中心的歌人として立ち、それまでになかつた、深く人間性に徹した新鮮強烈な歌の数々を発表され、伝統的な和歌に見事に新生命を吹き込まれました」と回顧したし、同じく代読された日本芸術院長の弔辞も、「万葉ぶりのしらべに近代的感覚を盛つて幾多清新の和歌を発表し日本歌壇アララギ派を今日の隆盛に導いたのであります」と述べた（田中隆・別巻）。

国民歌人／民族詩人という定評

異口同音とはまさにこのことだろう。茂吉という歌人を「国民歌人」「民族詩人」と呼称し、その文学的功績を〝万葉の調べに近代精神を盛った〟点や〝古典の伝統を現代に再生させた〟点に求めることは、彼の死の時点でほとんど定評となっていたらしい。もちろん、追悼文というものがとかく類型的になりやすい点は、いくらか割り引いておく必要もある。が、それにしても、このころアララギ派出身の新鋭として旧世代の歌業に怜悧な批判を投げかけていた歌人までが、このとき「悲し、僕らは今一人の民族詩人を失った」と慨嘆したのだった（近藤芳美「民族詩人斎藤茂吉」『読売新聞』一九五三年二月二十七日）。

実際、それが定評となったのはずいぶん以前かららしい。まとまった評論としては最初期のものに属する一九二二年（大正11）の茂吉論において、彼はすでに「一個の国民歌人」と呼称されていたし、文中にはこういう一節もあった。

「赤光」は茂吉氏のかつて燃え上つた青春の記念塔であると同時に、現歌壇に対する一の記念すべき駅路標である。一度び「赤光」出づるや、その新開拓の風味はひろく一般に好評を博した。氏の特異なる近代的神経より歌ひ出でたる「赤光」一巻が世にもてはやされたのは、たしかに当時の歌壇の一脅威であつたに相違ない。「赤光」の新しい睨みとふるめかしい雅致とが、当時の人心に投じたことは、何よりその歌の新しい所に起因するに違ひあるまいが、又その全体の擬古調、万葉調の生かし方のをかしさ、新しさが、総じてその民族性と近代性との混融が甚だしく人心の誘引に役立つたのであらう。〔加藤将〕

この評論の初出は旧制八高の校友会雑誌だというから、当時の文学青年らはおおかたこのような見方をしていたのかもしれない。現に、この二年後には芥川龍之介の著名な評論も書かれるのだが、「僕の詩歌《しいか》に対する眼は誰のお世話になつたのでもない。斎藤茂吉にあけて貰つたのである」との証言で知られるその文章にも、「近代の日本の文芸は横に西洋を模倣しながら、竪《たて》には日本の土《つち》に根ざした独自性の表現に志《こころざ》してゐる」「茂吉はこの竪横《たてよこ》の両面を最高度に具へた歌人である」との一節があった（「僻見」『女性改造』一九二四年四月、梶木九五所収）。

国民歌集『万葉集』は近代の所産

ここに拙著『万葉集の発明』の主張をぶつけてみよう（品田〇一）。静かだった水面がたちまち波打ってくるだろう。

しばしば「日本文化の源流」「日本人の心のふるさと」などと形容される『万葉集』は、多少反省してみれば分かるように、実は古代の貴族たちが編んだ歌集であって、奈良時代末期に成立して以来、一千年以上というもの、列島の住民の大部分とはおよそ縁のない書物だった。現在のように広汎な愛着の対象となるのは、近代の、それも明治中期以降のことであり、当時の公定ナショナリズムのもと、国民の精神的支柱となるべき古典群が選出されたとき、もっとも高い価値を認められたことに端を発している。「天皇から庶民まで」の作者層と「素朴・雄渾・真率」な作風という、現在も通念となっている二つの特徴がこの評価を支えたのだが、それらは二つとも、国民的一体感の喚起という目的に沿って見出され、誇張された特徴――つまり作られた特徴だった。かくて『万葉集』に付与された国民歌集としてのイメージは、中等教育のカリキュラムにも組み込まれ、将来の日本社会の担い手たちの頭脳に順次刷り込まれる一方、明治末期には、「民族／民衆の文化に根ざす歌々」といういっそう精緻な形態へと編み直され、さらに大正期から昭和戦前期には、当時台頭した教養主義や日本回帰の思潮に後押しされながら、広く読書層に浸透していった。

『万葉集』はこのようにして日本の国民歌集となった。一件は、近代国民国家の形成過程でおびただしい「伝統」が発明され、ナショナル・アイデンティティーの根拠とされるという、世界史的現象の一例であり、それもかなり明確な事例に属する。

短歌という詩形に沿って言い直してみよう。短歌は万葉時代から一貫して日本の「民族詩」だったわけではない。七世紀の宮廷で創始されたこの詩形は（品田〇八）、その後しだいに享受層・作者層を拡張していくものの、「天皇から庶民まで」の範囲にくまなく行きわたるのはやはり明治中期以降のことがらに属する。事態を可能にしたのは、直接には新聞や雑誌といった近代的媒体の普及であり、いっそう基礎的には、普通教育による識字率の急上昇であった。だが、これらの条件を正視する人は少ない。国民歌集への愛着が人々の認識を転倒させ、近代短歌の盛況を古代の再現とする想像に一定のリアリティーを与えてしまうのだ。「万葉の伝統」という観念は、この、本質的に想像の次元に属するリアリティーを唯一の支えとして成立する。この「伝統」は、繰り返すが、千数百年来脈々と伝わってきたのでもなければ、長く見失われていた末に再発見されたのでもなく、新たに発明されたのであり、しかも発明されたその瞬間に、あたかも古くから存在していたかのように装われたのである。

定評の奇妙さ

要するに、茂吉が近代に再生させたとされる「万葉の伝統」とは、実はそれ自体が近代の産物なのだ。すると茂吉は、近代の産物を近代に再生させるという、摩訶不思議な事績によってあれだけの名声を得たのだろうか。そんな馬鹿な話はないとすれば、彼は実際には何をしたことになるのだろう。

この問いに対し、「近代の産物を古代以来のもののように誤認した」と答えることは、もちろん正しい。が、身も蓋もないほどのその正しさがなんら生産的でないという意味では、決して賢い答え方ではないと思う。茂吉の短歌や歌論が錯誤や転倒の上に成り立っていた面はたしかにあるけれども、そのことをいくら暴露したところで、彼の残した秀歌の数々が色褪せるわけではないし、ましてその魅力が解明されるわけでもない。

改めて言おう。昨今の社会情勢のもと、「国民」や「民族」といった語はかつての積極的語感を喪失し、いくぶんいかがわしい響きさえ帯びてきている。そのためもあってか、かつて歌人茂吉の全貌を形容するのに用いられた称号「国民歌人」「民族詩人」は、ある時期からあまり使用されなくなって、まれに使用される場合にもその意味内容が局限され、戦時下の国威発揚に加担した面のみを指示するのが通例となっている（上田六四、梶木七〇、安森七八、本林九〇、など）。とはいえ、茂吉は今なお近代短歌史上の巨人と目されていて、各種雑誌でときおり組まれる茂吉特集はふだんの月より売れ行きが伸びるというし、何種類もある高校の国語教科書にも「死にたまふ母」のうち何首かが必ず掲載されている。目下の高い評価がかつての定評と無関係だとは考えがたいし、少なくとも、それを抜本的に組み換えたうえで再構築されたようには見えない。

もとより毀誉褒貶はあった。「万葉調」を時代錯誤とする非難は茂吉の生涯を通じほとんど止むことがなかったし、終戦直後には戦時下の行動がとかく槍玉に挙げられた。いっそう手厳しい否定論としては、茂吉の歌業の総体を人間性の覚醒から喪失に至る敗北の過程と捉える見解までが現れたし（杉浦明五四）、それを皮切りに、戦争詠の問題が後々まで論議されることにもなった（上田六四、米田六五、梶木七〇、中村、日本文学研究資料刊行会八〇、など）。けれども、「茂吉の歌の上の仕事を、〈近代〉などという、あやしげな概念にすがって論議するのは、もういいかげん、やめてはどうだろう」との、いくぶん感情的な清算論（臼井吉見「詩人の肖像」日本の詩歌所収）を除けば、あまたの茂吉論は総じて〝伝統と近代との融合〟という定評から自由でなかったばかりか、むしろ定評を前提として、その構成要素である二つの項をどう肉付けするかに腐心してきたように見受けられる。

二元論的茂吉像からの脱却

本書が書かれる理由はここにある。斎藤茂吉の歌業を国民歌集『万葉集』との関わりで捉え直し、従来の二元論的茂吉像を一新すること、具体的には、国民歌集の発明・普及・刷新・延命の過程に茂吉の事績を重ね合わせ、相互の連関を動態的に把握するとともに、彼の歌業において万葉のことばや歌調が果たした役割を問い直すこと、それが本書の主要な課題となる。

本書は旧著『万葉集の発明』をふまえて書かれるわけだが、その関係は、正編に対する続編というよりも、むしろ概論に対する各論に近い。事実を収集・整理して大枠を構築するのが旧著の狙いだったとすれば、本書のそれは、典型的な事例を具体的に掘り下げて枠組みの有効性を検証する点にある。

じっさい『万葉集』の近代を考えようとするとき、茂吉ほど興味深い題材はない。本論で見届けていくように、彼の万葉尊重は、本来、万葉の「伝統」に帰依しようというようなものでは決してなかった。にもかかわらず、世間はある時期から彼を伝統の体現者として扱い、あまつさえ本人までがその役を積極的に引き受け、全力で演じていった。さまざまな偶然が重なることでこの奇妙な関係が成立したのだが、そこには、偶然を必然に転化させる大きな力が作用してもいた。裏返せば、その力を観測するうえで、茂吉という人物は絶好の定点となるはずなのだ。

茂吉の生涯を貫く行動原理は立身出世だったとの指摘がある（米田六五）。人格が本質的に体制的だったとの観測もある（中村）。なるほど、一高・帝大を卒業して医師となり、留学して博士号を取得し、私立病院の院長の座に就く一方、歌人としての数々の業績を評価されて芸術院会員となり、学士院賞と文化勲章とを受けた彼の成功には、立身出世の理念を愚直に追求した成果という一面もあったろう。が、同時に、見逃すべきでないのは、この成功は世が世なら絶対にありえなかった、という点ではないだろうか。東北の農家の三男として一八八二年（明治15）に生まれた茂吉が、もう三十年早くこの世に生まれ落ちた場合を仮定してみれば、事の筋道はおのずから明らかだと思う。

「ゴオガンの自画像みれば」

本人の語るところによれば、彼は高等小学校の卒業が迫ったころ、中学に進学させてもらえそうにない自身の進路を、「ひとつ絵かきの修行にでも出掛けようか、それとも宝泉寺の徒弟になつてしまはうか、或はここの新道のところで百姓をしながら山蚕でも飼はうか」と夢想して過ごしたという（「山蚕」一九二八年二月、全集5）。私は、『赤光』所収の有名な一首、「ゴオガンの自画像みればみちのくに山蚕《やまこ》殺ししその日おもほゆ」（一九一二年作、全集1）を、そのころの憂悶に結びつけて考えることがある。思い描く将来がどれも気に染まず、呪わしい気分をささやかな嗜虐行為に振り向けるほかなかった、あの少年の日が、ゴーガンの自画像のすさんだ表情からまざまざと蘇ってきた——作者の実人生に還元するこの解釈に必ずしもこだわるつもりはないが、とにかく、茂吉の場合、降って湧いたような話がそこに舞い込んだことから一挙に人生がひらけていったわけで、そうやって立身の道を歩んでいった彼は、自分をその道に立たせてくれた義父、紀一《きいち》に感謝する以上に、努力次第でいくらでも成り上がれる世の中の仕組みをありがたいと感じ、ひいては四民平等・一視同仁の国家体制に全幅の信頼を寄せていったのではないだろうか。そういう意識の持ちようを批判することはもちろん可能だろうし、必要でもあるだろうが、まずは本人の身になってとっくり想像してみることこそ肝要だろうと思う。さもなければ、彼が戦時中量産した「聖戦」礼讃歌・国威発揚歌の問題などもほんとうには解決できないのではなかろうか。

一介の「みちのくの農の子」の意識に、国民という本質的に近代的な理念が根を下ろしていく。そして、当初あまり接点のなかった創作の営為までが、紆余曲折の末ついにはその理念の完全な支配下に置かれる。一部始終を茂吉の芸術的達成に沿って観察するとき、見えてくるのは、言われてきたような近代性の敗北どころか、むしろ近代という制度それ自体の強大さだろうと思われる。

茂吉の語り口

旧著が方法的に禁欲していたテキストとの対話を、本書は積極的に行なう。詩歌の理解を問題にする以上、これは当然の措置だが、対話は散文の資料を相手にもなされる。というのも、もっとも頻繁に利用する茂吉の文章には独特の癖があって、書かれている内容を額面どおりには受け取れない場合が少なくないからだ。一見明快な叙述が、よく読むと奇妙に捻《ねじ》れていて、その捻れにしばしば重要な情報が潜んでいる。たとえば大著『柿本人麿』の著名な一節——

> 私は伊藤左千夫翁に師事し、作歌を稽古してより既に三十年である。その間常に人麿のことが私の心中を去来しつつあつた。そして人麿のものに対する鑑賞・評価の具合もしじゆう動揺しながら進んで来たやうにおもへる。ある時には非常に感動するかとおもへば、ある時には左程にも思はぬのみならず、無感動の場合さへあつた。そして、かかる三十年の過程を経て、このごろやうやく心の落著を得たやうな気持がするのである。人麿は私にとつては依然として尊びあふぐべき高峰である。そして私は今やそれに近づきつつあることを感ずるのである。人麿のものは私にとつて畏怖すべき存在であつた。然るに近時私は一種の親しみを以てそれに相対し得るやうになつたのではなからうか。人麿のものに対する私の評価はこれまでも不断に幾分づつの動揺があつた。そして、五十歳を

過ぎた今日ややうやくにして結論に達したごとくである。私は、人麿のものには到底及ばないといふ結論に到達したごとくである。嗚呼私の力量はつひに人麿には及びがたい、とかういふのである。そして私の『力の程度』を以て辛うじてこの境界に到達し得たとおもふのである。

〔「柿本人麿私見覚書」『柿本人麿　総論篇』一九三四年、全集15〕

三十年にわたる動揺を経てようやく人麿の真価を会得した、と一応は読めるが、それにしても傍線部の体重の乗せ方、力みようは尋常でない。自身の力量を引き合いに出した口ぶりにしてからが、謙遜のうちに無念を滲ませているようでもあり、それでいてひどく居丈高なようでもあって、いずれにせよ本人の言う「心の落著」からは程遠い。なぜこんな奇怪な語り方をするのか。「人麿には及びがたい」などと、茂吉はほんとうに思っていたのだろうか。現に、同じ文章の末尾に近い箇所では、「私のごとき者の眼には人麿は多力者である。それだからいつも人麿を顧慮し人麿に近づくことを希ふのである。そして縦しんば人麿を乗超すやうなことがあつても人麿を忘却することは出来ないのである」と、自身が人麿を凌駕する場合を仮定していたではないか（↓本書第五章）。

肝心な点を韜晦《とうかい》する反面、韜晦の身振りがやけに大袈裟で、それだけに何かが隠されていることだけははっきり伝わってくる——根が正直なのか、それともよほどの食わせ者なのか、おそらく両方なのだろうと思われるが、とにかく、茂吉の文章と付き合うには前もってこの呼吸を飲み込んでおくことが肝要だろう。

行間が不透明でありながら同時に雄弁でもあること、それは茂吉の短歌にも通ずる性格だろう。私はなけなしの想像力と洞察力とを傾注して解読に努めたつもりだが、見極めを誤った場合がないとは言いきれない。ただし、事実と判断とをないまぜにするような記述だけはしなかったはずだから、読者諸賢はそこを的確に読み分け、各自の判断につなげてくだされば幸いである。

第一章　ことばのありか——歌と出会うまで

茂吉の生涯には何度も重大な危機があった。一九二四年（大正13）に一族を襲った青山脳病院の火難、一九三八年（昭和8）に持ち上がった妻の醜聞、四五年における敗戦の衝撃などがそれだが、彼はそのすべてに耐え抜き、精神的負傷を文学上の大きな仕事に昇華させたといわれている。同様の意味をもつ経験は、実はもう一つ、少年期にも見出せると思う。茂吉はその経験に打ちのめされ、生涯消えることのない痛手を背負い込むと同時に、ゆくゆく歌人として大成する資質をも手に入れたのではなかったか。

1　青年期までの略歴

まずは、茂吉が歌人となるまでの経歴を概観しておこう。

父熊次郎と茂吉

生い立ち

斎藤茂吉は、一八八二年（明治15）五月十四日、山形県南村山郡金瓶《かなかめ》村（現・上山《かみのやま》市金瓶）に、父守谷熊次郎（伝右衛門）・母いくの三男として生まれた（届け出が遅れたため戸籍上は七月二十七日出生）。生家は中農で、父は同村の金沢治右衛門家から婿入りした人である。八八年に金瓶尋常小学校に入学、学校統合による転校を経て、九六年に上山尋常高等小学校高等科を卒業した。

その間、餓鬼大将として手下を大勢従え、戦争ごっこなどに興ずる一方、学業成績も抜群で「神童」と称され、なかでも得意な科目は作文だったという。生家のすぐ近所に今もある宝泉寺が守谷家の菩提寺で、そこの住職だった佐原窿応《さわらりゅうおう》は、利発な茂吉少年に目をかけて折々菓子などを与え、また習字と漢文の手ほどきをした。漢文のテキストは、当時広く読まれた頼山陽《らいさんよう》『日本外史』だったという（黒江）。

上京して進学

これより前、金瓶出身の医師で東京浅草に開業し成功していた斎藤紀一《きいち》（当時は喜一郎）が、男子に恵まれなかったことから、もし郷里に優秀な少年があれば引き取って上級の学校に進ませ、ゆくゆくは養子にしてもよい、との意向を周囲に漏らしていた。その話が窿応和尚の仲介により茂吉の父熊次郎に持ち込まれ、一八九六年の春には本決まりとなった。この年四月に高等科を卒業した茂吉は、八月末に父に伴われて上京、以後、紀一のもとで寄食生活に入る。このとき山形県にはまだ鉄道が通っていなかったため、徒歩で関山峠を越え、仙台に宿泊してから汽車に乗り込んだのだが、仙台の旅館では最中という菓子を初めて食ってあまりの旨さに感動し、上野駅に到着した夜には照明の明るさに目を見張って、「世の中にこんな明るい夜が実際あるものだらうかとおもつた」という（「三筋町界隈」初出一九三七年一月、『不断経』所収、全集6）。

上京の翌月に、当時東京府立だった開成中学校に編入学し、一九〇一年（明治34）に同校を卒業、〇二年に第一高等学校第三部入学、〇五年に同校を卒業して東京帝国大学医科大学に入学、一〇年十二月には医科大学を卒業する。時に二九歳。一高の受験に一度失敗したのと病気で大学の卒業が一年延びたのとを除けば、まず完璧に近い学歴だが、一高卒業時に六四名中一五位だった学業成績は、大学卒業時には一三二名中一三一位にまで下がっていた。もちろん作歌に熱中したせいである。

青山脳病院

その間、養父紀一は、新たな事業として精神病院の経営に乗り出すことを企て、一九〇〇年十一月に単身ドイツに留学し、ハレ大学で「ドクトル・メヂチーネ」の学位を得て〇三年一月に帰国、同年八月には、当時まだ郊外だった東京市赤坂区青山南町に私立青山脳病院を創設した。その経営が軌道に乗りだした〇五年七月には、一高卒業が迫っていた茂吉を次女輝子（戸籍上は「てる子」だが、本書では慣用に従う。長女郁子は夭折）の婿養子として入籍している。病院は大盛況で増築を重ね、一〇年には入院患者三八〇名、院長以下雑役夫までの職員総数二一五名という、

青山脳病院にて　1916年（日本近代文学館提供）
前列左から７人めより，勝子（紀一の妻），紀一，茂吉，西洋（紀一の長男）。
第二列左から２人め（長身の少年）は，後の関脇出羽ヶ嶽文治郎。

私立では最大規模の精神病院となった。回廊にあまたの円柱が立ち並ぶ「羅馬《ローマ》式」病棟は東京名所の一つにも数えられたという（斎藤茂太〇〇）。精神病医となるべき茂吉の進路は、こうしてほぼ自動的に決定された。

なお、茂吉には兄が二人、弟が一人、妹が一人あった。長兄の広吉《ひろきち》は家督を継ぎ、次兄の富太郎は医師となって北海道に渡り、弟の直吉は上山の温泉旅館に婿入りして高橋四郎兵衛を名乗った。妹のなをは隣家の斎藤十右衛門家に嫁した。

短歌に手を染める

茂吉が作歌に手を染めたのは中学三年のころからという。当時の開成中学では、早熟の文学少年たちが回覧雑誌や校友会の雑誌などを舞台に盛んに活動しており、地方出身の茂吉は彼らの輪に進んで加わろうとはしなかったものの、少なからず刺激は受けていたらしく、ひそかに短歌を作っては次兄富太郎に書き送るなどしていた（藤岡七五・評伝）。

子規の歌を読んで作歌に熱中

本格的にのめり込むのは一高三年の冬からで、神田の貸本屋から借りてきた『子規遺稿第一篇 竹の里歌』（高浜清編・一九〇四年、俳書堂）に魅了されたのがきっかけだという。本人作成の「斎藤茂吉年譜」（一九二九年、全集25）ではそれが一九〇五年一月のこととされているが、前年の末だろうとの観測もある（柴生田七九）。

子規の短歌に心酔した茂吉は、見よう見まねで拵えた自作を『読売新聞』の募集短歌欄に投稿するようになる。同紙にはそのころ佐佐木信綱選による「読売歌壇」もあったが、茂吉が応募したのはこれとは別の、池田秋旻《しゅうびん》という記者が担当していた欄である。秋旻は名のある歌人ではなかったが、子規の歌風や歌論に深く共鳴していた人で、『註解 万葉短歌抄』（一九〇三年、南風社）という、『万葉集』から短歌六百余首を抜いて簡単な語釈を付した書の著者でもあり、茂吉の目にも「竹の里歌の初期に通ふ様な歌」の作者と映っていたらしい（「思出す事ども」一九一九年七・十月、全集5）。何度も入選して気をよくした茂吉は、中学以来の親友でそのころ郷里の足柄で暮らしていた渡辺幸造に、「僕は近ごろ歌を作りはじめた。そして根岸派の歌流である」という意味の手紙を書き送る（同）。渡辺が「日本新聞の愛読者で、新らしい俳人として、それから根岸派の歌の理解者として一家言を有つてゐた」からで（同）、これを機に二人は盛んに文通しては互いの近作を批評しあった。

茂吉はまた、子規の遺弟たちが歌誌『馬酔木《あしび》』を出しているのを知って、さっそく購読者となった

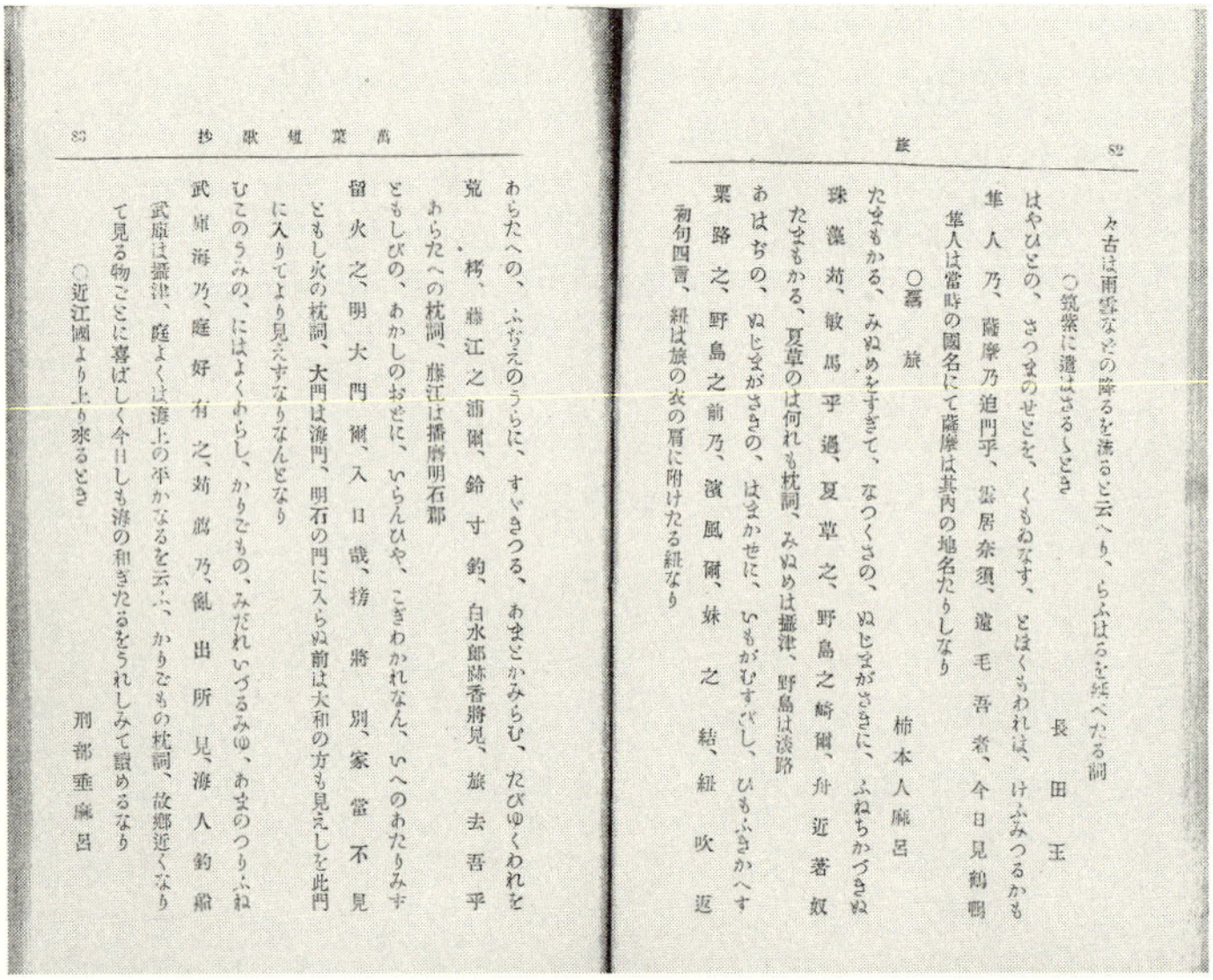
82　旅

々古は雨雪などの降るを流ると云へり、らふはるを延べたる詞

○筑紫に遣はさるゝとき　長田王

はやひとの、さつまのせとを、くもゐなす、とほくもわれは、けふみつるかも

隼人乃、薩摩乃迫門乎、雲居奈須、遠毛吾者、今日見鶴鴨

隼人は當時の國名にて薩摩は其内の地名たりしなり

○羇旅　柿本人麻呂

たまもかる、みぬめをすぎて、なつくさの、ぬじまがさきに、ふねちかづきぬ

珠藻苅、敏馬乎過、夏草之、野島之崎爾、舟近著奴

たまもかる、夏草のは何れも枕詞、みぬめは攝津、野島は淡路

あはぢの、ぬじまがさきの、はまかせに、いもがむすびし、ひもふきかへす

粟路之、野島之前乃、濱風爾、妹之結、紐吹返

初句四言、紐は旅の衣の肩に附けたる紐なり

83　萬葉短歌抄

あらたへの、ふぢえのうらに、すゞきつる、あまとかみらむ、たびゆくわれを

荒栲、藤江之浦爾、鈴寸釣、白水郎跡香將見、旅去吾乎

あらたへの枕詞、藤江は播磨明石郡

ともしびの、あかしのおほとに、いらんひや、こぎわかれなん、いへのあたりみず

留火之、明大門爾、入日哉、榜將別、家當不見

ともし火の枕詞、大門は海門、明石の門に入らぬ前は大和の方も見えしを此門に入りてより見えずなりなんとなり

むこのうみの、にはよくあらし、かりごもの、みだれいづるみゆ、あまのつりふね

武庫海乃、庭好有之、苅薦乃、亂出所見、海人釣船

武庫は攝津、庭よくは海上の平かなるを云ふ、かりごもの枕詞、故郷近くなりて見る物ごとに喜ばしく今日しも海の和ぎたるをうれしみて讃めるなり

○近江國より上り來るとき　刑部垂麻呂

池田秋旻『註解 万葉短歌抄』

ものの、誌面を覆う擬古的雰囲気には違和感が先立ったらしく、直ちに入会しようとはしなかった。それでも、伊藤左千夫率いる根岸派を子規の正系として崇拝し、『馬酔木』に掲載された歌や論を丹念に読む日々が続いた。

やがて、ある些細な出来事をきっかけに左千夫に急接近し、そのまま門人の一人となるのだが（→本書第二章4）、入門したのは一九〇六年三月だから、大学に入学してから半年後のことであり、初めて『竹の里歌』を手にした時点から数えれば一年二、三ヶ月後という勘定になる。

2　東北訛りに苦しむ

さて、ここまでの経歴で私が特に注目したいのは、上京後まもないころ東北訛りのためにひどい屈辱を味わった一件だ。後年の彼はそれをこう回想している。

漢文の素読を笑われる

私が東京に来て、連れて来た父がまだ家郷に帰らぬうちから、私は東京語の幾つかを教はつた。醤油のことをムラサキといふ。餅のことをオカチンといふ。雪隠《せっちん》のことをハバカリといふ。さういふことを私は素直に受納れて今後東京弁を心掛けようと努めたのであつた。

私が開成中学校に入学して、その時の漢文は日本外史であつたから、当てられると私は苦もなく読んで除〔の〕ける。日本外史などは既に郷里で一とほり読んで来てゐるから、ほかの生徒が難渋してゐるのを見ると寧ろをかしいくらゐであつた。然るに私が日本外史を読むと皆で一度に笑ふ。先生は磯部武者五郎といふ先生であつたがお腹をかかへて笑ふ。私は何のために笑はれるかちつとも分からぬが、これは私の素読は抑揚頓挫ないモノトーンなものに加ふるに余り早過ぎて分からぬといふためであつた。爾来四十年いくら東京弁にならうとしても東京弁になり得ず、鼻にかかるずうずう弁で私の生は終はることになる。

〔「三筋町界隈」前掲〕

開成中学時代

いかにも茂吉らしい語り口の、味読に価する文章である。事実を淡々と述べているようでいて、所々に変な曇りがあって、そこに複雑な感情が顔を覗かせている。

なにしろ、彼が習ったという「東京語」にしてからが尋常でない。ハバカリは落語などでもよく耳にする江戸の町人語だが、ムラサキはそれよりはやや特殊な語で、もとはたぶん板前の符牒だろう。一方、オカチンは女房詞、御所のことばだ。この三つの語を日常併用する話者など、長屋にも、宮中にも、その他東京中のどこにも実在するはずがない。なぜこんな不思議な「東京語」を習ったのか。教えた人——女中の松田やをらしい——が山出しの茂吉少年をかついだのだろうか。そうかもしれない。が、仔細を明かさないまま「さういふことを私は素直に受納れて……」と茂吉が続けるのを読まされるとき、かついだのは実は茂吉で、かつがれたのは私たち読者だったということになりはしないか。奇怪に誇張された「東京語」を平然と読者に突き返してみせた点には、なにやら悪意めいたものさえ感じられる。

いっそう興味深いのが末尾の二文だ。クラス中の笑い者になった原因はもちろん「ずうずう弁」なのだが、当人はそう率直に語ろうとはしない。代わりに「抑揚頓挫ないモノトーン」で「余り早過ぎて分からぬといふためであつた」と偽りの原因を挙げて、読者の目をくらまそうとする。それでいて、すぐさま「爾来四十年……鼻にかかるずうずう弁で私の生は……」と真相を明かしてしまう——私は、末尾の一文は単行本収録時に付加されたのかもしれないと疑って、念のため初出に当たってみたが(『文芸春秋』一九三七年一月)、初めからこの形であった——。読者を翻弄する不自然な運びは、弱みを見せまいと虚勢を張るそばから積年の無念が込み上げてきた、とも読めるだろうし、もっと人を食った意図的演出とも取れなくはない。いずれにせよ、「東京語」に対する根深いコンプレックスがまざまざと伝わってくる文章である。

ベルリンでも訛り丸出し

茂吉の東北訛り——「訛り」は語弊のある言い方で、彼の母語を基準とすれば東京語の方が「訛って」いる格好なのだが、当面の話題は主として音韻上の現象に関わるとの理由から、あえてこの用語を採用する。「〜弁」「〜方言」という言い方には語彙や語法までが含意されてしまうし、特に後者は「国語」の一変種という意味合いもあるため、当面の脈絡に使用するのは妥当でないと思う——については数々の逸話が残されている。圧巻は、次に引く前田茂三郎《しげさぶろう》の証言だろう。前田は海軍工廠に勤務した人で、ある時期からヨーロッパに出張し、情報関係の任務に当たっていた。母どうしが従姉妹だった関係から茂吉の滞欧中あれこれ世話を焼いたのもこの人だった。その前田が、一九二一年(大正10)の十二月、ベルリンのホテルで初めて茂吉と会見したときの印象はこうだったという。

茂三郎氏がまず驚いたことは茂吉の服装であった。普通の留学生は身なりをきちっとして最高のおしゃれをしてくるのに、茂吉は全く無造作で、服は皺苦茶だった。そのつぎに驚いたのは丸出しの山形弁であった。これは同郷故なつかしかったが、それがあまりにひどいのでびっくりした。茂吉にしてみれば同郷という気安さがあったのだろうが、茂三郎にしては遙かベルリンへきてこれほどひどい方言を聞こうとは思わず茂吉のような人はあとにもさきにもなかったという。〔山上七四〕

東北訛りに関する逸話の数々

二、三追加しよう。開成中学で同窓だった吹田順助《すいたじゅんすけ》は、往時を回想して「君《くん》は自然に備わつているユーモアや、山形弁丸出しのために、級中の人気者であり、級友からはいつも茂吉つあんとか、よく舌をペロリと出して眼をつぶる癖があったので、ペロリさんとか呼ばれていた」と述べ（「中学時代の茂吉君、その他」『アララギ』斎藤茂吉追悼号）、一高の学寮で同時期を過ごした中勘助は、「時をりひよろひよろしたみたいな人がふらふらつと訪ねてきた。山形県出身の□□と同窓の様子で、山家丸出しの、しかもはえぬきの東北弁のところへ、挙動がきよときよとしたやうなところがあつてなんだかをかしかつた」「いつたい地方から上京したその年頃の青年はとかくへんに都会つぽくなるのが多いものだのに、守谷さんみたいに山出しのまま手入らずでゐられるのは珍しいことであり、人柄の一端を示すものではないかと思ふ」と観察している（「斎藤茂吉氏の思ひ出」旧版全集20月報）。さらに、一高・東大で同窓の佐々廉平によれば、《茂吉の日常行動の内一番印象に残つているものは、一風変つた態度である。彼は対談の間でも折々何か黙考してとぼけた返事をした。これは歌でも考えていたひと時であろう。も一つは徹頭徹尾山形弁で押通したことである。よく「けーろ」（呉れろ）と言うて煙草を無心する癖があつた》という（「大学時代の茂吉・診察記」前掲追悼号)。茂吉の訛りは、このように、木訥《ぼくとつ》とした風貌や持ち前の愛嬌と結びつけて語られることが多い。

そういう周囲の目は、しかし、本人にとってはむしろ苦痛の種で、その状態は後々まで変わらなかったらしい。「爾来四十年いくら東京弁にならうとしても東京弁になり得ず……」と書いたとき、彼はすでに五五歳だったが、そのころ再三要請されたラジオへの出演を頑として拒みつづけ、話しことばに自信がないことを理由に挙げていたという(片桐顕智「茂吉とラジオ」旧版全集13月報)。六〇歳のときの日記にも次のような記事がある。

〇夜、学士会館ニ改造社長山本氏令嬢ノ結婚式ニ祝ヒニノゾム、〇明月(満月)ニテ何トモヨイ気持デアツタ。小磯大将ノアイサツハ東北弁ニアラズ。練習ノ結果ナリ。

〔一九四一年十月五日、全集31〕

文中の「小磯大将」とは小磯国昭だろう。三年後に東條英機内閣の総辞職を承けて首相となるこの人物は、人名事典類には「宇都宮出身」とあるが、幼少時は父の郷里山形県で育ち、上山尋常高等小学校で茂吉の二級上に在籍したこともあった。二人は旧知の仲ではなかったようだが、軍人好きの茂吉は小磯が郷土の先輩であることをかねて知っていたはずだし、ことによると祝宴の席で直接ことばを交わしたのかもしれない。その小磯が意外にも流暢な標準語を話すのを聞き、しかもそれが「練習ノ結果」だと知ったとき、茂吉の胸裏にはさぞ複雑な思いが去来したことだろう。

レコードでも訛り丸出し

具体的にどう「訛って」いたか、一斑を窺える資料もある。一九三八年に、改造社の『新万葉集』（→本書第六章）の完成を記念して審査員十人が自作の短歌をレコードに吹き込んだとき、茂吉も一二首を吹き込んでいて、近年復刻発売されたCDアルバムにもそのうち九首が収められているのだ（よみがえる自作朗読の世界）。もちろん朗読など大の苦手だったのだが、一人だけ断わるわけにも行かず、しぶしぶ引き受けたのだという（「九月二十九日」一九三九年四月、全集6）。

私の手許にはその復刻版があって、おりおり茂吉の肉声を偲ぶことができるのだが、その朗読がどういうものかというと、あまりのお粗末さにいっそ愉快になってしまうというような代物である。上の句をゆるゆる読み上げてきて、下の句にさしかかったところで急に声をこわばらせ、そのせいで息が切れそうになる。本人が精一杯取り組んでいることは痛いほど伝わってくるものの、滑舌が悪いのと訛っているのとで、ふしぶしがよく聞き取れない。その、もがもがした朗読が、何首繰り返されてもやはりもがもがしたままなので、聴いているうちに笑いが込み上げてきてしまう。この楽しさを文章で伝えるのはとうてい不可能だから、実感したい向きには録音に当たっていただくほかないが、とりあえず、どこがどう訛っているかだけ例示しておこう。

朝あけて船より鳴れる太笛《ふとぶえ》のこだまはながし竝《な》みよろふ山　〔一九一七年作、『あらたま』所収、全集1〕

松かぜのおと聞くときはいにしへの聖《ひじり》のごとくわれは寂《さび》しむ

〔一九三〇年作、『たかはら』所収、全集2〕

茂吉の朗読では、一首めの第一句・第三句はそれぞれ「アサーアンゲーティ」「フトーブイーノ」と聞こえるような発音になっている。二首めは「マツーカンゼーノ、オンドーキクートキーワ、イニーシイーノ」という調子で、第三句はどう聞いても「イニシエノ」とは聞こえない。

本人によれば、どう読み上げたものかあれこれ悩んだあげく、先師左千夫が生前口ずさんでいた口調をまねることに決め、明治神宮内苑の林間であらかじめ練習してから録音に臨んだのだという。が、本番では緊張のあまり思うように行かず、結果を試聴してみると「私の東北弁が浄玻璃に映つた亡者のごとくに客観化せられてゐた」（「九月二十九日」前掲）。これにはよほど応えたと見えて、当日の日記にも「変ナモノデ失敗也。コンナコトヤルモノニアラズ」とある（一九三八年九月二十九日、全集31）。

「訛のない声調」に聞き惚れた誓子

ここで持ち出すのは少し早すぎるのだが、事のついでに一言しておこう。茂吉から多大の影響を受けた文学者の一人に、俳人の山口誓子がいる。その誓子が、茂吉晩年の一首「戒律を守りし尼の命終《みやうじゆう》にあらはれたりしまぼろしあはれ」（一九四六年作、『白き山』所収、全集3）を引いてこう述べたことがある。

「戒律を守りし尼の命終に」と読みはじめて「あらはれたりし」「まぼろしあはれ」と読み終る。

そのときの茂吉の口の恰好を模して、同じ口の恰好で、私も読む。茂吉が陶然と読んだやうに私も陶然と読む。すると、この聞き惚るゝばかりの、訛のない声調が、日本語として最も純粋なものとして聞え、それを口誦さむ茂吉が日本人として最も純粋な詩人に思はれて来る。

〔「茂吉と言葉」旧版全集8月報〕

「茂吉の口の恰好を模して」「陶然と読む」――そういうことをもし額面どおりに実行すれば、「訛のない声調」どころか、「アラーワレータリース、マンボーロスーアワレ」というような調子になってしまうはずなのだが、もちろんそれは晢子の本意ではないだろう。すると「聞き惚るゝばかりの」声調はどこにあったのか。茂吉の声の中でないとすると、晢子の声の中だろうか。後の記述がその答えとなるだろう（↓本書断章）。

3　少年茂吉の言語形成

柴生田稔の観測

茂吉が東京のことばに同化できなかった原因について、高弟の一人、柴生田《しぼうた》稔《みのる》は、音声表現の不器用さ（歌一つ歌えない）、臆する性癖（または、はにかむ性質）、家庭の郷土的環境（義父紀一の縁故で病院の職員には山形県出身者が多かった）の三点を挙げたうえで、それ以上に「少年の茂吉には山形弁の方が何か気やすく、それによつて始めて心の安定が保たれ」たのだろう、と推測している（柴生田七九）。もっともな推測だが、そこにはもっと大きな脈絡も関わっていたはずだ。

近代日本語の歴史上、訛りの矯正が教育界の実践的課題となるのは、二十世紀になってからのことである。標準語や言文一致が普及していく過程とも、一件は軌を一にしていた。国民国家の言語的統一が図られる過程で、各地の地域語が「国語」の一翼に「方言」として位置づけられ、標準語からの偏差においてそれぞれの特徴を把握・記述されていった。そうした情報の蓄積が一定量に達したとき、東北地方の諸「方言」の音韻体系が、標準語のそれから著しく逸脱しているとして問題視されるとともに、矯正の対象とされていったのだ。情報の収集が二十世紀初頭という時期に急速に推進されたのは、日清戦争に勝利して台湾を領有した日本が、統一国家の言語としての「国語」を異言語の話者たちに教え込むために、当の「国語」の輪郭を明確にしておく必要があったからだともいう（安田）。

茂吉少年が上野駅に降り立った一八九六年の時点で、右のような動きはまだ表面化していなかった。そのとき彼は、標準語という観念をまだ持ち合わせていなかったばかりか、東京語が話されるのを耳にしたこともほとんどなかったはずである。

郷里での言語生活

上京以前の茂吉が日常接していた話しことばは、言うまでもなく金瓶・上山あたりのそれだった。では書きことばはどうかというと、やはり東京語とはおよそ異なることばであった。明治中期までの日本で広く公用語として流通していた書きことばは、「五箇条の御誓文」や各種法令に見られるような、漢文訓読の系統を引く漢字仮名交じり文で、当時はそれが「普通文」とも称され、小学校における読み書き教育のカリキュラムも、この文体を中心としつつ、中世以来の書簡用文体「候文」を適宜織り混ぜるような編成となっていた。作文について言えば、現代の小学生が「ぼくのお母さん」「夏休みのできごと」などの題で自由な感想を書かされるのとは対照的に、型どおりの内容を繰り返し書き綴らせて、書きことばそれ自体の習得を目ざすのが当時の教育方針だった。この方針が少年たちの言語形成の途上で成果を収めていった様子は、茂吉が高等小学校一年のとき書き残した「作文草稿」(一八九二年旧暦七月付)からも窺うことができる。

蜜柑

蜜柑ハ其木柚《ゆ》ニ似テ刺ナシ初夏ノ頃白色ノ花ヲ開キ冬ニ至リテ実熟ス其味甘ク酸味ニシテ香気アリ紀州ノ産ヲ最モ上等トス

読書

抑《そもそ》モ読書ハ古人ノ言行庶物ノ理ヲ究メテ智識ヲ博ムル為ナレバ人タル者ハ幼少ヨリ書ヲ読ム事ニ勉強セサ《ザ》ルベカラズ

新宅ニ人ヲ招ク文

今回引移リ候邸宅ハ最手狭ニハ御座候得共《ござさうらへども》窓外ニ山水之眺望モ有之《これあり》随分閑清ニ候間《あひだ》一日御遊来可被下候様《ごいうらいくださるべくさうらふやう》御待申上候

〔藤岡七五・評伝による〕

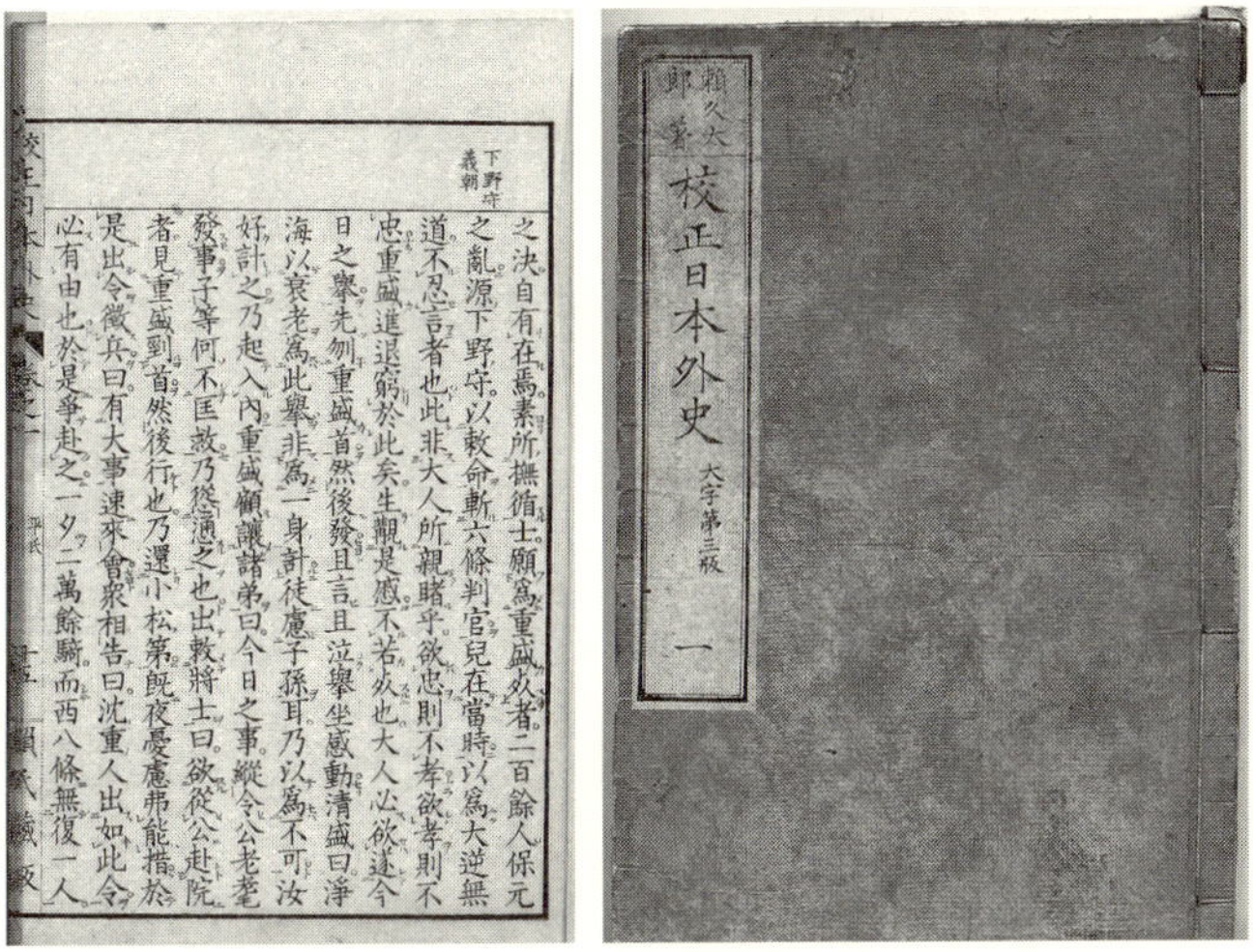

『校正日本外史』

開成学園校史編纂室旧蔵。明治９年版権免許・明治21年３刻出版，版権所有者頼又次郎。表紙は朱色。本文は「重盛諫止」の段。

茂吉は、話しことばとしての母語（金瓶・上山の地域語）と、母語からも東京語からもかけ離れた書きことばとの、二重言語生活を通して自己形成を遂げたことになる。日常会話を通して地域社会の人間関係に組み込まれる一方、読み書きを通して地域社会の外側の広い世界にも目を向けていく――そういう二つの生活にそれぞれ専用のことばがあって、彼はそれらを使い分けていたのだ。

しかも、既述のとおり、彼の読み書き能力はこのころ『日本外史』を一通り読みこなす水準にまで到達していた。『日本外史』には何種もの版が知られているが、明治期に多く出回ったのは訓点の施されたタイプだというから（斎藤希）、茂吉が手にしたテキストもおそらくそうしたタイプのものだったろう（後に開成中学で使用した教科書もそのタイプだったらしい。前頁の写真参照）。同書の漢文にあまり複雑な構文は現れないから、訓点の指示に従って本文を読み下しさえすれば、当時の普通文とほとんど変わりない文章へと容易に変換できる。つまり、茂吉少年がふだん馴染んでいたような文章が出来上がるのである。彼が『日本外史』を読みこなせたのは、直接には窿応和尚の手ほどきがあったからだが、一面では学校教育が下地を準備していたからでもあった。

佐原窿応

発音はどこまでも地域的

こういう二重言語生活は、言文一致が普及する以前には日本各地で一般的に営まれていたものにほかならない。ただ、茂吉のばあい注意されてよいのは、彼の使用する書きことばが、情報伝達の範囲という点で本質的に地域社会の外側につながるものでありながら、具体的に音声化される局面では地域性を免れなかった、という点だろう。

小学生だった彼が先生から作文の草稿を読み上げるよう指示された場面を想像してみよう。彼はそれを、母語の音韻体系に沿って「智識《ツスき》ヲ博ムル」とか「御座候得共《ござそーらイども》」とかいう具合に音読していったはずだが、先生も同級生もその音読を「訛っている」などとは意識しなかったろう。同様に、窿応和尚に『日本外史』を習う場面でも、たぶん「重盛《スンげもり》が進退此《スんたいここ》に窮れり」というような調子だったはずの茂吉の音読を、和尚は別段とがめなかったに違いない。ちなみに、佐原窿応は生粋の山形育ちで、一八八三年に二一歳になるまで一度も県外に出たことがなかった。彼の筆になる「弁駁通知書」には「止ムナク一時ノ便宜上浄土帰入ヲ唱**ヒ**タルモ全ク謂ヒナキニアラザルナリ」(黒江による。太字品田)という一節があって、「唱へ」と書くべき箇所が「唱ヒ」となっているのは、母語が表記に干渉した結果かと思われる。これに似た現象は、実は茂吉の書簡にも散見し、「独逸語を習へに行く」(書簡一三・一九〇〇年二月二十八日)、「何ともい**ひ**ぬ感が起る」「考**ひ**て見たならば」(書簡三九・一九〇五年五月十日)、「先人の作例よりヒロ**へ**書きして」(書簡五五・一九〇六年二月十五日)、「ブキッチヨで芸者も買**ひ**ないし尺八も出来ないし」(書簡九七・一九〇九年一月二日)、「友人が見つけくれてミユンヘンに伝**ひ**くれ候」(書簡一一九〇・一九二三年十月二十四日。以上全集33、太字品田)など、イ音・エ音に相当する箇所がしばしば逆に書かれている。

　郷里にいたころはこれでなんら支障はなかった。現代の私たちの目にはかなり奇妙な言語生活に見えるものの、彼は、周囲の人々が話すように話し、書くように書き、読むように読んでいたまでで、しかもそれをすらすらとこなしていたのだった。この安定と自足は、しかし、上京を機に無残に打ち砕かれてしまい、今や道化師「ペロリさん」に身を落としたかつての神童は、いわれのない屈辱に日々歯がみすることになった。

　同じような立場に立たされた人は決して少なくなかったし、そこには、義父紀一のように、ごく自然に東京語に同化してしまう器用者もいれば、小磯国昭のように、「練習」してそれを身につける努力家もいた。茂吉はそのどちらでもなかったわけだが、この点に関わって想起されてよいのは、開成中学における彼の交友関係だろう。

地方出身者との交友

そのころ茂吉が親しくしていた友人には、すでに名を挙げた渡辺幸造をはじめ、鹿児島出身の市来崎慶一、仙台出身の野口健吉など、地方の出身でことばにコンプレックスを抱く者が多かった。特に渡辺は、極度の吃音症でもあったため口頭の会話がひどく不自由で、友人との意思疎通にもしばしば筆談を用いるほどだった。市来崎が鹿児島訛りを嘲笑されて友人十名ばかりを殴打したとき、同情して加勢したのも渡辺だったが、彼は教師から呼び出されても口頭で釈明することができず、ただうなだれていたという（藤岡七五・評伝）。野口については、茂吉自身が「私が明治二十九年東北から出京してズウズウ弁で東京の少年に嘲笑せられてゐる間にあつて唯一人野口君は仙台弁丸出しで私のために気勢をあげてくれたものである」と書き残している（「友を語る」一九三八年五月、全集6）。

同病相憐れむようにして友情を深めていった彼らは、周囲を見返そうと学業に励む一方、文筆に自己表現の道を見出していく。話しことばの失調により、言語生活の比重が読み書きの側に大きく傾斜することになったのだ。そのとき彼らが依拠したのは、むろん当時の書きことばだった。茂吉の書いたもので例示すれば、そこには、「落花も今は地に委して、胡蝶は尚緑葉に残紅を弔《とむら》ふ。学窓の下、故園の山、新緑将《まさ》に滴らむとす」（「落花を惜む」『校友会雑誌』一八九九年七月、藤岡七五・評伝による）といった普通文からなる文章と、「ほの〴〵と明くる朝日の影赤く神世ながらの年は来にけり」（書簡六・一八九八年一月七日、全集33）といった短歌とがあって、後者の文体はこの時期に新たに習得されたものだが、古典の和文脈に連なるこの文体もやはり当時の話しことばからはかけ離れていた。

言語生活の二重性（むしろ多重性）が維持された状態のもと、読み書きに没頭することで話しことばへのコンプレックスを解消しようとする——意識的にであれ、無意識的にであれ、そういう適応のしかたを彼らが選んだとすれば、書きことばへの信頼が高まるのと引き換えに話しことばがますます軽視されていくのは、むしろ自然な流れではなかったろうか。茂吉が「いくら東京弁にならうとしても東京弁になり得」なかった最大の理由はそこにあったように思う。

4　特異な言語感覚の基底

以上の経験は茂吉の歌人としての資質をどう方向づけたか。

他者のことばとしての書きことば

まず考えられるのは、彼の言語感覚が読み書きを中心に培われていったことだろう。口頭の会話が成長の過程で自然に習得されるのとは異なって、読み書きには意識的な学習が必須であり、もろもろの規則や慣習、たとえば文法や表記法などの知識を身につけることなしに人は読み書きすることができない。書きことばはその意味で、外国語がそうであるように、本質的に他者のことばである。書くという行為は、自己の内面を流れる思考を写し取ることよりも、他者のことばに仮託して思考そのものを作り上げていく作業に近い。私たちはともするとこの関係を見失って、話しことばをただ文字に写したものが書きことばであるかのように思い込みがちだが、茂吉が読み書きを身につけた時代には、二つのことばは実態としても水と油のように分離していたから、そういう思い込みは彼の脳裏では成立しにくかったはずである。

これは彼が言文一致体（口語体）を忌避したということではない。全集を繙《ひもと》けば直ちに判明するように、茂吉の歌論や随筆の文体は、一九〇九年（明治42）ごろを境にほぼ全面的に言文一致体に切り換えられており、その時期は世間の動向から見て必ずしも早い方ではないものの、遅すぎるということもない。それでいて、本領とした短歌の分野では頑強なまでに「万葉調」を唱道しつづけ、あらたまった書簡には晩年まで候文を使用したのだった。言文一致体と万葉調と候文の三者は、彼の意識において、ともに書きことばの一種として横並びになっていたと見ておくべきだろう。だいいち、東京人が話すとおりに話せない人にとって、言文一致体は「話すとおりに書く」文体ではありえない。

自分の操っていることばが自分のものでないという感覚——違和感とも異物感とも称すべきこの感覚は、読み書きに習熟していく過程で軽減されたり、払拭されたりすることもありえるだろう。だが茂吉の場合、そういう感覚を彼はどこまでも維持したばかりか、逆にそれを研ぎすまし、自身の創作の生理としていったように見受けられる。彼の短歌が常にどこかしらいびつな印象を与えるのもこの点に関わるだろう。細部を見逃さない抜け目のなさと、全体の均衡を意に介さない無造作とが奇妙に同居する、あの茂吉一流の言語世界は、彼がことばに馴れなかったこと、というよりもむしろ、馴れてしまうことをあくまで拒否しようとしていたことと、表裏一体であるように私には思われる。

「短歌滅亡私論」に対する反応

尾上柴舟の「短歌滅亡私論」（「創作」一九一〇年十月）が歌壇の物議を醸したとき、茂吉が示した反応もこの点に関わるはずである。

短歌の将来性を否認する柴舟は、その根拠として、形式があまりに短小で複雑な思想感情を盛れないこと、また定型の縛りが自由な表現を阻害すること、さらに、制度化された擬古的用語法が現代人の感覚に適合しないこと、の三点を挙げ、三点めを《吾々は「である」また「だ」と感ずる。決して「なり」また「なりけり」とは感じない》と説明していた。つまり、「〜である」「〜だ」と現代語で感じたことがらを「〜なり」「〜なりけり」と古語に置き換えると、当初の感じから遠ざかってしまうというわけだが、茂吉はこれを「愚論」と一蹴した。茂吉は言う――言語には表象的要素と音楽的要素とがあり、この両者が相俟って「情調《スチンムング》のふるひ《ストレモル》や情緒のうごき」を形象化するところにこそ短歌の本領がある。柴舟の議論は後者の要素をまったく考慮しておらず、総合的に感受すべき短歌の造形を意味の次元に一面化してしまっている。それは彼が《『感ずる《フューレン》』ことに対しての内省能力のなきもの》だからにほかならない（「短歌の特質についての考察」初出一九一二年一月、『童馬漫語』所収、全集9）。

茂吉のこの反論は、多少注意すれば分かるように、実は反論になっていない。柴舟の議論の前提には、詩歌の表現は偽りのない自然なものであるべきだ、との認識がある。そしてその認識は、日本近代詩歌史の最初期を主導してきた言説に支えられてもいる（↓本書第二章）。だが、茂吉はそういう認識を頭から無視していて、まともに斥けてはいない。おそらく、彼にしてみればそれはどうでもいいことだったのだろう。「〜である」「〜だ」と「〜なり」「〜なりけり」との、どちらが自然な表現かというような点は、初めから問題外だったのだ。どちらも書きことばにほかならない以上、一方が自然で一方が不自然ということはなく、強いて言えばどちらも不自然な表現というほかない。それでなんの不都合があるか、というわけだったのだろう。

「何かを吐出したいといふ変な心」

実際、「〜なり」「〜なりけり」という表現が成立するまでの筋道を、いったん「〜である」「〜だ」でつかまえた事象を「〜なり」「〜なりけり」に置き換える、と了解することは、彼の念頭にあった創作過程のイメージとはまったく相容れなかった。ほぼ同時期に書かれた次の文章と照らし合わせてみよう。

> 予が短歌を作るのは、作りたくなるからである。何かを吐出したいといふ変な心になるからである。この内部急迫（Drang）から予の歌が出る。如是内部急迫の状態を古人は『歌ごころ』と称へた。この『せずに居られぬ』とは大きな力である。同時に悲しき事実である。方便でなく職業でない。かの大劫運のなかに、有情生来《うじやうしやうらい》し死去するが如き不可抗力である。予が『作歌の際は出鱈目に詠む』と云つたのはこの理にほかならぬ。〔「作歌の態度」初出一九一二年三月、『童馬漫語』所収、全集9〕

文中の「内部急迫」については、後に「衝迫」と言い換えられる点が種々取り沙汰されているが、今は立ち入らない。とにかく、「何かを吐出したいといふ変な心」といみじくも語られているように、名状しがたい「何か」としてむらむら込み上げてきた感銘をいきなりことばにしていく、というのが茂吉の流儀であった。「不可抗力」にまかせて「出鱈目」に詠むというのも、歌になってみるまでは「何か」の正体がつかめないからだろう。歌になってからも完全にはつかめないのかもしれない。この場合、創作の端緒となる「何かを吐出したいといふ変な心」「内部急迫」において、表現すべきものはまだ言語化されていない以上、それを「～である」「～だ」でつかまえようと、「～なり」「～なりけり」でつかまえようと、原理上はまったく違いがないということにもなる。

茂吉の詩法

ことばにならない感銘をことばで造形すること――この逆説めいた目標に肉薄しようとするところから、茂吉の詩法が編み出されていったのだ。それは、世間で推奨されるような「自然」な表現に向かうものではありえない。目ざすべきは、ことばのあらゆる要素を総動員して、もろもろの語詞を通常それらが置かれている脈絡からずらしていくような表現、言い換えれば、自明化したことばの網の目に揺さぶりをかけるような、不自然で歪んだ表現でなくてはならない（→本書第三章）。

右の「作歌の態度」と関連の深い「歌ことば」に次のような発言があるのも、いま述べた点と符合するだろう。二つの文章はもと一続きのもので、同じ月の『アララギ』に「童馬漫筆（二二）」と題して一括掲載されていた。

短歌における言語の調は、吾等の内的節奏さながらであるときはじめて意義をもつ。その言語には古語・現代語などの外的差別は要らぬ。かくの如き論は既に陳腐である。それにも拘はらず、歌人のもろもろは此点を体験してゐない。そこで吾等に向つて、『古典に没頭した頭には近代語の自然と之に伴ふ新しき声調の響とは解し得られまい』などといふに至るのである。

（「歌ことば」初出一九一二年三月、『童馬漫語』所収、全集9）

「内部急迫」の言語化に際し、書きことばとして横並びになっている古語と現代語とが主として音楽的要素に沿って吟味され、一方が選ばれてもう一方が棄てられる。茂吉が万葉の古語を好んで自作に用いたのは、それらが自身の「内的節奏」に合致する限りでのことであり、ことさら格調を高めようとしたのでもなければ、万葉歌人の心に同化しようとしたのでもなかった（なお、「節奏」は「律動Rhythmus/rhythm（リズム）」の別訳で、森鷗外に使用例がある）。

古語を愛用した理由

それにしても、選択はなぜ古語の側に偏るのか。同じ「歌ことば」にはこうも記されている。

短歌の詞語に、古語とか死語とか近代語とかを云々するのは無用である。そんな暇あらば国語を勉強せよ。そして汝の内的流転に最も親しき直接なる国語をもつて表現せよ。必ずしも日本語のみとは謂はない。それ以外の一切は無意義である。吾等の短歌の詞語は必ずしも現代の口語ではない。それが吾等には真実にして直截である。

この発言については、すでに「古代から現代にいたる日本語史にたいする、茂吉のほとんど無類といっていい執着、それにもとづく探求と吟味の濃密さ」を読み取る見解が出されていて（西郷）、私も基本的に同感である。茂吉の歌業を通じて使用された語彙は、『万葉集』以後の古典語、たとえば『梁塵秘抄』や『山家集』などのことばや、近代の俗語・流行語にまで及ぶからだが、探索の手は仏典語や西洋語にも伸びていて、その意味では「日本語史」の枠をすら突き抜けていた。

とほき世のかりようびんがのわたくし児田螺はぬるきみづ恋ひにけり
〔一九一〇年作、『赤光』所収、全集1〕

伽羅ぼくのこのみのごとく仄かなるはかなきものか pluma loci よ
〔一九一一年作、『赤光』所収、全集1〕

長鳴くはかの犬族《けんぞく》のなが鳴くは遠街《をんがい》にして火は燃えにけり
〔一九一二年作、『赤光』所収、全集1〕

父母《ふも》所生《しよじやう》の眼《まなこ》ひらきて一《ひと》いろの暗《くら》きを見《み》たり遠《とほ》き松《まつ》かぜ
〔一九一四年作、『あらたま』所収、全集1〕

荒谿《あらだに》の上空を過ぎて心中にうかぶ“Des Chaos Töchter sind wir unbestritten.”
〔一九二九年作、『たかはら』所収、全集2〕

つまり、「内的流転」に親しいものでさえあれば、世界中のありとあらゆる語詞が吟味され、採用され、その結果「国語」の範囲に繰り込まれることが可能なのだった。日本語の輪郭を曖昧にするこの「国語」観に混乱を指摘することはたやすい。が、ここで重要なのは、国語を「勉強せよ」との発言が、具体的指示としては、埋もれた詩語を発掘すべきことを意味していた点だろう。名状しがたい感銘をことばにする手法の一つとして、見慣れないことば――奇異な感覚を喚起する語詞や語法――の活用が追求されたのだ。ありふれた「現代の口語」が顧みられなかった理由もそこにあるとすれば、そもそも茂吉の万葉尊重自体、この追求の一環だった可能性があるだろう。私は、少なくとも第一歌集『赤光』と第二歌集『あらたま』の前期までは、この見方が十分成立すると考えている。『万葉集』は、彼が詩語探索の過程で最初に掘り当てた大鉱脈であり、新奇なことばの宝庫であって、作歌の規範では必ずしもなかった。この点については次章以下で具体的に掘り下げていくつもりである。

重視した声調

いったん先送りした声調の問題に触れておこう。ここまで扱ってきた初期の歌論からも窺えるように、茂吉はことばの音楽性を人一倍重視した歌人で、その態度は終生変わることがなかった。彼の書き残した膨大な歌評には、必ずと言ってよいほど「声調」「調べ」「響き」などの語が使用されていて、その頻度は「写生」「実相観入」などのそれをも明らかに上回っている。この、一貫した声調重視と、読み書きを通して培われたはずの言語感覚とは、相互にどう関係するのだろうか。

二つのことがらは一見、相反するようにも見える。というのも、古来、和歌／短歌の本領を声調に求めた歌人は少なくないが、彼らは総じて、声調を、歌が歌われたり唱え上げられたりするときに発現するもの、つまり人の発する声に宿るものと考えていたからである。

歌はただよみあげもし、詠じもしたるに、何となく艶〔えん〕にもあはれにも聞ゆる事のあるなるべし。
〔藤原俊成『古来風体抄』再撰本一二〇一年〕

いにしへの哥〔うた〕は調をもはらとせり、うたふ物なれば也、〔賀茂真淵『にひまなび』一七六五年〕

先に言及した山口誓子もおそらく同じ考えに立っていたのだろう。彼によれば、「訛りのない声調」は「茂吉の口の恰好を模して」「陶然と読む」ことで聞こえてくるのだった。

だが、茂吉自身の考えはこれとは大いに異なっていた。彼が声調を体系的に論じた文章に、「短歌声調論」（『短歌講座 4』一九三二年・改造社、全集13）がある。おおむね次のような内容の文章だ。

「短歌声調論」

声調とは短歌の形態《フォルム》を主として音楽的・聴覚的側面から把握する概念である、と説き起こした茂吉は、続けて、声調の吟味はおもに言語の音楽的要素に即してなされるものの、言語の意味の要素抜きに単独でそれを行なおうとしても無理で、詩歌の享受として無意味でもあるから、実地には意味の要素をも考慮に入れながら音の要素を吟味するようにしなくてはならない、と指摘する。そして、この見地からさまざまの分析・考察を試みるとともに、それら個別の分析の限界にも触れたうえで、短歌の声調を総合的に理解するには吟誦の反復による悟入が結局は早道である、と述べ、その吟誦は「朗吟等によらずに、低声の独吟、或は黙吟の方が却つて効果がある。即ち視覚の方面から文字を見つめながら声調を悟入するのである」と説き、さらに、短歌声調の根源は『万葉集』にあらわれたような声調なのだから、短歌作者は何を措いてもまず万葉調の理解に努め、その上で千変万化を心がけるべきである、と持論を開陳して締め括っている。

肉声は声調の感得を妨げる

茂吉の見るところ、声調を感得するには朗吟より黙吟のほうが効果があるのだという。それはどういうことだろうか。実は、これよりはるか以前にも彼はこう述べたことがある。

今から余程以前に与謝野鉄幹、平木白星の諸氏が韻文朗読会といふのをやつた事がある。つまり韻文は余程音楽的なものであるから、視覚から受け入れるよりも聴覚から受容れる方が、真に其美妙（マヽ）な点が分かるといふ意見に本づいたものであらう。近頃になつて与謝野氏の短歌の朗吟も聴いた事がある。若山牧水氏の朗吟も聴いた事がある。さういふものを聴くのはいい心持である。然しそれでゐて歌其自身の美妙な点は矢張り分からない。優秀な歌も凡下な歌もさう大した差違が無い様に聞えて、ただ声のよいのに感服するだけである。それは後代の我等は、視覚から受容れて味ふ事に習慣されてゐる為めに、刹那刹那に進行して行く声の連続からは、歌に於ける微細な節奏や旋律や階調を感得する事が困難な点と、歌は純音楽でなく表象的要素として名詞や動詞や助辞などの連続がある点と、朗吟する節《ふし》は大凡きまつてゐて、漢詩の朗吟の節《ふし》を一寸改良した様なものであるから、矢張り微妙な点は音楽的に表はし得ない等の諸点に由因すると思ふ。

〔「短歌の朗吟」初出一九一三年八月、『童馬漫語』所収、全集9〕

茂吉は、先に挙げた真淵の発言「いにしへの哥は調をもはらとせり、うたふ物なれば也」をこの文章の冒頭に引き、いちおう是認したうえで、古代と現代とでは事情が異なるとする。「後代の我等」にとって歌は声に出して歌うものではなく、読むものとなっているが、声調を感得するにはそのほうがむしろ有利だ、と主張するのだ。おそらく創作や享受を通して日々そう実感していたのだろう。この文章の後半には、

吾等の短歌を味ふのは、少なくとも現今に於ては聴覚の方面からよりも視覚の方面から受容れなければならない。而して歌の意味と融合して流れる節奏なり旋律なりは、之を心で聴かなければならない様になつてゐる。ここで『ねばならぬ』と云つたのは、斯くあるのは自然の行き方であるといふ意味である。文字を読んで（黙読でも現今の吾等は足らふ様になつてゐる）心で聴くのであるから、ゆつくりと聴き味ふ事が出来る。又一首のあらゆる音楽的要素は一首一首に特有な微細な点まで聴く事が出来る。

ともあるから、「節奏」や「旋律」が「意味」と融合して流れるとした点をも含め、後年「短歌声調論」で展開される声調観はこの時点でほぼ固まっていたと見てよい。

声調のありか

茂吉が体験的につかんだところでは、ことばの音楽的要素は人間の発する具体的音声とは別物なのだった。短歌の声調は一首一首のことばの連なりに内在するのであ

り、だからこそ黙読によってもそれは感得できるし、肉声の干渉が回避されるという意味ではむしろいっそう純粋に感得できる。彼の声調観は、読み書きに培われた言語感覚と相反するどころか、むしろ不可分に包み合っていたと見るべきだろう（↓本書断章）。

本章では、茂吉の少年期の言語体験を追跡しながら、歌人としての資質がその体験によって方向づけられたことを述べてきた。資質が具体的にどう形成されたのかを不問に付していた点、記述がかなり先走っていたことは否めない。この点を補うためにも、次章では歌人としての出発期を見届けていくことにしよう。

第二章　迷妄と異能——左千夫に入門したころ

茂吉が作歌にのめり込んでから約五年間の、習作期について記していこう。年齢でいえば二四歳から二八歳までの時期であり、その間、実生活のうえでは、一九〇五年（明治38）七月に紀一の婿養子に迎えられて斎藤姓となり、同じ月に一高を卒業、同九月に東京帝大医科大学に入学したが、作歌に熱中して学業成績は振るわず、最終学年の〇九年には腸チフスを発病して卒業を延期したのだった。

前章でも触れたように、茂吉は中学時代から作歌に手を染めていたものの、熱中しはじめるのは一高三年の冬からで、正岡子規の遺歌集『竹の里歌』に心酔したことが直接のきっかけだった。まもなく伊藤左千夫らの歌誌『馬酔木』をも購読しはじめるが、ただちに左千夫に入門したわけではなかった。世人はこの間の事情について、茂吉が当初から子規の万葉調に共鳴したかのように思い込みがちだが、それは、万葉調の国民歌人／民族詩人という後年のイメージが先入観となっているからだと思われる。以下の記述では、この先入観を斥けることが主要な目的となる。

1 『竹の里歌』との出会い

『万葉集』を読んでいなかった

茂吉は子規の歌のどこにどう魅せられたのか。これはかなり微妙な問題だが、少なくとも次の一点はほぼ確実だと思う。彼は当初、子規の万葉調や万葉趣味に惹かれたのではなかった。惹かれようにも当の『万葉集』をまだ読んだことがなかった。

明治三十一年の夏休みに、浅草区東三筋町に住んでゐて、佐佐木信綱氏の「歌の栞」を買つて来て読むと、西行法師の優れた歌人である事が書いてある。そこで、「日本歌学全書」第八編を買つて来た。この書物には、「山家集」のほかに「金槐集」をも収めてゐる。これが「金槐集」を見たはじめである。当時の予はまだ少年であつて、歌書などを買つたのは覚束ない知識欲に駆られての所為に過ぎなかつたのである。それでも一度は読んだものと見え、ところどころに標点などを打つてゐる。それから五六年間さういふ書物を殆ど顧みずに経た。明治三十八年、「竹の里歌」が機縁となつて和歌を作つて見ようといふ気になり、竹の里人のものを集めたり、「心の花」の第四巻第五巻を集めたり、伊藤左千夫先生に師事するやうになつたりしてゐる間に、二たび「金槐集」を読むやうになつたのである。

〔「短歌私鈔第一版序言」一九一六年四月、全集9〕

「明治三十一年」（一八九八）といえば子規が短歌革新に乗り出した年だが、この年中学三年だった茂吉は、子規の事業とは特に接点をもたないまま、佐佐木（当時は佐々木）信綱の著書によって短歌に興味を覚えたのだった。一つめの傍線部に注意しよう。『日本歌学全書』全一二冊（佐々木弘綱・信綱標註、一八九〇～九一年、博文館）は、同時期に同じ出版社から刊行された姉妹編『日本文学全書』（落合直文・小中村義象・萩野由之編、一八九〇～九一年、博文館）とともに、国民の古典となるべき諸テキストを初めて活版化した画期的刊行物である。判型が比較的小型であるうえに、簡便な頭注も施されていて、しかも一冊二五銭と廉価だったため、広く歓迎されて版を重ねていった。

その『日本歌学全書』には、第九～十一編に『万葉集』が三分冊で収められ、この三冊は大正期まで『万葉集』の標準的テキストでありつづけた。茂吉と縁のある範囲で言えば、ほかならぬ子規の座右にも同叢書は置かれていたし、アララギ派の後輩である土屋文明は、高崎中学四年のときいったん『万葉集略解』を購入し、後に小遣いに困ったときそれを売り払って、代わりに『歌学全書』版の『万葉集』三冊を買い求めたという。昭和初期に茂吉の論敵となる長谷川如是閑も、やはり中学生のときに『歌学全書』を全冊買い揃え、特に『万葉集』を愛読したのだった（品田〇一）。

『日本歌学全書』第八編

佐々木信綱『歌のしをり』
背表紙には「歌之栞」とあるが，内題・自序とも「歌のしをり」。

一方、茂吉はといえば、『山家集』を目当てに『歌学全書』第八編を買い求めたものの、『万葉集』には食指が動かなかったらしい。『歌のしをり』（佐々木信綱、一八九二年、博文館）という、本文だけで千四百ページ近くもある大著を一円六〇銭もはたいて購入したくらいだから、『万葉集』に少しでも興味があれば、三冊分の代金七五銭（一括購入すれば七二銭に割引）を惜しむはずはないのだが、ついでに入手しようとはしなかったばかりか、その後『竹の里歌』を読むまでの数年間は、「さういふ書物」、つまり歌書のたぐいを「殆ど顧みずに経た」という。

以上のとおりなら、茂吉は、『竹の里歌』に出会った時点ではまだ『万葉集』を読んでいなかったことになる。次に引く別の文章もこの推測を支持するはずである。

自分は明治三十八年ごろ、偶然正岡子規の歌集「竹の里歌」といふのを貸本屋から借りて読み、歌を作るやうになつたのであるが、「竹の里歌」の歌風が晩年になるほど万葉調になり、またその門下生の作物を輯めた「竹の里人選歌」といふものを見ると益々万葉調なので、万葉集を読んだ。併し当時は自分の如き書生には大阪版の万葉集略解が買へるぐらゐなところで、今のやうな便利な時代ではなかつた。従つて万葉集の歌も実は好く分らなかつた。

〔「万葉集から」一九二六年十一月、全集5〕

中学時代の書簡に引かれた万葉歌

ただし、右の推測を通すには邪魔な材料が一つある。中学五年のとき次兄守谷富太郎に宛てた書簡一三（一九〇〇年二月二十八日、全集33）に古歌が五首引かれていて、そのうち四首までが万葉の歌なのだ。それらを左に書き出してみよう。茂吉の表記に従って掲げるが、歌句の誤りを本文右の〔　〕内に注記しておく（片仮名による振り仮名は本人が付したもの）。

もの丶ふ〔ますらを〕の行くとふ道ぞおほら〔ろ〕かに思ひて行くな。ますらをの伴《トモ》
今日よりは顧みなくて大君の醜《シコ》の御楯《ミタテ》と出で立つ我は
これのみぞ人の国より伝はらで神代を受けし敷島の道
ますらをは名をし立つべし後の世に聞きつぐ人も語りつぐがね
をのこやも空しかるべき後の世〔よろづよ〕に語りつぐべき名を〔は〕立てづ〔ず〕して

第三首は『玉葉和歌集』雑五に載る冷泉為相《ためすけ》の作で（18・二五三九）、仕入れ先は『歌のしをり』と見られる。同書の「総論」中、「歌は神代より伝はりつ丶、今もたえせず、万代不易の道にて」云々と述べたくだりにこの歌が引かれているし、小中村清矩《きよのり》の寄せた序にも「人の国よりつたはらてとむ

かしひとのうたひけんしるしもいちしるく」云々とある。

他の四首が『万葉集』の歌である。第一首は、天平四年（七三二）の諸道節度使の派遣に際し、聖武天皇の名で披露された長反歌の反歌（6・九七四）、第二首は、天平勝宝七歳（七五八）に九州に派遣された下野国の防人、今奉部与曾布《いままつりべのよそふ》の作（20・四三七三）、第四首は、天平勝宝二年（七五〇）に大伴家持が作った「勇士の名を振はむことを慕《ねが》ふ歌」の反歌（19・四一六五）、第五首は、天平五年ごろ重篤となった山上憶良が見舞に応じた作で（6・九七八）、家持の作は憶良の作をふまえている。

茂吉の引用に散見する誤りのうち、最後の「づ」は単純な誤記だろうが、他は記憶違いによるものらしいから、彼はこれらの歌をまがりなりにも暗記していたことになる（第四・第五首は、同年五月二十六日付の守谷富太郎宛書簡一五にも引かれていて、後者の第三句と第四句に同じ誤りが繰り返されている）。どうやって暗記したか。この点についていては、「直接万葉集を通読してゐたとは考へられないが、学校の教科書程度の知識だとも思はれない」との観測があり、そこから、茂吉の嗜好がもともと万葉に合っていたというようなことも云々されるのだが（柴生田七九）、私はもっと単純に、学校で習い覚えたのだろうとにらんでいる。それも、国語ではなく、倫理（後の修身）の時間に習ったのではないかと思う。

標準語と言文一致の普及が急務とされていたこの当時、中学校の国語科で使用された講読用教科書（国文読本／国語読本）からは平安時代以前の文章が基本的に排除されていたし、師範学校で一足早く始まっていた文学史教育も中学校にはまだ及んでいなかったから、中学時代の茂吉が国語の授業で

『万葉集』を学習したとは考えにくい。

和歌と修身教育

他方、和歌を民衆教化に応用する動きは早くから起こっていて、そのさい広く利用されたのが『明倫歌集』だった。同書は、多くの歌集から道徳的内容の和歌千二百余首を選抜し、「君臣・父子・夫婦・兄弟・朋友・神祇・国体・文・武・拾遺」の各徳目に部類したもので、もともと徳川斉昭《なりあき》の命によって編纂され、一八六二年（文久2）に刊行されたのだが、明治初頭には、堀秀成『名教百首』（一八七四年刊）、久保季茲《すえしげ》『明教百首』（一八七三年刊）など、同書から万葉歌ばかりを抄録して多少差し替えた書が複数作成されていた。これらは、明治政府から教導職に任ぜられた人々が教化活動用の教典として作成したものであり、堀書の稿本を訂正して先に刊行したものが久保書である（青山）。『明倫歌集』自体にも明治刷りの版本があったし、佐佐木信綱の校訂標註による東京堂版（一八九二年）、また女子高等師範学校版（一八九六年）など、活版に組み直したテキストも複数作成されて、これらが修身用の副読本として使用されることもあった。ほかにも杉谷正隆『修身百首』（一八九七年、国光社）のような類書が出回っていた。

『明倫歌集』『名教百首』『明教百首』には、それぞれ、問題の万葉歌が四首とも収まっている（『修身百首』にも第五首以外の三首が載っている）。茂吉の知識の出所は、おそらくこれら三書か、その類書と見てよいだろう。引用のしかたにしても、第一・第二首を引いた直後に「武士の心がけ今斯くの如し風流閑人の夢だも知る処にあらずと存ぜられ候」と書き、また一高受験に向け日夜勉学に励んでいることを報じたくだりに第四・第五首を挙げるという調子で、要するに古歌に教訓を求めるということに尽きる。ちなみに、このころ彼の座右には貝原益軒の『益軒小訓〔十訓カ〕』があって、勉強に疲れるとそれを読んで心の糧にしていたという（「そのころの思ひ出」『蛍雪時代』一九四六年十一月、全集7）。

『名教百首』『明教百首』には後印本が知られていないから、茂吉が直接読んだとすれば、活版か明治刷りの『明倫歌集』と見られるが、その場合、時代も作風もまちまちな収録歌から万葉歌ばかりを選んだ点の説明がつかない。むしろ、開成中学の教員某がかねて『名教百首』または『明教百首』に馴染んでいて、生徒たちに暗誦を命ずるか、訓話に織り混ぜて紹介するかした、というあたりが実際に近いのではないか。いずれにせよ、忠孝や立身といった徳目を一途に信奉していた茂吉少年は、ふだんの万葉歌を訓戒として受け止め、覚え込み、その知識を兄にひけらかしたまでだったろう。

『竹の里歌』との出会いを語った文章

改めて茂吉本人に語らせよう。『竹の里歌』との出会いに彼が触れた文章は、ごく短いものを除けば八編ばかりあって、年代順に掲げると次のようになる。

①書簡三五（一九〇五年四月三十日、渡辺幸造宛、全集33）。
②書簡三八（同五月六日、渡辺幸造宛、全集33）。
③「思出す事ども」（初出一九一九年七・十月、『童牛漫語』所収、全集5）。
④「作歌稽古の思ひ出」（初出一九二〇年十二月、『童牛漫語』所収、全集11）。
⑤「正岡子規の歌」（初出一九二一年十月、『正岡子規』所収、全集20）。
⑥「正岡子規」（初出一九二八年六月、『小歌論』所収、全集12）。

⑦「文学の師・医学の師」（『婦人公論』一九四二年三月、全集7）。
⑧「短歌への入門」（『群像』一九四七年一月、全集14）。

心酔した理由を語らない渡辺幸造宛書簡

書かれた時期から見てもっとも信頼度の高いのは①②だが、①は「小生はじめて竹の里歌をよみ驚き申候、以来子規居士の慕はしくて堪まらず一つ小生も故人が弟子にでもならむかとまでおもひ居りしが」云々、②は「小生は鉄幹が詩も分らぬながら敬服して見、信綱直文諸氏の歌も一読いたし候へしもドーモ竹の里歌が気に入り申候これも意味なき事にて、何か前世からの宿縁とでも申すべきことならむと考ひ《〔ママ〕》居り候」と、ともに子規への心酔を熱っぽく語る反面、どこがそんなに気に入ったかという点にはまったく触れていない。触れないことに意味があるのかもしれない。

『子規遺稿第一篇　竹の里歌』

後年の回想

③〜⑧は後年の回想で、語られた内容には一貫して不動の要素と、かなり流動的な要素とがある。

不動の要素はおよそ二つあって、一つは、子規の歌に初めて接したときの感動を「僕は嬉しくて溜らない」「僕は溜らなくなつて、帳面に写しはじめた」（③）、「ひどく驚き且喜んだ」（⑥）、「尋常一様の歌でなくて、私は驚嘆してしまつた」（⑦）など、①②と同じように生々しく再現してみせる点であり、もう一つは、子規の初期の歌は自分を非常に感動させたけれども、万葉調に傾斜した晩年の歌はどこがいいのか分からなかった、と付言する点である。初期の歌として繰り返し例示されるのは、

柿の実のあまきもありぬ柿の実の渋きもありぬしぶきぞうまき　〔一八九七年作〕③⑧
人皆の箱根伊香保と遊ぶ日を庵にこもりて蠅殺すわれは　〔九八年作〕③④⑥⑦⑧
吉原の太鼓聞えて更くる夜にひとり俳句を分類すわれは　〔同〕⑥⑧
木のもとに臥せる仏をうちかこみ象蛇どもの泣き居るところ　〔九九年作〕③⑤⑦⑧
岡の上に黒き人立ち天の川敵の陣屋に傾くところ　〔同〕④⑤⑧
なむあみだ仏つくりがつくりたる仏見上げて驚くところ　〔同〕⑤⑧

などで、実際、茂吉の最初期の秀作「地獄極楽図」が「木のもとに」以下三首の影響下に成ったことはよく知られている（文章と引用歌との対応を丸囲み数字で示した）。

回想ごとに一定しない心酔の理由

他方、子規の初期の歌のどこに魅了されたかという点になると、茂吉の語りは必ずしも一定せず、回想になんらかのバイアスがかかっていることを思わせる。たとえば④は、「俳句から悟入した一種の看方と技方」を指摘し、「看方が細かく洒脱で小気が利いて、ぴりりと刺激するやうに出来て居る」と言い、それを「俳諧趣味」と言い換えて、「僕の好いたのは、

つまりその趣味であるらしい」と述べる。⑤も俳句の技法の応用に触れて、句法の斬新さが微妙なユーモアに結びついていると言い、『竹の里歌』を読んだ直後は「かういふ種類の歌を好いた」と振り返るのだが、④には見られなかった感想として、この味は「写生」の賜物だろうとも付言する。かと思うと、⑦は、「何となく生々《いきいき》としてゐて清新に感ぜられるし、単にそれのみでなく、従来の歌のやうにむづかしくなく、これならば私にも出来るやうにおもはれた」と言うだけで、俳句には言及しない。さらに⑧は、「身辺の平凡な風物」を「分かりよい言葉であらはしてゐて、然かも何となし従来の歌より新鮮に聞こえる」ところ、また「漢語脈、俗語脈を自在に使つて」耳障りしないところに感嘆したと述べるのだが、「従来の歌の調子と大に違ふところがあつて、所謂万葉調を混じて居る」と、初めて「万葉調」を持ち出している。

このうちどれが事実に近く、どれが遠いかは軽々に判断できないが、少なくとも晩年の⑧は、万葉調の国民歌人として功成り名遂げた時点での発言だけに、かなり割り引いて受け取る必要があると思う。文章の運びも、「万葉調を混じて居る」と述べた直後に「そのころは万葉集入門といつたやうな便利な書物が無かつたが、中学や高等学校で教はつた国文に関する力量で、略《ほぼ》さう断定することが出来た」とことさら付言するあたりは、例の過剰な韜晦のように私には感じられる。

一高でも『万葉集』を習わなかった

駄目を押しておこう。すでに述べたとおり、中学の国語で茂吉が『万葉集』を習ったとは考えにくい。高等学校ではどうか。まず、彼の属した一高第三部（医科進学予定者のコース）のカリキュラムでは、国語の授業は第一年次に週三時間あるだけで、第

一高時代

記念写真の一部。茂吉の左手前は，当時英語教師だった夏目漱石。

二・第三年次には履修しない定めだった（旧制高等学校資料保存会『資料集成 旧制高等学校全書 2』一九八〇年、昭和出版）。そのころ一高で「国文」を講じたのは今井彦三郎・菊池寿人《ひさと》・杉敏介《としすけ》らだが、茂吉の回想記に名が見えるのは今井だけで（前掲⑧）、後に『万葉集』の名物教師となる菊池（五味智英「鑑賞――耕霞道人頌」『日本古典鑑賞講座』「月報10」一九五八年、角川書店）には習わなかったらしい。また、彼ら国文教師の共編による高等学校用古典教科書に『万葉集』が加わるのは、一九〇六年三月、つまり茂吉が『竹の里歌』を読んだのより一年あまり後のことなので（『訂正高等国文 万葉集』一九〇六年、吉川弘文館）、それまでは『万葉集』講読の授業は開かれていなかったかと思われる。だいいち茂吉は、膨大な著述のどこにも、一高で『万葉集』を習ったとは書き残していない。しかも本人は数年来歌書のたぐいを顧みずにいたとなれば、その間、『万葉集』に関する知識が格別深まっていたとは考えがたい。

子規の歌が「万葉調を混じて居る」と「断定」できた、という茂吉の回想は、まったくの作り事ではなかったかもしれない。けれども、その「断定」は、たとえば、終助詞「かも」が使用されているから万葉調だという程度の、ごく表面的な判断でしかなかったに違いない。しかも、特に印象に残ったらしい上記「柿の実の」以下六首には、その「かも」はおろか、万葉特有の語詞や語法はまったく使用されていないのだ。彼の感動は「万葉調」とは無関係だったと見ておかなくてはならない。

「従来の歌」は難しい

では何が感動の原因だったか。私は、本人が「かういふ種類の歌ならば、僕にも出来ないことはないと思はせた」⑥、「従来の歌のやうにむづかしくなく、これならば私にも出来るやうにおもはれた」⑦と繰り返し回想している点を重視したい。子規の歌は何よりもその平明さ、分かりやすさによって茂吉を魅了したのではなかったか。というのも、そのとき彼の念頭にあった「従来の歌」とは、子規以前の新派和歌ではなく、中学時代に読みかじった『歌のしをり』や『山家集』に載っていた古典和歌、具体的には次のような歌々だったはずだからである。

いつしかと明ゆく空のかすめるは天の戸よりや春はたつらん　顕仲
あかてゆく春の別にいにしへの人やうづきといひはじめけん　実清
葛の葉のうらめつらしく吹風や秋立つ今日のしるしなるらん　六条
山風にもみち散りしく道しばのつゆふみわけて冬はきにけり　後鳥羽院
あまの原あかねさし出つる光にはいつれの沼かさえ残るへき　菅公
春たつとおもひもあへぬ朝戸出にいつしか霞む音羽山かな
たつ田川岸の籬を見わたせばゐせぎの波にまがふ卯のはな

秋たつとおもふに空もたゞならでわれて光をわけん三日月
ねざめする人の心をわびしめてしぐるゝ音は悲しかりけり
軒ちかき花たちばなに袖しめて昔をしのぶなみだつゝまん

『歌のしをり』の「作例名歌集」と、『歌学全書』第八編所載『山家集』とから、「春」「夏」「秋」「冬」「雑」の各部の、それぞれ三首めに並んでいる歌を抜いてみた。「作例名歌集」は、佐佐木信綱の父、弘綱が生前まとめておいたもので、歌の選出は旧派の立場からなされており、勅撰二十一代集とその作者たちの家集とが出典の中心となっている。言うまでもなく、落合直文や与謝野鉄幹・晶子らの作は採られていない。

これら古典和歌の典雅艶麗な歌境が、明治三十年代の中学生の精神生活からおよそ縁遠いものだったことは想像に難くない。まして、見立て・掛詞・本歌取り等々の伝統的技巧が織りなすことばの綾目は、読み解こうにも糸口さえ見当たらないというのが実際のところだったろう。そこに手引きを与えてくれるはずの『歌のしをり』にしてからが、たとえば「第三篇　歌の法則」には「歌の風情をさとる事」「題詠沿革探題組題の事」「貴人に見せ奉る歌の詞書の事」「歌に書くに心すべき文字の事」等々、百二十あまりもの項目を列挙し、「第五篇　歌の書式」には懐紙や色紙・短冊の作法を説くという、実に鬱蒼とした内容の書物なのだった。「覚束ない知識欲に駆られての所為」（「短歌私鈔第一版序言」前掲）はたちまち行き詰まり、放棄されて、茂吉少年の脳裏には〈歌は難しくて歯が立たない〉

との悪印象ばかりが刻みつけられたに相違ない。

その印象を『竹の里歌』が一蹴してしまったのだと思う。難しいとばかり思い込んでいた歌がすらすら分かる。そして同感できる。世の中にこういう歌もあったかと『竹の里歌』の分かりやすさを思うと「僕は嬉しくて溜らない」「僕は溜らなくなつて、帳面に写しはじめた」(③)。この場合、感動の理由を「これらの歌が日常現実の世界をいかにも自由にやすやすと言ひ表はしてゐたため」(柴生田七九)と敷衍するのは、いちおう順当な見方だろうが、本人はもっと盲目的に感動していて、自身の感動を反省したり、分析したりする余裕はなかったのではないかとも思う。①②に感動の理由が語られていなかったことを改めて想起しておきたい。

いずれにせよ、分かること自体が嬉しくてたまらないという、拍子抜けするほど素朴なこの経験は、歌人茂吉の原点には相違ないにしても、「文学的覚醒」などと称するのはためらわれるところだろう。実際、この経験が直ちに『赤光』の達成を導いたわけではなかった。『赤光』の歌境は、先回りして言えば、根岸派加入後の長い低迷を経てつかみ取られたのであり、『万葉集』にかかずらったことが茂吉に遠回りを強いるとともに、結果的には彼を大きく育てたのだ、と私は考えている。

2　子規の国詩創出構想と万葉尊重

ここでいったん視野を転じ、子規および根岸派の万葉尊重と、それが背負っていた脈絡とを見渡し

「子規居士像」（中村不折画）

ていくことにしよう。

子規の短歌革新事業

短歌に関わる子規の事績として、一般に知られているのは次のようなことがらだろう。一八九二年（明治25）ごろから新聞『日本』を拠点に俳句の革新に取り組んできた子規は、この仕事がほぼ軌道に乗ったのを見届けると、続けて短歌の革新に乗り出そうと企て、手はじめに評論「歌よみに与ふる書」を同紙に連載して、当時歌壇の主流を占めていた桂園派に筆誅を加えるとともに、長く和歌の規範として仰がれてきた『古今集』を「くだらぬ集」と決めつけて波紋を呼んだ（一八九八年二〜三月、全集7）。並行して自作「百中十首」を世に問うたことも呼び水となって、岡麓《ふもと》・香取秀真《かとりほつま》・伊藤左千夫・長塚節《たかし》・蕨真《わらびまこと》・森田義郎《ぎろう》といった新進歌人たちが子規のもとに集まってきた。根岸短歌会、通称「根岸派」を形成した彼らは、月々の詠草を『日本』『心の花』などの新聞・雑誌に発表するとともに、活発な言論活動をも展開して、そのころ明星派が席巻していた新派歌壇の一角に位置を占めていった。子規自身は脊椎カリエスの悪化により一九〇二年九月に世を去ったので、歌人として活動した期間は足かけ五年にすぎない。が、その間、二千首を超える短歌とともに、写生の推奨、万葉調の唱道など、数々の重要な提言を残した。翌〇三年六月には遺弟たちの手で結社誌『馬酔木《あしび》』が創刊され、根岸短歌会としての活動が継続されていく。

子規の革新事業について銘記しておきたいのは、目ざされていたのが単なる伝統詩の刷新ではなく、「国詩／国民的詩歌《ナショナル・ポエトリー》」の創出だったという点である。国民全体に共有され、その精神的統合に寄与するような詩歌はどうすれば樹立できるか――この、明治の知識人がともに頭を悩ませた課題を前に、彼は独自の戦略を組み立て、実行に移した。

「国詩創出」という脈絡

外山正一・井上哲次郎・矢田部良吉の三名が『新体詩抄』（初版一八八二年、丸屋善七）を刊行して以来、「国詩」創出の指針として繰り返し唱えられたのは次の四点だった。新時代にふさわしい複雑雄大な内容を盛り込むために、

一、詩形の長大化

二、用語の範囲の拡張

を図ること、そして国民的普及を可能にするために、

三、表現の平明化

四、過剰な修辞や擬古的措辞の排除

を推進することである。指針三・四については、これを機械的に追求することは詩歌の芸術性を阻害するとの意見もくすぶりつづけたものの、多くの論者はそうした声に耳を貸さなかった。あらゆる言語活動の目的は透明かつ効率的な情報伝達に帰着する、というのが彼らの基本的見地だったのである。これを「啓蒙主義的言語観」と呼ぶことにしよう。

『万葉集』が国民歌集として見出されたのも、まさにこの脈絡においてだった。新体詩の出現とともに和歌の存在意義が全否定されかけたとき、その立て直しを図った人々——萩野由之《よしゆき》・池辺義象《よしかた》・落合直文ら、一八八二年に東京大学文学部に付設された古典講習科の関係者たち——によって、国学和歌改良論が展開される。国学系の素養を身につけた彼らは、和歌は狭隘短小で使い物にならないとの非難を是認する一方、賀茂真淵らの議論を援用することにより、そうした非難は平安時代以降の堕落した和歌にこそ妥当するものの、和歌の本源である万葉の歌々はその限りではないのだ、と口々に反駁する。彼らに言わせれば、上記の指針一は万葉の長歌によってとうに先取りされていたのであり、二に関しても万葉には少数ながら漢語を使用した先例があるし、三・四にしたところで、万葉のことばは当時の普通語で、表現も率直そのものだというわけなのだった。彼らはまた、外山や井上の実作を蕪雑粗笨で読むに堪えないと非難しつつ、この欠陥を回避するには四の指針に固執すべきでないと説いて、古語や歌語を織り混ぜた「長歌」を創作する一方、短詩形にも固有の存在意義があることを強調して、指針一にも修正を加えようとした。

『万葉集』は、こうして、きたるべき「国詩」の古代における先蹤と見なされた結果、にわかに存在感を高めることになった。そしてその過程で、「天皇から庶民まで」の幅広い作者層と「素朴・雄渾・真率」な歌風という、後々まで通念となる万葉像が織り上げられていった。

興味深いのは、和歌の将来性を真っ向から否認していた『新体詩抄』の著者までが、その万葉像をなんの抵抗もなく受け入れた点だろう。

万葉の歌を以て。古今集の歌よりは。優れたものとすることは。見識のある者の間には。すでに決定したる。輿論であると思はれます。〔外山正一「新体詩及び朗読法」『帝国文学』一八九六年三・四月〕

この発言は「歌よみに与ふる書」より二年早い。「古今集はくだらぬ集」という子規の判定は、論調の極端さを措くとすれば、実は知識人のあいだではとうに常識となっていたのである（品田〇一）。

啓蒙主義的万葉語言説

国民歌集『万葉集』が本質的に願望の産物であることを明確にするために、『万葉集』の歌ことばについて少々立ち入っておきたい。

「歌ことば」と呼ぶのは、話しことばと区別しようとしてのことである。どう区別されるか。まず、枕詞や序詞といった万葉歌の技法は日常の会話では使用されたはずがないということがある。また、日常会話で「かへる」「つる」と呼ばれたはずの蛙・鶴が、歌に表わすときにはもっぱら「かはづ」「たづ」と呼ばれたという、よく知られた事実もある。資料の制約をも考慮すれば、同様の言い換えはほかにも多々なされていた可能性があるだろう。

それればかりではない。万葉歌人の大多数は律令国家の官人であり、彼らの業務は漢文による読み書きを中心に営まれていた。公文書などに使用される種々の漢語は、彼らの日常会話にも入り込んでいたはずで、その多くは和語には置き換えにくかったろうから――たとえば「戸籍」「陰陽寮」「大宰府」等々――、字音で発音されていたものと見るほかはない。つまり、昨今の日本でカタカナ語の氾濫が問題視されているのにも比せられるような状況が、古代の官人社会では漢語（字音語）について生じていたはずなのだ。『万葉集』の使用語彙は、しかし、諧謔を狙った歌などのわずかな例外を除けば、ほとんどすべて和語からなっていて、漢語は組織的に排除されている。しかも、使用された和語が純然たる在来語ばかりかといえば、決してそうではなく、漢詩文に典拠をもつ語を訓読することで成立した語、いわゆる「翻読語」がかなり含まれているらしい。「つゆしも」「あかときつゆ」「しらゆき」などがその確実な例で、これらの語は語形こそ和語的であるものの、裏側に漢語「霜露《サウロ》」「暁露《ケウロ》」「白雪《ハクセツ》」等々が貼り付いている。

要するに、『万葉集』のことばは、漢語や俗語との相対関係のもと、特殊な精錬を経て成り立ったことば――日常語とは位相を異にすることばなのである。

だが、明治の知識人たちはそうは考えなかった。万葉歌人は上品なことばづかいを心がけながらも、基本的には当時の話しことばをそのまま用いて作歌したのだ、と考えた。

〔『万葉集』の〕歌語は、当時普通の言語の都雅なるものを用ひしならん。

〔三上参次・高津鍬三郎『日本文学史』一八九〇年、金港堂。補足品田〕

万葉時代にはあの言葉が其時分の言葉であります、所謂今の言葉は猶ほ古への言葉の如しと言葉に付ては言ふ、唯古くなつて珍らしくなつただけのことで、別に有難くも何ともない、今日我々の言ふ言葉も昔の言葉も同じことである、

〔福地桜痴「歌と調」『心の花』一九〇〇年七月〕

彼らがこう考えた筋道は明白だろう。国民歌集『万葉集』は将来の「国詩」の心理的等価物だったから、「国詩」に期待された性質を用語の面でも満たしていることが要請されたのだ。

平たく言い直してみよう。明治の詩歌は明治のことばで創作されなくてはならない。さもないと国民的普及は期しがたい。ところでここに『万葉集』という由緒正しい手本があって、天皇から庶民までの歌があまねく収められている。奈良時代には和歌という同一の文化を国民全体が享受していたのだ。なぜそういうことが可能だったか。何よりも、小難しいことばづかいを避けたからである。今でこそ耳遠い古語となってしまったものの、当時はあれが現代語であり、日常会話に使用されるのとそう隔たりのないことばであって、万葉の歌人たちは、自身の内面を流れるそのことばを使用して、思ったり感じたりしたことを偽らずありのままに表現した。枕詞やら序詞やらはこのさい無視しよう。過剰な装飾も末梢の技巧も介在しない自然な表現こそ万葉の持ち味であり、尊いゆえんでもある——啓蒙主義的言語観に導かれて、およそこのような見方が通り相場となっていった。これを「啓蒙主義的万葉語言説」と呼ぶことにしたい。

子規の国詩創出構想

さて、ざっと以上のような言説空間が子規を取り巻いていて、彼はその内部で思考するよう仕向けられていた。現に、彼が当初構想していた「国詩」創出の路線は、当時の論議を主導した上記の指針一〜四とそう隔たってはいなかった。たとえば「用語は雅語俗語漢語洋語必要次第用《〔ママ〕》うる積りに候」（「六たび歌よみに与ふる書」一八九八年二月、全集7）との発言は指針二そのものであるし、指針三・四に重なる発言としても次のようなものを拾うことができる。

縁語に巧を弄せんよりは真率に言ひながしたるが余程上品に相見え申候。

〔「十たび歌よみに与ふる書」一八九八年三月、全集7〕

愚考は古人のいふた通りに言はんとするにても無く、しきたりに倣はんとするにても無く只自己が美と感じたる趣味を成るべく善く分るやうに現すが本来の主意に御座候。故に俗語を用ゐたる方其の美感を現すに適せりと思はゞ雅語を捨てゝ俗語を用ゐ可申、又古来のしきたりの通りに詠むことも有之候へどそれはしきたりなるが故に其を守りたるにては無之其の方が美を現すに適せるがために之を用ゐたる迄に候。

〔同。圏点略〕

指針一、詩形の長大化については多少説明が必要かもしれない。実は、和歌と俳句の将来性について子規はもともと悲観的な見通しに立っていて、これら短小な詩形は明治の終わりまでには飽和状態に達してしまうだろうと予測していた（「獺祭書屋俳話（十四）」一八九二年七月、全集13）。その彼があえて短詩形の革新に手を染めたのは、すでにあるものを活用するのが早道であり、着実でもあると発想したためらしい。つまり、歌俳の文学化・国民化によって「国詩」といえる実体を暫定的に成立させ、未曾有の新詩形を生み出すべき将来の世代のために土台を提供するというのが、自身の短命を覚悟していた子規の当初の構想であった（同「（十五）」）。それが、俳句の革新が軌道に乗る過程において、一転、短詩形文学それ自体の可能性を確信するにいたり、日本人の国民性には短詩形こそが適しているとも考えるようになって（「文学漫言（十一）」一八九四年八月、全集14）、歌俳中心の「国詩」を展望する立場へと移行したのだ。要するに、指針一は当初は先送りされていて、ある時点で放棄されたということになる（品田〇一）。

『万葉集』の利用価値

子規は、短歌の革新に着手した一八九八年の時点では、まだ『万葉集』を熟読してはいなかったらしい（品田〇一）。それでいて、『万葉集』の歌は思うままを表現したものであり、だからこそ嫌みがないのだ、という趣旨の発言を以前から繰り返していたのは（「文学漫言（八）」一八九四年七月、全集14。「人々に答ふ（十二）」一八九八年五月、全集7）、国民歌集としての万葉像を先入観として受け入れていたことを意味する。彼はこの先入観に立って、「国詩」創出の指針二～四と合致するものを『万葉集』や後世の万葉調歌人らの作に見出す一方、短歌が国民的文学となるために必要な他の諸要素をも見出して——というよりもむしろ付会して——、『万葉集』の用語・趣向・趣味の幅広さを誇称するとともに、万葉歌人に学んで短歌の表現領域の拡張に努めよ、との主張を展開した（「万葉集巻十六」一八九九年二～三月、全集7）。同時にまた、既成のものを活用する方針を指針二に及ぼし、拡張すべき用語の範囲には古語も含まれるとの了解に立って、『万葉集』の語彙や句法を吟味し、摂取できそうなものを積極的に摂取していった。

世に万葉を模せん〔と〕する者あり、万葉に用ゐし語の外は新らしき語を用ゐず、万葉にありふれたる趣の外は新しき趣を求めず、此の如くにして作り得たる陳腐なる歌を挙げ自ら万葉調なりといふ、こは万葉の形を模して精神を失へる物なり。

〔「曙覧の歌」一八九九年三〜四月、全集7〕

万葉から学ぶべきは外形ではなく、精神である――こう説いた子規は、啓蒙主義的万葉語言説をも半ば受け入れていたと考えられる。万葉尊重に自ら歯止めをかけていたと言ってもよいだろう。

万葉調と平明さとの兼ね合い

もっとも、子規の作歌は晩年に向かうにつれ万葉調への傾斜を深めたとされており、茂吉もそうした見方に立って、

色深き葉広がしはの葉を広みもちひぞつゝむいにしへゆ今に〔一九〇一年作〕④
龍岡に家居る人はほとゝぎす聞きつといふに我は聞かぬに〔同〕④
くれなゐの梅散るなべに故郷につくしつみにし春し思ほゆ〔〇二年作〕④⑧
赤羽根のつゝみに生ふるつくぐ〜しのびにけらしも摘む人なしに〔同〕④⑥
赤羽根に摘み残したるつくぐ〜し再び往かん老い朽ちぬまに〔同〕⑥
枕べに友なき時は鉢植の梅に向ひてひとり伏し居り〔同〕⑧

などを例示していた（丸囲み数字は先に同じ）。なるほど、上代語「いにしへゆ」「思ほゆ」「なべ〔ママ〕に」

を使用するところといい、事象の把握が大まかで語詞の配置も順直なところといい、これらの作には万葉歌の表現を摂取した跡が著しい。けれども、こういう晩年の作も含め、子規の短歌は常に平明そのものであって、歌意の了解に苦しむことはほとんどない。おそらく彼は、万葉調を奉ずる一方で指針三・四にも配慮し、現代の読者にあまり耳遠い語詞や語法は使用を避けていたのだと思われる。

子規の万葉尊重は、繰り返すが、あくまで「国詩」創出のための手段であって、それ以上のものではなかった。

3　遺弟たちの迷走

門弟らの擬古主義を憂慮した子規

だが、不幸にも、子規の構想と戦略は根岸派全体のものとはならなかった。次に引くのは、亡くなる半年ばかり前に門弟たちを叱ったことばである。

君等は、今しきりと万葉を見て、しきりと万葉の詞をばかり使つてゐれば、それでいゝと思つてゐる、万葉に豊旗雲《とよはたぐも》とあると、すぐ豊旗雲と使つたり、道乃八十隈《みちのやそくま》とあると、すぐ道乃八十隈と使ふ、万葉の言葉をつかひこなせて来たのはうれしいが、然しながら、万葉の歌人が、新らしく造り出した詞を、直ちに其儘使う《ママ》ナンて、……それでは、マルで泥棒だ、泥棒は支度《したく》ない

〔秀真記「根岸夜話断片」『心の花』一九〇二年一月〕

玩物喪志ともいうべき門弟たちの万葉模倣は、子規の没後いっそう甚だしくなっていく。『馬酔木』同人には、長塚節や森田義郎のように、子規の構想に比較的忠実な人も含まれていたが、多くは子規と出会う前に国学系の歌学の素養を身につけた人々で、なかには「万葉を子規に教えたのは俺だ」などと吹聴して回る手合いまでがいたという（土屋七七）。彼らはもともと、子規の万葉尊重を真淵の復古主義と平気で混同するような思考回路の持ち主だったから、子規という重石が失われると抑えが効かなくなってしまったのである。

左千夫の万葉尊崇

実質的に『馬酔木』を主宰していた伊藤左千夫こそ、この傾向の最右翼であった。子規は、『日本』紙上で初めて左千夫と接触したころ、和歌・俳句が国民の文学として発展すべきことを強調して、当時「春園」と号した彼を牽制したことがある（「人々に答ふ　十二」一八九八年四月、全集7）。その左千夫は、子規に没書とされた投稿の中で、人類の性質に天賦の賢愚利鈍がある以上は社会に階級が生ずるのは必然で、社会現象としての文学も階級による分裂を免れることはできない、と論じていた（「日本新聞に寄せて歌の定義を論ず」同年三月筆、全集5）。彼の発想には「国民」という観念が欠落していたのである。現に、別の投稿で「和歌は貴族の如し」などと口走って（「小隠子にこたふ」同年二月、全集5）、子規に厳しくたしなめられたこともある。

左千夫の信ずるところ、和歌は本質的に「雅」なものであり、その「雅」の極致は『万葉集』にある。万葉時代の歌聖たちが完全無欠の歌境を達成してしまった以上、後世の自分たちはそこに少しでも近づこうと努力するまでで、凌駕したいなどと望むのは不遜も甚だしい。まして万葉の歌を「自然の調」「有のま、の言葉」などと称するのは、歌の分からぬ愚か者の言いぐさでしかない（「歌の定義を論ず」前掲）。詩歌の史的発展を否認するこの議論は、子規の考えから見ても、当時広まりつつあった万葉像から見ても、さらには進化論全盛の当時の思潮全般から見ても、およそ反動的なものにほかならなかった。

しかも左千夫は、子規の見識に敬服して根岸短歌会に入会してからも、自身の信条を容易に手放そうとはしなかった。子規在世中の一九〇一年には、「国歌の革新」は時勢とは無関係であるとの論を発表し、「予輩の意見は古今集以下より云へば、革新なり、万葉集よりせば復古なり」と言い放ったことがあるが（「続新歌論」『心の花』一九〇一年十一月〜〇二年三月、全集5。圏点略）、革新即復古などと旗を振られたのでは、子規は迷惑するばかりだったろう。『馬酔木』の創刊第一・二号の巻頭に「万葉論」を連載し、自派の活動方針を示そうとした際にも、「予は寧万葉以下千年間の歌集を一炬焼尽して直に万葉の系統を継ぐの快なるを思ふ」と、論調はほとんど春園時代のままであった（『馬酔木』一九〇二年六・七月、全集5）。

左千夫の自信作

実作を一瞥しておこう。次の長反歌は左千夫が『馬酔木』創刊号に掲げたもので、「鋸山を望見して詠める歌　幷《〔あはせて〕》　短歌」と題されている（全集1。ルビはすべて品田）。

名にし負ふ、鋸山《のこぎりやま》は、うべしこそ、いかしかしこし、蒼海《あをうみ》ゆ、尾末《をぬれ》を起し、大空に、岸は通へり、
天地《あめつち》の、始めの時、天津神乃《あまつかみの》、あもるみ階《はし》と、国《くに》津神乃、昇るみ阪と、大穴牟遅《おほなむち》、少奈彦奈《すくなひこな》か、

巌《いはほ》きり、開ける山か、尊伎魯加藻《たふときろかも》、

反歌

鋸の歯なみ岩はし青雲《あをくも》にいかよふ見れば《ば》神代しおもほゆ

左千夫は子規の生前にも長歌「鉅山之歌」を作っていたが（『仏教』一九〇二年一月、全集1）、その長歌は子規に評価されなかったと見えて、『竹の里人選歌』（蕨真一郎編、一九〇四年、根岸短歌会）に載っていない。それの焼き直しともいえる作をあえて創刊号に掲げたのは、おそらく、本人にとっては今度こそ会心の作だったからだろう。根岸派の再出発を飾ろうと意気込んで制作したのかもしれない。

霊峰を振り仰いで創世の太古に思いを馳せるというその内容は、しかし、山部赤人や高橋虫麻呂の富士の歌（万葉・3・三一七〜二一）と同工異曲でしかないし、用語も万葉語一点張りで、「うべ（諾）」「いかし（厳し）」「をぬれ（稜線の端）」「あもる（天降る）」「いかよふ（接頭語イ＋通ふ）」など、古めかしい語詞を羅列したあげく、長歌末尾の一句「尊きろかも」はわざわざ万葉仮名で記すという念の入れようである。そのくせ「うべしこそ」の結びを已然形にしないあたりは、いっそ愛嬌と評すべきだろうか。ともあれ、「進歩的写実趣味」（「万葉論」前掲）など微塵も認められないと言わざるをえない。

選歌欄の入選作

左千夫の選歌欄をも覗いてみよう。左の一〇首のうち、前半五首はこの欄が初めて設けられた第二号（一九〇三年七月）から、後半五首は茂吉の作が初めて載った第三巻二号（一九〇六年二月）から、それぞれ抜いてみた。濁点があったりなかったりするのは、原文を尊重したからである。

言霊の歌の御《み》おやの植置ける馬酔木か花は今咲にけり　〔本吉柊村「祝馬酔木発刊」〕
増荒夫《ますらを》は岩燕飛ふ大滝の底つ岩根に安寝《やすい》せるかも　〔てうえい「藤村操の死を悲む」〕
玉たすきかけのよろしき鉢植のあふひの花よちれは咲きつゝ　〔桐之舎「あふひ」〕
梓弓春はいぬらし摺上の河瀬とよもす水のまに〳〵　〔旅江「飯坂温泉なる大曲駒村に贈る」〕
新みとり青葉繁《し》み垂《た》る片岡のさつきの花は見るにさやけし　〔関澄道「雑詠」〕
落葉かく尾の上を高みなまよみの甲斐《かひ》の国内《くぬち》は半ば見るべし　〔日原無限〕
茸狩や岩手の山の山裾の牧場の馬の群遠《とほ》に見ゆ　〔星山月秋〕
時じくに泣かせ政夫子もみぢ葉と過ぎにし子らを恋ふるなぐさに
〔梅津具久子「小説『野菊之墓』を読み嗚咽きつゝ作れる」〕
川のもにあけの群星《むらぼし》影淡くうする、時し初とり鳴くも　〔志村南城〕
焼跡にさまよふ人をなぐさもる言葉もしらに我もさまよふ　〔寥園「池野の大火の跡を見てよめる」〕

難読語にルビを施し、上代語には傍線を付してみたところ、紙面がうるさいほどになった。これらの意味がすべて取れるという人は、たぶん『万葉集』に日ごろ馴染んでいる人だろうし、特に、最後の歌の「なぐさもる」に首をかしげた人は相当の愛読者に相違ない。大学で『万葉集』を講じてきた私自身の経験に照らしても、「安寝《やすい》（安眠）」「国内《くぬち》（クニウチの縮約形）」といった字面をルビなしで訓読できる学生には、これまで出会った覚えがない。しかも、散りばめられた古語にどういう効果があるかといえば、せいぜい厳かな印象を与えるくらいのことで、なかにはそういう印象が逆効果となっているものさえある。たとえば、藤村操の入水事件に取材した第二首の場合、「増荒夫（雄々しい男子）」「岩燕」「大滝」「底つ岩根（地底の岩盤）」といかめしい語句を連ねたうえに「安寝せるかも（安らかな眠りについたことだ）」と収めるのだが、これでは藤村の死を悲しんでいるのか、讃えているのか判然としないし、まして、当時の青年たちを襲った動揺や衝撃などまったく伝わってこない。

要するに、最晩年の子規が憂慮していた傾向を左千夫たちが推進した結果、万葉調は仲間内だけで通じ合う一種の符牒と化して、その符牒への精通ぶりを互いに競い合うような、マニアックな空気が結社に蔓延していったのである。

擬古派として叩かれた根岸派

そういう根岸派が世間から時代錯誤の擬古派と目されたこと、そのためもあって明治期を通じたかだか数十人の弱小集団でしかなかったことは、ある意味では当然のなりゆきだったろう。世評の例証には事欠かないが、典型的な事例として『帝国文学』の時評欄を見届けておこう。『帝国文学』は、東京帝国大学文科大学関係者が運営していた月刊誌で、「明治後期国民文学運動」と私の呼ぶ学際的運動の拠点誌でもあり、重鎮格の外山正一・井上哲次郎らがしばしば寄稿したためもあって、擬古趣味の排撃は同誌のほぼ一貫した論調となっていた（品田〇一）。同誌一八九九年一月号の「雑報」欄に、学生編集委員の共同執筆による無署名の記事「明治三十一年の文芸界概評」が載っている。文中、前年の「歌よみに与ふる書」および「百中十首」を「竹の里人等一派の粗笨なる歌論と創作」と称し、後者については、俳味を加えて新風を吹き込もうとした意図は買えなくもないが、歌としてはあまりに粗雑浅薄で、「万葉を推尊して古今以下を擯斥《ひんせき》せし結果、遂に万葉の形骸を摸し万葉の古語を臚列《ろれつ》したるに過ぎざるものあり」と酷評している。

根岸派の活動が進展するにつれ、与謝野鉄幹など、多くの新派歌人が右と同様の非難を浴びせていく（与謝野鉄幹談話「国詩革新の歴史」『心の花』一九〇〇年九月など）。子規の門弟たちは種々反論を試みるが、本人は静観を守りつづけ、あげくには「万葉集を模するのが、善いとか悪いとかいふ議論が盛んであるやうだが、それはどうでも善いと思ふ」（「病床歌話」『心の花』一九〇二年七月、全集7）との、投げやりとも取れることばを残したまま他界してしまう。すると、死者を鞭打つようにして非難が再燃する。翌年一月の『帝国文学』は、「思ふに子規子が成効《ママ》は俳句にありて短歌にあらざる也」「一度万葉の臼窠《きうくわ》に陥りて耽湎《たんめん》し樸素なる寧楽《なら》詩人の掌中に掀飜《きんぽん》せられて惑溺し、其の雄渾なる詩調に溺れ勁抜《けいばつ》なる格律に耽り、無分別にも万葉一部の作を以て和歌の神髄爰《ここ》にありと叫ばしめたり」「其の弊の極る所終《つひ》に子規子をして縁遠き古語を使用せしめ古語のレーベンを無視せしめ、牛溲馬矢《ぎうしうばし》紛々として近《ちかづ》く可《べ》からざるものあり」等々と書き立て（「文界苦言数則」『帝国文学』一九〇三年一月、雑報、署名「芝峯」。圏点略）、この記事を巡って森田義郎とのあいだに応酬がなされる（森田義郎「『帝国文学』記者の高教を請ふ」『心の花』同年二月／「于禺漫言」『帝国文学』同年三月、雑報、署名「芝峰」／森田義郎「『帝国文学』記者」『心の花』同年三月）。

『竹の里人選歌』

森田義郎の弁駁

森田は力説する。子規先生は万葉調を推奨はしても、万葉そのものの模倣は厳に戒めていた。自分たち門弟の作にそういう行き過ぎがあったことは確かだが、先生自身の作には「縁遠き古語」などまったく見当たらないはずだ――半分は身内に向けられたのかもしれないこの反論は、意外にも赤門側の半ば受け入れるところとなって、翌年五月に『竹の里人選歌』（前掲）が刊行されると、『帝国文学』の書評欄にこういう記事が載った――根岸派の万葉調は、嫌みのない歌を詠み出そうというのが主眼で、万葉模倣が目的ではなかったはずだ。少なくとも子規自身は、古いものを絶対視するような固陋な態度はとらなかったし、実作にも西洋語・古語・漢語を自在に織り込んでいた。だが、『竹の里人選歌』所収の門弟らの作は「古語を以て歌を作る言語遊戯に陥つて居るもの か《ママ》多い」。同人たちはこのさい猛省して、子規の自由で進歩的な精神に立ち返るべきだろう（「竹の里人選歌」『帝国文学』一九〇四年七月、批評）。

おそらく編集委員の交代があったのだろう、子規の作風が好意的に語られるとともに、批判もそれまでの一方的非難とは打って変わって、建設的勧告ともいえるものになっている。ところが皮肉なことに、この変化を引き出した当の森田は、左千夫との確執からこのときすでに『馬酔木』を去っていて、後に復帰するものの、主力に返り咲くことはなかった。勧告は宙に浮いたまま、左千夫率いる根岸派はさらなる迷走を続けていく。

一般愛好家はどう見ていたか

その六年後、『文章世界』の第五巻十号（一九一〇年八月）に載った投稿文を紹介しておこう。「名古屋市赤塚局区内」在住の一読者によるその投稿文は、明治期の歌壇の動向が一般愛好家の目にどう映っていたかという点でも、かなり興味深い資料といえるように思う。

投稿子は言う。明治短歌の進展は、「旧派和歌の流行」「新派和歌の勃興」「現実歌調の勝利」の、三段階に区分され、第一期から第二期への推移が「第一革命」、第二期から第三期へのそれが「第二革命」に当たる。第一革命の先駆者は落合直文、主唱者は与謝野鉄幹で、従来の束縛を破って自由な言語で新しい表現を試みたが、主として形式上の変革にとどまった。他方、第二革命は、耽美の夢から覚めて偽りなき自己告白に入ろうとしたものであり、思想上の根本的革命であって、人々の生活と触れ合う真の生命を短歌に吹き込んだ。その先駆者は尾上柴舟、主唱者は前田夕暮である。現実派はすでに夕暮の『収穫』という優れた成果をもっているが、運動としてはまだ緒に就いたばかりで、先行きに不透明な面もある。くれぐれも真実に徹し、軽薄に流れぬよう努めるべきである——全体をこう総括するなかで、筆者は、「外《ほか》に此の三期の変遷と異りたる方面を流るゝものに根岸派と云ふものがあるが、これは短歌界の主流には関係がないから省く」と断わっている。根岸派など取り上げるに価しないという扱いなのだ（浦波静華「歌壇の推移と短歌の生命」）。しかも、この文の末尾には編集担当者の「評」も添えられていて、「歌壇革新者としての名誉を与謝野前田二氏が専らにすべきではないにしても大体穏当な見かたの様である。最後の忠告も適切である」とある。

根岸派は歌壇の離れ小島も同然となっていたのである。

4　左千夫に入門する

さて、よりによってこういう集団に、二五歳の茂吉が飛び込んでいくのであった。以下、その経緯を跡づけよう。「思出す事ども」（前掲③）を基礎資料として、細部を渡辺幸造宛の書簡によって補い、同様の操作に立つ柴生田稔の記述（柴生田七九）をも参照しながら記すことにする。

『馬酔木』に感じた違和

再三触れたように、『竹の里歌』が機縁となって作歌に熱中していった茂吉は、やがて『馬酔木』の購読者ともなったが、掲載されていた歌にはむしろ違和感が先立ったらしい。このときの印象を彼は、《この雑誌の歌は、「竹の里歌」の歌よりも、古調といふのであつて、なかなかむづかしいものであつた。単にむづかしいといふよりも、私の実力では読めないのが幾つもあつたし、「竹の里歌」を読んだ時のやうな感奮をも得ることが出来なかつた》（「文学の師・医学の師」前掲⑦）、《古語をしきりに使つて、難解なものであつた。私は勝手がちがふといふ気持もした》（「短歌への入門」前掲⑧）などと繰り返し語っている。それでいて「アシビ所収の歌は皆優秀なものに相違あるまいと、堅い盲目的な尊敬をはらつて」、辞書を引き引き苦心して読んだともいう（「思出す事ども」前掲）。

一九〇五年の八月、一高卒業後の休暇を利用して親友渡辺幸造の実家を訪問した際、渡辺がいろいろ雑誌を見せてくれたなかに『新仏教』があって、その口絵で初めて左千夫の肖像を目にした。「君ひとつ訪ねてみたらどうか」とそのとき渡辺が勧めたが、茂吉によれば「僕には一種の臆する性癖があつて、世の中の偉い人などは殆ど訪ねない。そこで先師をも訪ねずに約半年を経過した」（同）。

早稲田の学生たちとのいさかい

転機は一九〇六年一月に訪れた。この月、同郷の幼なじみで当時早稲田大学の文科に在籍していた長瀬金平が遊びに来た。文学者志望の彼に茂吉が自作の歌稿を示したところ、あれこれ難癖をつけられていさかいを生じたのだが、あいにくと言うべきだろうか、長瀬の学友には名うての秀才、本間久雄がいた。後に早大教授となって英文学と明治文学とを講ずる人物である。その本間が介入し、長瀬に加担したことから、いさかいは文通による論争へと発展し、茂吉はすっかりやりこめられてしまう。

伊藤左千夫
『新仏教』1904年1月号より。茂吉が初めて目にしたのはこの肖像と推測される（東京大学大学院法学政治学研究科附属近代日本法政史料センター提供）。

文法の誤りを指摘されて悔しがる

発端となったのは些細な問題だった。茂吉の作に「一夜がも」という句があったのを長瀬と本間が見とがめ、「大槻の文典」を引いて、「がも」が直接名詞に続くことはない、と指摘したのだ。「大槻の文典」

渡辺幸造

とは、大槻文彦『広日本文典』（一八九七年、大槻文彦）だろう。同書は、現在の学校文法で願望（または希望）の終助詞とされる「が、がも、がな」を「感動詞」の「他語ノ下ニモチヰルモノ」に分類し、《共ニ希望ノ意ヲイフ感動詞ナリ、但シ「も」、し」、て、し」、に、し」ノ下ニ限リテ用ヰラル、其「も」モ、感動詞ナリ》と説明している。同じ説明は、ダイジェスト版の『中等教育 日本文典』（一八九七年、大槻文彦）にも見られる。

二人の指摘に茂吉はどう応じたか――本人は渡辺にこう報じている。

小生万葉の短歌尽く見たけれどドーしても無い故、がは願望の助辞でソレに詠歎のもがついたのだからもがも。もが。しがも。などのも〔がもヵ〕、も、しをとつて直ちについても善いではないか、ソレは只調の問題で詩歌は時に文典などに合はなくても善い筈だと書いてやつたのだ、又大槻の文典は左様なれど万葉あたりの詩人は助辞の一つ二つの増減は甚だ自由で調の上より只がとも使ひもがもがも がもな等又はがもなやとまで使つて居るのに。コン度は人工的に文典といふものを古人の作例よりヒロヘ《ママ》書きして製造しソレ以外に一歩もユルサヌなどはあまり野暮すぎはせずやと書き候、

〔書簡五五・一九〇六年二月十五日・渡辺幸造宛、全集33。圏点・傍線原文、補足品田〕

「万葉の短歌尽く見た」というのは、おそらく手許にあった千勝義重『類題 万葉短歌全集』（一九〇四年、大学館）で調べたのだろう。万葉の短歌四千二百余首を漢字仮名交じりに書き改めて部類し直したこの書を、茂吉は最初の歌論「短歌に於ける四三調の結句」（『アララギ』一九〇九年一月、全集11）の執筆に際しても利用している（佐藤佐〇二）。

万葉の用例を証拠として突きつけてやるつもりが、「ドーしても無い」。諦めきれない茂吉は、わざわざ上野の帝国図書館に出かけ、詳しい文法書を引いてみる。が、当然ながら、「もがも」「もが」があるだけで、「がも」というのはない。「一夜がも」の句はやはり文法に合わないらしい。それでも引き下がるまいとすれば、いっそ文法の権威を否認してみせるしかないだろうし、じっさい彼はそうしかけたのだが、「詩歌は時に文典などに合はなくても善い筈だ」との、現代のレトリック論にも通ずる着眼を全面展開する力量などまだ持ち合わせていなかったから、たちまち腰砕けとなってしまう。万葉の詩人は文法にとらわれなかっただの、文法は後世の人間が人工的に製造したものにすぎないだのと、苦し紛れの強弁を並べ立てた茂吉の文面を、おそらく本間は鼻で笑ったに違いない。ちなみに茂吉は、これに酷似する論争を後に三井甲之とのあいだで経験するのだが、そのときは彼自身が文法を振りかざ

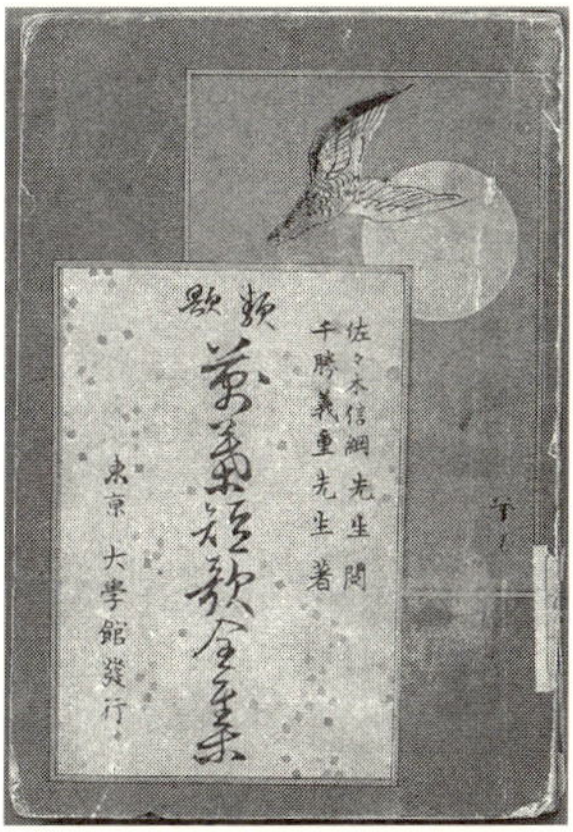

『類題 万葉短歌全集』
（東京大学総合図書館蔵）

す側に回り、相手の強弁を徹底的に攻撃することになる（→本書第四章）。

子規の評価に直結していた争点

実は茂吉は、早稲田連とのいさかいを渡辺に報じた際、「ギロンなど丶云ふもホンのオボコ、ダマシ、に過ぎず候、忘れずに聞かせてくれろとの御言に候へども実の処は恥しくて聞かされたものにあらず、早く忘れ申すべく候」（書簡五四・一九〇六年二月十日・渡辺幸造宛、全集33）と、自身の反論に無理があったことを白状している。そのくせ決して引き下がろうとしなかったのは、もちろん大の負けず嫌いだったからでもあるが、それ以上に、一件が子規の歌業の評価にも及ぶからだった。

彼奴あまり生意気な事言うたるため一番へコマしてやらうと思ひはしたもの丶イザ書くとなれば一寸ウマイ事は書けず仕方が無いから左千夫先生の新歌論（古い心の華所載）などコリの中よりワザワザ出して見申し候、ソレデモ矢ツパリウマイ事は書けず候、シカシどうにかへコマシてやり候、彼奴に子規輩など丶言はせて置くものか僕はコレデもへボダけれど竹の里歌も一度は読んだカラタ〔ママ〕だエヘン早稲田アタリのへナチヨコ歌ばかり読んでウレシガつて居る奴等に子規輩がドウダなど丶いはせて黙つて居らる丶ものではない、ソレに竹の里歌がソンナに一寸と彼奴に分つたら大変だ僕でさへも分らぬのだエヘンエヘン

〔書簡五四、前掲〕

言い負かされた茂吉

子規を小馬鹿にしてはばからない本間らの態度が腹に据えかね、苦心のすえ「どうにかへコマしてや」った、と茂吉は記すが、「ウマイ事は書けず」と二回も繰り返す点といい、「エヘン」などと空威張りしてみせる点といい、実際に「へコマしてや」ったにしては文章の調子がいやに浮き足だっている。五日後の書簡五五でも、本間からの来書を長々と引用までして、子規に関する先方の言い分を伝えているのに、自分がどう反駁したかについては「ホントウならこの処に小生の意見を書くのが順序なれど又折りを見て書くべく候、ソノ折り一々御叱正願ひたく候」と口をつぐんでいる。

言い遅れたが、本間の子規評とは、世間で言い古されていたとおりのもので、彼はそれを「かもはすでに古語万葉時代にのみ用ゐられし死語なるに於てをや、いはゞこれ正倉院の御物にあらずや、今更、もつたいらしくかもをかつき《〔ママ〕》出す子規輩の気が知れ申さず」と、才気走った文体でずけずけ書いてよこしたのだった（書簡五五所引。圏点・傍線原文）。

万葉集かもを用ゐて尚其声調の美を保ちたるはかもと其歌を形づくる他の語との配合よろしきを得たる為めのみ〔……〕所詮活きたる（其当時）語をもて詠めるがためのみ、かもは万葉以来ながくあの世のものとなれり、しかるに今こを再びこの世に迎へんとす、過去における死したる語もて現今における活きたる詩想をうつさむとす、痴にあらざれば愚、愚にあらざれば妄突飛のみ、何ぞ更に百尺竿頭一歩を進めて過去におけるあらゆる死したる語を求め過去に於けるあらゆる死したる詩想

を再びするの妄突飛には出でざる、然らずば断然と万葉を棄てよ、かもがもをすてよ、〔同。圏点・傍線原文〕

この論断を前に、当時の茂吉は切歯扼腕《せっしやくわん》する以外なすすべを知らなかったらしい。憤慨する前にうろたえてしまった、というのが実際のところかもしれない。すでに確かめておいたとおり、彼はもともと子規の万葉趣味に惹かれたのではなかったし、万葉調で作歌する意義についてもこの時点ではなんら突き詰めた考えを持ち合わせていなかった。いわば下手の横好きで乱作しているまでだったから、世間にこういう非難が出回っていることもよくは知らなかったろうし、ましてその非難が自分に向けられようなどとは思いも寄らなかったのだろうと思う。

以上の一件が茂吉を左千夫に急接近させる。

左千夫に急接近

茂吉の用いた「一夜がも」の句は、もともと、『馬酔木』に掲載された篠原志都《しず》児《こ》の作「いなごとる女にしあれどもうら若き後ろ姿に面一目がも」（『馬酔木』一九〇六年一月）を模倣したものだった。『馬酔木』所載の歌に「堅い盲目的な尊敬」を払っていた彼としては、「一目がも」が誤用かもしれないとの疑義を捨て置くわけにはいかなかったから、何度もためらったすえ左千夫に手紙を送り、この語法の根拠を質問してみた。すると意外にもすぐ返事が来た。左千夫の回答は「一目がもは一目見んよしもがもの主観的句の省略された場合」（書簡五五、前掲。傍線・圏点原文）というもので、茂吉自身が苦し紛れにひねり出したのにも輪をかけて支離滅裂な説明だったが、それでも茂吉は非常にかたじけなく思ったという。文法の説明などもうどうでもよくなっていたらしい。本間への感情的反発から子規に対する敬慕の念がますます深まるにつれ、子規の後継者としての左千夫の存在が茂吉の意識のうちで急浮上するとともに、それまで抱いていた近づきがたいような感じをも吹き飛ばしてしまったのだろう（柴生田七九）。

左千夫の教示に対し、茂吉は改めて感謝の手紙を送る。その手紙に自作を十首ばかり書き添えたところ、ふたたび返信が来て、「君の歌は邪気がなくて面白いから、あの中の五首をアシビに載せる」とあり、そのとおり『馬酔木』第三巻二号（一九〇六年二月）の左千夫選歌欄に「紫のにほへる蕾かぐはしみながめて居るかも花あやめ草（少女年十二）」「来て見れば雪げの川べ白がねの柳ふゝめり蕗のとも咲けり」など五首が掲載された。

遊びに来るようにとのことばに従って訪問を果たしたのが三月十八日。山形名物の薄い羊羹「のし梅」を手土産におずおず茅場町まで訪ねていくと、写真から受けていた印象とは相違して、「田舎の翁の様で、ちつとも偉さうなところが無かつた」。抹茶と菓子を供され、三時間ばかり

大学生時代
左から，長兄守谷広吉，茂吉，次兄守谷富太郎。茂吉が帽子をかぶっているのは，このときすでに頭髪が薄くなっていたためかと思われる。

談話して辞去した（「思出す事ども」前掲）。この日を境に、茂吉は左千夫を生涯の師と仰ぐことになった。

5　入門後の低迷

擬古的作風に引きずられる

本間久雄が根岸派を「子規輩」と十把一からげにしていたことを想起しよう。茂吉をさんざんやりこめた彼は、その実、当時流通していた言説を受け売りしていたまでで、『竹の里歌』と『馬酔木』の作風の違いには目もくれていなかった。

他方、茂吉は、『馬酔木』に違和を感じていた分だけ歌を見る目があったことになるが、子規の影を求めて左千夫に近づいたとき、彼は両者の違いをうやむやにしたばかりか、違和の対象を同時に信奉するという矛盾をも引き受ける羽目になってしまった。根岸派に飛び込んだ――むしろ迷い込んだ茂吉が長く足踏みを続ける原因も、おそらくそこに求められるだろう。「歌人として立たうといふ気持がなかつた」（「歌人」一九五〇年一月、全集7）ためもあって、左千夫らの擬古的作風に追随することを特に疑問に思わないまま、当初『竹の里歌』に覚えた素朴な感動に蓋をしてしまい、かといって、『赤光』を生み出すような強烈な衝迫にもまだ出会えずにいたのが、この時期の茂吉だった――ひとまずはそう言って差し支えないと思う。

茂吉の無自覚ぶりを際だたせるために、同じく子規の影を追って左千夫に接近した島木赤彦（本名久保田俊彦、別号柿の村人・柿人）の場合と対比してみよう。

島木赤彦

赤彦は茂吉より六歳年長で、一八七六年（明治9）に長野県諏訪郡上諏訪町で生まれた。九四年に長野尋常師範学校（九七年に長野師範学校へと改組）に入学するころから新体詩を作りはじめ、雑誌『文庫』『青年文』などの熱心な投稿家となる。九八年に同校を卒業、小学校の教員となってからも創作を続け、一九〇三年一月には地元諏訪で『比牟呂《ひむろ》』を創刊、このころから創作の重点を短歌に移し、根岸短歌会の活動を好意的に論評する。寄贈を受けた左千夫が激励したのを機に、門人格となって緊密な交流をもつが、同年六月に左千夫らが『馬酔木』を創刊してからも、自身は『比牟呂』を拠点として活動を続け、〇五年に同郷同窓の太田水穂と共著『山上湖上』（金色舎）を出したのを機に、ほぼ短歌専一となる。〇八年一月に『馬酔木』の経営が行き詰まって廃刊となり、翌月には三井甲之の手で後継誌『アカネ』が創刊されるが、三井と対立した左千夫・蕨真らが同年十月に『アララギ』を創刊すると、当初『アカネ』にも寄稿していた赤彦は翌〇九年三月に『比牟呂』終刊号を出し、同人・門下を引き連れて『アララギ』に合流する。

赤彦はこのように、当初取り組んでいた新体詩をある時期に放棄し、新たに短歌に賭けようとしたのだが、その理由はおよそ二つ考えられると思う。一つは『万葉集』に早くから親しんでいたこと、もう一つは子規の革新事業に共鳴したことである。

赤彦と『万葉集』

赤彦は長野師範入学以前から『万葉集』をいくらか読んでいて、在学中は教科をそっちのけで万葉研究に没頭したといい（三沢精英「青年時代の彼」『アララギ』島木赤彦追悼号）、教員となった翌年か翌々年には、地元の小学校長が「万葉集に対して、一家の見識を備へて居る」と評したともいう（森山汀川「初対面の憶ひ出から」前掲追悼号）。大正期にアララギ派を率いたころには、機会あるごとに、『万葉集』は祖先の素朴な感情生活の所産であり、複雑に分岐した文明社会に生きるわれわれにとって常に立ち返るべき原点であって、ともすれば枯渇しがちな活力の供給源でもある、と説いて回るのだが、こういう万葉観の原形は師範在学中に形成されていたはずである。ちなみに、尋常師範学校では彼の入学する前の年から文学史教育が開始され、国民歌集としての万葉像が公式に教授されるようになっていた。

赤彦の見た子規の短歌革新事業

子規の短歌革新についても、赤彦は一八九九年かその翌年の時点で「必ず子規は大成するに違ひない」と見通して、自分も今後は短歌に力を入れるつもりだと周囲に語る一方（「初対面の憶ひ出から」前掲）、同じころ書いた文章では『帝国文学』の根岸派非難を「無識なる赤門一派のさしで口」と罵倒していた（「和歌漫語　一」『諏訪文学』一九〇〇年十二月、全集4）。文中、和歌俳句は「泰西に対する我国文学上の特有物」であり、「彼等に対し誇示するに足る可き価値がある」と述べていたように、赤彦は子規の「国詩」創出構想を文化的伝統の擁護と読み換えたうえで共鳴したらしい。万葉尊重についても、後に「真に万葉集の気息に接して直に彼等の生命に合致しようとしたのが子規の和歌革新事業である」（「『万葉短歌全集』の跋」一九一五年十月、全集3）と言い、

「子規が万葉に帰れといつたのは、古今集以後の沈滞した空気を払ひ尽して、万葉集の生き生きした感情と、率直さとに帰れといつたのであります」（『歌道小見』一九二四年、全集3）と語ったような、自身の万葉観に引きつけた意味づけを、早くから行なっていたものと考えられる。

要するに、赤彦が歌人に転身したのは、子規の事業を自身の思想に沿って主体的に捉え直したからであった。万葉尊重を柱として短歌を発展させることは、国民の精神生活の向上に寄与する大道である——教育者でもあった彼はそう発想し、そこに自身の使命を見出すとともに、この事業は運動として展開されなくてはならないとも考えて、手はじめに『比牟呂』を組織した。まもなく左千夫に接近したのも計算ずくの行動だったはずで、ありていに言えば、左千夫を介して自身を子規の系譜に組み込み、一地方誌『比牟呂』が中央歌壇に認知される足がかりを得ようとしたものと見られる。この推測が単なる穿ちでない証拠には、左千夫と識り合ってから数年間、赤彦は依然『比牟呂』という一城の主でありつづけ、左千夫に対し師礼こそとったものの、微妙な距離を保っていた。それが、根岸派の分裂に際しては、一転、積極的に介入し、左千夫もいったん賛成した『アカネ』『アララギ』再合同の案に断乎反対したばかりか、この立場を既成事実化しようとするかのように、手勢を引き連れ『アララギ』に合流したのだった。政治的に立ち回っては影響力を増していった彼の手法は、まさに運動の組織者のものであって、左千夫はそのための踏み台にされたと言っても過言ではない。左千夫の死後、赤彦はアララギ派を自己の企図に沿って作り変え、一大結社へと成長させていくのだが、これについては後に改めて触れるはずである（→本書第四章）。

赤彦は明確な目的のもとに事を始めた。茂吉は右も左も分からないまま、おずおずと歩みだした。『万葉集』とどう向き合ってきたか、子規の事業をどう受け止めていたか、左千夫に何を求めたか、そもそも作歌にどういう意義を見出していたか——これら諸点のどれをとってみても、歌人としての二人の出発はまったく対照的であった。

低調な習作

話を茂吉の習作期に戻そう。左千夫に入門してから一九〇九年ごろまでの作は、後に本人が「随分ひどいもの」と振り返ったとおり（「思出す事ども」前掲）、あまりの稚拙さにあきれてしまうようなものが多い。

如来の黄金かがよふおん前に有難とのらす吾れもありがた　〔一九〇六年作、短歌拾遺、全集4〕
ものうきに一人柿むくむくなべにひたに食はまく胡麻ふけるかも　〔〇七年作、同〕
おもしろき面の猿どもしどもにも負債はありや聞かまほしけれ　〔〇八年作、同〕
来む世には少女と生れむ願もて道祖《ちまた》の神にひげたてまつる　〔同〕
どびろくの七杯《ななつき》にしてわがつむりいささかをかしゐひといふかも　〔〇九年作、同〕

惰性で作歌していたのかといえば、決してそうではない。大学時代の茂吉は、学業がおろそかになるほど歌に熱中し、「こんなに歌が好きであつたかと自ら思ふこともあつた」というし（「短歌への入門」前掲⑧）、そのころはもう『万葉集』も読めば『金槐集』も読み、根岸派の雑誌のほか『心の花』

『明星』などにも広く目を配って、吸収できるものを吸収するよう努めていた。渡辺幸造宛の書簡には急所を突いた批評がいくつもあるから、歌を見る目もかなり肥えてきたらしい（柴生田七九）。それでいて実作がさっぱり振るわなかったのは、つまり努力が空回りしていたのだと見るほかはない。

ことばに興味をもちすぎる

どう空回りしていたのか。当時左千夫が「君は部分に興味を持ち過ぎるね」「あんまり言葉に興味を持ち過ぎるね」と折にふれ忠告していたということが、このさい想起されてよいだろう（「作歌稽古の思ひ出」前掲④）。ろくな歌ができないのは、細部にこだわって全体をないがしろにしているからだ——こう諭した左千夫は、むろん欠点を指摘したのであり、茂吉にしてもそう受け止めたに違いないのだが、そして低迷の原因はこの指摘に尽くされてもいるのだが、忠告は左千夫本人の意図を超えて、ゆくゆく開花すべき茂吉の資質を見事に言い当てていたように思われる。というのも、全体の均衡を度外視してまで一語一句に執着する態度を、茂吉は後々まで手放そうとしなかったし、しかもこの態度こそ、彼一流の奇妙に歪んだ言語世界を成り立たせたものだったからだ。

前章で述べたことをここに重ねてみよう。『万葉集』に親炙しないまま根岸派の擬古主義に追随していったとき、万葉の古語は何よりもまず、見慣れないことば、珍奇なことばとして茂吉の目を奪ったのだろう。彼は、それら古語を自在に使いこなそうとする代わりに、一語一語をためつすがめつ眺め回したり、その感触を確かめたりすることに没頭し、ことばとのそういう向き合い方を自身の創作の生理としていったのではないだろうか。だとすれば、低迷期の、それ自体としては空回りしていた努力こそが、実は途方もない異能を育てつつあったとは見られないだろうか。

具体的に例示しよう。当時の茂吉の作には、同一の音節や音素を隣接させて、互いに響き合うよう工夫した跡が目立つ。

異物との戯れ

もろもろはよろこびとよみ花降らひ大悲み仏あれましにけり　〔一九〇六年作、短歌拾遺、全集4〕
よく見ればあはれなるかも足萎えてなほ然れども進み行くあり　〔同〕
阿蘇が根を流らふ雲のかがやきに国生ましたる神世しおもほゆ　〔〇七年作、同〕
少女子のおくつきどころころろなく蟋蟀の声の故なつかしも　〔同〕
老いらくの母がはろはろ寒かろと女文字せす健やか吾は　〔同〕
榾の火のとろとろ燃えにおほ母と都の語り雪夜沈めり　〔同〕
かぎろひの春暮れぬれば緋鯉ども鰭ふる水に藤は散りつも　〔〇八年作、同〕
をこ人はむなぎがぬめら握らまく習へるほどに年をへにけり　〔同〕
さみだるる室にこもらひさみしらに小町が面は思ひ見にけり　〔同〕
春のぬを酒のひさごのふらふらにほろゑひくれば月円にいづ　〔同〕

一首めの「もろもろは」の歌の場合、上二句一二音節のうち九音節までをオ列音が占め、転じて下二句では一四音節中六音節までをイ列音が占める。その中間の第三句では、二つの文節「花」「降らひ」

の頭子音が/h/に揃って頭韻のようになっている。一首め以下については説明を省くが、歌の右に付記したローマ字を参照されたい。

この手法は、古来、調べを整えるために意識的・無意識的に用いられてきたもので、それ自体は茂吉の創案ではない。

か《ka》みつけの・あ《a》そ《so》の・ま《a》そ《so》むら・か《ka》きむだき・ぬれど・あ《a》かぬを・あ《a》どか・あ《a》が・せむ

〔『万葉集』14・三四〇四〕

ひ《h》さかたの・ひ《h》かり・のどけき・は《h》るの・ひ《h》に・しづごころ・なく・は《h》なの・ちるらむ

〔『古今集』春下・八四　紀友則〕

あかばねの・つ《tu》つ《tu》みに・おふる・つ《tu》くづくし・のびにけらしも・つ《tu》む・ひと・なしに

〔『竹の里歌』前掲〕

が、茂吉の場合、音の響きに淫するあまり、一首一首の完成度を平気で犠牲にしているようなところがあって、「整える」という意識からは程遠い。たとえば、四首め「少女子の」の歌で万葉語「おくつきどころ（奥つ城所＝墓所）」を擬声語「ころろ」に重ね、さらに「蟋蟀」に引き取っていくのは、あまりにくどく、駄洒落のようにしか感じられない。五首め「老いらくの」でも、万葉語「はろはろ（遙々）」と俗語「寒かろ」という、位相のまったく異なる語詞が響き合わされた結果、文体の統一感というべきものが破壊されている。統一しようという気がないのかもしれない。

圧巻は八首めの「むなぎがぬめら握らまく」だろう。万葉語「むなぎ（鰻）」が作者には面白くてしかたないと見えて、まるで珍しい玩具を手にした子どものように、／munagi／という語形を音素に分解しては組み立て直している。異物と戯れているのだ。〈馬鹿者は鰻のぬめらを握ろうと練習しているうちに年を経てしまった〉というこの一首は、全体としては何が言いたいのかさっぱり分からない作だが、／munagi-ga-numera-nigiramaku／という音の連鎖がオノマトペのように〈つかみどころのない〉感じを呼び起こす不思議さがあって、そこが手柄といえば手柄かもしれない。ことによると、「をこ人」とは茂吉自身で、「むなぎ」とはことばなのだろうか――いったんそう思いつくと、この時期の彼の自己表現としてこれほど適切なものはないようにさえ思えてくる。

開花を待つ異能

「あんまり言葉に興味を持ち過ぎるね」。まったくそのとおりなのだった。ことばに対する溢れるような興味を、この時期の茂吉は自らもてあましていた。「何か肝心な大本のところの自覚がぼやけてゐるやうである」とも評されるゆえんだが（柴生田七九）、やがて彼は、生きてこの世にあること自体への戦《おのの》きという根源的なテーマに出くわして、その「大本のところ」を自覚し、《短歌は直ちに『生《いき》のあらはれ』でなければならぬ》との信条を確立する（「いのちのあらはれ」一九一一年五月、全集9）。自覚が成立したのは、断わっておくが、ことばに対する興味を抑制しはじめたからではなかった。

児戯に類するような耽溺の経験は、そのとき決して無駄にはならなかった。それどころか、ことばを異物とする彼の感覚は、所を得て不敵に冴えわたることになった。そうとでも考えなければ、たとえば次のような秀歌にくだんの手法が持ち越されている点の説明がつかないだろう。

めん鶏ら砂浴び居たれひつそりと剃刀研人は過ぎ行きにけり　〔一九一三年作、『赤光』所収、全集1〕

死に近き母に添寝のしんしんと遠田のかはづ天に聞ゆる　〔同〕

次章ではいよいよ『赤光』を問題にすることにしよう。

こぼればなし1　空想と写生

後年の茂吉は「左千夫先生の門人でよかつた。鉄幹の門人にでもなつたら、どうなつてゐたことだらう」とときおり漏らしていたという。土屋文明はこのことばを紹介した際、「客観的にみれば、茂吉が左千夫門人よりも新詩社の人となつて居たら、その天稟《てんぴん》をより以上に発揮して、その一生の業績はより広大にかがやかしいものであつたかも知れない」と付言した（土屋八九）。茂吉の資質はもともとアララギ向きでなかった、と文明は見ていたらしい。

この点に関わって、本人は自身の習作期をこう振り返っていた。「空想的の歌は僕の初期の歌の一つの特徴をしてゐて、実は斯ういふものは幾らでも出来たのである」（「作歌稽古の思ひ出」全集11）。そういう茂吉を、師の左千夫は堀内卓と対比して「堀内は写実派で、斎藤は理想派だ」と評したともいう（「堀内卓」全集13）。茂吉はある時期から、空想を排して写生に徹する道を選び、この転身こそが自分を大成させた、と機会あるごとに語った。文明はそこに懐疑のまなざしを向けたことになる。

茂吉も文明も、ともに空想と写生（写実）という二項を対比して物を考えていた。そして前者を明星派のロマンチシズムに、後者をアララギのリアリズムに重ねていた。だがこの対比には落とし穴がありはしなかったか。アララギ派の中で一人毛色が違ったからといって、明星派に近かったことにはならないし、逆に明星的なものを排斥したからといって、アララギの流儀に同化したことにもならない。

島村輝「異化」は、リアリズムを異化の一手法と見るべきことを説いている（石原九一）。私は、茂吉の「写生」はこの見地から捉え直されるべきだろうと思う（↓本書第三章）。

こぼればなし2　鰻好きにもほどがある

鰻の歌に引っかけて、大好物の鰻を茂吉が生涯でいちばんたくさん食った月のことを記そう。それは一九四一年十二月、日米開戦の月であった。

ラジオが開戦を報じた八日の朝、麻布中学の生徒だった次男の北杜夫（本名宗吉《そうきち》）が登校しようとしていると、「二階からどかどかと足音を立てて父が降りてき」て叫んだ。「宗吉、始まったぞ！　アメリカと始まったぞ！」（北・彷徨）。本人の日記には「老生ノ紅血躍動！」とある。この日の昼、神田の学士会館に出かけたついでに鰻を食い、夕方には明治神宮を参拝する。戦勝祈願のつもりだろう。ちょうど東條英機首相一行も参拝に来ていた。それから散歩がてら渋谷に回ったらしく、道玄坂の鰻食堂「花菱」に立ち寄った。一日に二度も鰻を食ったことに驚いてはいけない。前日の晩にも、九日と十日の晩にも食っている。この月はすでに二日と三日にも食っていた。

十一日には、前日に朝日新聞社から依頼された戦争詠を五首作る（「轟沈」全集4）。翌日から体調を崩し、十五日まで臥床する。持病の慢性腎炎が悪化したらしい。と、十六日に面会者が大勢来たなかに、アララギ会員で鰻の名店「竹葉」の娘、佐々木とし子がいて、いつもどおり鰻を土産にくれた。晩にそれを食った。十七日の晩にも食って、案の定翌日からまた体調が悪化し、塩を制限した。

よせばいいのに二十三日に医局の忘年会があって、会場は道玄坂花菱。翌日は歌の門人らと銀座の竹葉本店で忘年会。以後、二十六日、二十八日、三十日と一人で散歩しては花菱に寄り、大晦日の晩も蕎麦ではなく、鰻丼を食っている。〆て十五食。医者の不養生としか思えないが、本人は活力の源と堅く信じていた。

第三章　にんげんの世に戦きにけり――『赤光』の歌境と『万葉集』

茂吉は、一九一〇年（明治43）十二月に東京帝大医科大学を一年遅れで卒業し、翌年二月より、東京府巣鴨病院に勤務するかたわら精神病学を修める生活に入る。巣鴨病院は医科大学の事実上の付属機関でもあって、茂吉の指導に当たったのは呉秀三《くれしゅうぞう》教授と三宅鉱一助教授であった。

歌人としてもこのころを境に作風を一変し、アララギ派の一異才として他派からも一目置かれる存在となる。一九一三年（大正2）十月に第一歌集『赤光』（東雲堂、全集1）を上梓すると、多くの読者が熱狂し、評判が評判を呼んで、茂吉はこの一冊で歌壇の第一人者にのし上がってしまう。

これは決して誇張ではない。『赤光』刊行より一年前に、『文章世界』が「現歌壇の四家」と題する肖像写真を掲載したことがある。そのとき選ばれたのは若山牧水、前田夕暮、土岐哀果《あいか》（後に善麿《ぜんまろ》）、吉井勇の四人だったが（7-15、一九一二年十一月）、刊行の四ヶ月後に『読売新聞』が歌壇の動向に関するインタビュー記事を組んだとき、先頭に掲げられたのは茂吉の所感で、他は順に、牧水、夕暮、尾山篤二郎《とくじろう》のものだった（「最近の詩歌壇（上）」『読売新聞』一九一四年二月十五日）。

『赤光』（復刻版）

1　異化の歌集『赤光』

刊行直後の書評

『赤光』刊行直後に書かれた匿名の書評を紹介しよう。読後の興奮が冷めやらないとでも言いたげな筆致であり、掲載誌と文体から見て筆者は土岐哀果かと推測される。『赤光』の本質を射貫いた批評だと思われるのだが、どういうわけか、従来の茂吉研究家たちはこの文章に注目してこなかった。

旧いのも、折ふし愕《おどろ》くやうなのに接するが、去年からのちあたりのには、一首一首、みな愕かれるやうなもののみである。愕かれるといふのは、僕の平生接触する世界、また僕の日常経験する世界とは、全く別な、或は別でないにしても、その接触のしかた、経験のしかたが、よほど違つてゐるのである。たとへて言へば、凡庸人が、はじめて瘋狂院か監獄か、さういふところを覗くやうである。その狂人や囚人の人類的価値とか社会的価値とかいふことは別として、とにかく一種怪奇な天地である。それはこの著者の独自の世界である。キラキラしく顫《ふる》へるやうな、光とも影ともわからぬやうな、あらゆる音響の無くなつてしまつたやうな、こゝにゐてどうすればいゝのかわからなくなるやうな、新しい世界の創造、僕はまづ何よりもこの一つの事業をこの著者に祝福しなければならない。声調や用語を批判するのは、それからのことである。

（無署名「新刊」『生活と芸術』一九一三年十二月）

「狂人や囚人」に取材した作

『赤光』の表現世界は「一種怪奇な天地」として評者を戦慄させた。その理由の一つは、文中にも示唆されるように、

ひた赤し煉瓦の塀はひた赤し女《をんな》刺しし男に物《もの》いひ居れば　（一九一三年作「麦奴」）
ほほけたる囚人の眼のやや光り女を云ふかも刺しし女を　（同）
紺いろの囚人の群《むれ》笠かむり草苅るゆゑに光るその鎌　（同）
黴毒のひそみ流るる血液を彼の男より採りて持ちたり　（同）
狂じや一人《ひとり》蚊帳よりいでてまぼしげに覆盆子《いちご》食べたしといひにけらずや　（同年作「みなづき嵐」）
ダアリヤは黒し笑ひて去りゆける狂人は終《つひ》にかへり見ずけり　（同）
自殺せる狂者《きやうじや》をあかき火に葬《はふ》りにんげんの世に戦《をのの》きにけり　（一九一二年作「冬来　黄涙余録の二」）
くれなゐの百日紅は咲きぬれど此《この》きやうじんはもの云はずけり　（同年作「狂人守」）

など、「狂人や囚人」に直接取材した作が目立つ点にあったろう。

日常の一齣が生々しく迫る

が、いっそう本質的な理由は、自分たちがふだん接している世界についても「接触のしかた、経験のしかたが、よほど違つてゐる」という点にあったはずだ。「キラキラしく顫へるやうな……こゝにゐてどうすればいゝのかわからなくなるやうな」との形容も、既知であるはずのこの世界がさながら「一種怪奇な天地」と感じられてしまうことをさすのだと思う。じっさい『赤光』には、日常の一齣が異様な生々しさで迫ってくる作がいくらでもあって、

めん鶏《どり》ら砂あび居《ゐ》たれひつそりと剃刀研人《かみそりとぎ》は過ぎ行きにけり　〈一九一三年作「七月二十三日」〉
まはりみち畑にのぼればくろぐろと麦奴《むぎのくろみ》は棄てられにけり　〈同年作「麦奴」〉
どんよりと空は曇りて居《を》りたれば二たび空を見ざりけるかも　〈同年作「みなづき嵐」〉
にんげんの赤子《あかご》を負へる子守《こもり》居りこの子守はも笑はざりけり　〈同年作「呉竹の根岸の里」〉
ゴオガンの自画像みればみちのくに山蚕《やまこ》殺ししその日おもほゆ　〈一二年作「折に触れて」〉
ゆふ日とほく金《きん》にひかれば群童は眼《め》つむりて斜面をころがりにけり　〈同年作「青山の鉄砲山」〉
郊外に未《いま》だ落ちゐぬこころもて螇蚸《ばつた》にぎれば冷たきものを　〈同年作「郊外の半日」〉
長鳴くはかの犬族《けんぞく》のなが鳴くは遠街《をんがい》にして火は燃えにけり　〈同年作「犬の長鳴」〉
さ夜ふけと夜の更けにける暗黒《あんこく》にびようびようと犬は鳴くにあらずや　〈同〉
赤茄子の腐れてゐたるところより幾程《いくほど》もなき歩みなりけり　〈同年作「木の実」〉

等々、逐一挙げだしたらきりがない。この世界を見慣れぬ世界として再現してみせること、別の世界を想像したり、虚構したりするのではなく、「接触のしかた、経験のしかた」をずらして「新しい世界の創造」を果たすこと――後に一般化する文芸批評の用語では、「異化（非日常化）」と呼ばれる事態がこれに該当するはずである（シクロフスキー）。

右の評者と同種の衝撃を受けた人物としては、北原白秋の名を挙げることもできる。八年ばかり後に、彼はこう書き残している。

北原白秋の証言

白秋は、早く森鷗外主宰の観潮楼《かんちょうろう》歌会で茂吉と知り合っていたが（一九〇九年二月）、そのころはアララギなど眼中になかったため、左千夫の弟子の一人を特に意識することもなかった。後に前田夕暮の時評によって茂吉の進境を知り、一風変わった作に心惹かれもして、自身の主宰する『朱欒《ザンボア》』に寄稿を求めた（一九一二年九月）。以来、やや親しくなったが、「初めて斎藤君のそれまでの歌を取りまとめて一度に見る機会を得た」のは、『赤光』が出たときだった。

私は驚喜して、心から推讃の私書を送つた。不可思議な奇異な感覚、何よりも先づその奇異な感覚にうたれて了つたのであつた。それに万葉の古調は却て別種の清新さを以て私に迫つた。是より先、私は梁塵秘抄を耽読して、その古風の言葉と形式とが作る一種特別な金色の円光の環に惚れぼれと喜び涵《ひた》つてゐた。万葉の古語もさういふ意味で、私に極めて珍奇に響いたのであつた。

〔北原白秋「斎藤茂吉選集序」一九二二年一月、全集21〕

「不可思議な奇異な感覚」に「うたれて了つた」との記述は、「異化」という概念の解説かと見紛うばかりだ。しかも白秋は、「万葉の古調」「万葉の古語」が「別種の清新さを以て私に迫つた」「珍奇に響いた」とも言う。これを本書第一章の記述と照らし合わせてみよう。名状しがたい感銘をことばにしようとするところから茂吉の詩法が編み出されたこと、その一環として見慣れない語詞・語法の活用が追求されたこと、万葉の古語はそうした追求の最たるものだったこと——ほぼこのような見通しを私は示しておいたのだったが、白秋の『赤光』体験はそれを裏づけてくれている。

以下、収録歌のいくつかを具体的に読みほどきながら、右の見通しを確かめ、付随する問題にも説き及んでいきたい。

塚本邦雄

『赤光』刊行後百年近くを経て、おびただしい批評や注釈が書かれてきたものの、どういうわけか、異化という見地を前面に打ち出したものは見当たらない。ただし、塚本邦雄の書には、事実上それに該当する記述が随所にある。作品を作者の心情に還元して理解してきた従来の傾向に抗して、ことばの放射するものに正面から向き合い、異様な美に肉薄してみせた同書は、時に見受けられる独断や逸脱を措くとすれば、間違いなく画期的著作であった（塚本・赤光）。その点、私の『赤光』理解は塚本の亜流でしかないような気もするのだが、少なくとも万葉語の詩的効果については、いくらか新見を示せるだろうと考えている。

万葉調を捨てたと見た人

読みの作業にかかる前に、もう一つだけ、刊行後まもなく現れた批評の一節を引いておきたい。

貴方が此の集の中程に於て、突然その作風を改められたのは怎《ど》う理由があつての事なのでせう？〔ママ〕言を換へて云へば、貴方は何故に従来の万葉調を捨てゝ現今の作風にお移りになつたのでせう、その動機が御伺ひしたいのです。

〔金沢種美《たねとみ》「『赤光』を読みて後の心」『アララギ』赤光批評号（2）〕

この文章は、書き出しに「斎藤さん。貴方のお作を始めて拝見してから、今日迄の間には可なりの時日を経過して居ります。その間、私は始終、貴方の作風が怎う変つて行くであらうかと云ふ事に一種の興味を覚えて、注意深い眼をそゝいで居りました」とあり、末尾には「大正三年五月私信」との注記が付されている。筆者は尾上柴舟門の歌人で、茂吉より七歳年少だったが、早くから作歌に手を染めていたらしく、「明治四十年の秋」に上京した際には、その足で同門の若山牧水を訪問したという（「若山さんの追憶」初出『創作』一九二八年十二月、『短歌への認識』所収、白帝書房、一九三一年）。初めて茂吉の作に接したのがいつのことかは定かでないが、「可なりの時日」が経過したと言うからには、少なくとも三年くらいは前だろうし、ことによると五年前の一九〇九年、つまり茂吉がまだ低迷を脱しきれずにいたころかもしれない。

『赤光』の歌調は、茂吉の読者となってたかだか一年あまりの白秋には、いかにも「万葉の古調」らしく響いた。ところが、金沢という数年来の読者には、「万葉調を捨てゝ現今の作風にお移りになつた」ように見えたのだった。この感じ方にももっともな面があると思う。今から見届けていくように、『赤光』所収歌の多くには、『万葉集』の使用語彙とは素性を異にする漢語や俗語（特に擬態語）

が要所要所に配されていて、そのことが独特の効果を上げているからだ。

2　赤茄子の歌と剃刀研人の歌

先に列挙したうちから特に有名な二首を取り上げ、やや詳しく読んだうえで、他の諸作にも触れることにしたい。

赤茄子の腐れてゐたるところより幾程《いくほど》もなき歩みなりけり
めん鶏《どり》ら砂あび居《ゐ》たれひつそりと剃刀研人《かみそりとぎ》は過ぎ行きにけり

「赤茄子」の歌

まずは一首めの「赤茄子」の歌。

この一首は全体が一文となっているが、内容上は上三句が一まとまりで、第三句に小休止がある。「赤茄子の腐れてゐたるところより」と読み下してきて、読者は一息つくわけだが、ここまでに「赤茄子」と話者（作中に登場する叙述主体）との位置関係は特に示されていない。読者はそこを無意識に補って、「赤茄子の腐れてゐたる」光景に話者が注目しているものとさしあたり了解するだろう。しかも第三句には「ところより」とあるから、「赤茄子」のありかを起点として何かが起こることを予想するのが、この場合の自然な心理かと思われる。

ところが、「幾程もなき歩みなりけり」と最後まで読み通してみると、案に相違して、問題の場所を話者はすでに通り過ぎていたということが判明する。何事も持ち上がりはしなかったのだ。拍子抜けした読者は、しかし一呼吸置いて、事態が「なりけり」と詠嘆されていることの異様さにも思い至るだろう。詠嘆は、「赤茄子」の腐れていたこと自体にではなく、そこからいくらも歩いていなかったことに向けられている。見かけた瞬間には気にも止めなかった光景が、ほんのしばらく歩くうちに、変にリアルな残像として立ち上がってきたのだ。その残像は読者にも生々しく迫ってくる。予想が裏切られて宙に浮いた当初の了解と二重写しになるからである。

「赤茄子」という語

ことばづかいも内容の異様さを際だたせている。すでに指摘されているとおり、冒頭に「赤茄子」の腐れたのを据えた点が全体の無気味なイメージを決定しており、腐った南瓜や新鮮なバナナではこの効果は生じようがないが（塚本・赤光）、腐れたものが「赤茄子」と呼ばれている点も見逃せない。「トマト」では字面を撫でるだけで素通りしかねない読者の前に、珍奇な名称が異物として立ちはだかり、意識を釘付けにするのだ。制作当時「トマト」という名称はまだ一般的でなかった、と作者は言うが（「作歌四十年」一九四二・四四年稿、全集10）、かりにそのとおりだとしても、「赤茄子」とは〈赤色の茄子〉であり、〈濃紺とは似ても似つかぬ（そう言ってよければ、毒々しい）色をした茄子〉であって、この語の内包する意味は「トマト」とはかけ離れている。ちなみに、翌年の作には「ひたぶるにトマト畑《ばたけ》を飛びこゆるわれの心のいきどほろしも」と、一般的でなかったはずの「トマト」が早くも使用されている（一九一三年作、『あらたま』所収、全集1）。

『アララギ』「赤光批評号」挿画

ドイツの医学雑誌に載っていた「蘭医日本女人を解剖するの図」を呉秀三から借用した。原図は幕末の浮世絵師の肉筆画だという（「赤光批評号に就いて」全集25）。

「腐れて」と「腐りて」

しかも、その赤茄子は「腐れて」いるのであって、「腐りて」いるのでもない。動詞「腐る」には四段活用（腐らず、腐りて……）と下二段活用（腐れず、腐れて……）とがあって、「もともと四段活用であったが、中世頃から下二段に活用する場合が現われ、並行して用いられた。しかし、その後、四段活用が盛り返し、現代では五段活用がふつうである」（『日本国語大辞典』第二版）という。つまり、「腐れて」は中世に成立した言い方で、ある時期まで「腐りて」と併存していたものの、しだいに「腐りて」およびその音便形「腐って」に吸収されていき、現代では使用頻度が低下している、ということになる。「普通の口語的用法」（柴生田九八）と推測する向きもあるが、口語としては「腐って」が普通で、「腐れて」はむしろ耳に立つ言い方なのである。

活用の相違は語義と関係しているのかもしれない。下二段（ないし下一段）活用の「腐る」は、「腐れ合う」「腐れ縁」「腐れ女」「腐れ儒者」「宝の持ち腐れ」「目腐れ金」といった複合語を派生しており、しかもその多くは非難や罵倒の含みをもつのに対し、四段（ないし五段）活用のほうにはこの種の派生語が見当たらないから、二つの「腐る」は、〈腐敗する〉ことに対する否定的感情の濃淡によって差別化されているように見える。すると、「腐れて」いる赤茄子は、ただ腐っているだけではなく、どろどろと気味悪くとろけているのかとも思えてくる――が、右に挙げた派生語の偏りは、「腐り～」と「鎖～」との混同が未然に回避されているだけのことかもしれないから、これ以上の深追いは禁物だろう。ともあれ、ここがもし「腐りて」となっていたらこんな穿鑿も無用だったわけで、私はすでに作者の術中に陥った格好だ。

擬似古典語法「てゐたる」　「腐れ」に続く「てゐたる」は、現代語の「ている」（接続助詞「て」に補助動詞「ゐる（居る）」が続いて一語化したもの）と、古代語の助動詞「たり」とが混淆した語法と見てよい。『万葉集』では、動詞「ゐる」は〈動けるものが静止している〉意に用いられていて、補助動詞として使用されることはないし、助動詞「たり」が下接して「ゐたり」となった例もない。茂吉の作歌では、しかし、これが一つの語法として定着しており、『赤光』にはほかにも、

わが目より涙ながれて居たりけり鶴《つる》のあたまは悲しきものを　（一九一二年作「冬来」）
何ぞもとのぞき見しかば弟妹《いろと》らは亀に酒をば飲ませてゐたり　（同年作「折々の歌」）
あぶなくも覚束《おぼつか》なけれ黄いろなる円きうぶ毛が歩みてゐたり　（一一年作「うめの雨」）

などと頻出し、晩年の作にも「オリーヴのあぶらの如き悲しみを彼の使徒《しと》もつねに持ちてゐたりや」

（一九四七年作、『白き山』所収、全集3）、「さ夜ふけにわれは目ざむるかなかなもこゑ絶えゆきてゐたるひととき」（一九五〇年作、『つきかげ』所収、全集3）などと散見する。他の歌人たちにも広く使用されている点を考え合わせれば、この「てゐたり／てゐたる」は単なる誤用ではなく、近代短歌が編み出した擬似古典語法と捉えるべきものだろう。似たような性格の語法としては、動詞の連用形に下接する「ゐる」「をり」「ゐたり」「てをり」「つつあり」「つつをり」などを挙げることもできる。

万葉語と非万葉語との不協和音

下二句はどうか。第四句の「幾程」は平安後期から現れた語で、和歌では『山家集』の用例が初出らしい。茂吉はこの作の発表と前後して『アララギ』に「山家集私鈔」を連載していたため、「幾程も」の句は西行から摂取されたかともいう（柴生田九八）。もしこの句が、「幾許《いくばく》もなき」「幾《いく》だもあらぬ」など、『万葉集』にありそうな言い方になっていたら、上三句と下二句との文体が乖離して、いわゆる腰折れの歌となったかもしれない。そうしなかったところに「茂吉の語感の働き」（同）があるともいえるだろうが、出来上がったものを全体として眺めれば、あちこちが変に出っぱった不格好な文体と評するほかはない。

なにしろ、日本のことばの歴史上、いまだかつて一続きの文を構成したことのない複数の語詞が、三十一音のうちに同居させられているのだ。素性を異にする語詞と語詞がぶつかり合い、互いの含蓄が齟齬をきたして、不協和音を奏でている。定型の音律が完全に守られているだけに、この不協和音はひどく耳障りに響く。

トマトが腐っていた場所を通り過ぎたという、一見なんの変哲もない日常些末の経験が、こうして、同時にきわめて異常な出来事として読者に突きつけられる。異常な出来事が日常的に経験される世界、それはまさしく「一種怪奇な天地」である。

「剃刀研人」の歌

二首めの「めん鶏《どり》ら砂あび居《ゐ》たれひつそりと剃刀研人《かみそりとぎ》は過ぎ行きにけり」は、発表当初から問題作として注目を集めた。

真夏の白昼、鶏小屋では雌鶏らが焼けた砂を浴びているらしく、ときおり乾いた物音が聞こえてくる。人気《ひとけ》のない裏通りを、今しがた剃刀研ぎが触れながら通ったが、もう遠ざかってしまった。周囲は静まりかえっている――歌われている情景はどう膨らませてもこの程度で、先の「赤茄子」の歌と同様、何も事件らしきことは生じていない。が、一首に漂う緊迫感にはただならぬものがあって、まるでとてつもない異変の前触れのように感じられる。

造語「剃刀研人」

恥を記せば、私はある時期まで、明治大正ごろの東京には剃刀ばかりを専門に研いで回る職人がいたものと思っていた。が、どうもそうではなく、同じ人が鋏も研げば包丁も研いだものらしい。その、ふつう「研ぎ屋」と呼ばれていた職人を「剃刀研人《かみそりとぎ》」としたのは、たぶん一種の造語で、もっとも鋭利な刃物に焦点を当てたのだろう。この語が一首に「禍々しい気配」（塚本・赤光）を呼び込んでいる。

已然形の異常な用法

砂浴びの幽かな音が、逆に静寂の深さを印象づける。それを表わすのに「砂あび居たれ」と例の擬似古典語法が用いられ、しかも句末が已然形となっている。上に「こそ」はないから、係り結びではない。

これに似た語法は『万葉集』にもいくらか見られるが、その場合、「家離《いへざか》りいます吾妹《わぎも》を停《とど》めかね山隠《やまがく》しつれ（山隠都礼）精神《こころど》もなし」（3・四七一）のように、順接の確定条件句となって下へ続くのが通例だ。それらは、已然形に接続助詞「ば」が下接して条件句となる場合に比べ、用例が極端に少なく、しかも長歌に偏っていて、短歌では四千二百余首中にたった二例しか使用されていない。他方、『赤光』では、確実なものだけでも八三四首中三一例と多用されているから、作者は万葉の語法をことさらデフォルメした格好である。

『赤光』の用例には、「目を閉づれすなはち見ゆる淡々し光に恋ふるもさみしかるかな」（一九一〇年作「をさな妻」）のように、確定条件句と認められる場合もあるが、「ひろき葉は樹にひるがへり光りつつかくろひにつつしづ心なけれ」（一九一三年作「死にたまふ母　其の二」）のように、一首全体の末尾に位置するものも約三分の一あって、後者は明らかに終止句だ。おそらく茂吉は、万葉での用法を誤解するか、拡大解釈するかして、この已然形終止法を編み出したのだろう。

当面の「砂あび居たれ」について言えば、この句は「あが友の古泉千樫は貧しけれさみだれの中をあゆみゐたりき」（一九一二年作「さみだれ」）などと同様、一首の中途に位置するため、条件句・終止句のどちらと解しても歌意はそれなりに通ってしまう。作者自身は「めん鶏どもが砂を浴びて居る炎天の日中に、剃刀研ぎがながく声をひいて振〔ママ〕れて来た。その声に心を留めてゐると、私のゐるところの部屋のまへはもう黙つてとほり過ぎてしまつた。それが足駄の音でわかる」と敷衍しているから（「作歌四十年」前掲）、条件句のつもりだったようだ。「めん鶏ら」が砂浴びしているところに「剃刀研人」が現れ、立ち去ったという関係である。他方、大勢に従って終止句と解した場合、「めん鶏ら」の砂浴びは現在継続中の事象で、その現在には、「剃刀研人」が現れてから立ち去るまでの時間が含まれることになる。すると、触れ声が遠ざかったことで砂浴びの音がまた耳につきだした、と読むことも可能だろう。このほうが場面に奥行きが出るかもしれない。

それにしても、もし条件句なら「砂あび居《を》れば」、終止句なら「砂あび居たり」で済むところで、そのほうが歌意も明確になる。そこにあえて「砂あび居たれ」と耳慣れない語法を据えたことで、読者の違和感が掻き立てられ、雌鶏らの砂浴びは何か得体の知れない事象のように印象づけられる。

誇張された万葉調

この句と第五句「過ぎ行きにけり」とが隈取る一首の風体を、世人は万葉調と見て疑わなかったろうし、「世人」というちには作者自身を含めてもよいだろう。が、その「万葉調」は、『万葉集』の歌調風体を単に模倣したものではなく、その一面を誇張し、珍奇さを際だたせたものなのである。一部の論者は、万葉時代の已然形に「強勢的終止法」の存在を認めたうえで、歌人茂吉は当時の文法説に囚われることなく、この語法の本質を直観的に理解していた、と説くのだが（京極興一「近代短歌における已然形止めについて」日本文学研究資料刊行会七三所収）、これは贔屓の引き倒しというものだろう。理解の正しさではなく、誤解の創造性にこそ、茂吉の底力を見るべきだと思う。

音韻上の異分子

この、異物としての万葉調にもう一つの異物が介入し、軋《きし》りを立て、互いの異物感を増幅する。第三句に配された現代語「ひつそりと」がそれで、この「際《きは》どい語」を得るのに特に苦心したとは作者も後に回想するところだ（「作歌四十年」前掲）。試みにこれを、古典和歌にありそうな類義の語詞、たとえば「ひそやかに」「ひそかにも」等に置き換えてみよう。張りつめていた空気がとたんに弛緩して、全体の印象も平板になってしまうだろう。

なぜそうなるのか。万葉のことばの音韻体系には、促音（ッ）、撥音（ン）、拗音（キャ、キュ、キョ、など）、半濁音（パ行音）が存在せず、語頭に濁音やラ行音が来ることもない。「ひつそりと」に含まれる促音は、擬態語でもあるこの語が一首中の異分子であることを、音韻上も際だたせているのである。しかも、「ひつそりと」の /sorito/ が下の「かみそりとぎ」に反響し、「ひ」「り」の /i/ 母音が「かみそりとぎはすぎゆきにけり」と下二句に引き取られることを通して、この語の特異な印象がますます引き立つ仕掛けとなっている。

音韻上の異分子はもう一つある。撥音を含む第一句「めんどりら」がそれで、「めんどり」の /ori/ が下の「ひつそり」を呼び出す関係も見落とせない。「ひつそりと」は、構文上は「行き過ぎにけり」の修飾句であり、上二句とは意味的に直結しないのだが、それでいて、「同時に鶏の動きに示される深い沈黙の世界をも暗示している」（本林七四）ように感じられるのは、第一句と第三句に声調上の焦点があって、しかも両者が音韻的に同調しているからだと思われる。

万葉語と異化作用との関係

白秋の『赤光』体験を想起しよう。彼が「不可思議な奇異な感覚」に「うたれて了つた」のは、「万葉の古語」の「珍奇」さが種々の仕掛けを通して誇張されていたからに相違ない。使用語彙に沿って言えば、かつての根岸派がそうしたように、あらゆる事象をことごとく万葉語でまかなうのでは、図と地が反転するようにして、万葉語自体が見慣れたことばに転落しかねない。非万葉語の大胆な取り込みは、万葉語の異化作用を維持するための手法と解釈できるし、万葉語の側から見れば非万葉語自体が異化作用をもつともいえる。作者はおそらく手探りでこの手法にたどり着いたのだろうが、それを可能にしたのは、前章までに述べておいたような、特異な言語感覚だったはずである。

3　言語感覚と生命感覚

万葉語と非万葉語とを衝突させる手法は、『赤光』所収歌の随所に見出される。この章の冒頭に掲げた範囲から、六首ばかり抜き出してみよう（傍線は、万葉語とは位相を異にする漢語、外来語、または擬態語で、しかも撥音、拗音、または語頭の濁音を含むものを示す）。

ダアリヤは黒し笑ひて去りゆける狂人は終《つひ》にかへり見ずけり
くれなゐの百日紅は咲きぬれど此《この》きやうじんはもの云はずけり
にんげんの赤子《あかご》を負へる子守《こもり》居りこの子守はも笑はざりけり
ゆふ日とほく金にひかれば群童は眼《め》つむりて斜面をころがりにけり
長鳴くはかの犬族のなが鳴くは遠街にして火は燃えにけり

さ夜ふけと夜の更けにける暗黒にびようびようと犬は鳴くにあらずや

「ダアリヤ」と「狂人」の重層

一首めは、当時勤務していた巣鴨病院での一齣らしい。冒頭の「ダアリヤ」は現在では「ダリア／ダリヤ」が普通だが、原語 dahlia に近い「ダアリヤ」のほうが語頭の濁音が強く響き、舶来の花をいっそう異国的に感じさせる。第二句に、茂吉の歌には珍しい句割れがあって、ここではそれが大きな効果を発揮している。構文上は「ダアリヤは黒し」までが独立の一文で、「笑ひて」以下は別の一文となっているが、音律に沿って「ダアリヤは・黒し笑ひて・去りゆける……」と読み下すとき、読者は、〈黒い〉ことと〈笑う〉ことが一連の事象であるかのような印象を受ける。大輪の黒いダリアが無気味に笑う光景が、ちらりと脳裏をかすめるのだ。第四句に達したところでこの印象は修正され、「笑ひて」は「狂人」の動作として把握し直されるものの、今度は〈狂人が笑う〉イメージ全体が〈ダリアが黒い〉ことと重なってくる。「ダアリヤ」と「狂人」の二語がともに非万葉語として他から浮き出ていることも、この関係の成立を助けているだろう。定型の縛りがあってはじめて可能な手法だという点にも注意しておきたい。

「百日紅」と「きやうじん」

二首めも病院が舞台となっており、〈赤い百日紅が咲いた〉ことと〈この狂人が無言でいること〉とが、やはりイメージの上で交錯してくる。「百日紅」は、改選版では「ひやくじつこう」とルビが付されており、初版でもそう読ませるつもりだったと見られる。「さるすべり」では音律を満たさないし、「きやうじん」と響き合う効果も生まれないからだ。上三句を〈入院して長い月日を経たのに〉と敷衍するのは、理に落ちて悪い。

得体の知れない「にんげん」

三首めは、道端で出会った子守奉公の少女がくすりともしなかった、というだけの歌だが、冒頭の「にんげんの」が読者に「衝撃」（塚本・赤光）を与える。長塚節の書き入れにも次のように記されている。「只他人ならば赤子でいゝ処でも、作者は人間と断らねば承知が出来ぬ。すらすら滞りなくいつて退《の》けることが、作者には物足らぬのである。さうして子守が笑つてないといふ。赤子と子守は作者によつて一種の凄いやうなものに作りあげられて居る」（「『赤光』書き入れ」『アララギ』一九二〇年一～四月、全集4）。子守が背負う赤子は、もとより人間以外ではありえない。ことさら付加された限定は、しかし、その過剰さで読者を挑発する。赤子が人間でない場合が一瞬仮定され、次の瞬間に否定されるとき、赤子と子守は、排除されたあらゆる異類にもまして「凄いやうなもの」に思えてくるのだ。「にんげん」と仮名書きされた理由もむろんそこにある。以上の呼吸を節は的確につかんでいたはずなのだが、美意識がいくらか狭量だったのだろうか、この歌をあまり高くは評価しなかった。

群童の奇怪な儀式

四首め。青山脳病院から見て、谷を挟んだ東側の高台に青山墓地があり、そのまた東に陸軍の射撃場があった。ふだんは立ち入り禁止だが、休日には近隣の悪童どもが勝手に入り込んで遊び回る。その様子を歌った一連の中にこの作がある。子どもの生命の躍動を活写したとも、そこに自身の幼年時を重ねたとも評されていて、作者の意図もその点にあったかと思われるが、子どもという素材への先入観を棄てて読み味わうとき、群童が斜面をころがる行動は少しも楽しそうでない。しかも、上二句の確定条件句に照らせば、彼らはわざわざ夕刻の到来を待って、一斉にこの行動を開始したものらしい。なんという不思議な儀式だろう——異様な感じの原因は、「ひかれば……にけり」という万葉調と、漢語「金」「群童」「斜面」、そして口語「ころがる」との不調和に相違ない。現に、全体を古い和語に揃えて「夕日遠く黄金《こがね》に光り童《わらべ》らは眼つむりて坂をまろびたりけり」としてみると、一首はいたって凡庸な童心讃歌に変質してしまう。

凄惨な犬の長鳴き

　五首めと六首めは、犬が夜中の火事に反応して遠吠えしているところで、読むたびにぞくぞくと寒けが走るような作だ。五首めは、塚本書に《この歌の黙示録的な、不可解な魅力を決定するのは、「犬族」と「遠街」なる二つの強い抑揚を持つ言葉であらう》《「長鳴くは」の繰返しも無気味だが、「火は燃えにけり」も巫《かんなぎ》の口寄《くちよせ》めいて妖気を感じる》と記すとおりで、「巫の口寄」云々は、おそらく「長鳴くは……火は燃えにけり」の首尾が照応しない点を捉えての評かと思う（この歌の第五句は、初出の『アララギ』一九一二年七月号では「火かもおこれる」だったが、初版刊行時にこの形とされ、改選版ではまた元の無難な形に戻された）。六首めの歌は、上二句に万葉の古歌「さ夜中《よなか》と夜《よ》は深《ふ》けぬらし雁《かり》がねの聞《きこ》ゆる空《そら》に月渡《つきわた》る見《み》ゆ」（9・一七〇一、柿本人麿歌集）が引き込まれたために、漢語「暗黒」の重量感が増すとともに、擬態語「びようびよう」もほとんど凄惨に響く。「びようびよう」の特異な効果には従来の諸家も注目しており、出典が種々考証されているが、今は立ち入らずにおこう。

見届けてきた異化の作用は、全編のテーマとどう関係するのだろうか。『赤光』の歌境をひとことで評したことばに、「『うつし身』の抒情」というものがある（北住敏夫「『うつし身』の抒情」藤森所収）。独特の生命感覚を見据えた評語として同感されるが、一方、茂吉の詩法は「抒情詩」の範疇からはみ出ていた、との見解（中村）も傾聴に価すると思う。名状しがたい感銘を異物としてのことばで造形する行為は、少なくとも、常識的な意味での「抒情」――内面の感情を表出する行為――の枠には収まりきらない。

根源的な生命感覚

短歌は直ちに「生《いき》のあらはれ」でなければならぬ、と茂吉は言った（「いのちのあらはれ」初出一九一一年五月、『童馬漫語』所収、全集9）。作歌という営為は「かの大劫運のなかに、有情生来し死去するが如き不可抗力」であるとも言った（「作歌の態度」一九一二年三月、同）。「生／いのち」が後に「深所のいのち」と言い換えられ（「生活の歌」一九一四年十二月、同）、さらには「自然・自己一元の生」と捉え直されたことからも推察されるように（「『短歌と写生』一家言」初出一九二〇年九月、『短歌写生の説』所収、全集9。以上圏点略）、茂吉が創作を通して相手取っていたのは、〈世界があること〉と〈自分がいること〉とが同時にひらけてくるような次元なのだった。存在の根源的な不可解さと対峙していた、と言ってもよいだろう。とにかく歌心が恐ろしく深いところから湧いたらしい。

『赤光』とは、生きてこの世にあることを大いなる奇蹟と観じた男が、まのあたりに生起するあらゆる事象に目を見張り、戦《おのの》き、万物の生滅を時々刻々に愛惜しつづけた心の軌跡なのだと思う。そこには自明なことがらは何一つない。ことばを覚えはじめた幼児にとってそうであるように、世界は真新しく、謎に満ちている。燦爛と光が降り注ぐただ中に変な裂け目がいくつもあって、途方もない暗黒が覗けている。茂吉の特異な言語感覚が、この根源的な生命感覚と共振するとき、「不可思議な奇異な感覚」で読者の魂を揺さぶる歌々が生まれる。『赤光』が異化の歌集でもある理由はそこにあると思う。

「悲報来」

巻頭の連作「悲報来」（一九一三年作）を、この見地から一瞥しておこう。左千夫の急死に取材した一連であり、作歌事情は末尾にこう記されている。「七月三十日信濃上諏訪に滞在し、一湯浴びて寝ようと湯壺に浸つてゐた時、左千夫先生死んだといふ電報を受取つた。予は直ちに高木なる島木赤彦宅へ走る。夜は十二時を過ぎてゐた」。

ひた走るわが道《みち》暗ししんしんと堪《こら》へかねたるわが道くらし　〔1／10〕
氷《こほり》　きるをとこの口《くち》のたばこの火赤《あか》かりければ見て走りたり　〔5／10〕
死にせれば人は居《ゐ》ぬかなと歎《なげ》かひて眠り薬をのみて寝んとす　〔6／10〕
赤彦《あかひこ》と赤彦が妻吾《あ》に寝よと蚤とり粉《こな》を呉れにけらずや　〔7／10〕
諏訪の海に遠白《とほじろ》く立つ　流波《ながれなみ》つばらつばらに見んと思《おも》へや　〔9／10〕

1と5は、赤彦に訃報を伝えようと夜道を走ったことを歌う。

走るのは我か道か

1は、「わが道暗し」のリフレインが切迫感を伝えて効果的だが、しかも、順直には「わがひた走る道（私がひた走る－道）」と言うはずのところを、「ひた走るわが道（ひた走る－私の道）」と語順を乱し、自分が走るとも道が走るともつかないような言い方をしている。錯乱の表現と読むべきだろう。同じことは下の「堪へかねたるわが道」にも当てはまるはずで、第三句「しんしんと」が下二句全体に浸透していく気息もこの点に関係すると思う。

「煙草の火」の不条理

5は、諏訪湖畔の氷室にさしかかったとき、くわえ煙草で氷を切り出す男がいたという場面だが、下二句にやはり異常な句法があって、〈煙草の火が赤かったから走った〉と、条件と帰結の関係が常軌を逸している。この歌では世界がそう立ち現れているのだ。「あらゆる音響の無くなつてしまつた」闇に煙草の火の赤い点が浮かんでいる。走りながら横目で見ると、その赤い点が上下左右に揺動し、残像が尾を引いて流れる――まるで煙草の火にこちらが操られているかのようだ。

高木村にたどり着き、赤彦を起こして早口に事情を話すと、「何せ致しかたがない、今夜はここで寝たまへ」と勧められた（「作歌四十年」前掲）。6と7はそのときの場面。

「死に」という奇異な事態

6は、興奮を鎮めようと睡眠薬を服用して床に就くところで、死が人間を消滅させてしまうこと自体がひどく奇異に思え、何度も嘆息を漏らしている。それは師の急逝が悲しいというのとは違う。第一句の「死に」は動詞「死ぬ」の名詞形で、「死ぬ」を「死にす（「死に」をする）」と強調する語法は、『万葉集』に「いさなとり海や死にする山や死にする（海哉死為流山哉死為流〕」（16・三八五二）などの例を見る。第二句の「居ぬ」は、古典語なら「無き」または「あらぬ」と言うべきところだが、口語脈を取り込み、しかも字余りとしたことで例の不調和が生じ、読者にも奇異な感じが伝わってくる。不調和は、下三句の滑らかな調べ「なげかひてねむりぐすりをのみてねんとす」によって対比的に強調されてもいる。

ちぐはぐな問いかけ

7は、「蚤取り粉《こ》」を「〜粉《こな》」と呼んで「もの懐かしくしみつたれた小道具」（塚本・赤光）に仕立てる一方、それを「吾に寝よと……けらずや」という万葉調に挿入して、やはり不協和音を響かせる。そればかりではない。「〜けらずや」は、『万葉集』では、〈〜たではないか〉と聞き手に念を押す語法であり、たとえば柿本人麿の「石中死人歌」（2・二二一）では、旅先で行き倒れた死者に向かって「妻《つま》もあらば採《つ》みてたげまし〔摘んで食することもできたろう〕佐美《さみ》の山野《やまぬ》の上《へ》の宇波疑《うはぎ》過ぎにけらずや〔過去計良受也／野辺の嫁菜は盛りを過ぎてしまったではないか〕」と問いかけている。すると7の場合、念を押した相手とはいったい誰なのだろうか。この歌の読者と一応は考えられそうだが、赤彦夫妻が蚤取り粉をくれたことなど、読者には初耳なのだ――ちぐはぐな問いかけは、話者自身が当惑していることを思わせる。自分が今ここでこうしていること自体が釈然とせず、どこか別世界の出来事のように思えて、誰かに確かめずにいられないのだろう。「あかひことあかひこがつまあにねよとのみとりこなをくれにけらずや」という全体の階調も、物言いのちぐはぐさを逆に際だたせている。

「見んと思へや」

9は、一夜明けて赤彦宅で目覚めた場面。眼下に大きく諏訪湖が広がって、朝日を受けた湖面がいちめん銀白に輝いている。「遠白く立つ流波」の視覚的描写もその光景を髣髴と浮かび上がらせる。第四句に、〈つぶさに／克明に〉の意の副詞「つばらに」を重ねているから、話者は諏訪湖の景観を前にしばし我を忘れ、つくづくと眺め入っているように見える。ところが第五句では、「見んと思へや」つまり〈見ようと思うか、思わない〉と、第四句までの内容をそっくり打ち消してしまう。この句がもし「思ひきや」なら、〈ここでこんな光景を見ようとは思いも寄らなかった〉と、師が死去した事実をしみじみ思い返している趣となるけれども、「思へや」は現在の動作に対する反語だから、まのあたりの光景を今〈見ようと思わない〉の意に解さなくてはならない。美景になど気を取られている場合ではない、というつもりだろうか。だが、いったん意識に焼き付けられた諏訪湖の映像はそれで掻き消えることはなく、むしろ鮮やかさを増してくる。一人の人間が消滅したにもかかわらず、周囲には昨日までと同じ世界がひらけていて、溢れる光が否応なく目に飛び込んでくる——輝くこの世界はどこまでも理不尽で、目を覆いたくなるほど美しい。

「悲報来」の一連は、師の急逝という衝撃的体験が機縁となった点、先の「赤茄子」や「剃刀研人」の歌とは成り立ちを異にしている。が、異化の手法が随所で効果を上げている点では、ほとんど一続きだと言ってよい。一連のモチーフは、訃報に接した「心の動揺」（柴生田七九）には違いないけれども、動揺がこの世界の、したがってまた自己の、根本的な不可解さ、不思議さに届いている点を読み落とすべきではないだろう。

『赤光』の代表作といえば、生母いくの死を歌った連作「死にたまふ母」（一九一三年作）を挙げる人が多いだろう。特に、

「死にたまふ母」

死に近き母に添寝《そひね》のしんしんと遠田《とほた》のかはづ天《てん》に聞《きこ》ゆる
のど赤き玄鳥《つばくらめ》ふたつ屋梁《はり》にゐて足乳《たちち》ねの母は死にたまふなり

の二首などは、高校の教科書でも定番教材となっているため、日ごろ愛誦しているという人も少なくないはずだ。

右の二首を秀歌とすることには、私も異論がない。しかし、巷間語られるような、母に死なれた悲しみをありのままに歌い上げたという理解は、少々通俗的すぎると思う。第一首でいえば、擬態語「しんしんと」の不思議な効果が見逃せないところだろう。「上句にも下句にも関聯してゐるが、作者は添寝の方に余計に関聯せしめたかつたやうに思ふ」と茂吉本人も説明するように（「作歌四十年」前掲）、「しんしんと」は構文上は「聞ゆる」に係る句だが、声調上は上二句と連続しているため、臨終の迫った母に添い寝する心境と蛙の大合唱とが、さながらこの一句に溶かし込まれているように感じられる。第二首では、梁にとまる燕と母の臨終との配合が絶妙であって、まったくの偶然でありながらこれ以外の組み合わせはありえないという感じさえ受ける。偶然と必然が相互に転化する関係——この点に留意して読み味わうとき、右の二首もあの根源的な生命感覚に届いていることが分かる。

私は、この見地から「死にたまふ母」全五九首を徹底的に読み直してみたいと思っているが、それには別途一冊の著書を要するだろうから、いずれ他日を期することとしよう。

4 根源的感覚を呼び覚ましたもの

左千夫に入門してから長くくすぶっていた茂吉が、一転、『赤光』の歌境を切りひらいていくきっかけはどこにあったか。

観潮楼歌会に参加

従来も言われてきたように、観潮楼歌会に参加した経験が発端となったことは確かだろう。明星・アララギ両派を宥和させるために森鷗外が発案したこの歌会は、一九〇七（明治40）年三月より一〇年六月ごろまで、千駄木の鷗外邸で毎月一回催された。明星関係の参加者は、与謝野寛・晶子夫妻、平野万里、吉井勇、北原白秋、木下杢太郎、石川啄木らで、『アララギ』からは初め伊藤左千夫だけが出席したが、後に長塚節、平福百穂《ひらふくひゃくすい》、古泉千樫らも加わった。ほかには『心の花』の佐佐木信綱が当初から参加していた。

茂吉が初めて出席したのは一九〇九年一月で、他に二月と四月にも出席したことが判明している。後年「後進者として私などはいつも刺戟を受けることの多い会合であつた」（「観潮楼断片記」一九四六年六月、全集7）と回顧したように、歌壇・詩壇の先進たちと流派を越えて交流したことが刺激となって、「今までの根岸派流に安住してゐてはいけないといふ事」（「思出す事ども」一九一九年七・十月、

全集5）を痛感し、広く文芸全般に糧《かて》を求めるようになったらしい。その影響は翌一九一〇年の前半に早くも表れ、

とほき世のかりようびんがのわたくし児田螺はぬるきみづ恋ひにけり　〔「田螺と彗星」〕
南蛮の男かなしと恋ひ生みし田螺にほとけの性ともしかり　〔同〕
なんばんの男いだけば血のこゑすその時のまの血のこゑかなし　〔「南蛮男」〕
瞳《ひとみ》青きをとこ悲しと島をとめほのぼのとしてみごもりにけり　〔同〕

といった奇想の歌々が生まれた。すでに数々の指摘を見るとおり、ここには白秋や杢太郎の南蛮趣味が色濃く影を落としているが、影響は一過性のものと見ておくべきだろう。本人は翌年にはこの種の歌を「空想歌」と呼んで自ら否定し（「いのちのあらはれ」初出一九一一年七月、『童馬漫語』所収、全集9）、以後、本章で扱ってきたような独自の歌境に突き進んでいく。

精神病医となったこと

大学を卒業して精神病院に勤務したことは、この脈絡で大きな意味をもったはずだ。彼の勤務した巣鴨病院は、当時東京でもっとも有名な精神病院で、一九一九年（大正8）に移転して府立松沢病院となるまでは、「すがも」が精神病の隠語として通用するほどだった。夏目漱石の『吾輩は猫である』（初出一九〇五年）の一節に、「在巣鴨　天道公平」なる人物が、長文の難解な手紙をよこして苦沙弥先生を感心させ、後に精神病患者と判明する場面がある。作中でその

人物が収容されていた病院に、茂吉は数年後、新米の医員として入局した格好なのだが、これは本人の志望とは無関係で、「オヤヂがこの方の専門病院をひらいてゐたから、先づ否応なしにこの学問をやるやうに運命を賦与せられた」のであった（「回顧」一九四八年三月筆、初出未詳、全集7）。

はじめのうちは精神病者に親しめず、夜の廻診に長い廊下を通つて行く時など、そのまがり角のところに、蘆原金次郎といふ自称将軍が月琴などを鳴らしながら待ちかまへてゐて、赤酒《せきしゆ》（葡萄酒）の処方を書くことを強要したりする。そんな事も何となし恐ろしい。受持の患者が興奮したりすると当直してゐてもなかなか眠れない、暁近くなるまで床上に輾転《てんてん》するやうなこともあつた。或る晩に、自殺を企てた患者がゐて、咽喉を鋏でめちやくちやに斬つたのを、看護長と協力して処置したことなども、いつの間にか忘れるやうになつて、精神病医としての為上げが、何時出来るともなく出来て行くのであつた。

（「文学の師・医学の師」一九四二年三月、全集7）

巣鴨病院にて（1915～16年ごろ）

蘆原将軍

文中に登場する蘆原《あしはら》（葦原）金次郎は、持続的な誇大妄想のある慢性患者で、病気は統合失調症とも躁病ともいわれる。一八八二年に三三歳で巣鴨病院の前身、東京府癲狂院《てんきょういん》に収容されて以来、一九三七年（昭和12）に松沢病院で衰弱死するまで、半世紀あまりを精神病院で送った。その間、誰かが面白半分に贈った礼服を着用してしばしば新聞雑誌に登場し、珍無類の時事放談を行なっては、取材料で買った菓子を部下に分配するなどした。一九一〇年に、廃兵院経営の参考に巣鴨病院を視察した乃木希典と面会し、両将軍の激励しあう様子が報道されたこともある。当時の新聞記者は、記事の種に事欠くと蘆原を取材して穴を埋めたのだという（岡田〇〇）。

自明性の喪失

巣鴨病院内の情景は、この章の初めに引いた白秋の文章にも活写されている。引用に堪えない描写も交じるので手短にまとめれば、白秋は茂吉に案内されて病院の廊下を通ったとき、「非常に奇異な別世界」を見て「青く」なり、「外へ出て、ほつとしたが、何だか、狂人たちの方が正気で、私の方が却つて狂気ではないかとさへ思へた」のだという（「斎藤茂吉選集序」前掲）。おそらくこれに似た感覚は、義父紀一の意向に沿って「否応なしに」精神病医となり、「精神病者に親しめず」にいたころの茂吉にも、しばしば襲ってきたことだろう。「狂気」とまともに向き合って衝撃を受け、世界が自明でなくなってしまう感覚は、本章冒頭に掲げた諸作、とりわけ「自殺せる狂者《きやうじや》をあかき火に葬《はふ》りにんげんの世に戦《をのの》きにけり」に端的に表現されている（西郷）。患者に治療の対象以上の「にんげん」を見てしまったのだ。「にんげんの赤子《あかご》を負へる子守《こもり》居り」の、あの「にんげん」である。

精神病者の新造語

やや後のものだが、次の文章を見合わせておきたい。

『アララギ』一九一四年九月号の「万葉集短歌輪講」で倭大后の「天の原ふりさけ見れば大君の　御壽者長天足有」（2・一四七）が取り上げられた際、茂吉は、当時揺れていた下二句の読み方について、「み寿《いのち》はながく天足《あまた》らしたり」と読む説に賛同するとともに、この説を語法上無理と説く与謝野晶子を批判した。

古代の日本人は勝手に造語した事を知らねばならない。其れが何時の間にか約束となるのである。自己の生命の表現に適切ならしめようとして時として異常の造語をする事がある。精神病者の詞語新作（呉氏）の如き其例である。〔全集23〕

文中の「精神病者の詞語新作（呉氏）」とは、呉秀三の著書『精神病者の書態』（一八九二年、太皞庵）の所説をさすらしい。同書は、精神病患者の書きことばに注目した症例研究で、書き方に表れる異状をさまざまな実例で示すとともに、それらが病気の種類と相関することを説いたものである。末尾の一節は「精神病者ノ新文字」と題されており、患者が文字を「創作」する「奇症」を、異常な知覚や想念を表わすのに「己ガ抱持スル言語文字ヲ以テシテハ、他ニ対シ又ハ己ニ対シテ慊《あきた》ラザル」ことに起因すると説明している（明治文化研究会編『明治文化全集27　科学篇』所収、一九六七年、日本評論社）。話しことばを取り上げなかったのは、たぶん、録音装置のない状態では資料収集が望めなかったからで、そもそもの関心は精神病と言語全般との関係にあったようだ。

精神病患者の「異常の造語」を、茂吉は疾患の症状と捉えるだけでなく、人間が自己の生命に直接であろうとする切実な行為と見て、そこに詩歌作者の立場を重ねたのだった。この時期の彼が造語に積極的に取り組み、上述の「剃刀研人《かみそりとぎ》」「蚤とり粉《こな》」や、「廻転光《くわいてんくわう》」「乳足《ち》らひ」「葬《はふ》り火」「葬《はふ》り道べ」「人葬所《ひとはふりど》」「瘋癲学《ふうてん》」等々の語を編み出したことが想起されるが、既成のことばの網の目をずらそうとするという点では、本章で扱ってきた異常なことばづかいの数々が、そっくりこの一件に関わってくるはずだ。『赤光』の世界は、生命感覚だけでなく言語感覚の面でも、「狂者」たちの世界と強く共振していた。

精神病医としての仕上げ

もっとも、『赤光』に頻出する「狂者（狂人／瘋癲）」たちは、第二歌集『あらたま』の後期あたりを境に激減し、その後はときおり思い出したように歌われるだけとなって、衝撃や戦慄の表現も影をひそめる。そしてこの変化は、茂吉の「精神病医としての為上げ」が出来上がっていった過程と対応しているように見える。

茂吉の精神病学上の素養は、師の呉秀三が独墺から移植した自然科学的体系（岡田〇二）に立脚しており、彼自身が当初専攻したのは脳の組織学だった。「屈《かが》まりて脳の切片《せつぺん》を染《そ》めながら通草《あけび》のはなをおもふなりけり」（一九一二年作、『赤光』所収）と歌われたように、研究室で彼が従事したのは、患者の脳の標本を顕微鏡で観察し、病因を見つけ出そうとするような作業だった。そこには「にんげん」の居場所はない。理性を脅かす漆黒の闇だった「狂気」が監禁を通して武装解除され、科学の対象としての「精神病」へと変質していった、西欧近代の歴史的過程（フーコー）が、茂吉という極東の知識人の経験を通して慌ただしく再現されていった、との見方が成り立つかもしれない。青山脳病院長となった後年の彼が「瘋癲には優秀な文学的作品は出来ない」と強調したことをも、このさい付言しておくべきだろう（「瘋癲と文学」『朝日新聞』一九三二年六月二十〜二十二日、全集6。圏点略）。「私は後年、独墺に留学し、精神分析の本場ウインに一年半余もゐたが、この学に心酔せずにしまつたのは、その下地は既に巣鴨病院時代に出来てゐたからであつただらうか」（「回顧」前掲）とも語ったように、彼の身につけた学風は、二十世紀の文学・芸術に多大の影響を及ぼすフロイトやユングの心理学説とも、もともと相容れない関係にあった。

『赤光』時代の茂吉が直面したのは、武装解除以前の「狂気」であった。彼は精神病医としてまだ半人前だった。一人前となってしまえば、たとえば蘆原金次郎は一人の気の毒な患者でしかなくなるだろうし、じっさい蘆原の死が報道されたとき、茂吉は「入りかはり立ちかはりつつ諸人《もろびと》は誇大妄想《こだいもうぞう》をなぐさみにけり」と詠じている（一九三七年作、『寒雲』所収、全集3）。創作者としての彼は、その一方で、一貫して理性の彼方を凝視しつづけたともいえるはずだが、今は『赤光』の話題に戻ろう。

5　万葉調をめぐる動揺

根岸派の擬古主義から脱却しようとした茂吉は、一九一一年の夏を境に半ば独り立ちし、左千夫の選を経ずに『アララギ』に歌を出しはじめていた。新作を快く思わない左千夫とのあいだに対立が生じ、同じく新機軸を模索していた赤彦もそこに絡んで、およそ一年半にわたる激しい論争が展開される。結社を一時は解散寸前にまで追い込んだこの内紛について、私は以前、主として赤彦と左千夫との関係を軸に、双方の『万葉集』観の衝突として整理したが（品田〇二）、ここでは、茂吉を含む三者の関係として捉え直してみよう。

アララギの内紛

論争は、行く手を遮る左千夫に茂吉と赤彦が共同して立ち向かう、という構図で展開した。茂吉の作が同人合評欄で取り上げられ、左千夫が難をつけると、赤彦が茂吉を弁護して左千夫に食ってかかる（一九一二年一月）。茂吉は茂吉で、自分たちは左千夫にも子規にも盲従するつもりはないと言い放って物議を醸す（同）。赤彦の連作を左千夫が非難したときには、茂吉が割り込んで「評者の感じ方に一種の障礙がありはしまいかと不思議がるより致し方は無い」とこきおろし（一二年四月）、さらには、当時左千夫の推奨していた岡千里の作をも「実に下手である」と斬り捨てる（同六月）。追いつめられた左千夫は、同じ号の誌面で突如選歌を休むと宣言する。

編集を担当していた茂吉は、そのころ、九月に子規没後十周年記念号を出すのを潮に『アララギ』

を当分休刊しようと決意し、古泉千樫の同意をも取りつけて左千夫に意向を告げに行く。すると意外にもあっさり承諾された。この件を信州の赤彦に書き送ったところ、「非常に長い返事」が来て、《左翁（左千夫先生のこと）なくんば吾等だけでやる。会計の方もこの際覚悟して何とかする。吾等の事業はこれからだ》と激励してくれた。茂吉はこのことばに感奮して、直ちに翻意したという（「島木赤彦君」『アララギ』島木赤彦追悼号）。以来、翌年七月に左千夫が急死するまで、論戦が再燃することはなかった。

左千夫を見限る　それは茂吉たちが左千夫を見限ってしまったからでもあった。茂吉を翻意させた赤彦の文面には、左千夫はもう要らないという含みが読み取れるし（柴生田七九）、茂吉自身、左千夫死去の半月後に書いた追悼文でこう告白していた。

この一二年来予は先生には尽く服し難かつた。概論に於て合致する処があつても個々の作物に対する考が余程離れてゐた。我儘な予は正直を云へば先生を眼中に置かなかつたのだ。けれども其は甚だ悪い事であつて残念で残念で堪らない気がしてならない。悪口すら本気にして呉れる人が此世に居なくなつたからである。

（「伊藤左千夫先生が事ども」『創作』3-2、一九一三年九月）

なお、この追悼文は後に手直しを経て単行本『童牛漫語』（一九四七年、斎藤書店）に収められたが、右の一節はそのとき削除され、全集もその形を踏襲している（全集11）。

内紛は三者の短歌観が試される機会でもあった。第一章の後半で取り上げたような諸論を茂吉は書き継ぎ、「生のあらはれ」という作歌信条を確立するとともに、短歌形式の本質を「詠歎」に見出していく。赤彦も後の「鍛錬」説につながる着想をこの時期につかみ、深みのある瞑想的歌境を提唱する。対する左千夫は、痛切な感情を痛切なままに単情的に叫ぶのが短形式の詩歌にはふさわしい行き方なのだ、と頑強に主張する。いわゆる「叫び」の説である。深まった認識が各自の実作にも反映していった点、近代短歌史上まれな、実りある論争だったと評価する向きもある（篠七六）。

三者の短歌観・万葉観

アララギ派の旗印である万葉尊重に沿って言えば、左千夫は、歌の理想をどこまでも『万葉集』に求め、詩歌／文学の進歩を頭から否認していたのに対し、茂吉と赤彦は、万葉時代の素朴な感情生活にわれわれはもう戻れないのだと主張して、事実上の万葉離れを進めたといえる。茂吉と赤彦の目ざしたものは実はかなり隔たっていたのだが（↓本書第五章）、左千夫という共通の敵の前では違和が表面化することはなかった。

赤彦の万葉尊重

赤彦の側から言おう。前章で触れたように、彼は早くから国民歌集としての万葉像を受け入れ、それを自身の短歌観の中心に据えるとともに、万葉尊重を柱として短歌を国民の文学として発展させる事業に意義を見出していた。彼の万葉尊重は、しかも、実作上の万葉離れの推進によってなんら動揺することはなかったのである。

論争の渦中で彼は、自分たちの追求する新傾向をこう説明していた。

「アララギ」近来の歌は情緒的より情操的に進み候。単情より情趣に進み候。発作的より瞑想的に進み候。

（柿人「消息」一九一二年三月（二月二十一日付左千夫宛書簡）、全集7）

このとき赤彦の念頭には、当時の教育学系心理学書の説く「開化史的段階説」があった。個体発生は系統発生を再現するとの了解のもと、個人の感情発達を人類や民族のそれと類比的に捉える考え方であり、それによれば、幼児／未開人は喜怒哀楽のような単純低級な感情しか知らないが、成人／文明人となる過程で、真善美にわたる複雑高級な感情に目覚めるのだという。低級な感情は「情緒 emotion」、高級な感情は「情操 sentiment」と概念化されていた。教育者としての赤彦はこの枠組みに沿って思考するとともに、前者の意義を格別重視して、少年期の活発な情緒生活は成人後の豊かな情操生活の土台である、と考えていた。教育の仕事は、児童の粗野な感情を抑圧することなく、適切な「鍛錬 discipline」を加えて情操の発達につなげることでなくてはならない。

島木赤彦

赤彦の作歌信条もこの教育思想と表裏一体だった。複雑に分岐した文明社会に生きるわれわれは、もはや『万葉集』に見られるような素朴な情緒生活を送るわけにはいかないし、それは大人が二度と子どもに戻れないのと同じことである。現代の歌は情緒ではなく、情操を表現するものでなくてはならないが、とはいえ、情緒から切り離された情操は根無し草のようなものとなってしまう。瞑想的な歌境が感傷に流されず、人生の辛苦に耐える力強さを備えるためには、祖先が思うさま泣いたり笑ったりしたことばから力を授かることが必要であるし、有効でもある。『万葉集』は、われわれの歌が新しくなればなるほど、常に立ち返るべき原点として重みを増してくるのだ——およそこのような了解のもと、赤彦は万葉離れの推進と万葉調の堅持とを両立させていた（品田〇一）。

だが、茂吉は短歌や『万葉集』を赤彦のようには考えていなかった。『万葉集』に対する彼の関心は主としてことばに向けられていて、少なくともこの時点では、国民歌集としての万葉像とはあまり関係がなかった。

茂吉の万葉尊重

ここまで追跡してきた茂吉の足取りに、社会的使命というような発想はかいもく認められない。「まことの短歌は自己さながらのものである。一首を詠ずればすなはち自己が一首の短歌として生れたのである」（「いのちのあらはれ」前掲）との発言にも表れているように、彼にとって作歌とはどこまでも個人的営為であった。

この時期に彼は万葉歌の表現を盛んに吟味したが、その目的は、ある語詞や語法がどういう場合に効果をもち、どういう場合にもたないのか、という点を見極めることにあった（「笠女郎の歌一首」一九一一年七月、「万葉の数首」「『熟田津に』の歌」一九一二年一月、「『安見児得たり』の歌」一九一二年七月、「東歌一首」一九一三年三月。以上、『童馬漫語』所収、全集1）。しかもその吟味は、およそ余人が気にかけないような問題にまで及ぶのだった。たとえば、額田王の「熟田津に船乗りせむと月待てば潮もかなひぬ今は漕ぎ出でな」（1・八）について、第五句が「相対語」「呼び掛の言葉」である点と、上三句が「記述的」「独詠的」で「遠い友にでも云ひ贈るやうな態度」である点とが、一首の表現としてどう折り合っているか、というような問題である。「作歌に際しての心の据ゑ方から出発」して「独詠歌」「対詠歌」を区別した茂吉だからこそ、こういう微妙な問題を素通りできなかったのだろう（「独詠歌と対詠歌」一九一〇年十二月、『童馬漫語』所収、全集1）。要するに、創作あっての『万葉集』であって、その逆ではなかった。

万葉調の旗印を降ろそうとする

そういう茂吉が実作において万葉離れを追求し、用語の面でも非万葉語の大胆な取り込みを進めていったとき、「万葉調」という旗印そのものを放棄しようと考えるのはむしろ当然だったろう。

> 雑誌などでは一定の主義でも標榜しないと旗色が鮮明でないと云ふ。煮え切らないと云ふ。もつともな話である。僕らは折衷を主義とするほど円満でないから、何か旗じるしの様なものが欲しい事は山々であるが、貧の悲しさには左様なものは無い。然し仕方が無いから、城郭も旗標もない裸体の僕等は銘々で歩むのだ。それでは都合が悪ければ何か又考へねばならぬ。
>
> （「編輯所便」『アララギ』一九一三年二月、全集25）

同じ文章には、自分が今「苦悩の状態にある」「一人で歩まうとして居る」とも語られ、さらには、

自作に付きまとう「臭味」をなくしたいと思う反面、それでは歌が詠めなくなるような気がする、と
も告白されている。「矢張り出鱈目に作るより他に途が無いといふに帰著する」。

疑念と苦悩

茂吉は、名状しがたい感銘をことばにしようと「出鱈目」に作歌するうちに、本章の前半で見てきたような手法を体得し、あの瞠目すべき歌境を切りひらいた。そして、万葉調を絶対視するアララギ同人たちを尻目に「一人で歩まう」とする一方、前途に不安を感じて「苦悩」していたのである。

『赤光』の編集に着手したころ、彼は柿本人麿歌集の「あしひきの山河《やまがは》の瀬《せ》の響《な》るなべに弓月《ゆつき》が岳《たけ》に雲立《くもた》ちわたる」（万葉・7・一〇八八）について、

> 漢語でなく、従つて『ン』や『ツ』の音便なき日本の古語で以て、これだけ強く自然界動運の相を表現し得た短歌は実に偉大である。
> 〔「万葉短歌鈔」『アララギ』一九一三年七月、全集11〕

と述べていた。「日本の古語」だけで成就された歌調風体こそ短歌本然のものであって、漢語や擬態語に頼る自分の作はしょせん際物なのではないか――勢いにまかせて新作を量産しながらも、茂吉の心中には常にそうした疑念がわだかまっていたらしい。この少し後に古泉千樫に宛てた書簡でも、これまでの自作を通読して「何とも云へぬ厭な気持」になったと言い、過去の醜い自分を「一刻も早く葬って仕舞ひたい」から編集を急ぐのだ、と訴えていた。文中には「明治四十一年頃」の作がいちば

んひどいともあるが、「今僕の歌集を出したところで工合の悪いものに相違ない」と結んでいるから、近作にも確信は持てずにいたのだろう（「赤光編輯の時」一九一三年八月、『童馬漫語』所収、全集1）。

意外にも、『赤光』は動揺の渦中で生み出された歌集なのだった。方法的自覚を欠いたままとてつもない歌境を成就した歌集、と言ってもよいだろう。茂吉はこのときも赤彦と対極的な位置にいた。

予想外の好評

ところがいざ刊行してみると、予想外の好評が『赤光』を迎えたのだった。この章の冒頭に挙げたもの以外で二、三追加しておこう。

もっとも極端な反応はさしずめ尾山篤二郎のそれだったろう。毒舌で鳴らした批評家でもあるこの歌人は、三年前には、

老樹蓊鬱《をううつ》として幽禽頻りに啼《な》く俗塵を遠く絶した世界に、万葉といふ白木造の宮がある。あららぎの諸氏は即ち其禰宜《ねぎ》だ。尊重と森厳を追及《ママ》するの余りに祝言（祝詞ヵ）の様なオールド、ランゲエジの響を極愛して居る。（「五月の歌壇」『詩歌』一九一一年六月）

と、例の啓蒙主義的万葉語言説を振り回していたのだが、『赤光』が刊行されると態度を豹変させ、「死にたまふ母」を「純一なる感情」に溢れた「真に生命ある詩」と激賞したばかりか（「斎藤茂吉氏の歌」『文章世界』9-8、一九一四年八月）、翌年『アララギ』に寄せた『赤光』評では、文章全体を「最後に、私はこの作者及び北原白秋氏と同時代に生れ同じく歌を作つてゐることを何物にもかへ難

い幸福とする」と結んでみせた（『アララギ』赤光批評号（2））。

一方、歌壇で最初に茂吉に注目したとされる前田夕暮（柴生田七九）の場合、刊行後は「斎藤氏が使用しつつある古語が果して全部現代に生かされてゐるか」に疑義を呈するなど、以前のように手放しでは推奨しなくなった（「『赤光』を読みて」『詩歌』一九一四年一月）。『赤光』があまりに好評で、自身の主宰する白日社内にまで模倣作がはびこったことに、いくらかとまどっていたのかもしれない。

定評の形成　『赤光』に「万葉調」からの離反を看取したのは、著者本人を除けば前述の金沢種美くらいではなかったか。多くの人は〝万葉の古調に近代的感覚を盛った〟と受け止め、それが定評となっていったように見受けられる。

一首の基調をなすものは固より万葉集等に見る放牧〔抱樸カ〕簡素な匂ひであるが、作者はこれに加味するに近代人に特有な官能と神経の鋭い戦慄を以てしてゐる。

〔橋田東声「『赤光』を読む」『アララギ』赤光批評号（1）〕

私が『赤光』に対して驚いたのは万葉の古調ではあるに係らず、矢張り自分と同じく現代人としての感覚神経の尖鋭といふ事が主であつた。つまり、私が思つてゐたアララギといふものより、ずつと違つた、自分と全く手が握れる全く共通の或ものを発見したからであつた。

〔北原白秋「斎藤茂吉選集序」前掲〕

柴生田稔はこの点について次のように推測している。

これらの諸家は、おそらく各自の近代性そのものに関しては、決して人後に立つ意志はなかつたであらうから、主として諸家を驚かしたのは、その予期しなかつた古調（万葉調）の効果の点であつたと言つていいのではあるまいか。さうした反響がおのづから、『赤光』発刊後の茂吉の自己本来の道における自信を支へる所以にもなつてゐるやうに思はれる。〔柴生田七九〕

私はこの記述の前半には全面的に賛同する。万葉の古語は歌を古臭くするとばかり思われていたところに、決してそうでないことを『赤光』が満天下に示した。そこまではよい。ただし、古語の効果は古語（万葉語）それ自体にではなく、古語と現代語との差違にこそ由来するはずなのである。当時の人々はこの点を突き詰めて考えようとせず、まるで古語自体に力が籠もっているかのように思い込んでしまった。関係として理解すべき事態を一方の項に押しつけて固定したという意味では、物象化的とも評すべき錯視に人々は陥っていたことになる。

錯視を犯した最たる人物は、おそらく茂吉本人だったろう。自身の進むべき道を万葉調の純化に見出したとき、彼は、『赤光』で感覚的につかんでいた異化の手法を発展させる代わりに、狭く限定する道を選んでしまった。以来、長期の不振に陥り、昭和初期にようやく立ち直ったときには、彼はもう『赤光』の茂吉ではなくなっていた。

柴生田はその時期に茂吉に入門し、『赤光』は若気の至りであり、邪道の極みであると教えられながら修練を積んだ。『赤光』刊行後に茂吉が歩んだ道を「本来の道」と見なすことは、師を追って同じ道を歩んだ柴生田にしてみれば、絶対に譲れない一線に違いない。

私にとっては逆の意味で譲れない一線となる。次章では『赤光』以後大正末期までの足どりを追跡することにしよう。

こぼればなし3　私が召し上がる

初版『赤光』から窺える茂吉の文法知識はかなり怪しげである。「死にたまふ母」の一首、「みちのくの母のいのちを一目《ひとめ》見ん一目みんとぞいそぐなりけれ」が係り結びの法則に合わないことには高校生でも気づくだろう。ほかにも、終止形に続くはずの「べし」や「らむ」を連体形に続けたのなどがあって、読んでいると、見開き二ページにつき一回はこの種の現象に出会う。

　後年の作にもなかなかすさまじいのがある。「けさの朝け起きいで来れば山羊歯《やましだ》に萌ゆらむとする青《あを》のかたまり」（『寒雲』）。これではいつどこで萌えるのかさっぱり分からない。

　一九四二年の作では、「いでたたむ軍医中尉の弟とひるの餅《もちひ》を食《を》すいとまあり」（『霜』）と、尊敬語であるはずの動詞「食《を》す」を自分の動作に使った。実は『赤光』以来ずっとこういう使い方をしてきたのだった。それを、著名な言語学者、金田一京助に「千二百年前の人が聞いたら、ころげて笑ふかも知れない」と冷やかされたことから、茂吉は躍起になって弁駁に努め、『アララギ』の「童馬山房夜話」に一年半にわたってこの件を連載した（全集8）。「食《を》す」に敬語以外の用法もあった可能性を力説したのだが、これはどだい無理な話だったろう。資料から帰納できない用法が存在した可能性など、考えだせばきりがないからだ。

　ただし茂吉はこうも述べていた。《『飯《いひ》食《を》すわれは』の如き用法をば、明治大正の歌人が、新しい語感を以て創造したものとすれば、何でもないことである》。彼はこの見地をこそ発展させるべきであった。そうすれば、いわゆる万葉調が本質的に現代語であることがはっきりしたはずなのだ。

断章　声調とは何か

茂吉は同時代の歌人たちの中では群を抜く理論家だったが、思うに、彼の思索においていて先行していたのは体験的に会得した感覚で、理論はその感覚に必ずしも追いついていなかったのではなかろうか。実作者茂吉と理論家茂吉との落差は、写生の問題にも露呈しているだろうし（→本書九六頁）、声調の問題にも同じことがいえると思う。

実作と理論の落差

実際、全集で七二ページ分、四百字詰め原稿用紙で約百二十枚分からなる「短歌声調論」（→本書四一頁）の論述を通じ、声調とは端的に何であるかが明示的に語られた箇所はない。ほぼ同じ分量を費やした「万葉短歌声調論」（『万葉集講座　5』一九三三年・春陽堂、全集13）なども同様で、修練を重ねて「悟入」すべきことを説く彼の論法は、声調という現象の理論的解明からは程遠い。

怜悧な洞察は随所に認められる。ことばの音楽的要素を肉声から峻別した点、つまり声調はことばに内在するとした点、そして声調はことばの音楽的要素が単独で織りなすものではなく、音楽的要素と意味の要素とが関連することではじめて成就するとした点などがそれで、またそこには、感情移入説の大成者として知られるリップスの美学（Theodor Lipps, *Aesthetik, Psychologie des Schönen und der*

Kunst, Hamburg und Leipzig, 1903）が受容されてもいる。が、二つの要素は具体的にどう関連するのかという点に踏み込もうとしない点、隔靴掻痒の感を禁じえない。両者は必ずしも相即しないからこそ、相互の関連が何事かを成就するはずであるのに、巷間、音楽的要素が単独で感銘を象徴するかのような理解が行なわれてきたのは（杉浦明五四、梶木七〇、岡崎義恵「斎藤茂吉の芸術観」藤森所収など）、茂吉の論述自体が曖昧さを免れていなかったからだと思われる。

言語を記号と見なかったこと

茂吉声調論の分かりにくさは、彼の思索が二十世紀言語学の基本的枠組みに立脚していなかった点にも関係している。ことばの音楽的要素を肉声から区別したとき、彼は事実上、言語記号の能記の側面と呼ばれるものに突き当たっていたはずなのだが、ことばを恣意的記号とする立場から問題を掘り下げようとはしなかった。

言語記号が能記（意味するもの）と所記（意味されること）との二側面からなること、また前者は聴覚印象であって具体的音声ではないということは、今でこそ言語学の基本命題の一つだが、右の命題を提出したF・ソシュールの主著『言語学原論』が日本語に訳されるのは、茂吉が「短歌の朗吟」（→本書四二頁）を書いたのより一五年も後である（ソシュール述・小林英夫訳『言語学原論』岡書院、一九二八年）。日記を含む茂吉の文章にも、ソシュールの名は一度も現れない。

能記と所記との関係は、ソシュールによれば完全に恣意的である。平たく言えば、日本語で /inu/ が〈犬〉を意味して〈猫〉を意味しないことにはなんら必然性はない。この了解は、ことばを記号の体系と捉える立場にとっては公理にも等しい大前提だが、「短歌声調論」で茂吉が関心を注いだのは、ことばが意味を生成することよりも、むしろ意味を超えて何事かを成就することであって、ことばはそのとき記号よりも象徴に近いものとなる、と彼は考えていた。そして、この脈絡で焦点化されるのが音楽的要素、たとえば「音律」や「音感」なのだった。

「音律」について茂吉は言う。短歌では五・七・五・七・七の定型律が基本だが、五音句はさらに二・三、三・二などに分かれるし、七音句は三・四、四・三、二・五、五・二等々に細分される。しかも「三四調はゆつくりと延び、四三調は締まつて堅い」などの違いがあるうえに、句切れや中止《ポーズ》の位置、また字余りの有無なども関わってくるので、一首一首の音律が喚起する生理的感覚は千差万別となる。

彼はまた、一定の音素には一定の「音感」が伴うとの見地から、たとえば、カ行音は「堅く、潔《さわや》かに、強く」響くのに対し、サ行音は「鋭く、時に清《きよ》く、時に細《ほそ》く」響き、ア列音は「大きく朗かに豊か」で、イ列音は「細く引しまり鋭く」感じられる等々と主張し、一首にどういう音素がどう配されているかという点も声調の重要な因子となる、と説く。

茂吉の主張は、現代の言語学者が「音象徴《サウンド・シンボリズム》」と呼ぶ現象、つまり一定の音素または音素群が自然界の音《おと》や動作の様態、また肉体的・精神的状態などを喚起し、しかもそれらの模写ないし類像のように感じられる現象（田守・スコウラップ）とも符合するように思われるが、どの程度まで普遍性をもつのか、また明らかに記号として機能する側面とどう折り合うのか、私の知識と能力では判断がつかない。そこで提案だが、声調に関する茂吉の洞察を、ソシュールの道具立てに沿って再解釈してみてはどうだろうか。少なくともそのほうが格段に分かりやすくなるように私には思われる。

言語記号観からの再解釈

ことばの音楽的要素を心で聴き取りながら、それを意味の要素と関連させて声調を感得すること。あるいは、そのように感得されるものとして声調を造形すること——それは、ことばを記号と見る立場からは、能記の側面をことさら前景に押し出して、ことばを見慣れなくすることと解せるだろう。

日常一般の言語活動において、私たちは、一定量の語群を相手にそれらの意味をつなぎ合わせながら、情報を発信したり受信したりしている。このとき前景化しているのはそれらの語の所記の側面であり、能記の側面はいわば黒子のように背後に退いている。他方、短歌の声調が意味を超えて何事かを成就するのは、私の理解では、複数の語が音律のもとに組織されたり、互いに響き合う、または反発し合う音素が規則的・不規則的に配されたりすることにより、語と語が能記の側面で直接関係づけられること、そしてその関係が、所記の側面で取り結ばれる語と語の関係を凌駕することに由来する。ことばは、そのとき、伝達される情報とは別の次元で読者の感覚を刺激するとともに、一首の意味的連関にも介入し、特定の細部を誇張したり、焦点をずらしたり、全体を攪乱したりする。茂吉が、さらさらと耳触りのよい声調を「甘滑」として忌避する一方、「渾沌」を蔵する「流動的声調」を理想としたのも、このあたりの呼吸を体得していたからであるように私には思われる。

読みへの応用

要するに、声調とはことばの異物感を際だたせる手法の一つである、というのが私の言い分なのだが、これだけでは机上の空論のように見えるかもしれない。そこで、茂吉の実作を右の考えに沿って具体的に読みほどき、その声調を心で聴いてみよう。取り上げる作は、例の、山口誓子が聞き惚れた一首（→本書二五頁）がよいだろう。

戒律を守りし尼の命終《みやうじゆう》にあらはれたりしまぼろしあはれ

この一首は、『古今著聞集』ほか複数の書に載る有名な説話に取材している。一生不犯《ふぼん》の戒を守り通した高徳の尼僧が、臨終のまぎわに「摩羅《まら》が来るぞや、摩羅が来るぞや」とわめいた、というその説話は、煩悩の断ちがたさを戒めた話とも、ただの際どい暴露話とも受け取れる。茂吉の作も、かりに散文に置き換えて「戒律を守り通した尼僧の臨終に現れていたまぼろしよ、ああ」などとしてみると、悟りすました尼僧のあさましい最期を興味本位に取り上げた作のように見えるかもしれない。が、一首を独特の声調に沿って読み下すとき、そんな矮小な理解にとどまってはいられなくなる。

まずは音律と音素のありようを確かめてみよう。上二句は三つの文節「戒律を」「守りし」「尼の」からなり、それらが五音、四音、三音と絞り込まれるように並んでいて、しかもそれぞれの第一音節の母音はすべて /a/ に揃っている。第三句「命終に」は子音 /m/ を含む点で上の「守りし」「尼の」と共通し、またここまでの四文節においては末尾に母音 /o/ と /i/ が互い違いに現れる。さらに下二句では、三つの文節「あらはれたりし」「まぼろし」「あはれ」が七音、四音、三音とやはり絞り込まれるように並ぶ一方、上二句と響き合うようにして母音 /a/ が優勢を占め、また子音 /r/ および音節

/wa//ʃi/ が反復されている。緊密な階調と言ってよい。

さらに、音素の配置を意味の面と関連づけるとき、まず浮かび上がるのは、戒律を「守りし」と摩羅の「まぼろし」という、意味上は真っ向から衝突する二つの語句が、能記の側面 /mamoriʃi//maboroʃi/ では互いに共振し、同調しようとしている点だろう。歌意としては、もちろん、尼が戒律を守り通したことに反してまぼろしが現れたわけだが、声調上は、戒律を守り通したこと自体がまぼろしを呼び込んだように響くのだ。そこに「渾沌」がある。同様に、/arawaretariʃi/ が /maboroʃi/ と交響しつつ、末尾の /aware/ に巻き取られていく関係も見逃せない。「尼」の眼前に「あらはれ」ていたまぼろしを、叙述主体の発する嘆声「あはれ」が音響的に抱き止めている。肝要なのは、この「あはれ」の放射する感情の振幅をさながら感受することだろう。それは憐憫のようでもあり、驚異のようでもあり、随喜のようでさえあって、全体としてはまさに名状しがたい感銘である。

以上の理解に立って、一首をあえて敷衍すれば次のようになるだろう。

生まれてよりこのかた一度も触れることなく、正目《まさめ》に見ることもたぶんなかったにもかかわらず、というよりもむしろそれゆえにこそ、常に意識の片隅にあって密かにとぐろを巻いていた厳しい禁忌の対象が、たった今、久しき束縛から解き放たれ、つつましく清浄な生涯を荘厳《しょうごん》する写象——おそらく巨大な——となって、死にゆく女人に肉薄してくる。いよいよその時が来たのだ。なんというグロテスクな、そして感動的な光景だろう。弥陀の来迎《らいごう》にも匹敵するとの罰当たりな形容以外に、この感動を言い表わすことばがありえるだろうか。

第四章　ことばのゆくえ――大正期における万葉調の変質

『赤光』が多くの読者を集めたころ、国民歌集『万葉集』の裾野は拡がる一方だった。大正中期には、各種中等教育機関で『万葉集』の価値を教えられた人の累計は数十万人に達していたし、一方では短歌の国民化が軌道に乗って、創作・享受とも未曾有の活況を呈していた。この新たな条件のもと、短歌／和歌の「伝統」や「永続性」といった想像がリアリティーを帯びるとともに、「伝統」の原点と目された『万葉集』はますます人々の意識に根を張っていった。明治期に弱小集団でしかなかったアララギ派がこの時期に歌壇を制覇するのも、万葉調という旗印が広く支持されたためと見て誤らない。

以上の状況は『赤光』以後の茂吉の創作活動にどう働きかけただろうか。格好の追い風となりそうでいて、実際にはその逆となったように見受けられる。

1　万葉渇仰とアララギ躍進

アララギ派の躍進

一九一三年（大正2）年の夏、伊藤左千夫の死と前後して、短歌結社アララギは従来の組織を一新し、会員制を採用する。翌一四年の四月には島木赤彦が諏訪郡視学の職を擲《なげう》って単身上京、一五年二月——長塚節の死去した月——から月刊誌『アララギ』の編集発行人となると、それまで繰り返されていた遅刊・休刊は是正され、当初たった三百だった発行部数もすぐさま倍増し（斎藤茂吉「島木赤彦君」『アララギ』島木赤彦追悼号、全集5）、一六年には一千部、二五年には三千部となって、赤彦の死去する大正末年には三千三、四百部に達する（藤沢古実「アララギ発達の由来」『アララギ』二十五周年記念号）。かつての弱小サークルは、こうして見る見る勢力を伸ばし、歌壇を睥睨《へいげい》する大集団へと膨れあがった。

めざましい発展を導いたのは、直接にはもちろん、花形の茂吉をはじめ、赤彦、古泉千樫、中村憲吉、土屋文明といった有力同人たちの活動だったろう。が、それ以前に、万葉調を標榜する彼らの創作に共感を覚える読者——かつての読者のように「擬古趣味」とは感じない人々——が広汎に育ってきていたことを想定しておかなくてはならない。中学校や師範学校や高等女学校こそ、この場合の彼らの揺り籠だったはずである。

アララギ派の歌壇制覇について、茂吉は後に「私は大体大正五年を以て、歌壇の主潮流をアララギが形成したと考ふるものである」との観測を示した（「アララギ二十五年史」前掲二十五周年記念号、全集21。圏点略）。ほぼ妥当な線だろうと思う。現に、『読売新聞』はこの年の歌壇を回顧する記事を赤彦に一任していたし、文中で赤彦は「一般の歌風の今年に至つて益《ます》〳〵万葉調を趁《お》ふに傾いた事は争はれぬ事実である。予は躊躇なく之をアララギ調の流行といふ」と豪語していた（「本年の歌壇に就いて」『読売新聞』一九一六年十二月十五日、全集未収録。原文総ルビ）。

歌壇を制覇した時期

「歌壇万葉集渇仰の現象」

同じ文章には、『潮音』『国民文学』『水甕』『詩歌』『心の花』など、他派の動向に触れて、「古歌の研究は万葉集を中心として、今年に至り甚だ盛んな勢である」「歌壇万葉集渇仰の現象が例の雷同的気勢の加味はあるとしても、我々には欣《よろこ》ぶべき現象とするを躊躇せぬ」と述べた箇所もある。

「歌壇万葉集渇仰の現象」を見渡しておこう。一九一六年を挟む三年間に、歌人による万葉関係の著作としては次のようなものがあった。

①窪田空穂『評釈 万葉集選』（正続二冊・一九一五年、日月社。合冊・一九一七年、越山堂）。
②土岐善麿『作者別 万葉短歌全集』（一九一五年、東雲堂）。
③井上通泰《みちやす》『万葉集新考』（和装一九冊・一九一五〜二七年、歌文珍書保存会）。
④尾山篤二郎『柿本人麿』（一九一六年、抒情詩社・評註日本名歌撰）。

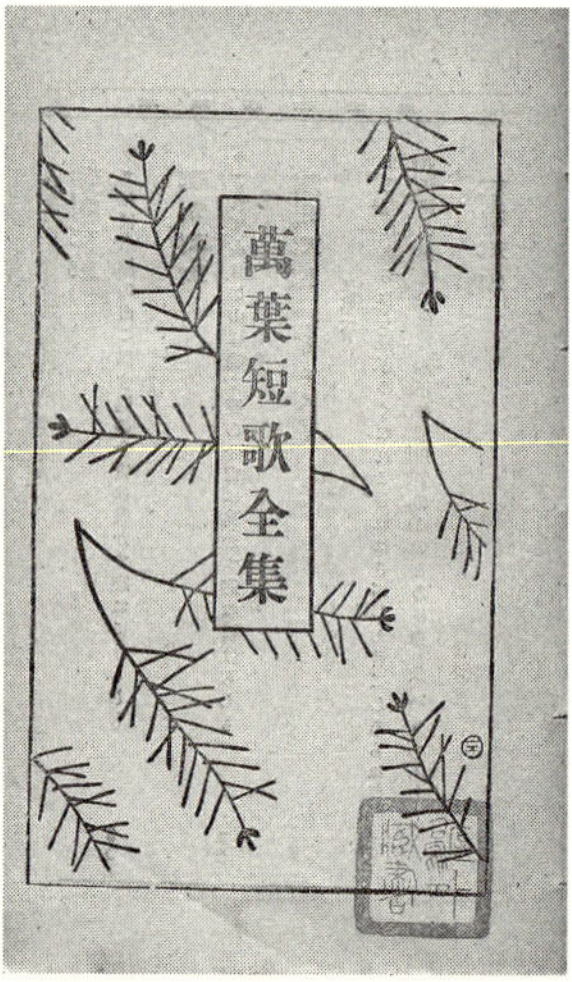

土岐善麿『作者別 万葉短歌全集』扉（東京大学総合図書館蔵，森鷗外旧蔵）

⑤佐佐木信綱『万葉集選釈』（一九一六年、明治書院）。
⑥折口信夫《おりくちしのぶ》『口訳万葉集』（三冊・一九一六～一七年、文会堂・口訳国文叢書）。
⑦尾山篤二郎『万葉集物語』（一九一七年、東雲堂）。

①は、早く一九〇七年から「文章世界」にたびたび万葉歌の評釈を載せていた空穂が、その経験を見込まれて書き下ろしたもの。大伴家持の「春愁三首」（19・四二九〇～九二）を初めて評価したことでも知られ、手ごろな万葉入門書として大正末期まで版を重ねる。これと双璧をなすのが⑤で、国文学者でもあった著者は重厚堅実な学風で知られるが、同書は訓詁注釈よりも「歌としての面白み」に重きを置いた内容となっており、一六年には増訂版が、四七年（昭和22）にはその第三七刷が、五三年には新訂版が出る。④⑦も評釈中心の書だが、どのくらい売れたかはよく分からない。②は、題名どおり万葉の全短歌を作者別に並べ直した書で、「帝王」「太子」に始まり「東歌」「読人不知《よみびとしらず》」に終わるその配列は、常套句「天皇から庶民まで」を地で行くものといえる。東京大学総合図書館所蔵の森鷗外旧蔵本は一九二一年発行の第八刷だから、売れ行きも好調だったらしく、翌二二年には長歌・旋頭歌を含む『作者別 万葉全集』（アルス）に改編され、三一年にはそれが「改造

文庫」に収められた。③は近代人による最初の全歌注釈で、著者は御歌所の寄人《よりうど》をも務めた旧派歌人。⑥は、『万葉集』の歌にすべて現代語訳を施した最初のテキスト。後に古代学の泰斗となる折口にとって最初の著作で、アララギ入会以前から手がけていた仕事だ。

なお、雑誌記事としては、前田夕暮が主宰誌『詩歌』に「万葉短歌私鈔」を連載したほか（一九一三年十月～一四年九月）、信綱も⑤より早く主宰誌『心の花』に「万葉集講義」を断続的に連載していた（一九一二年一月～一六年十月）。同誌はまた、一九一五年の三月号を「万葉号」、六月号を「第二万葉号」として、豊田八十代、芳賀矢一、新村出、橋本進吉、鴻巣盛広、萩野由之といった諸学者の論考を特集するほか、一七年十一月号にも万葉関係の論説六編を掲載し、冒頭に芳賀矢一「万葉集を経典とせよ」を掲げている。

出遅れ気味だったアララギ

肝心の『アララギ』はどうか。伊藤左千夫「万葉集新釈」の連載は『馬酔木』時代から開始されていたが（『馬酔木』一九〇四年二月～〇七年五月、『アララギ』一九〇九年四月～一一年九月）、『万葉集』全二十巻中、巻一の分だけで中絶していた。茂吉・赤彦・千樫・憲吉らが師の跡を継いで「万葉集短歌輪講」を開始するのは一九一四年六月で、その間、万葉歌の評釈としては、茂吉の「万葉短歌鈔」が四回掲載されたにすぎない（一九一三年七・八月・一四年一・二月）。連載の時期に関する限り、茂吉らの取り組みはやや出遅れていた観がなくもない。

要するに当時の歌壇は、流派のいかんを問わず、「万葉集渇仰」の熱気に包まれていたのである。アララギ派はこの機運に乗じて組織拡大を果たした次第だが、機運そのものを作り出したのではなかった。

赤彦の統率

歌壇制覇以前、一九一三年から一五年ごろの『アララギ』は、会員外の歌人や文筆家にも積極的に寄稿を求めていた。茂吉が個人的に親しかったためもあって、木下杢太郎の詩や赤木桁平の評論、また北原白秋の短歌がしばしば誌面を飾り、なかでも白秋は一度に一一二首もの短歌を寄せたことがある（一九一五年五月）。ほかにも、詩人では室生犀星、山村暮鳥、萩原朔太郎、批評家では阿部次郎、小宮豊隆、他派の歌人では西村陽吉、尾山篤二郎、若山喜志子、橋田東声らがこの時期に寄稿している。

が、一九一六年を境にこの種の寄稿は激減し、誌面には会員の短歌と文章ばかりが並ぶようになる。上げ潮の手応えをつかんだ赤彦が、アララギ派の機関誌としての性格を鮮明にすべく、外部との交流を意図的に遮断する方針を打ち出したのだ。

もうアララギは他派との交渉など気にしてゐてはいけません天の命が重いのだから寸時でも自分の道を確つかり歩かねばなりません小生など生意気だが反抗的にもさう思ふ方がいゝと思ひます

〔島木赤彦書簡五一八・一九一七年十月八日・中村憲吉宛、全集8〕

そのころまで、『アララギ』の編集は赤彦・茂吉・千樫・憲吉・文明らの合議によってなされ、ほかに、信州出身で赤彦直門の青年たちが赤彦宅兼発行所に出入りして、実務を補助していた。ところが、一九一六年十月には憲吉が広島県布野に帰郷して家業に就き、翌一七年末には茂吉が長崎医学専門学校の教授となって東京を去り、一八年には文明も諏訪高等女学校教頭として赴任したため、合議制は瓦解し、編集はもっぱら赤彦の差配に委ねられることとなる。実権を手にした赤彦は、門弟の藤沢古実（木曾馬吉）、土田耕平らを幹部に取り立てるとともに、古巣の教育界で培った人脈を活用して会員獲得に努め、さらには求道的作歌信条「鍛錬道」を唱道して、大結社アララギを自身の色に染め上げていく。

東京も摂政宮殿下にあゝいふことをする馬鹿ものが生れてゐる〔前年十二月二十七日に裕仁親王（後の昭和天皇）が狙撃された虎ノ門事件をさす〕人の柄が悪変してゐることも確かであるそれゆゑわがアララギの徒は自重せねばならぬと思つてゐる今少し世が悪くなつた後にアララギなどは国益人類益になるであらうそれゆゑ今年は更に奮発して取かゝる

〔島木赤彦書簡一〇九〇・在ミュンヘン斎藤茂吉宛、一九二四年一月一日、全集8〕

折口信夫の入会

万葉尊重の方針にも従来とは異なる意味づけが加わっていく。それにつき象徴的なのは、赤彦体制の確立と前後して折口信夫（釈　迢空《しゃくちょうくう》）が破格の待遇で迎えられ、たちまち中心人物の一人となった事実だろう。正式に入会した時期は不明だが、一九一六年に『アララギ』臨時増刊として橘守部『万葉集檜杣《ひづま》（檜嬬手《ひのつまで》）』の翻刻出版が企画されたとき、原稿作成に協力したのを機に縁が深まったという（斎藤茂吉「アララギ二十五年史」前掲）。誌上への実質的デビューは同年九月号からで、自選の短歌八首がいきなり掲載され、同時に「万葉集私論」の連載も始まった。『口訳万葉集』の広告も同号の巻末に一ページを割いて掲げられ、翌十月号の「編輯所便」には赤彦が、「同氏の蘊蓄を傾けられし事に候へば、内容の完備言を待たず候。俄出《にはかで》の際物《きはもの》とは別物に候。御講読祈上候」と推奨のことばを記した。以後、折口は毎号欠かさず短歌や歌評、歌論を寄せ、翌一七年二月には早くも編集同人に昇格して、翌月からは彼の選歌欄も設けられる。作歌の力量もさることながら、無類の学識が買われて異例の抜擢となったのだろう。歌壇全体の「万葉集渇仰」状況にあって、アララギの万葉尊重に確かな裏づけがあることを内外に顕示する必要から、気鋭の歌人学者に期待がかけられたのだと思われる。なお、一六年の九月号と十月号には、国学院大学の同窓で親友でもあった万葉学者、武田祐吉も「大伴家持論」を寄稿し、これを機に『アララギ』の常連寄稿家となっていく。

万葉国民歌集観の二面

言い遅れたが、『万葉集』を国民歌集とする通念には、実は二つの側面がある。

㈠、古代の国民の真実の声があらゆる階層にわたって汲み上げられている。

㈡、貴族の歌々と民衆の歌々が同一の民族的文化基盤に根ざしている。

㈠を「万葉国民歌集観の第一側面」、㈡を同じく「第二側面」と呼ぶ（品田〇一）。第二章で触れた正岡子規の事績には第一側面だけが関わっていたが、彼の死と前後して第二側面が形成され、大正期を通じて一般に広まった。今話題にしている折口は、この過程における立役者の一人であった。

第一側面の欠陥

第一側面が形成された明治中期の時点で、翻訳語「文学《リテラチュア》」の概念は〈著作物／文字で書かれたもの〉という了解を基本に据えていた。文字の有無は、農耕や金属器や国家の有無とともに、未開と文明とを分かつ主要な指標に数えられたから、この場合の文学とは、文明の利器による最高次の精神的達成——当時のことばでいう「文明の精華」「国民の花」——を意味した。日本文学史の成立条件は漢字・漢学の渡来に求められ、書かれたテキストの出現する奈良時代がその本格的な幕開けであるとされた。「口誦文学《オーラル・リテラチュア》」という概念は、この脈絡にはまだ入り込みようがなかったのである（品田〇四）。

「詩歌《ポエトリー》」の日本的形態と見なされた和歌も、詩歌が文学《リテラチュア》の一翼をなす以上、文筆の産物でなくてはならなかった。「天皇から庶民まで」にわたる『万葉集』の作者層とは、この場合、宮廷の文雅が下層社会にまでくまなく行き渡った結果を意味するはずで、じっさい当時の知識人は口々にそう主張したのだが、この主張は、古代社会の識字率を考慮に入れるやいなや、その非現実性が露呈してしまうような代物だった。

民族の文化という想像

この欠陥を弥縫する役割を果したのが第二側面である。国民の全一性の根拠をフォルク（Volk民族／民衆）の文化に求める思想がドイツから移植され、『万葉集』に適用された結果、幅広い作者層という想像の力点が、天皇や貴族の側から民衆の側に移された。具体的には、「明治後期国民文学運動」と私の呼ぶ学際的運動の渦中で、「民謡《フォルクスリート》」つまり〈民族／民衆の歌謡〉という概念が導入され、『万葉集』巻十四の東歌や、他巻の作者不明歌に、ほとんど無媒介に適用されたのだ。短歌は自然発生的な民謡の一形式と見なされるとともに、貴族たちの創作歌を含む万葉歌全般の基盤が民謡に求められていった。

注意しておきたいのは、ドイツ語 Volk の概念からは王侯貴族が排除されていたにもかかわらず、この概念と接触して成立した日本語「民族」の概念には「天皇から庶民まで」の全体が包摂された、という点である。実際、「天皇は日本民族でない」などと聞かされれば、現代の日本人の多くは首をかしげるだろう。ドイツ流の Volk 理解においては、文明という普遍的価値を享受する支配層は民族性の喪失者であり、被支配層の文化こそが固有の民族精神を具現するとされていたのだが、日本流の「民族」理解では支配層と被支配層との対立が骨抜きとなって、両者の文化的連続性ばかりが強調されていったのである。庶民の歌を潤沢に含むわけではない『万葉集』が、それでいて日本民族の文化遺産として公認されるという事態は、この、近代日本特有の「民族」概念と表裏一体であった。

国民は、理念上は諸個人の均質的集合体でなくてはならないが、現実の国民国家の成員は、階層的にも地域的にも多様な人々の寄せ集めであって、そこには常になんらかの対立や分裂が付きまとう。この、理念と現実との落差が痛感されたとき、明治の知識人は〈民族/民衆〉の思想を呼び込んで、国民の全一性という夢を国家以前に遡ってつかみ直そうとしたのである。日本「民族」とは、日本「国民」の母体となった文化的・血縁的集団を意味したものの、実はそれ自体、「国民」という危うい想像を補強するもう一つの想像にほかならなかった。「民族」概念が国体の観念と奇妙に癒着していたのもそのせいで、おおもとの「国民」に明治国家の理念が直接投影されていたからである。「敬神崇祖の民族が皇室を中心として祭祀の庭に集り祖先の歴史を語り祖先の勲業をしぬび、よりて以て団結せるは即ち我建国の体裁なり」（芳賀矢一『国文学歴代選』一九〇八年、文会堂）。

単一民族説

国民をめぐる理念と現実との落差は、労働争議や小作争議の頻発する大正期には、ますます覆いがたいものとなっていく。階級対立の激化が社会主義や無政府主義の思想を呼び込む一方、それらを押しのけるようにして、民族文化に関するさまざまな語りが発生する。「国民」の破綻を「民族」で繕おうとする志向に拍車がかかっていくのである。想起すべきは、柳田国男、津田左右吉、和辻哲郎といった、日本民族の単一性を強調する論客がこの時期に台頭する点だろう（小熊九五）。万葉国民歌集観第二側面の大衆化も、巨視的にはこうした趨勢の一環であった。

「万葉びと」

迢空折口信夫もまた、日本的「民族」理解に立つ典型的な論客であって、『万葉集』に関する彼の思索も国民歌集観第二側面を大前提としていた。「万葉びと」という、貴族と農民との文化的同質性を強く印象づける用語を編み出したのも折口であり、古代の宮廷を民族文化の貯蔵庫と見なす構想のもと、彼はこの用語を『口訳万葉集』の序文や種々の万葉論に繰り返し使用し、周囲に広めていった。たとえば「万葉集私論」では、古代の宮廷詩人と語り部との親縁性を説きつつ、宮廷の伝承歌が民間に流出して民謡化する過程を語り、その全体を「万葉びとの生活」として描き出したし（『アララギ』一九一六年九・十・十二月・一八年四月）、初期の作歌論「古語復活論」では、漢字・漢語の侵入が「我々の国語」を著しく貧弱にしたと説き、現代語に盛りきれない思想感情も古語でなら適切に表わせる場合が多いと主張した。「実際日本武《やまとたける》や万葉人の心は、現在われ〳〵の内にも活きてゐることを、誰が否むことが出来よう」(『アララギ』一九一七年二月)。魅惑的な用語「万葉びと」は、ほどなく、赤彦ら他の同人にも受け入れられていく。

吾人が万葉集の歌を誦する時吾人の口は万葉人の口に合し、万葉人の声に合し、万葉人の気息に合し、万葉人心臓の鼓動に合するに於て、上代吾人祖先の心に合し、その全人格に合するを得るなり。〔……〕国史を知つて万葉集を知らざるもの、いかで我国体の真諦に接し吾人祖先の真の生命に触到し得べき。〔久保田俊彦「万葉集」『信濃教育』一九一八年四月、全集3〕

民族の聖典

前章で見届けたように、赤彦はもともと、万葉離れの推進と万葉尊重の堅持という、相異なる二つの志向を独自の教育思想のもとで両立させていたのだが、一九一七年以降は万葉離れの主張を後退させ、「我々はただ日本民族詩発生の源流に溯つて、そこに常に我々の活くべき真義を捉へてゐればいいのである」(「復古とは何ぞや」一九一七年十一月、全集7)といった論調に転ずる。万葉尊重の意義を民族的文化伝統の自覚という点に絞り込んでいくのであり、その一環として民謡の価値をさかんに称揚し、「万葉びと」の民族的生命は民謡を介して後世のわれわれに現に伝わっているのだ、と力説する。同時に、もともと情緒《エモーション》を情操《センティメント》に高めることを意味していたはずの「鍛錬道」についても、万葉時代からそれがあったと主張しはじめ、鍛錬された瞑想的歌境を万葉の歌々に見出していく。

こうして「一大民族歌集」（「万葉集一面観」一九二〇年四月、全集3）と捉え直された『万葉集』は、「上古日本民族全体の全人格的生産物であつて、その間に貴賤貧富男女老若の差別がない」（同）点や、「凡ての階級のものが、此の時代の現実の問題に正面から向き合つて、一様に緊張した心を以て歌つてゐる」（『歌道小見』一九二四年、岩波書店、全集3）点に特徴があるとされ、作歌の規範である以上に人格陶冶の指針でもあるような、極端な聖典視の対象とされる。大結社アララギの共通理解となった彼の万葉観は、大正末期には、岩波書店の出版事業に代表される教養主義の思潮とも結びついて、広く読書人の通念となっていく。

2　『あらたま』後期における不振の兆候

大正期の実生活

その間、茂吉の実生活はとかく不如意だった。一九一四年、つまり『赤光』刊行の翌年、彼は三三歳となっていた。この年の四月に紀一の次女輝子（当時二〇歳）と晴れて結婚するのだが、夫婦仲がしっくりしないことが後々まで悩みの種となった。同年七月には第一次世界大戦が勃発したため、予定していたヨーロッパ留学も取りやめなくてはならなかった。一五年の前半には、憲吉らを相手に飲み歩いたり、巣鴨病院からほど近い白山《はくさん》の花街に入り浸ったりする生活を続け、目下の心境を親友渡辺幸造に「妻と別居生活も同

長崎時代

然にて、斎藤家より離れ独立したき考え〔ママ〕にて苦しみ候」などと訴えた（書簡・一九一五年五月二十六日・渡辺幸造宛、全集未収録。藤岡七五・評伝による）。婚姻届の提出もためらっていたらしく、一六年三月に長男茂太が誕生してからようやく手続きを済ませた（藤岡八二）。一七年一月には巣鴨病院を辞職し、折しも紀一が衆議院議員選挙への出馬を企て運動に追われたため、代わって青山脳病院で診療に当たる日々が続いた。

一九一七年十二月には、恩師呉秀三の斡旋により、長崎医学専門学校教授と県立長崎病院精神科部長とを兼務することとなり、単身赴任して二一年三月まで在職した。その間、何度も妻子を呼び寄せては妻と衝突し、そのたびに東京へ帰らせている。二〇年一月には、当時猖獗を極めた流行性感冒「スペイン風邪」にかかって肺炎を併発、いったん治癒するものの、六月になって今度は喀血を見て、十月までを療養に費やした。十一月にヨーロッパへの留学を決意し、それまで続けてきた心理学の実験を翌二一年二月に論文にまとめ、三月に退職して帰京、留学に備えていたところ、初夏になって脚気と腎炎の徴候が表れ、八月から九月まで長野県の富士見原で静養に努めた。

第二歌集『あらたま』

以上の期間に制作した短歌のうち、一九一三年九月より一七年末までの七四六首は、紆余曲折を経て第二歌集『あらたま』（一九二一年、春陽堂）に収録された。

むらぎものみだれし心《こころ》澄《す》みゆかむ豚《ぶた》の子《こ》を道《みち》にいぢめ居《ゐ》たれば　（一九一三年作「宿直の日」）
あかあかと一本《いつぽん》の道《みち》とほりたりたまきはる我《わ》が命《いのち》なりけり　（同年作「一本道」）
十方《じつぱう》に真《まつ》ぴるまなれ七面《しちめん》の鳥《とり》はじけむばかり膨《ふく》れけるかも　（一四年作「七面鳥」）
父母所生《ふもしよじやう》の眼《まなこ》ひらきて一《ひと》いろの暗《くら》きを見《み》たり遠《とほ》き松《まつ》かぜ　（同年作「一心敬礼」）
しんしんと雪《ゆき》ふるなかにたたずめる馬《うま》の眼《まなこ》はまたたきにけり　（同年作「雑歌」）
朝《あさ》ゆけば朝森《あさもり》うごき夕《ゆふ》くれば夕森《ゆふもり》うごく見《み》とも悔《く》いめや　（同年作「諦念」）
この夜《よる》は鳥獣魚介《てうじうぎよかい》もしづかなれ未練《みれん》もちてか行《ゆ》きかく行《ゆ》くわれも　（同）
ゆふされば大根《だいこん》の葉《は》にふる時雨《しぐれ》いたく寂《さび》しく降《ふ》りにけるかも　（同年作「時雨」）
あが母《はは》の吾《あ》を生《う》ましけむうらわかきかなしき力《ちから》おもはざらめや　（一五年作「雑歌」）
光《ひかり》には微塵《みぢん》をどりてとどまらず肉眼《にくがん》もちて見《み》るべかりけり　（同年作「朝」）
たらたらと漆《うるし》の木《き》より漆《うるし》垂《た》りものいふは憂《う》き夏《なつ》さりにけり　（同年作「漆の木」）
昼《ひる》ごもり独《ひと》りし寐《ぬ》れど悲《かな》しもよ夢《ゆめ》を視《み》るもよもの殺《ころ》すゆめ　（一六年作「体膚懈怠」）
汗《あせ》いでてなほ目《め》ざめゐる夜《よ》は暗《くら》しうつつは深《ふか》し蠅《はへ》の飛《と》ぶおと　（同年作「深夜」）
いささかの為事《しごと》を終《を》へてこころよし夕餉《ゆふげ》の蕎麦《そば》をあつらへにけり　（同年作「蜩」）
さ夜《よ》なかに地下水道《ちかすゐだう》の音《おと》きけば行《ゆ》きとどまらぬさびしさのおと　（同年作「寒土」）

この朝《あさ》け玻璃戸《はりど》ひらきてうちわたす墓原《はかはら》見《み》れば木々《きぎ》ぞうごける　（一七年作「独居」）
いらだたしもよ朝《あさ》の電車《でんしや》に乗《の》りあへるひとのことごと罪《つみ》なきごとし　（同年作「日日」）
山《やま》がはの鳴《な》りのひびきを吾嬬《あがつま》の家《いへ》さかり来《き》て聞《き》けばするどし　（同年作「箱根漫吟」）
さやかなる空《そら》にか黒《ぐろ》き山膚《やまはだ》はうねりをうちて谿《たに》にかくろふ　（同）
朝《あさ》あけて船《ふね》より鳴《な》れる太笛《ふとぶえ》のこだまはながし並《な》みよろふ山《やま》　（同年作「長崎へ」）

『あらたま』前期の諸作は、『赤光』後期とのあいだに「截然たる区劃があるのではない」（「作歌四十年」一九四二・四四年稿、全集10）と本人も述べたとおり、持ち前の生命感覚にやや翳りが見えるものの、作風は前章で取り上げた諸作とほぼ共通している。それが一九一六年ごろを境に一転し、平淡な日常詠に寂寞感や倦怠感が滲むようになって、歪んだ言い回しや劇的表現は鳴りをひそめてしまう。一七年にはこの傾向に円熟味が加わる一方、それまで苦手にしていた自然詠の分野でも大作「箱根漫吟」五七首が成る。『赤光』の歌境が順調に発展するかに見えて、大きく旋回して『あらたま』後期のそれにたどり着いた、とひとまずは言えるだろう（ただし「箱根漫吟」は歌集刊行時まで未発表だったため、実際の制作時期に疑いの余地がある）。

同人たちの『あらたま』評

『あらたま』が刊行されたとき、アララギの有力同人はこぞって茂吉の作風の変化を歓迎し、特に後期の作に高い評価を与えた。「終に近づくに随つて、左千夫先生の所謂ひびきと、長塚さんの謂はれた冴えとを帯びて、内部に籠る大きな力を感じ得る作が多くなつて来て居る」（平瀬泣崖〔胡桃沢勘内〕「所謂茂吉振り」）、「僕は大兄近来の佳吟に接するに及び、大兄の所謂癖は、世の杞憂から益々洗練されて、すでに癖の形を消滅して来て居るのを見て甚だ悦ぶのである」（中村憲吉「『あらたま』の著者に」）、《一読直ちに厳粛さ、幽寂さを感ずるのであつて、『赤光』時代の烈しさが深さになり、光と熱とが本当の力になつたといふ感がする》（島木赤彦「『あらたま』小見【二】」。以上、『アララギ』あらたま批評号）。茂吉の歌がいよいよ本物になってきたというのであり、同様の見方は現在でも特に短歌の玄人筋に根強い。

不振の兆候としての円熟

だが、見落せないのは、『あらたま』に続く長崎時代を通じ、茂吉は創作面で不振を極め、そのためもあって『あらたま』の編集に気乗りがしなかったという点ではないだろうか。一九二一年末からおよそ三年間の独墺留学時代には作歌自体をまったく断っていたらしい。しかも本人は、後に「何せ大正六年から歌作には熱心になれなかつたから。丸七年は人よりもおくれてゐる訣だ」（書簡一七五六・一九二六年九月十九日・中村憲吉宛、全集33）と述べたように、不振の始まりを『あらたま』末期からと認識していた。

折口信夫が一九一七年四月に発表した茂吉評も参考になる。折口は、前月の

もの恋《こほ》しく電車《でんしや》を待《ま》てり塵《ちり》あげて吹《ふ》きとほる風《かぜ》のいたく寒《さむ》しも
をさなごを心《こころ》にもちて帰《かへ》りくる初冬《しよとう》のちまた夕《ゆふ》さりにけり
かわききりたる直土《ひたつち》に氷《ひ》に凝《こご》るひとむら雪《ゆき》ををさなごも見《み》よ

七《なな》とせの勤務《つとめ》をやめて街《まち》ゆかず独《ひと》りこもれば昼《ひる》さへねむし

など、「蹄のあと」八首（『アララギ』一九一七年三月、『あらたま』所収、全集1）を直接の対象としながら、「此頃の茂吉さんの歌は、ぴつたり動かなくなつて了うた」「茂吉さんは、今安易な方便に随うてゐる。もと〳〵こんな風になつたのは、氏の創作欲が幾分衰へて来たのではあるまいか」との観測を示していた（釈迢空「近頃の茂吉氏」『アララギ』一九一七年四月）。

するとこうは考えられないだろうか。『あらたま』後期の円熟は、実は、さらなる飛躍が断念されたことの裏返しで、それ自体が不振の兆候でもあった――多分に非常識な見解となることを承知のうえで、あえてそう考えてみたい。

自滅を覚悟する

言い遅れたが、長崎時代の一九一八年から二〇年までの三年間、『アララギ』に載った茂吉の短歌は、正規の出詠としては一九年四月の八首しかなく、ほかには選歌欄の余白に計五首を書きつけたにすぎない（一九一八年六月・七月）。その埋め草の歌は「東京にのこし来しをさなごの茂太もおほきくなりつらむとおもふ」といった低調ぶりで、「附記」には、

歌は全く作れなくなつてしまつて作らうと骨折るさへ不安の念が先立つ。こよひは頁の都合をよくするために三つ四つ拵へてみた。てんで歌にも何にもなつてゐない。会員諸君の作を厳選して置いて自らの歌のまづいのはいかにも心苦しいが、いまはいかんともすることが出来ない。

〔「瓊浦歌篇」一九一八年六月、全集26〕

と苦衷が吐露されていた。これについてはアララギ関係者のあいだに口伝があったそうで、当時発行所に出入りしていた青年たちは「茂吉もこれほど下手になつたか」と口々にけなし、赤彦だけが「いやさうでない。茂吉は何か考へてゐる」と言って、繰り返し読み味わっていたという（柴生田八一）。

業務に忙殺されていたことは確かだろうが、それが不振の要因とは思えない。問題の三年間も散文の執筆は依然旺盛で、『アララギ』にはほぼ三号に二号の割合で歌論や歌評、随筆を寄せたし、特に一九二〇年には、療養中の休暇を利用して力作「短歌に於ける写生の説」の連載を続けた（一九二〇年四～六月、八～十一月、一九二一年一月、『短歌写生の説』所収、全集9）。そのために費やした時間を作歌に振り向けようとしなかったのは、時間があっても「歌は全く作れなくなつて」いたからと見るほかはない。

白秋君は歌壇をやめると宣言したが、あれは宣言しても白秋君にはいい。詩でも文章でも行くところまで行くからである。僕のはちがふので、僕のは自滅で、宣言して滅ぶのとは趣がちがふのであつたのである。痴呆に陥つた狂者が、遺言もなにもせずに黙つて死んで行くやうなものである。

〔「白秋君」『短歌雑誌』一九一九年六月、全集5〕

自分は早晩「自滅」するのだ――不振はそれほど深刻だった。「遺言もなにもせずに」との形容に、自嘲にくるまれた無念が読み取れるだろう。消え去る前にせめて『あらたま』を出しておきたいのに、それすらままならないのだった。

『あらたま』の編集に手間取る

『あらたま』編集の経緯については、同集巻末の「あらたま編輯手記」に詳しい。それによれば、まだ東京にいた一九一七年夏に原稿作成に着手し、一九年の夏に「幾ばくか清書した」ものの、急に長崎行きの話が舞い込んだため作業を放擲《ほうてき》せざるをえなくなり、再開するも嫌気がさしてふたたび中絶、十月半ばからまた取りかかって、十一月半ばごろ「大体了へた」のだった。が、ただちに仕上げようとはせず、翌二〇年の夏に転地のため温泉地を巡った際、原稿を方々に持ち歩いたすえ、九月二十三日になってようやく包みを解き、三十日までの八日間ですっかり片を付けたのだという（全集1）。

整理を「大体了へた」時点で手応えを感じていたなら、あと八日で仕上がる原稿を十ヶ月も放置するはずはない。その間、本人は上記「短歌に於ける写生の説」の執筆に没頭し、「実相に観入して自然・自己一元の生を写す」という有名な定式化を果たすのだが、そこには代償行動としての一面も看取できるのではないだろうか。歌が作れなくなったうえに、歌集さえまとめられずにいる不甲斐なさを、歌論で挽回しようと躍起になったように私には見える。

僕の第一歌集「赤光」を編んだ時、自分の歌の不満足なのをひどく悲しんで、どうしようかと思つた。それでも「赤光」を発行してしまふと、「赤光」以後の歌は僕の本物のやうな気がして、第二歌集には今度こそいい歌を載せられるといふ一種の希望が僕の心にあつたのである。そこで未だ発行もしない第二歌集に「あらたま」などと名を付けて、ひとり秘かに嬉しがつてゐた。〔……〕

さういふことをいろいろ思出してくると、「あらたま」の編輯にまだ手を著けない前は、「あらたま」の発行に就てなかなか気乗がしてゐたことが分かる。優れた歌集になるやうなつもりで居たのである。然るにいよいよ編輯をはじめてからは、刻々にその希望が破壊されて行つて、編輯の了つた今では、希望のかはりに只深い深い寂しさが心を領してゐる。その間に人知れぬ煩悶もあつたのであるが、今ではそんな心の張りも無くなつてゐる。編輯の長引いたのは、途中で自分の歌を見るのが厭になつたからで、思出したやうに雑誌の切抜などをひろげて纏めかかると、数首読んでゆくうちにもう厭になる。厭で溜まらぬから改作しようとすると到底思ふやうに行かない。そこで放擲してしまふ。手を著けては中止し中止ししてゐたのが、このたび病になつて山中に転地したために、一週間ばかり毎日少しづつ為事をして、どうにか纏めてしまつた。

〔「あらたま編輯手記」前掲〕

『あらたま』は断念の産物だった。遅々として進まない手直しを強引に切り上げ、「どうにか纏めてしまつた」こと自体、この歌集に賭ける意気込みがもう消え失せていたからだろう。後半は本物だなどとも、本人にはとても思えなかったに違いない。もしそう思えたなら、茂吉の気性からして、文章のふしぶしに自負を覗かせるはずのところだが、実際に書き連ねたのは悲観的言辞ばかりなのだ。この「哀れな歌集」（同）を「遺言」にいよいよ「自滅」するのかと思うと、「深い深い寂しさ」に囚われるのも無理はなかった。

3　ことばを洗ったこと

誓子の観察

つとに山口誓子は、『赤光』『あらたま』に目立つ風変わりな語詞が第三歌集『つゆじも』（一九四六年、岩波書店。刊行順では七番めの歌集）以降激減する現象について、これを「言葉を洗つた為めに起つた変化」と捉え、長崎時代の不振をくぐり抜けた茂吉が「剰余の、粉飾の、誇張の言葉なくして表現し得る自己の発見」「表現が作品に尾鰭をつけることではないといふことの自覚」に到達したものと解釈した（「斎藤茂吉について」『余情』一九四七年十月）。ことばを「洗った」とは言い得て妙であり、茂吉自身の意図を汲んだ見方だとも思うが、私はこれとは正反対の解釈に立つ。

ことばを洗った時期

何よりも、ことばを洗う試みはすでに『あらたま』後期から開始されていたはずなのである。本人の記述もそれを裏づける。「作歌四十年」（前掲）によれば、前章で取り上げた「めん鶏ら砂浴び居たれ」の歌を制作する際、特に苦心したのは第三句「ひつそりと」で、当時の評者たちもこの句に注目したものだが、《併し、この『ひつそりと』は、まことに際《きは》どい語で、かういふ種類の語は、『あらたま』の中期ごろからは尠《すくな》くなり、それを排斥しようと努めるやうになつて居た》という。

「際どい語」が「排斥」されていった様子は、先に掲げた「むらぎもの」以下二〇首からも窺える（→本書一六五〜六頁）。「一本」「十方」「真ぴるま」「父母所生」「しんしんと」「鳥獣魚介」「大根」「微塵」「肉眼」など、『万葉集』のことばにない音素を含む漢語や擬態語は、前期の作に集中的に現れる。後期の作にも漢語はいくらか使用されるが、それは「地下水道」「玻璃」「電車」など、万葉時代に存在しなかった事物を指示する場合だ。他方、「作歌四十年」の「あらたま抄」には、一九一七年以降の作に関して「万葉集から学んだ句法が注意に値する」「万葉調で行かうと努力したあとが見える」などの記述が散見するから、ことばを洗うことで目ざされたのは万葉調の純化だったと見てよいだろう（もちろん、古代のことばを当時のまま操ることなど現代人にはどだい不可能だから、「純化」された万葉調もしょせん擬似的なものにとどまる）。

編集過程でなされた改作もこの方向に沿っていた。「あらたま編輯手記」には、

(1)
ぽつかりと朝日子《あさひこ》あかく東海《とうかい》の水《みづ》に生れてゐたりけるかも（原作）
ゆらゆらと朝日子あかくひむがしの海《うみ》に生れてゐたりけるかも（改作）

(2)
いちめんにふくらみ円《まろ》し粟《あは》ばたけ疾風《はやかぜ》とほる生一本《きいっぽん》のかぜ（原作）
いちめんにふくらみ円《まろ》き粟畑《あはばた》を潮《しほ》ふきあげし疾風《はやかぜ》とほる（改作）

(3)
ひゅうひゅうと細篁《ほそたかむら》をかたむけし風ゆきてなごりふかく澄みつも（原作）
ひとむきに細篁をかたむけし寒《さむ》かぜのなごりふかくこもりつ（改作）

など、改作の実例が八組例示され、「ぽつかりと」「生一本」「ひゅうひゅう」などの「音便や漢語を織り交ぜた、一種促迫して強く跳ね返るやうな言葉は、作つた頃には新しくもあり珍しくもあつたのであるが、直ぐ飽いたものと見える」と説明されている。

ことばを洗って不振を招く

要するに、茂吉はことばを洗いだしてから不振に陥ったのであって、その逆ではない。そこに因果関係が認められるとすれば、なまじことばを洗ったがゆえに不振に見舞われたということでなくてはならないし、実際そう解してよいだろうと思う。端的に言って、ことばを洗う努力は、述べてきたような茂吉の資質を抑圧し、ことばの異物感に培われた創作の生理を自縄自縛に追い込んだのではなかったか。純化された万葉調は歌風を安定させた反面、異化の効果を喪失し、歌があまりに淡泊で「生《いき》のあらはれ」どころではなくなってしまったのだろう。「ぴつたり動かなくなつて了うた」と折口が看破したこの状態を、本人が自覚しなかったはずはないが、それでいて方針を変更しなかったことからますます泥沼に陥って、ついには作歌意欲の衰弱をきたしたのだろうと思う。

ことばを洗おうとした理由

では、なぜ彼はそうまでしてことばを洗おうとしたのか。
一つには、万葉語と非万葉語とを衝突させる手法が使い古され、マンネリ化したということがあるだろう。本人のことばどおり「飽いた」と言ってもよい。もしこのとき彼に方法的自覚があったなら、新たな異化の手法を編み出す芽もあったろうし、『赤光』の世界を凌駕するような新天地がそこから開けていったかもしれない。が、実際に選ばれたのは、古びた手法を封印してことばを洗うという消極的な道なのだった。私は、茂吉がこのころから写生を自覚的に追求し、《予が真に『写生』すれば、それが即ち、予の生《せい》の『象徴』たるのである》（「写生、象徴の説」初出一九一七年二月、『童馬漫語』所収、全集9）と発言した点に、彼がなお異化の詩人でありえた可能性を認めたいと思うのだが（↓本書九六頁）、そして彼が一貫して声調を重視した態度にも同じ感想を抱くのだが（↓本書断章）、記述がいたずらに錯綜しそうなので、今この点には立ち入らないことにする。

二つめに、折しも巻き起こっていた「歌壇万葉集渇仰」の状況を自ら牽引しようとした、ということが考えられる。万葉尊重の総本山であるべきアララギ派の、しかも看板スターが、いつまでも邪道に迷っている場合ではなかったのだ。なにしろ、増えつづける一般会員はとかく模倣作を送りつけてくる。「僕の真似などして居ては一生浮ばれず。万葉集の真似の方尊し」（「選後小記」『アララギ』一九一五年四月、全集26）とも言いたくなろうというものだが、それには自ら範を示す必要がある。今こそ率先して正道に就き、かたがた数年来の動揺にも終止符を打つべき時であった。

他の有力同人とともに「万葉集短歌輪講」に参加したことも見落とせない。作歌修練の一環として企画されたこの共同討議に、茂吉は人一倍熱心に取り組み、時には感激してこんな感想を洩らした。

万葉集の歌をいろいろしらべて見ると今迄知らずにゐた事が少しづつ分かつて来る。その点だけでも我々には有益である。この稿の題は「輪講」といふのであるが要するに我々自身の興味のある為めの稿である。竹の里人は嘗て、万葉集の歌を味ふには作者の位置に立つて味ふのを必要とすと云つた。作者の位置にゐて味ふと言語の働き工合などの微細な点が段々分かつて来るやうな気がする。其が嬉しくてならない。

〔「万葉集短歌輪講　二」一九一四年七月、全集23〕

〔3・三〇三の〕『沖つ浪千重に隠りぬ』の句は偉い句だ。省略法とか掛言葉《かけことば》とかいふ、そんな手軽なものではない。人麿は真の意味の技巧家である。『技巧《テヒニーク》』の義を堕落せしめた世の凡俗と予等と截然区別する必要があるから、特に『技巧』の義の示す実例として一寸此句の妙味をベトーネンして置く。

〔「同〔一一〇〕」一九一五年四月、全集23〕

『万葉集』は、単に見慣れないことばに富むだけでなく、真の意味の技巧の宝庫でもある――マンネリ打開の道を求めていた茂吉は、この〝発見〟にも励まされて、『万葉集』に全面的に帰順することを決意したのだろう。以来、修練の第一義を先人の技巧の体得に置く反面、大胆なことばの実験にはあえて挑まなくなっていったのだと思われる。

創作者としての内発的要求と、同時代の思潮とが合致するかに見えたこと――茂吉が名実ともに万葉調歌人となろうとした理由はそこに求められるだろう。陥穽は、自らの資質を裏切るこの転向を本人が「自己本来の道」（柴生田七九）と信じ込んだ点にあった。

4　国語観の伝統主義化

以上を言語観／国語観の変質という面から捉え直してみよう。

二類の国語言説　近代日本における国語言説には、国語《ナショナル・ランゲージ》の同一性をめぐって二つの両極的な見解が存在し、両者が互いにせめぎ合ってきたという。一つは、国語を国民の思想交通の手段と捉えて、新たに創出すべきもの、随時改良すべきものとする考え方であり、もう一つは、国語を国民の文化伝統の源泉と捉えて、すでにあるもの、みだりに改変すべきでないものと見なす考え方である（イ・ヨンスク）。

前者は標準語や言文一致を推進した考え方でもあって、国民国家の版図に透明で効率的な言語交通を実現しようとした点、第二章で触れた啓蒙主義的言語観とも重なり合うから、これを「啓蒙主義的国語観」と呼ぶことにしよう。他方、後者は国語の同一性を歴史貫通的な永続性に求める考え方だから、「伝統主義的国語観」と呼ぶことができるだろう。ただしこの場合の「伝統」とは、国民国家の理念に沿って後ろ向きに発明された観念にほかならない。たとえば、近代国語学が「奈良時代の国語」と称してきたものは、実態としては奈良時代の畿内地方の言語であって、その言語は律令国家の津々浦々に流通していたわけではない（品田〇七・古典日本語）。

語法の「誤謬」を苦にする

さて、ことばの異物感を前面に打ち出す『赤光』の詩法は、不自然な表現を志向する点で啓蒙主義的国語観と相容れなかっただけでなく、在来の用語法に囚われない点では伝統主義的国語観からもはみ出していた。が、茂吉は、万葉調の純化を志向する少し前から、自作に語法の「誤謬」がありはしないかということをひどく苦にするようになっていた。

> お蔭を蒙つた言葉はなるべく明記して置きたいと思ふが忘却してゐるのが多い。予が万葉集の言葉を借用するに就いては特に明記する必要がないから書かない。これ迄予の使つた歌言葉のうちには随分古来からの慣用例と違つたのがある、〔ママ〕無智のために知らず識らず誤り用ゐたのもあるが、承知の上に用ゐたのも可なりある。「赤光」の中で『黄涙余録』と詠んだ事がある。此は三部経か何かの『仏黄なる涙を流し給ふ』の意を採り少し気取つて使つたのであるが、其後『黄なる涙』などの歌を詠む人が出て、黄疸の人ではないかと心配した事がある。ゴオホの絵などを見て其れに感奮して『廻転光』などと詠むと直ぐ『廻転光』と歌に使つて呉れる人もゐる。予の用法が極めて正しければよいが、若し大なる誤謬ででもあつた場合には困ると思つてゐる。
>
> 〔「言葉のこと」『アララギ』一九一五年八月、『童馬漫語』所収、全集9〕

土岐哀果との応酬

土岐哀果（善麿）がこの発言を捉えて、「斎藤君の近来の作歌は、内から湧きでるのでなく、外からくつ付くのであるやうに思はれてならない」「斎藤君の歌には、独立自営ならぬ言葉が甚だ少なくない」と非難し、さらに、アララギ派の万葉尊重全般が「外形的」であり、「万葉のミイラ」を礼拝する態度に陥っている、と批判すると（「歌壇警語」『生活と芸術』一九一五年九月）、茂吉は激しく反発し、翌年まで応酬が繰り返された（篠七六）。

予の心が興奮し集中して来て、本気に歌を詠まうとする刹那はまさしく一腔の火炎である。うちに張り切つた力の一団である。けれどもこの火炎力団も未だ言語そのものではない。多力者に苦あり非力者には苦あることなしの一語はこの際いちじるしく光を放つてくる。

（「詞の吟味と世評」『アララギ』一九一五年十一月、『童馬漫語』所収、全集9）

己が己の歌のうちから或る詞を抽き出してその出典を明記すると、すぐ『斎藤君の歌には独立自営ならざる言葉が甚だ少なくない』などといふ。それが尊敬の意味でなく嘲笑の意味で云つてゐるのだから溜らない。さうして言者の歌には独立自営の詞が甚だ多いと思つてゐるらしいのだから猶更たまらない。独立自営の詞とは魯鈍で母から教はつた詞を自分で発明でもしたもののやうに思ひ込んで居る者のいふ詞か、乃至は狂者の新作の詞に限るものかも知れない。なかなかおもしろい。

（「三たび詞の吟味と世評」『アララギ』一九一五年十二月、『童馬漫語』所収、全集9）

茂吉の詩法上、創作に際し「内から湧きでる」のは「何かを吐出したいといふ変な心」「内部急迫」

であって、ことばそのものではなかった（↓本書三六～七頁）。短歌に「独立自営の詞」などありえないとの言い分は、本来そういう脈絡を背負っていたはずだが、ここではそれが、既成表現の借用を正当化する論理に変質している。同時に見逃せないのは、一年あまり前に共感的に言及されていた精神病患者の新造語が（↓本書二二九～三〇頁）、一転、単に支離滅裂な物言いとして扱われている点だ。自己の生命に直接であろうとすれば既存のことばの網の目に安住してはいられない、との立場が、ここへ来て著しく後退している。

ことばの他者性を見据えて創作することと、ことばの「古来からの慣用例」に随順することとは、本来別々のことがらなのに、万葉調を純化しようとする過程で茂吉はその区別を見失い、伝統主義的国語観に囚われていったらしい。

文法をめぐる論争

そのことを決定づける事件が持ち上がる。三井甲之との「〈なむ〉論争」（篠七六）である。

かつて『馬酔木』の後継誌『アカネ』を主宰した三井は、『アカネ』『アララギ』の分裂以来、アララギ一統を敵視しつづけ、機会あるごとに挑発的な論難を繰り返していた。一九一七年には、伊藤左千夫と長塚節の死因はともに小説の乱作による過労だったと書き（「漱石と大学と文壇」『日本及日本人』一九一七年一月十五日）、これを茂吉が「魯鈍言」と罵倒したことから（「三井氏の鈍説」『アララギ』同年二月、『童馬漫語』所収、全集9）、両者のあいだに非難合戦が展開した。

そこへ赤彦が割り込み、火に油を注いだのだった。三井の近作「北風の吹き来る野面をひとりゆきみやこに向ふ汽車を待たなむ」（『日本及日本人』同年二月一日）を『アララギ』のコラムで取り上げ、《「待たなむ」は他に対する願望の意である。「待ちなむ」等の誤用と解してこの歌を評する》と嫌味っぽく前置きしたうえで、「腰の据らぬ歌」「低徊趣味の歌」と酷評したのがその始まりだった（「皐上偶語」『アララギ』同年三月。以下全集4）。なるほど「待たなむ」は、動詞「待つ」の未然形に終助詞「なむ」が付いた形だから、「待って欲しい」の意となって、一首の文脈に合わない。が、赤彦がそう指摘した相手は、当時勤めていた淑徳高等女学校の生徒ではなく、東京帝大国文学科出身の文学士なのだった。沽券《こけん》に関わる指摘に対し、三井は縷々《るる》弁駁に努め、「待たな」「待たむ」では音律を満たさないから便宜上「待たなむ」としたのだ、などと言い張ったが（「四月の文壇批評界」『日本及日本人』同年四月十五日）、赤彦は「日本開闢以来の、祖先の習慣を征服せない以上、氏の文法論は無力である」と決めつけ、種々用例を挙げて追い討ちをかけていった（「皐上偶語」『アララギ』同年六月）。そして、なお食い下がろうとする三井に対し、「例証なしの文法論は空論です。決して国語の本質に随順したものとは言へません」「貴下の文法論は多くの場合支離滅裂であります。そしてよく正しき日本語などと口にされます。左様な事を口にされるのには、も少し日本語に対する理解を正確にされん事を望みます」と勝ち誇り（「皐上偶語」『アララギ』同年八月）、時間の無駄だからもう議論を打ち切ると一方的

三井甲之

に宣言してしまった（「〈なむ〉の議論につきて」『アララギ』同年十月）。

赤彦の加勢を茂吉が援護した。持ち前の徹底癖を発揮して用例をいっそう詳細に調査するとともに、江戸時代以来の文法説をもあれこれ吟味して駄目を押す（「『なむ』『な』『ね』の論」『アララギ』同年七〜十月）。八月には、三井に対し《君の歌の、『なむ』の用ゐざまは、吾等の祖先、主として万葉びとの用例を標準として観るとき、謬妄なる用法であるか。謬妄ならざる用法であるか。万葉集とそれ以前の用語例に拠つて、君の用例の謬妄ならざる実証を挙げ得るか》など、七箇条の問いを突きつける。争点を都合よく整理して敵の逃げ道を塞ぐのは、茂吉があまたの論争に際し好んで用いた戦法だ。このときもそれが功を奏し、形勢は誰の目にも明らかとなった。十月には赤彦と歩調を合わせ、茂吉も自派の勝利と論争の終結とを宣言したのだが、自身はなお翌年まで「『なむ』の論余言」等を公表しつづけるという執念深さだった（以上『童馬漫語』所収、全集9）。

「祖先以来の日本国語法」

茂吉が左千夫に入門する直前に経験した論争を想起しよう。自作に文法の誤りを指摘されたとき、彼は「詩歌は時に文典などに合はなくても善い筈だ」と主張したのだった（→本書七九〜八二頁）。ところが今回の論争では、敵方の三井が「学校での文法上の誤謬指摘のやうの態度で歌の文法を論ずるのは、それが誤謬だ」（「四月の文壇批評界」前掲）、《『待たむ』又は『待たな』といふべき場合に、綴の都合上、歌や詩で『待たなむ』といつては悪いと申さるゝなればそれでよいのです。僕は詩にはそのくらゐの自由を許してもよからうと思ふのです》（「昨日今日の感激」『時事新報』一九一七年七月三十日。原文総ルビ）と、かつての茂吉と同趣旨の発言を繰り返したのに対し、茂吉はそれを決して容認しなかったばかりか、屈服の証拠と見なしさえした。

> 由来、『な・なむ』を論ずるに至つたのは、三井氏が、みづからの謬妄用法をば一般法則化しようとしたからである。三井氏は祖先以来の日本国語法をば肯定して置いて、そして自分の歌の場合だけの文法に就いて弁じたのならば、即ち三井氏の歌の特殊の場合のみに就いて解説したのならば、予は只笑つて看過ごしたであらう。然るに三井氏は、日本国語法と彼の歌の特殊謬妄語法と同居せしめようとしたのである。そして『な・なむ同義説』を強ひて作つたのである。それを予より難ぜられて、ひだりに走りみぎりに遁げ、と《〔た〕》うとう如上の言をなしたのである。
>
> 〔「二たび『なむ』の論余言」一九一八年十二月一日筆、未発表のまま『童馬漫語』所収、全集9。圏点略〕

「日本開闢以来の、祖先の習慣」「吾等の祖先、主として万葉びとの用例」「祖先以来の日本国語法」、それが自分たちの歌ことばの「標準」であるべきことを、茂吉はもはや微塵も疑っていなかった。『万葉集』のことばは国語の伝統の栄えある源泉であり、それ自体に「万葉びと」の生命が籠もっているに違いなかった。「祖先以来の日本国語法」に随順することこそ、作歌精進の基本でなくてはならない——この確信がどういう結果を招いたかは、すでに述べた。かつて根岸派に加入したころと同様、茂吉はまたもや『万葉集』に祟られた格好だが、被害は今回のほうがはるかに深刻であった。

隠蔽工作

不振にあえぎながら辛うじて『あらたま』をまとめた茂吉は、続いて『赤光』全編の大幅な改作に取りかかり、収録歌を七六〇首に絞った改選版を刊行する（一九二一年十一月、東雲堂）。配列も『あらたま』に合わせて作歌年次順とし、跋文には《今後「赤光」の歌を論ぜられる場合には、改選「赤光」の方に拠つてもらひたいと思ふ》と記した。このとき施された改作は、『あらたま』の一件からほぼ察せられるとおりだから、逐一例示するまでもなかろう。ここでは、同時に施されたささやかな隠蔽工作の痕跡を指摘しておこう（一九一一年作「うつし身」）。

にんげんは死にぬ此《かく》のごと吾《あ》は生きて夕いひ食《を》しに帰へらなむいま　〈初版〉
うつしみは死しぬ此《かく》のごと吾《あ》は生きて夕《ゆふ》いひ食《を》しに帰りなむいま　〈改選版〉

復調の兆し

ところで一つ不思議なことがある。一九二一年にいったん復調の兆しが見られたのである。帰京して余暇を得たこともあって、七月から『アララギ』への出詠を再開し、商業誌の需《もと》めにも積極的に応じる。この年の夏、静養先の富士見原で制作した「山水人間虫魚」五〇首（『中央公論』一九二一年九月、『つゆじも』所収、全集1）は、『あらたま』の「箱根漫吟」に続く自然詠の大作であり、前年に確立した写生理論の具体的成果とも、後年の豊穣の出発点とも評されている（柴生田八一、本林九〇など）。

甲斐《かひ》がねを汽車は走れり時のまにしらじらと川原《かはら》の見えし寂《さび》しさ
山ふかき林のなかのしづけさに鳥に追はれて落つる蟬あり
高はらのしづかに暮るるよひごとにともしびに来て縋《すが》る虫あり
うつしみは現身《うつしみ》ゆゑに嘆《なげ》かむに山がはのおともあはれなるかも
空すみて照りとほりたる月の夜に底ごもり鳴る山がはのおと

嘱目の事象を淡々と述べながらも、一首一首の声調はあるいは沈痛、あるいは哀切であって、どれもが秀吟の名に価する。『あらたま』後期の歌境がさらに円熟したともいえるだろうが、しかも驚いたことに、全五〇首がたった三日間で作られたという（柴生田八二）。この復調がなぜ可能だったかについては、次章で改めて考えることにしたい。

第三歌集『つゆじも』の問題

なお、『あらたま』に続く一九一八年から二一年までの諸作は、第三歌集『つゆじも』（前掲）に収められたが、刊行されたのは終戦後の一九四六年（昭和21）八月で、その間、四半世紀あまりが経過していた。原稿を整理したのは四〇年八月で、翌四一年の八月にも清書のために数日を割いている（日記、全集31）。収録歌六九七首には、右の「山水人間虫魚」のように、もともと雑誌に発表されていた作も百数十首あるが、大部分は古い手帳のメモをもとに再構成した作らしい。

この点については岡井隆の鮮やかな断案がある。昭和初期以降に顕著となる散文的表現が『つゆじも』には散見するから、収録歌の多くは四〇・四一年に作られたものに相違なく、この歌集は「作品の日付に関する限り一種の偽書だった」というのである（岡井九四）。岡井説には単純な事実誤認も指摘されているが（本林九〇）、基本線はまず動かないだろうと思われる。

5　滞欧三年間の空白

ヨーロッパへの留学

一九二一年（大正10）の十月十八日、すでに四〇歳となっていた茂吉は、医学研究のために横浜を出航し、単身ヨーロッパに向かった。文部省在外研究員の資格は取得していたものの、実質的には私費による留学であった。十二月十四日マルセイユ着、同二十日ベルリン着、翌二二年一月からウィーン大学神経学研究所に入り、マールブルク教授に師事して博士学位論文「麻痺性痴呆者の脳カルテ」など三編の論文を作成し、そのかたわら心理学教室のアルレルス講師の指導により論文「重量感覚知見補遺」をも書いた。さらに、二三年七月からはミュンヘン大学内のドイツ精神病学研究所に転学、シュピールマイヤー教授のもとでいったん小脳の研究に着手し、途中でテーマを変更して、二四年五月に論文「家兎の大脳皮質における壊死、軟化及組織化に就ての実験的研究」を完成させた。

そのころ日本の歌友に宛てて、「歌ごゝろも極めて稀に湧き候。それが歌とならずにしまひ申候。さういふ生活に御座候」（書簡一二三六・推定一九二三年四月十四日・久保田俊彦宛、全集33）、「僕は歌は当分駄目だ。一句二句ぐらゐづゝの未成品など、帳面のどこかにかいてあつたりしたが、まとめる時間がない。実にひどいものだ」（書簡一二〇五・一九二三年十一月二十日・中村憲吉宛、全集33）と書き送ったように、滞欧中の三年間は作歌からすっかり遠ざかっていた。それでいて長崎時代のような焦慮を示さなかったのは、関心が医学研究に移ってしまったからではないかと思われる。

ウィーン大学神経学研究所にて（右端が茂吉）

学究生活の計画

ミュンヘン転学直後の九月一日、日本は関東大震災に襲われる。青山脳病院も建物に被害が出たほか、入院費の納入が滞るなどして財政が逼迫し、義父紀一は早期帰国を勧告してくる。が、茂吉はそれには従わず、アララギのつてを頼って滞在費を工面し、高名な日本画家でもあった平福百穂から一千円を借り受けることにした。

学位取得の目的はすでにウィーンで達していたのだから、帰国後も研究を継続する気がなければ、あえてミュンヘンに留まる理由はなかった。この点については、紀一の長男で茂吉の義弟にあたる斎藤西洋がすでに成長して精神病医を志望しており、ゆくゆく青山脳病院の跡継ぎとなること

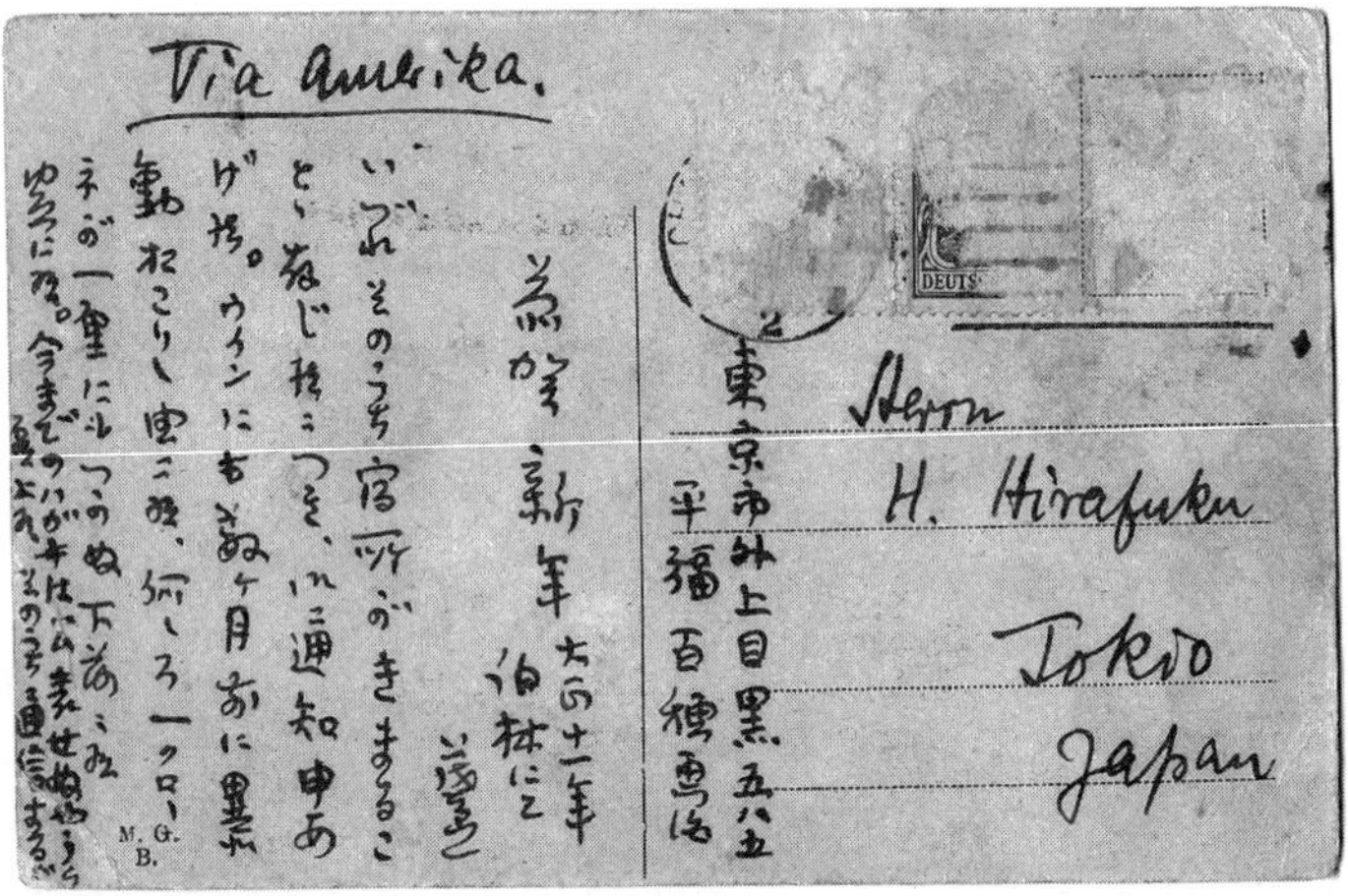

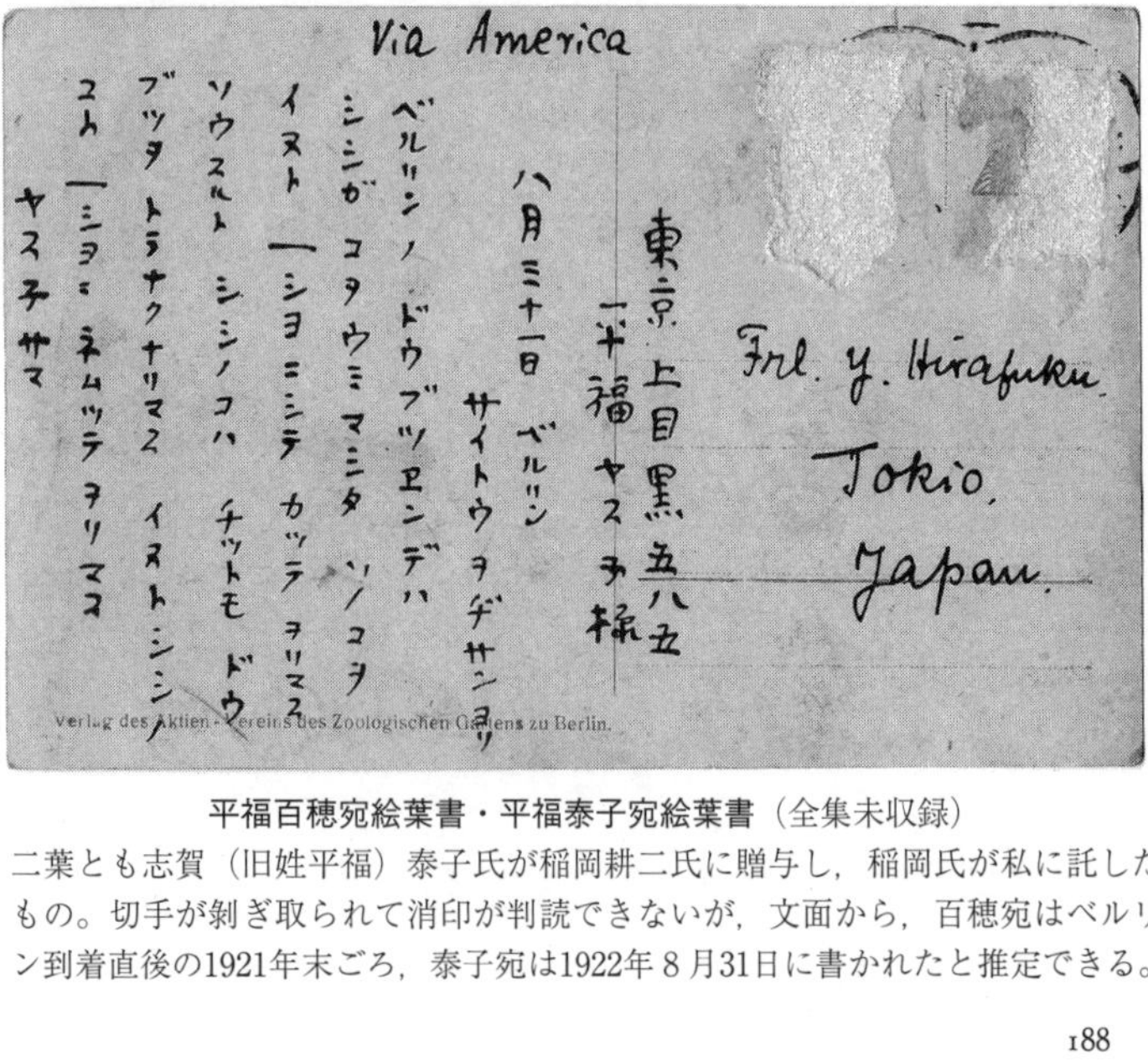

平福百穂宛絵葉書・平福泰子宛絵葉書（全集未収録）

二葉とも志賀（旧姓平福）泰子氏が稲岡耕二氏に贈与し，稲岡氏が私に託したもの。切手が剝ぎ取られて消印が判読できないが，文面から，百穂宛はベルリン到着直後の1921年末ごろ，泰子宛は1922年８月31日に書かれたと推定できる。

二葉の絵葉書の裏面（上が百穂宛で、ベルリンの国会議事堂と戦勝記念柱の写真。下は泰子宛で、何枚か組になっていたものをベルリン動物園で買い求めたらしい）。文面は左記のとおり。

（百穂宛）恭賀新年　いづれそのうち宿所がきまること、存じ候につき、御通知申あげ候。ウインにも数ヶ月前に暴動おこりし由に候、何しろ一クローネが一厘にもつかぬ下落に候ゆゑに候。今までのハガキは公表せぬやう願上候、そのうち通信するから　大正十一年　伯林にて　茂吉山人

（泰子宛）ベルリン　ノ　ドウブツヱンデハ　シシガコヲウミマシタ　ソノコヲ　イヌト　一シヨニシテカツテ　ヲリマス　ソウスルト　シシノコハ　チツトモ　ドウブツヲ　トラナクナリマス　イヌトシシノコト　一シヨニ　ネムツテヲリマス　ヤス子サマ　八月三十一日　ベルリン　サイトウヲヂサンヨリ

後者とよく似た文面の絵葉書が中村良子宛に出されているので、参考のために左に掲げておく。

コレワベルリンノドウブツヱンノヲトコノシシトヲンナノシシデス。シシハコヲウミマスソノコヲイヌト一シヨニカツテヲリマス。八月三十一日　ベルリン　サイトウヲヂサンヨリ

〔書簡一〇九六・一九二二年八月三十一日・「中村憲吉御嬢様」宛、全集33〕

が予測されたために、茂吉自身は帰国後は学究に専念するつもりでいたのだろう、との観測もある（藤岡七五・評伝）。実際、「医学の書あまた買求め淡き淡き予感《よかん》はつねに人に語らず」（『遍歴』所収、全集1）と歌ったとおり、滞欧中は大量の医学書・心理学書・諸雑誌を渉猟しては船便で日本に送付し、その総額は当時の日本円で実に一万数千円にのぼったというし（青木義作「斎藤先生の科学研究」旧版全集37月報）、「日本《にっぽん》に帰りてよりの事のためこの小実験《せうじっけん》をわれは為《し》たりき」（『遠遊』所収、全集1）と歌った実験用の装置もいくつか購入したらしい（書簡一二二七・一九二四年二月二十五日・平福百穂宛、全集33）。発送の手配は前田茂三郎（↓本書二一～二二頁）に任せていたのだが、その前田によれば、茂吉は帰国前に「医学の勉強はぜひとも続けたい」と言い、脳の研究には兎より猿のほうが断然適しているとも述べて、猿はヨーロッパでは高くて手が出なかったけれども、日本にはたくさんいるから、送ってもらった医学書を参考にして必ず立派な研究論文を完成してみせる、と語ったという（山上七四）。

短歌に見切りをつける

もちろん、作歌の筆を折ろうとまでは考えていなかったろう。が、「僕は帰朝しても、アララギに尽せないやうな気がします」（書簡一一五〇・一九二三年四月二十八日・平福百穂宛、全集33）と言い、「小生、体力衰へ候へども、日本にかへり心をこめ候はゞまた一冊ぐらゐの歌集は拵へうること、存じ候」（書簡一二三九・一九二四年四月二十七日・平福百穂宛、全集33）と述べた点から見て、帰国しても歌壇の最前線に復帰する気はなかったように見受けられる。このとき念頭にあったのは、おそらく、学究生活の余暇に趣味で作歌すること――後年「業余のすさび」（『寒雲』「巻末記」一九四〇年、全集3）と称したような、余技としての作歌――だったのだろう。短歌に見切りをつけていたと評しても過言ではないかもしれない。

滞欧中の茂吉は、休暇を利用してたびたび大がかりな旅行に出かけた。ウィーン滞在中にはドナウ川を船でブダペストまで下り、またドイツ各地を回り、イタリアをも巡った。ミュンヘン時代にはドナウの源流を探り、ふたたびドイツ各地を回った。すべての業を終えた一九二四年七月には、日本からはるばる迎えに来た輝子とパリで落ち合って、イギリス、ベルギー、オランダ、スイス、イタリア各地を約五ヶ月かけて巡るという、大名旅行までを経験した。そしてそのあいだも歌はほとんど作らずにいたらしい。第四歌集『遠遊』と第五歌集『遍歴』（ともに一九四七年、岩波書店。刊行順では八・九番め）には滞欧中の作と称するものがまとめられているが、そこには『つゆじも』所収歌と同様の問題が指摘されている（岡井九四）。

帰国の船上で

十一月三十日にマルセイユで乗船し、帰国の途に就く（「日本帰航記」全集29。以下同じ）。十二月五日、スエズ運河通過中に、ふと「あふりかに日が入ればあらびあの空あかし」（傍線原文）という句が口をついて洩れる。歌心が蘇ってきたらしい（岡井九四）。翌日、船が紅海にさしかかると、海上にアラビア方面の連山が遠望され、この光景を歌にしようと試みるが、「久シク歌作ヲ止メテキタカラドーシテモ出来ナイ」。

その日、同じ船の乗客に短歌を作る人がいて、与謝野晶子の歌集『草の夢』（一九二二年九月、日本評論社）を借してくれた。見ると、序文を旧知の平野万里が書いており、「夫人は日本に歌あつて以来の第一人者」「夫人の作を批判し得る人は今の日本にはあり得ない」などと、歯の浮くような讃辞

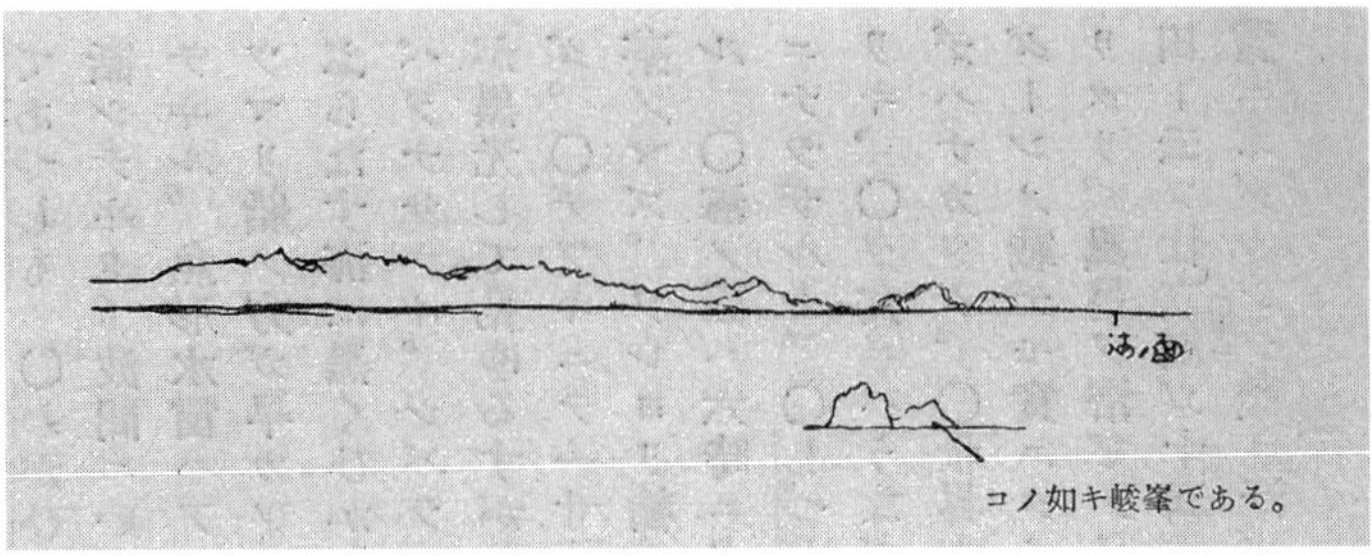

「日本帰航記」挿絵
12月6日，紅海航行中に描きとめたスケッチ。

が並んでいる。肝心の歌は「劫初より作りいとなむ殿堂にわれも黄金《こがね》の釘ひとつ打つ」といった調子で、不遜にも自作を黄金の釘になぞらえている。対抗心をそそられた茂吉は、午後「歌ヲ一首作ラウトシタガ到底纏マラナイ」。

翌日以降も、目についた景色を書きとめては、「ドーシテモ出来ナイ」「コレモ歌ニナラザリキ」などともどかしげに記す日々が続き、十二月二十七日に至って「とゞろける支那海のうへに幽かなる月の見ゆるをわれも見にしか、ドウモ旨クナイガ、コレハ帰国ノ上ニ直サウ」（傍線原文）と、歌口が多少ほぐれてくる。

船上の茂吉夫妻が青山脳病院全焼の報に接するのは、その三日後のことであった。

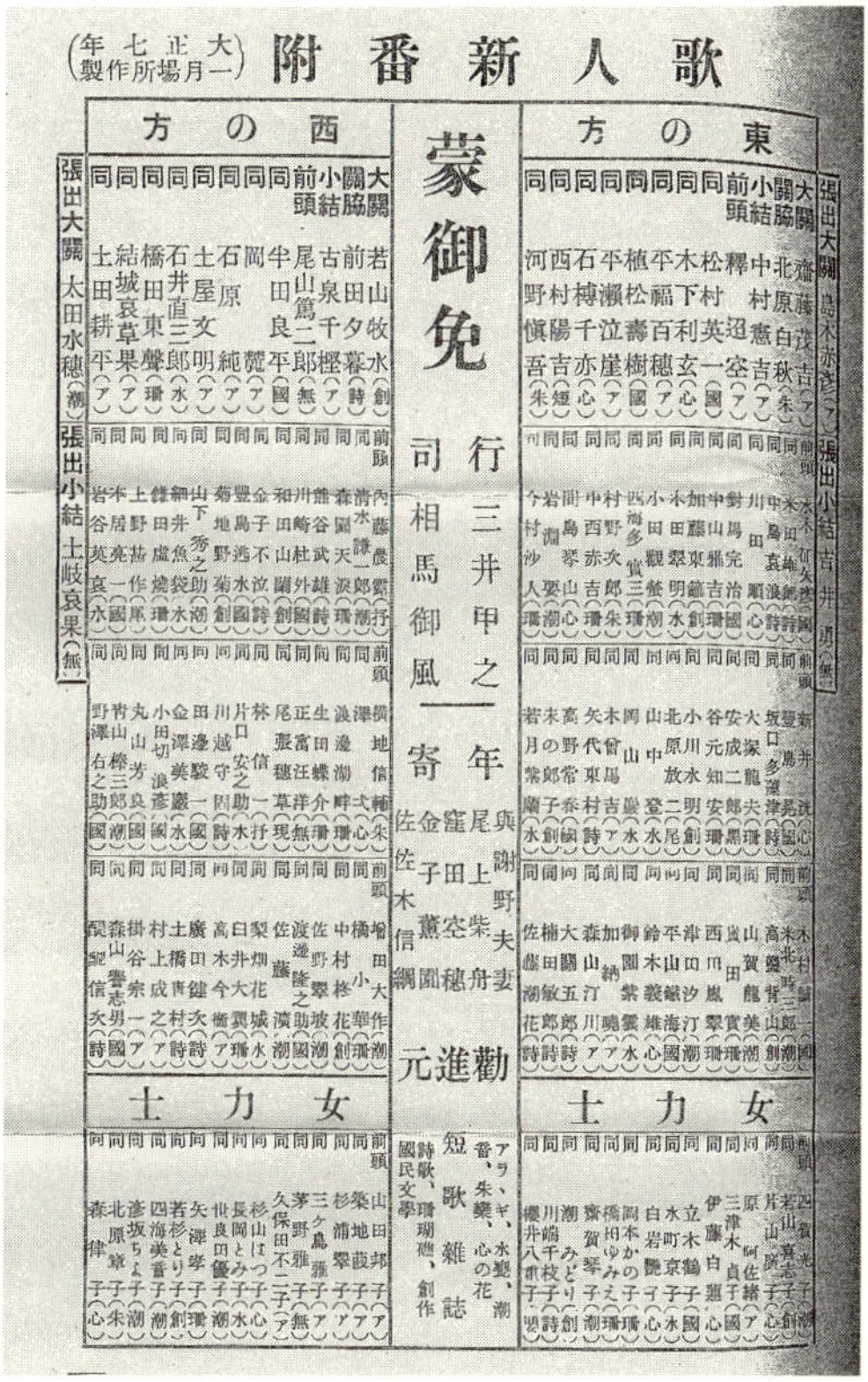
歌人新番附

（大正七年一月　製作所場所）

東の方

張出大關　島木赤彦（ア）
張出小結　吉井勇（無）

大關	齋藤茂吉（ア）
關脇	北原白秋（朱）
小結	中村憲吉（ア）
前頭	釋迢空（ア）
同	松村英一（國）
同	木下利玄（心）
同	平福百穂（ア）
同	植松壽樹（國）
同	平瀬泣崖（ア）
同	石榑千亦（心）
同	西村陽吉（短）
同	河野愼吾（朱）

西の方

張出大關　太田水穂（潮）
張出小結　土岐哀果（無）

大關	若山牧水（創）
關脇	前田夕暮（詩）
小結	古泉千樫（ア）
前頭	尾山篤二郎（無）
同	半田良平（國）
同	岡麓（ア）
同	石原純（ア）
同	土屋文明（ア）
同	石井直三郎（水）
同	橋田東聲（珊）
同	結城哀草果（ア）
同	土田耕平（ア）

蒙御免

行司　三井甲之　相馬御風

年寄　與謝野夫妻　尾上柴舟　窪田空穂　金子薫園　佐佐木信綱

勧進元　短歌雑誌

アララギ、水甕、潮音、朱欒、心の花、詩歌、珊瑚礁、創作、國民文學

女力士

「歌人新番附」（『短歌雑誌』1918年２月号より）

こぼればなし４　歌人番付

大正時代の商業短歌誌『短歌雑誌』が相撲の番付を模して歌人のランキングを行なったことがある。このページのは一九一八年（大正７）二月号に載った「歌人新番附」、一九四ページのは一九二〇年五月号に載った「現代歌人大番付」だ。前者ではアララギの有力同人が軒並み

上位を占め、中でも茂吉は堂々東の大関を張っている。不振が兆してもこの地位を保っていたのは、『赤光』の強烈な印象の賜物か。後者は不振が誰の目にも明らかになった時期のものだが、それでも東の張出大関だ（前者では大関が、後者では横綱が最高位）。「女力士」が別立てとなっているあたり、今の目で見ると隔世の感がある。

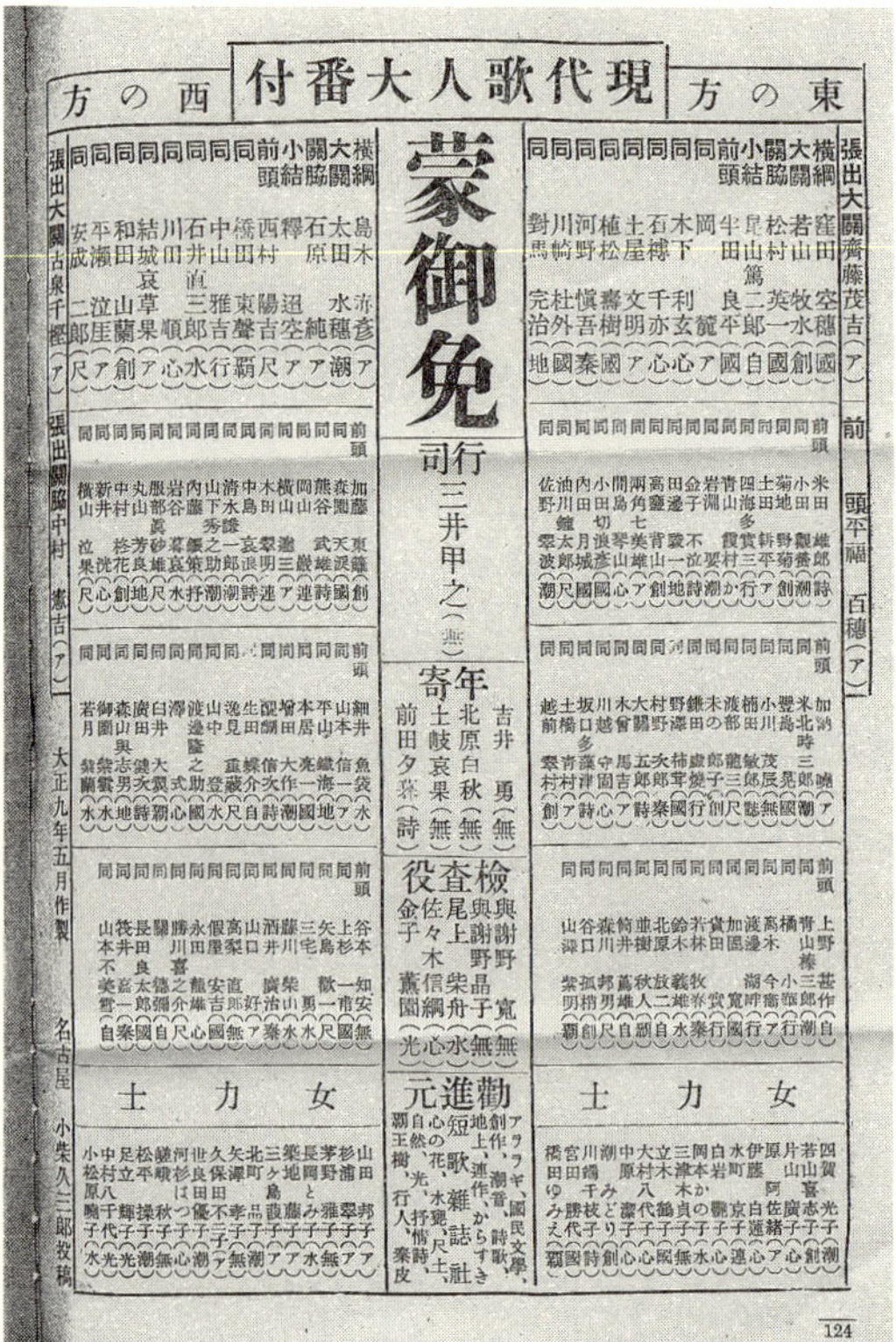
現代歌人大番付

東の方　西の方

蒙御免

行司　三井甲之（無）

年寄　吉井勇（無）　北原白秋（無）　土岐哀果（無）　前田夕暮（詩）

検査役　与謝野寛（無）　与謝野晶子（無）　尾上柴舟（水）　佐々木信綱（心）　金子薫園（光）

勧進元

女力士

大正九年五月作製

名古屋　小柴八三郎投稿

「現代歌人大番付」（『短歌雑誌』1920年５月号より）

第五章　配役と熱演――国民歌人の昭和戦前期

帰国後の茂吉は、滞欧中に考えていたのとはおよそ異なる後半生を歩むことになった。本章では、歌壇に返り咲いた彼が獅子奮迅の活動を展開し、畢生の大著『柿本人麿』（五冊・一九三四～四〇年、岩波書店、全集15～18）の主要部分を書き上げるまでを追跡していこう。

記述の対象となる時期は、内外で軍靴の響きが高まったころに当たる。歴史年表を一瞥してみよう――一九二七年（昭和2）から二八年の山東出兵、二八年三月・四月の共産党一斉検挙、同六月の張作霖爆殺事件、三〇年の昭和恐慌と翌年からの統制経済導入、三一年の五・一五事件、同年九月の満州事変、三二年一月の上海事変、同年三月の満洲国建国宣言、三三年三月の国際連盟脱退宣言、三五年の天皇機関説問題と国体明徴声明、さらには三六年の二・二六事件、また同年の日独防共協定締結、等々と、大陸での軍事行動と総力戦体制の構築とが同時に進行していた。

三枝昂之によれば、しかし、短歌が戦争や戦闘に直接取材する動きは、一九三七年七月の日中戦争勃発を機に一気に表面化したもので、それ以前にはほとんど目立たなかったという。短歌史上「戦時下」に該当する期間は、いわゆる十五年戦争期ではなく、三七年七月から四五年八月までの足かけ九年間だったことになる（三枝・精神史）。三枝の指摘は茂吉の事績とも完全に符合するから、本書では三七年までを「戦前」、それ以降を「戦中と戦後」と捉えて、前者をこの章で、後者を次章で扱うこととしたい（なお、本章からは本人の日記〔全集29〜32〕が基礎資料に加わるが、紛らわしい場合を除き、日記に関しては出典の指示を極力簡略にする）。

1　アララギ領袖として

青山脳病院の焼失と再建

この間、茂吉が旺盛な作歌活動・文学活動を展開できたのは、いくつかの条件が偶然重なり合った結果と見られる。なかでも決定的だったのは、皮肉な巡り合わせだが、青山脳病院の火難により医学研究の道が断たれてしまったことだろう。

火災は一九二四年十二月二十九日の深夜に発生した。零時過ぎに出火し、三時間あまりで病舎二棟と民家三戸とが全焼、三百余名の入院患者のうち二〇名と、職員二名とが焼死するという大惨事だった。敷地の隅に新築されていた二階建て家屋だけがどうにか焼け残り、年明け早々に帰り着いた茂吉夫妻らの住宅となったが、留学先から送付して倉庫に保管してあった大量の医学書・雑誌類は、一夜で灰燼に帰してしまった。しかもあろうことか、火災の前月に保険が切れていたのを紀一が放置していたため、病院再建にかかる莫大な費用はすべて借財でまかなわなくてはならなかった。紀一は金策に駆け回り、茂吉は焼け跡にバラックの診療所を仮設して外来診察に当たる。

一九〇三年（明治36）の病院創設当時、青山南町はまったくの郊外で、まわりの畑から「肥料の匂が風のまにまに漂つて来る」ような土地柄だったという（「痴人の痴語」一九二五年四月、全集5）。それが、大正の末にはすっかり住宅地へと様変わりしていて、精神病院にとかく偏見をもつ近隣住民らが再建反対の運動を起こし、同調した地主も退去を迫って訴訟沙汰となった。当時精神病院の監督官庁だった警視庁も都市部への新設を認めなかったため、やむなく府下松沢村松原に代替地を求め、二五年六月より着工、翌二六年四月には新規開院にこぎつけた（隣接して紀一らの住宅も新築されたが、茂吉の世帯は青山に留まった）。この間、資金調達の当てがはずれて差し押さえ寸前となり、茂吉がはるばる九州まで金策に出向くも不調に終わり、ブローカーからの借金でかろうじて急場をしのぐなど、多くの修羅場が繰り広げられたのだった。

院長に就任

松原の新病院に引き続き、青山の診療所も改築されて、前者を「本院」、後者を「分院」と称した。分院は正規の精神病院ではなかったが、脳神経科という名目で外来診察と軽症患者の入院治療とを行ない、分院で手に負えない患者は本院へ送られた。茂吉は当初、分院で毎週火・水・金・土と、四日間の外来診察を受け持ち、ほかにも不定期の診察に当たった。一九二七年の四月には、老いの目立ってきた紀一に代わって院長の職に就き、不慣れな病院経営のために神経をすり減らす日々が続く。

四月頃ニナルト、患者ガ逃走シテ、一人ノ如キハ放火未遂ヲシタ。ソレヲバナルベクサガシテカラト云フコトデ届ガオクレタタメニ代用患者ヲオクルコトガピタリトトマリ、ソレノミデハナク、僕ガ衛生部長室ニ呼バレテイロイロト問タヾサレ、又病院ノ改良案ト云フモノヲ出シ、ヤウヤクユルサレタ。ソレカラ僕ガ仕方ガナイカラ青山脳病院長ニナツタ。ソノ後ニモ逃走患者ガ出テヒドク頭ヲナヤマシ、鬚モ髪モ白イノガ非常ニ殖エタ。ソレカラ患者ノ死亡数ガ多イノデコレニモ非常ニ骨折リ、糠エキスヲ作ルヤラ、高価薬ヲ使フヤラ、牧ヨヂン、リンゲル、カルシウム等モ代用患者ニドンドン使フヤウニシタ。秋頃カラ米モ半搗米ト云フコトニシタ。

〔日記・一九二七年十二月三十一日〕

文中の「代用患者」とは、入院費が公費でまかなわれる患者をいう。本来収容すべき公立精神病院が不足していたため、一定の条件を満たす私立病院を準公立の「代用病院」に指定する措置がとられ、青山脳病院もその認可を受けていたのである。患者が多数死亡したのは脚気が原因らしい（岡田〇〇、岡田〇二）。

不眠症

新病院の経営は一九二八年にはどうやら軌道に乗るものの、それまでの心労には涙ぐましいものがあった。二五年の年末には神経衰弱のために不眠に陥り（十二月十五日、三十一日）、ヴェロナール等の睡眠薬を常用したことから中毒気味となって（二六年九月二十三日）、服用を中止してはまた手を伸ばすということを繰り返したあげく、ついには「併シ人生ハ苦界ユヱ、僕ハ苦シミ抜カウト思フ。毎夜、催眠薬ノンデモカマハヌ。正シキ道ヲ踏ンデ行キツクトコロマデ行キツカウ」との、悲壮な決意に到達している（二七年七月十九日）。ちなみに、このころ彼の患者でもあった芥川龍之介は、自殺する半年前に「僕はヴェロナアル〇・四だが斎藤さんは〇・七乃至八のよし　上には上のあるものだ」と書き記していた（書簡一五七四・二七年二月十二日・小穴隆一宛、全集11）。

これでは医学研究どころか、作歌にも力を注げないではないか——そのとおりなのだが、「茂吉生来の内奥に秘められた力、負けじ魂と情熱が、累積する苦難に際して逆に助長させられた」（北・壮年）ことも確かだろうし、そもそも周囲が放っておくはずもなかった。

大車輪の執筆活動

長期の不在にもかかわらず、歌人斎藤茂吉の盛名は少しも衰えていなかった。『あらたま』と改選版『赤光』は、震災で紙型が焼けるまでにそれぞれ七刷、二刷に達し、帰国後ただちに再版の運びとなったほか、二歌集から三五〇首あまりを自選した『朝の蛍』（一九二五年四月、改造社）も好調に売れつづけ、青年層を中心に新たなファンを掘り起こした。復興しつつあった出版界から次々に執筆依頼が寄せられる。生活費を補うつもりでか、茂吉はそれらをことごとく引き受け、さらには商業紙誌の短歌投稿欄の選者をもこなす。随筆に独特の冴えを見せたこともあって、文壇における彼の存在感はますます高まっていく。

アララギに復帰

古巣のアララギにとっても茂吉は欠かせない存在だった。彼の留守中、島木赤彦率いるアララギ派は勢力を増す一方だったが、それだけに他派の反感をも集め、ついに一九二四年四月、北原白秋を中心に反アララギ諸派を糾合した総合文芸誌『日光』が創刊され、

北原白秋選『斎藤茂吉選集』

アララギと歌壇の勢力を二分する状態となった。しかも、当のアララギからも『日光』に走る者が続出した。古泉千樫、折口信夫、石原純《あつし》、原阿佐緒ら、赤彦の統率を快く思っていなかった人々であり、特に千樫と折口は門弟を引き連れての離脱だったから、アララギにとっては相当の痛手である。このうえ茂吉にまで去られるようなことがあれば、組織の瓦解にもつながりかねなかった。

赤彦に反発

実際、茂吉と白秋は以前から才能を認め合っており、一対の互選歌集を出すほどの仲だったのに対し（斎藤茂吉選『北原白秋選集』・北原白秋選『斎藤茂吉選集』一九二二年、アルス）、盟友の茂吉と赤彦はといえば、後に茂吉自身が「赤彦君と僕との間には幾らか反撥する点があつたと判断すべきである」（「島木赤彦君」『アララギ』島木赤彦追悼号、全集5）と振り返るような間柄だった。反目は顕在化こそしなかったものの、折にふれくすぶったらしく（柴生田七九、柴生田八一）、もとをただせば二人の資質の相違にまで行き着くと思われる。

蟋蟀の音にいづる夜の静けさにしろがねの銭かぞへてゐたり

（茂吉・一九一一年作、『赤光』所収、全集1）

大槻の冬木の家に灯ともして銅《あかがね》の銭かぞへけるかも

〔赤彦・一九一二年作、『馬鈴薯の花』所収、全集1〕

秋夜の冷気を呼び起こす銀貨の光と、つつましい暮らし向きを伝える銅貨の匂い——前者には後者のような生活感がなく、後者には前者のような神経の冴えがない。

私は、同じことが二人の写生論にも当てはまると考えている。

吾人の写生と称するもの、外的事象の描写に非ずして、内的生命唯一真相の捕捉也。表現也。写生の要諦斯の如し。

〔島木赤彦「アララギ編輯便　二」『アララギ』一九一六年三月、全集4〕

実相に観入して自然・自己一元の生を写す。これが短歌上の写生である。

〔斎藤茂吉「『短歌と写生』一家言」『アララギ』一九二〇年九月、『短歌写生の説』所収、全集9。圏点略〕

写生を主観・客観双方にわたる表現と見る点で二人の見解は共通し、使われたことばも酷似しているが、「生命／生」の語に託されたものが決定的に異なると思う。赤彦の作歌信条に照らし、彼の言う「内的生命唯一真相」とは〈人生の辛苦に耐え抜く真実の姿〉を意味するだろう。そこには、「自然・自己一元の生」という茂吉のことばを下支えするような、存在の根源的な不可解さへの感覚はない。

逆に言えば、人はいかに生きるべきかとの倫理的な問いかけに対し、赤彦の写生説はそれなりに答えるところがあるが、茂吉の写生説はそもそも関心を示さない。示しようがないと言うべきだろう。

この相違は単なる個性の違いだろうか。むしろ、創作に立ち向かう気組みが根本的に食い違っていて、氷炭相容れなかったと見るべきではないだろうか。そういえば茂吉は、「赤彦君は友としても敵としても、友とし甲斐のあり、敵とし甲斐のあつた人である。僕は明治四十四年あたりから交際しはじめて、だんだん親しく行つた〔なつて行つたヵ〕が、つひに敵としての味ひを知らずにしまつた」とも語っていた（「島木赤彦君」前掲）。敵対せずにすんだことを不思議がっているとも、後悔しているとも取れるような口ぶりだ。

歌壇の一部では、斎藤茂吉が帰朝したなら当然アララギから去るだらうと噂してゐたといふことであつた。これは赤彦君及びその門下生の専横のためにアララギに分裂を起したのだと解釈したのに本づいてゐたたらう。然るに私は帰朝してもアララギを去らなかつた。そして私が作歌を勉強せずにゐるうち、いつしか完成の域に到達してゐたアララギに向つて瞠目したのであつた。

（「アララギ二十五年史」『アララギ』二十五周年記念号、全集21）

古巣の居心地

茂吉が帰国すると、赤彦はさっそく「斎藤茂吉歓迎歌会」を催して旧交を温め、茂吉が紛れもなくアララギの人間であることを内外に印象づける。茂吉は茂吉で、病院再建で大変な時期にもかかわらず、誘われるまま吟行に出かけたり、前年から始まった夏期合宿「安居会《あんごかい》」に参加したりする。長らく距離を置くうちに、中堅・若手の会員は赤彦が育てた者ばかりとなり、そのうち何人かは幹部ともなっていて、「鍛錬道」が教条のように信奉され、結社全体が質朴枯淡な作風に狭く凝り固まっている状態だった。

「〔……〕僕が洋行から帰つて来た時でも驚いたよ。赤彦がひとりでアララギを背負つてゐるやうなことを云つてるだらう。アララギを赤彦がどこにひとりで背負つてるんだ、アララギを。」

先生の詞はいつしか激越になつてゐた。

「そんなことがあるかつて云ふんだ。アララギをひとりで背負つてゐるなど。赤彦が亡くなつた時などは、だから高田浪吉などは今度は自分がアララギを背負つて立つたんだといふやうな顔をしてゐた。」

〔一九四九年八月七日談話、田中隆・下〕

こういう内心を押し隠したまま、茂吉はアララギにとどまった。古巣は居心地があまりよくないにせよ、目下の心労を癒してはくれたのだろう。

赤彦の配慮

この年五月、雑誌『改造』から、九月号用に百首という異例の注文が茂吉と赤彦に舞い込んでくる。アララギ両巨頭の競作という趣向である。ちょうど木曾方面に吟行の予定があったため、二人とも注文を受け、茂吉は締め切りまでに一三七首を作り上げるが、赤彦の分は遅れて十月号に回った。そのとき赤彦は、「とてもかなはぬ」（書簡一三八六・一九二五年八月二十五日・藤沢古実・高田浪吉宛、全集8）とか、「斎藤と競争のつもりなりしも負けたり」（書簡一三九九・一九二五年九月十四日・中村憲吉宛、全集8）などと、過剰とも思える讃辞を方々に書き送った。大作に舌を巻いたのは本当だろうが、茂吉との関係を良好に保とうとする配慮もほの見えるようだ。

赤彦の死去

ところが、その赤彦が、翌一九二六年にあっけなく死去してしまう。この年一月に地元上諏訪の医師に胃癌と診断され、茂吉らの仲介で東京の病院にもかかったものの、すでに手遅れと判明、帰郷して自宅で静養を続け、三月二十七日に息を引き取ったのだった。葬儀を済ませ、臨終記を書き上げたところに、赤彦直門の藤沢古実が相談に訪れる。「イロイロ話ヲシ、アララギノ発行人ヲバ差向キ僕ニシテモヨイコトヲ話ス。赤彦歿後、世評ニ向ツテアララギハ結束覚悟ヲ示ス必要アレバナリ」（日記・四月十一日）。赤彦のもとで巨大結社に成長したアララギを、こうして、はからずも、復帰してまだ日の浅い茂吉が率いることとなった。

2　諦観と多産

「気運と多力者と」

おそらく赤彦の死をふまえての企画だったろう、この年の『改造』七月号は、「短歌は滅亡せざるか」との題目を掲げ、歌壇・文壇の著名人六名の回答を特集した。佐藤春夫、折口信夫、芥川龍之介、古泉千樫、北原白秋、それに茂吉という顔ぶれである。

折口が「歌の円寂する時」と題して滅亡を予言したことでも知られるこの特集に、茂吉は「気運と多力者と」を寄せ、歌人の心に「魄力」が充満している限り短歌は滅びない、と主張する。

文中、将来の短歌は「万葉調を棄てて、何かほかの変つたものに就くであらう。自分は以前からそれを望んでゐる。なぜかといふに、歌壇の色合は余りホモゲーンで面白くないからである。自分が口語歌に同情してゐるのはその点にもある」と言い、ただしそれにはよほどの「多力者《たりきしや》」が出現せねばならぬ、と釘を刺す一方、芭蕉の不易流行の説にも言及して、短歌が時代に応じて変化するのは必然だが、「いよいよとなると万葉集の歌にはつひに及ばないのである」「自分等のものは到底万葉集のものには及ばないと思ふし、万葉集以外の歌は万葉に及ばないと思ふのである」と述べた（全集11）。

この論説は、万葉調を相対化したようでもあり、絶対化したようでもあって、全体の論旨がつかみにくいが、そこには当時の複雑な立場が反映していたのかもしれない。

「歌壇の色合」を云々して、赤彦の作風の蔓延に対し暗に不満を表明したのは、おそらくアララギ会員に対するメッセージでもあったろう。この年の『アララギ』十一月号でも、赤彦没後アララギの歌風が乱れたとの世評に触れて、「歌風はもつと自由に流動してかまはぬ」と述べている（「編輯所便」全集25）。

諦観

いっそう興味深いのは、自分たちの歌は『万葉集』にはとうてい及ばないと断言した点だ。後年の「柿本人麿私見覚書」に、「五十歳を過ぎた今日やうやくにして結論に達したごとくである。私は、人麿のものには到底及ばないといふ結論に到達したごとくである」との著名な一節があるが（↓本書一〇〜一一頁）、「結論」は実は八年も前に出ていたのだ。しかも、後述するように、長崎赴任後の七年間というもの、茂吉が『万葉集』を繙《ひもと》く機会はきわめて乏しかったのだから、読みの深まりがこの「結論」を導いたとは考えにくい。私は、前章で先送りしておいた問題（↓本書一八五頁）を解く鍵はここにあると思う。

『赤光』刊行直後の一九一四年一月に《ぼくの『けるかも』は柿本人麿の『けるかも』では無い》と言い放ったとき（「古語の問題」全集9）、茂吉は自身の力量が人麿に劣るなどと思ってはいなかっただろう。万葉調を純化しようとした時点でも、人麿の「技巧」を摂取消化して未曾有の歌境を樹立する気でいたはずだが、結果的に極度の不振に陥り、自滅を覚悟するところまで行ったのだった。「万葉集の歌にはつひに及ばない」「人麿のものには到底及ばない」との諦観がそこから導かれたとしても不思議ではない。そして、それとは一見矛盾するようだが、彼が不振の底から這い上がるときにも、ほかならぬこの諦観が支えになったのではないだろうか。どうあがいてもしょせん人麿ほどの歌は作れるはずがないのだ、と腹を括ったことで、肩の力が抜けて楽になったのだと考えたい。さもなければ、百首の注文に一三七首で応えるなどという、驚異の復活劇には説明がつかないと思うし、前章で触れた「山水人間虫魚」にも同じことがいえると思う。

人麿享受の偏り

諦観はもちろん、かつて人麿の歌に感服した経験と無関係ではありえない。では、一九二六年の時点で茂吉の念頭にあった人麿の秀歌とはどんなものだったか。

実は、明治・大正期に茂吉が書いた随筆と歌論とを通じ（全集5、9〜11）、人麿の歌（人麿歌集を含

む。↓本書二三九頁）への言及は意外なほど少ない。秀歌としてしばしば取り上げたのは、

もののふの八十《やそ》うぢ河《がは》の網代木《あじろぎ》にいさよふ波《なみ》のゆくへ知《し》らずも　〔3・二六四〕

あしひきの山河《やまがは》の瀬《せ》の響《な》るなべに弓月《ゆつき》が獄《たけ》に雲立《くもた》ちわたる　〔7・一〇八八　人麿歌集〕

の二首で、一、二回触れただけのものも「痛足河河浪立《あなしがはかはなみた》ちぬ巻目《まきむく》の由槻《ゆつき》が獄《たけ》に雲居立《くもゐた》てるらし」（7・一〇八七）、「ぬばたまの夜《よる》さり来《く》れば巻向《まきむく》の川音高《かはとたか》しも嵐《あらし》かも疾《と》き」（7・一一〇一）、「御食向《みけむか》ふ南淵山《みなぶちやま》の巌《いはほ》には落《ふ》れる斑雪《はだれ》か消《き》え残《のこ》りたる」（9・一七〇九。以上、人麿歌集）の三首にとどまる。長歌はもとより関心の外である。

なお、『アララギ』誌上の「万葉集短歌輪講」は、左千夫の「万葉集新釈」（↓本書一五五頁）との重複を避けて巻二から開始されたが、人麿作についてはなぜか巻二所収分を扱わず、巻三・巻四所収の二四首だけを取り上げた。茂吉は、このうち右の二六四歌や、「おほきみは神《かみ》にしませば天雲《あまぐも》の雷《いかづち》のうへに廬《いほり》せるかも」（3・二三五）、「玉藻《たまも》かる敏馬《みぬめ》を過《す》ぎて夏草《なつくさ》の野島《ぬじま》の埼《さき》に船《ふね》ちかづきぬ」（3・二五〇）、「名《な》ぐはしき印南《いなみ》の海《うみ》の沖《おき》つ浪千重《なみちへ》に隠《かく》りぬやまと島根《しまね》は」（3・三〇三）など、九首については肯定的な評言を記したが（他は、3・三〇四、4・四九六、四九七、五〇一、五〇二）、残る一五首については歌意の解釈のみを話題にするか、まったく沈黙するかしている（全集23）。

今このページを読んでいる人には、「おや」と首をかしげた向きもあるだろう。「人麿の秀歌なら、

もっと有名なのがあるではないか」。たとえば次の諸作――。

ささなみの志賀《しが》の辛崎《からさき》幸《さき》くあれど大宮人《おほみやびと》の船待《ふねま》ち兼《か》ねつ　〔1・三〇〕
ささなみの志賀《しが》の大曲《おほわだ》よどむとも昔《むかし》の人《ひと》に亦《また》も逢《あ》はめやも　〔1・三一〕
ひむがしの野《ぬ》にかぎろひの立《た》つ見《み》えてかへり見《み》すれば月《つき》かたぶきぬ　〔1・四八〕
小竹《ささ》の葉《は》はみ山《やま》もさやに乱《みだ》れども吾《われ》は妹《いも》おもふ別《わか》れ来《き》ぬれば　〔2・一三三〕
去年《こぞ》見《み》てし秋《あき》の月夜《つくよ》は照《て》らせども相見《あひみ》し妹《いも》はいや年《とし》さかる　〔2・二一一〕
天《あま》ざかる夷《ひな》の長路《ながぢ》ゆ恋《こ》ひ来《く》れば明石《あかし》の門《と》より倭島《やまとしま》見《み》ゆ　〔3・二五五〕
淡海《あふみ》の海《うみ》夕浪《ゆふなみ》千鳥《ちどり》汝《な》が鳴《な》けば心《こころ》もしぬにいにしへ思《おも》ほゆ　〔3・二六六〕

右の七首は早くから人麿の代表作と目されており、高等学校用教科書の『訂正高等国文』（↓本書五六頁）をはじめ、森田義郎『万葉短歌評釈』（一九〇〇年、内外出版協会）、窪田空穂『万葉集選』（↓本書一五三～四頁）、佐佐木信綱『万葉集選釈』（同）など、大正中期までに編まれた万葉秀歌選に軒並み採録されていた（ただし、森田書は二六六歌を、佐佐木書は二一一歌を載せない）。が、資料から帰納される限りでは、これら七首を茂吉が愛誦していた形跡はない。

ここに次の諸点を重ねてみよう。まず、一〇八八歌への傾倒は左千夫譲りだった（『柿本人麿　評釈篇巻之下』）。そしてその左千夫は三〇・三一歌の「擬人法」に「幾分の匠気」を指摘し、四八歌の第三句を「俳優の身振」めいて稚拙だとしていた（「万葉集新釈」前掲）。他方、茂吉が一七〇九歌を秀歌と認めるようになったのは、一九二五年の比叡山安居会で赤彦の講演を聞いてからららしい（『柿本人麿評釈篇巻之下』）。すると、大正末年の時点で茂吉の人麿享受は質的・量的にかなり偏っていた疑いがありはしないか。少なくとも、人麿関係歌四百数十首をすべて評釈する後年の事績を、このときの彼に投影すべきではないだろう。

理念としての人麿

改めて言おう。茂吉の念頭にあった万葉像、とりわけ人麿像は、具体的享受の成果である以上に、彼が創作を続けるために必要とした理念、それも多分に逆説的な理念だったろう。「短歌の究極」「歌の極致」（「気運と多力者と」前掲）は、はるか古代にすでに達成されてしまっている。末世の歌人に残された道は、自分がいま立っている位置から少しでも前に進むことであって、無限の前進ではない——茂吉の高弟、佐藤佐太郎が師の歌論を圧縮祖述した「純粋短歌論」（『純粋短歌』一九五三年、宝文館）に『万葉集』が欠落しているとの指摘（本林九〇）は、このさい示唆的だと思う。茂吉が人麿に見たものを、佐藤は茂吉その人に見ていたはずだからだ。

かつて赤彦とともに事実上の万葉離れを目ざし、そのことで左千夫と真っ向から対立した茂吉は、こうして、赤彦が既成の国民歌集観から出発してまっしぐらに進んだのとは別の、きわめて複雑な経路をたどりながら、しかし結果的には左千夫や赤彦にも匹敵する万葉尊崇家となった。「尊崇」とここで言うのは、『万葉集』を新奇なことばの宝庫として尊重した初期の態度から区別するためであり、具体的には、テキストの高い価値づけが享受の実践に先行するような、聖典化の傾向を捉えてのことである。

ただしその内実は三者三様であった。左千夫は万葉への復古を多分に楽天的に提唱し、赤彦は国民的伝統に連なることを結社の指導原理としたのに対し、諦観に裏打ちされた茂吉の万葉尊崇は、基本的には個人的信条であり、一創作者としての覚悟にほかならなかった。「自分はいよいよとなれば自分の道を歩むよりはほかに無い。けれども何もほかの人まで自分の後《しり》へを歩んでくることを強ひようとは思はぬ」(「気運と多力者と」前掲)。

諦観の底に潜んでいたもの

先回りとなるが、ここで「柿本人麿私見覚書」の奇怪な語り口を想起しておこう(→本書一一〇～一一一頁)。「心の落著」を語ろうとして、思わず「嗚呼私の力量はつひに人麿には及びがたい」と叫んでしまったとき、茂吉の胸中には、かつて無限の前進が可能だと信じていたころの夢がまだ熾火《おきび》のようにくすぶっていたのではなかったか。「人麿のものには到底及ばないといふ結論に到達した」と語るそばから、こんな結論に到達するはずではなかったとの思いがむらむらと込み上げ、煽られた熾火が燃え上がり、危うく積年の封印を焼き切ろうとした――人麿を語る茂吉は、自身の見果てぬ夢をも語っていたことになるだろう。大著『柿本人麿』とは、その意味では、本来『あらたま』に成就するはずで果たせなかったもの――『赤光』をはるかに凌駕する歌境――を語ろうとした書でもあったと思う。

昭和戦前期の作歌

いま話題にしている一三年間に、茂吉は五千五百首もの短歌を制作し、それらはごく少数の脱漏を除き、ことごとく歌集に収録された。順に列挙しておこう。

(6)『ともしび』（一九五〇年、岩波書店）……一九二五〜二八年の九〇七首。
(7)『たかはら』（一九五〇年六月、岩波書店）……一九二九・三〇年の作のうち（8）収録歌以外の四五四首。
(8)『連山』（一九五〇年十一月、岩波書店）……一九三〇年十〜十一月に満鉄の招きで中国東北部を旅行した際の七〇五首。
(9)『石泉《せきせん》』（一九五一年六月、岩波書店）……一九三一・三二年の一〇一三首。
(10)『白桃《しろもも》』（一九四二年二月、岩波書店）……一九三三・三四年の一〇一七首。
(11)『暁紅《ぎょうこう》』（一九四〇年六月、岩波書店）……一九三五・三六年の九六九首（以上、全集2）。

なお、一九三七年の四一八首は、三八年一月から三九年九月までの六九七首とともに、一一一五首からなる『寒雲』（一九四〇年三月、岩波書店、全集3）に収められた。『寒雲』は、制作年次順では第十二歌集に当たるが、刊行順でいえばこれが『赤光』『あらたま』に続く第三歌集であり、その間、二十年もの空白があった。『寒雲』に続いて刊行されたのが第十一歌集『暁紅』と第十歌集『白桃』で、この三つは「戦時三歌集」とも呼ばれる。『ともしび』『たかはら』『連山』『石泉』の刊行は、ともに終戦後に持ち越された（→巻末付録「茂吉歌集の制作と刊行」）。

この時期の茂吉の歌業をごく手短にまとめれば、表芸ともいうべき自然詠を磨き上げる一方、日常詠の側では不断に変化を追求した、といえるかと思う。

前者の系列に属する秀作には次のようなものがある。とりどりに気韻生動、山水画を思わせる歌境である。

こもり波あをきがうへにうたかたの消えがてにして行くはさびしゑ　〔一九二五年作「木曾鞍馬渓」〕
うごきゐし夜《よる》のしら雲の無くなりて高野《たかの》の山《やま》に月てりわたる　〔同年作「高野山　其一」〕
さむざむと時雨《しぐれ》は晴れて妙高《めうかう》の裾野をとほく紅葉《もみぢ》うつろふ　〔二七年作「妙高高原　其一」〕
ほうほうとけむりだちつつ目交《まなかひ》に氷《こほり》の谿《たに》はいまだ続けり　〔二八年作「三山参拝の歌」〕
ちかづかむ山脈《やまなみ》もなき蒙古《もうこ》野《の》の草のかぎりは冬枯れにけり　〔三〇年作「四平街より鄭家屯」〕
信濃路《しなのぢ》とおもふかなたに日は入りて雪ふるまへの山のしづかさ　〔三一年作「伊香保榛名」〕
山がははきのふもけふも濁《にご》らねどゆたけく岸の木賊《とくさ》ひたせり　〔三二年作「層雲峡」〕
たえまなく激《たぎ》ちの越《こ》ゆる石《いし》ありて生《しやう》なきものをわれはかなしむ　〔三三年作「四万」〕
山つたふ風見ゆるまでうち靡《なび》く高萱山《たかがややま》の麓《ふもと》に出でつ　〔三五年作「強羅漫吟　其二」〕
ひと揉《も》みにみだれたりける木々の葉は静かになりぬ死《しに》のごとくに　〔三六年作「嵐の前」〕

これらはまた、多くが旅行吟でもあって、都市生活に疲れた精神の癒しが共通のモチーフとなっている。鉄道網の整備が簡便な旅行を可能にしたという意味では、この種の自然詠が量産されるのは実は近代的現象なのだとも思う。なお、二首めの「うごきゐし」の歌は、明らかに前掲『万葉集』一〇八八歌をふまえている。

日常詠

日常詠の系列からは次の諸作を挙げておきたい（五首めの「ふかぶかと」の歌は私の愛誦歌。昭和初期のモダン・ガール、通称「モガ」に取材した作で、数ある茂吉秀歌選にはたぶんまだ一度も採られていないはずだが、第三句「鼻ひくく」が実に効いていて、茂吉以外の誰にこんなことが言えるかと思わせるものがある）。

この身なまなまとなりて惨死《ざんし》せむおそれは遂に識閾《しきゐき》のうへにのぼらず　（二九年作「虚空小吟　其一」）

電信隊浄水池女子大学刑務所射撃場塹壕赤羽の鉄橋隅田川品川湾　（同年作「虚空小吟　其四」）

寺なかにあかくともりし蠟《らふ》の火《ひ》の蠟つきてゆくごとくしづけし　（三〇年作「近江番場八葉山蓮華寺小吟」）

抱《だ》きつきたる死《し》にぎはの遘合《こうがふ》をおもへばむらむらとなりて吾はぶちのめすべし　（三二年作「春より夏」）

ふかぶかとファーコオト著《き》て鼻ひくく清《きよ》きをとめは銀座をあゆむ　（同年作「寒霧」）

あはれあはれ電《でん》のごとくにひらめきてわが子等《こら》すらをにくむことあり　（三三年作「時々感想断片集」）

いとけなかりし吾《われ》を思《おも》へばこの世なるものとしもなし雪は降りつつ　（三四年作「上ノ山滞在吟」）

あやしみて人はおもふな年老《としお》いしシヨオペンハウエル笛《ふえ》吹きしかど　（同年作「青野」）

ガレージへトラックひとつ入らむとす少しためらひ入りて行きたり　（三五年作「夕かぎろひ」）

寒くなりしガードの下に臥《ふ》す犬に近寄《ちかよ》りてゆく犬ありにけり　（同年作「ガード下」）

初めの二首は、当時まだ珍しかった飛行機に搭乗した際の作。一首めは、打ち消すそばから衝き上げてくる「惨死」の写象を大胆な破調が増幅し、二首めは、一見無造作に羅列された漢語が近代都市の無機質な景観を視覚的・聴覚的に浮かび上がらせる。

問題作「虚空小吟」

制作事情もおおむね明らかになっている。一九二九年十一月二十八日、東京朝日新聞社の企画で茂吉、前田夕暮、吉植庄亮《よしうえしょうりょう》、土岐善麿の四歌人が飛行体験を競作したのだが、翌日の紙面に掲載された茂吉の即詠「飛行機にはじめて乗れば空わたる太陽の真《〔心イ〕》理を少し解せり」「われよりも幾代か後の子孫ども、今日のわが得意をけだし笑はむ」は、夕暮の「自然がずん〳〵体のなかを通つて行く。山、山、山」や、善麿の「たちまち正面より近づき近づく富士の雪の光の全体」に比べ、明らかに見劣りしていた。夕暮と善麿が自由律へと踏み出すきっかけともなったこの一件は（三枝・精神史）、商業誌でも盛んに取り上げられ、文語定型律は時代のテンポに乗り遅れているとの論評が相次いだ（特集「四歌人の空中競詠は何を示したか?」『短歌雑誌』一九三〇年一月、など）。発奮した茂吉は、翌十二月下旬からまた同じ題材に挑み、なんとか定型でこなそうと一ヶ月近く苦吟したすえ、結局「飛行機ハツマリ散文ニスルコトニシタ」（日記・一九三〇年一月二〇日）と方針を切り換え、五六首を立て続けに発表して反響を呼んだのだった。

そのころ現れた戯評を引いておこう。「おん大茂吉遂に破調の歌を作つた。プロ（プロレタリア短歌）の連中、すつかり喜んで、万歳、万歳！」「そこで、気の早いアララギ会員ども、万葉の本や、赤彦全集を片づけ初めて、俺の行くところは何処だつぺと騒ぐ」（無署名「明暗灯」『短歌月刊』一九三〇年四月)。

茂吉自身は文語定型律を放棄することはなかったが、この経験によって芸域をかなり拡げたことは確かだと思われる。一連は、土屋文明を触発して即物的作風に向かわせたとも、歌壇全体の散文化傾向に道を開いたともいわれている。

アララギの組織を背負う

この時期の茂吉は単に一創作者として「自分の道」を追求していただけではなかった。何よりも、大結社アララギの領袖という立場がそれを許さなかった。

大正末期にアララギに対抗した『日光』は、寄り合い所帯の脆《もろ》さから短命に終わったが(一九二七年九月)、代わって進出してきたのがプロレタリア派とモダニズム派で、当時「新興短歌」と総称されたこの二派は、ともに口語自由律を志向しながら急速に勢力を伸ばし、一九三〇年前後には全盛となって、文語定型律の「既成歌壇」に早晩取って代わりそうな勢いを示した(木俣、渡辺)。守旧派の頭目と見なされた茂吉は、しかし、最初の本格的論難を粉砕し、敵方の出鼻をくじいてしまう。

石榑茂を論破

攻撃をしかけたのはプロレタリア派の急先鋒、石榑《いしくれ》(後に五島)茂だった。商業誌『短歌雑誌』に連載した論文「短歌革命の進展」の第一回を、石榑は「アララギの反動化」と題し、アララギ派の地盤を「封建イデオロギーと結びついた小ブルジョア的なもの」と決めつけるとともに、茂吉らの説く「写生」「実相観入」は現実に対する批判意識を持ちえないまま「僧侶主義的・無常観的・遁走的・復古的様相」に陥っている、と批判した(一九二八年二月)。反撃に立った茂吉は、ドイツ語版を含むマルクス主義の諸文献をあらかじめ手広く調査するという、周到な準備のもと、石榑の論述の不備を執拗に追及し、その半可通ぶりを徹底的に暴露してみせる（「石榑茂との論争」一九二八年五〜十二月、全集12）。一年に及ぶ論争は茂吉の完全な勝利に終わり、石榑は運動からの引退を表明、かつての同志たちからは「裏切り者」の烙印を押される（篠八二）。

実はアララギ内部でも、元会員の経済学者、大塚金之助がプロレタリア派に加わるなどの動きがこのときまでに生じていたのだが、論争終結後はそうした動きがぱったり止んでしまったらしい。他の短歌結社、『創作』『詩歌』『潮音』『ポトナム』などは、プロレタリア派に転じた会員たちの突き上げにより内部崩壊の危機に瀕したのだが、アララギの大所帯だけはまったく安泰だった。茂吉の奮闘が動揺を未然に防いだといえるかもしれない。

文語定型律の復権

プロレタリア短歌は、思想当局による弾圧と内部抗争の結果、一九三二年ごろから急速に退潮に向かう。モダニズム短歌は、自由律に転じた既成歌人たちとも連携しつつ、なお多様な展開を示したが、三六年あたりを境にやはり行き詰まりを迎える。守旧的と目されていた文語定型律が復権する流れのもと、三六年十一月には歌壇全体の統合組織「大日本歌人協会」が発足する。会員資格は「短歌の伝統を尊重し定型に依準する作家」および「その作品の意図並に規格に於て前項の趣旨に準拠する新体の作家」と規定され（木俣）、元老格の名誉会員には、佐佐木信綱、尾上柴舟、金子薫園、窪田空穂、与謝野晶子、そして茂吉が選出された。最年長は信綱で時に六五歳、最年少は茂吉で時に五五歳である。この二人は翌年六月には帝国芸術院の初代会員ともなる。

もう一つ指摘しておきたいのは、この時期の茂吉が自ら斎藤茂吉役を演じ、結果的にはそれ以上の役をも演じていったという点である。

自身を演ずる

「むなしき空《そら》にくれなゐに立ちのぼる火炎《ほのほ》のごとくわれ生きむとす」（一九二六年作「麦の秋」）、「茂吉《もきち》われ院長となりいそしむを世のもろびとよ知りてくだされよ」（一九三二年作「青山脳病院」）といった作は、作者の境遇に関する知識を参照して理解すべきことを読者に要求している。言い換えれば、自分の人物像が世に知れ渡っていることを計算に入れて、そのとおりの自分を表現してみせた作――むしろ演じてみせた作といえる（中村）。そういうことがなぜ可能だったかといえば、本人が短歌の制作・発表とは別途、繰り返し自己を語り、「全身をさらして生きた」（上田六四）からだろう。

茂吉が自己を語った文章の多くは、昭和戦前期に集中的に書かれた。『改造』『中央公論』『文芸春秋』『時事新報』などの大雑誌・日刊紙に発表された随筆がそれであり、一九三〇年には随筆集『念珠集』も刊行された（鉄塔書院、全集5）。それらの随筆で彼は、粘り気の強い独特の文体を操りながら、故郷を語り、少年時代を語り、一刻者の父を語り、先師左千夫を語り、滞欧中の見聞を語り、脳病院長の日常を語って、読者に自分の人生を筋書きとして伝え、さらには強烈な個性《キャラクター》をも印象づけていった。その結果、多くの読者が一定の茂吉像というべきものを共有することになったはずで、そのイメージはさしずめ、〈農村の土俗的世界に生い立ち、最先端の科学的知識を身につけ、古今東西の文学にも精通している著名な歌人〉といったあたりだったと考えられる。

この場合の「著名な歌人」とは、圧倒的多数の読者にとって、何よりも『赤光』『あらたま』の歌人を意味していた。彼らは『アララギ』の読者でも商業短歌雑誌の読者でもなかったし、茂吉の第三歌集はまだ刊行されていなかったからだ（ただし、一九二九年に改造社から出た『現代短歌全集12』には、後に『つゆじも』『ともしび』の一部となる二百首弱が収録された）。長崎時代以降の長い不振など、読者大衆の関知するところではなかった。

読者大衆の共有した茂吉像

『赤光』が刊行直後から〝万葉の古調に近代的感覚を盛った〟と評されていたことを想起しよう。大正後期には「民族性と近代性との混融」との評もすでに現れていた（→本書三〜四頁、一四〇〜一頁）。歌壇の外に広がる多くの茂吉ファンの目に、『万葉集』は日本民族の偉大な文化遺産と映り、万葉調で作歌する行為は民族伝統の現代化と映り、茂吉はそれを先頭に立って実践する当代一流の歌人と映っていたのである。彼らにそういう万葉観・短歌観を行き渡らせた立役者は、茂吉本人ではなく、亡き赤彦だったのだが、茂吉は今や赤彦の後継者としてアララギを率いる立場にあった。この、幾重にも捻れた関係に、後述する昭和の第一次万葉ブームが重なったとき、本人の語りに端を発する上記の茂吉像を「世のもろびと」がどう膨らませていくかは、およそ見当がつくというものだろう。

古代的感性と近代的知性とを具有する人格。民族伝統の体現者にして天性の国民歌人——一人歩きするこのイメージを、茂吉は、ためらいながらもある時期に受け入れたように見える。それればかりか、先行するイメージに追いつこうと全力で努め、ついにはイメージどおりの自分を作り上げてしまったようにさえ見える。「自分の道」として万葉調で作歌することと、民族伝統の体現者として振舞うこと、この二つが、「全身をさらして生き」る茂吉の意識において、奇妙に統合されてしまったらしいのだ。以下見届けていくように、大著『柿本人麿』に取り組んだ一件がこの場合の曲がり角だった。

3 空前の万葉ブームの渦中で

国文学の活況

大正末期から昭和戦前期の国文学界は、個別の文献研究に立てこもっていた従来の沈滞を打ち破って、「国文学のルネッサンス」（村井）とも呼ばれる空前の活況を呈していた。史的唯物論に立脚する歴史社会学派と、西洋美学に依拠する文芸学派とが、それぞれ新たな潮流として台頭する一方、折口信夫も独自の古代学を樹立して脚光を浴び、本流の文献学派の側でも国学思想の再解釈にもとづく新たな体系化が推進されていった。円本ブームに沸く出版界の好況にも促されて、めざましい研究成果が続々刊行されるとともに、各種の講座物や文学事典の出版、また専門誌の創刊が相次いだ。

文化主義的国民歌集像の形成

古典に対する関心の高まりは文壇・論壇をも刺激し、西洋文明はもはや行き詰まったとの認識とも相俟って、日本回帰の思潮を醸成する。『万葉集』はこの状況下でますます人々の愛着を集め、日本文化の優秀性や日本人の民族的美質といった想像を呼び寄せていく。国民歌集観第二側面（→本書一五八～六三頁）と、文化民族という自己愛的認識とが結びつくことで成立したこの万葉像を、「文化主義的国民歌集像」と呼ぶことにしよう。千二百年以上前の祖先がみな一廉《ひとかど》の詩人だった民族。それを可能にする簡素な詩形を大切に守り伝えてきた民族。折々の喜びや悲しみや苦悩や希望をその詩形に託し、深い共感で繋がれてきた民族――この想像のもと、明治以来のナショナリズムはいっそう洗練された形態に押し上げられた。

『万葉集』関係の著作が飛躍的に増加した点に、事態は端的に表れている。主要なものを見渡しておこう。

空前の万葉ブーム

この時期に刊行され、現在も利用価値の高い基礎的著作としては、

①佐佐木信綱・橋本進吉・千田憲・武田祐吉・久松潜一（編）『校本万葉集』（和装二五冊・一九二四〜二五年、校本万葉集刊行会）。

②正宗敦夫（編）『万葉集総索引』（四冊・一九二九〜三一年、白水社）。

③土屋文明（編）『万葉集年表』（一九三二年、岩波書店）。

④沢瀉久孝・森本治吉『作者類別年代順 万葉集』（一九三二年、新潮社）。

が挙げられる。①は、平安時代から江戸時代までの古写本・版本を網羅的に調査して、本文と訓の異同が一覧できるようにしたもので、文部省文芸委員会の承認により国費を投じて編纂された。明治末年に企画され、一九二三年八月にはほぼ完成していたから、正確には一時代前の著作だが、同書の刊行がその後の研究活発化を促したことは間違いない。従来のものよりはるかに信頼性の高いテキスト、

⑤佐佐木信綱『新訓万葉集』（二冊・一九二七年、岩波文庫）。

⑥沢瀉久孝・佐伯梅友『新校万葉集』（一九三七年、楽浪書院）。

が編まれたのも、その具体的成果といえる。①は当初限定出版だったが、後に増補普及版（洋装一〇冊・一九三一年、岩波書店）が刊行され、そのさい茂吉も推薦文を書いている（「『普及版校本万葉集』を推薦す」全集25）。ひるがえって、②は、万葉歌に含まれる全単語と、その表記に使用された全漢字とを検索できるようにしたもの。電子版のテキストが出現するまでは研究者必携の書だった。③④は、ともに歌風の変遷をたどるのに便利な書で、③は万葉歌を制作年月日順に配列し直し、④は作者ごとにまとめて年代順に再編成してある。

研究書も数多く出版された。注釈書だけでも、

⑦山田孝雄『万葉集講義』（三冊・一九二八～三七年、宝文館）。
⑧武田祐吉『万葉集新解』（二冊・一九三〇年、岩波書店）。
⑨鴻巣盛広『万葉集全釈』（六冊・一九三〇～三五年、大倉広文堂）。
⑩沢瀉久孝『万葉集新釈』（二冊・一九三一～三四年、星野書店）。
⑪武田祐吉（等、一二名）『万葉集総釈』（一二冊・一九三五～三六年、楽浪書院）。

などが同時並行的に書かれたほか、井上通泰『万葉集新考』（→本書一五三頁）もこの時期に新装版が出た（一九二八～二九年、国民図書）。ほかにも、専門学者による文献学的研究、個別の歌人論、編纂論、また地理・植物・動物・染色など、多彩なテーマにわたる諸研究が、単著にまとめられて刊行されたし、種々の「文学講座」に交じって、『万葉集』だけを取り扱う講座物も現れた。

⑫佐佐木信綱・藤村作・吉沢義則（監修）『万葉集講座』（六冊・一九三三年、春陽堂）。

一般向けの秀歌評釈や入門書も次々に書かれ、なかでもよく読まれたのが⑬島木赤彦『万葉集の鑑賞及其批評』（一九二五年、岩波書店）。同じアララギ派の土屋文明が、だったことは、旧著に説いたとおりである（品田〇一）。

⑭土屋文明『万葉集名歌評釈』（一九三四年、非凡閣）。

を著した点にも注意しておこう。文明は、アララギの在京会員を指揮して③をまとめたほか、⑪では巻二の分を受け持ち、⑫でも「柿本人麿」を執筆している。

『主婦之友』の人気投票

以上のもろもろの著作以上に、当時の万葉ブームを鮮やかに印象づけてくれる一件があある。家庭婦人向け月刊誌『主婦之友』が万葉歌の大がかりな人気投票を実施したのである。

同誌一九二七年一月号（目次には「大正十六年」とある）に、「新春劈頭の特別大懸賞」と銘打って「万葉百歌選」の投票を呼びかける記事がある。見開き二ページにわたる趣旨説明によれば、『万葉集』は不朽の国宝だが、膨大な歌をことごとく暗誦するのは一般人にはとても無理だから、その精髄を「皆様の投票に依つて選定し、それを歌留多《かるた》に製作して一般の愛誦に供する」とともに、「小倉百人一首」とは趣の異なる「上品な遊戯として、広く世にお薦めいたしたい」という（原文総ルビ）。投稿者の便宜をはかるため、四千余首の短歌から約二百首を「予選歌」として示すこととし、その選定には佐佐木信綱・太田水穂・尾上柴舟・九條武子・斎藤茂吉・土岐善麿・若山牧水・柳原燁子《あきこ》（白蓮）・茅野《ちの》雅子・前田夕暮の「現歌壇の十大家」が当たる。投稿は一人一首のみとし、得点の高い順に上位百首が入選し、入選歌への投稿者から一首あたり五名ずつ、計五〇〇名が抽籤により当選する。賞品はくだんの「主婦之友社特製万葉かるた」で、書家でもあった柴舟が文字を書き、絵は小林古径・安田靫彦《ゆきひこ》・平福百穂・前田青邨《せいそん》・野田九浦の五名が分担する。

投票は毎月繰り返され、回を追うごとに白熱して締め切りが延長され、九月十五日にようやく打ち切られた。並行して、選者たちの分担執筆による「万葉物語」も連載された（一九二七年六月〜二八年一月）。翌年の一月号ではいよいよカルタの完成が報ぜられ、入選百首の内訳と懸賞当選者も発表されて、カルタは当選者以外の希望者にも頒価六円五〇銭で販売された。三月号と四月号には「万葉絵歌留多と諸家の批評」が掲載され、徳富蘇峰が「偉大なる日本民族の精神的故郷である」との理由で『万葉集』大衆化の推進を歓迎したほか、「立派な芸術品」（善麿）、「一目で欲しくなつた」（岡本一平）、など、称賛のことばが並んだ。茂吉も「畳のうへに並べた有様は、誠にいゝ気持である」などと感想を述べている（「非常な骨折りで完成」全集未収録。以上、原文総ルビ）。さらに、入選歌に簡易な解説を施した太田水穂「万葉百首選評釈」も連載され（一九二八年二〜六月）、年末にはそれが単行本にまとめられた（太田水穂『万葉百首選評釈』一九二八年、主婦之友社）。

取り残された茂吉

茂吉は右の選者には加わったものの、「万葉物語」の執筆は引き受けなかった。実は長崎赴任以来『万葉集』からすっかり遠ざかっていて、ブームからも取り残されていたのである。この間の事情を本人はこう打ち明けている。

大正三、四年のころ数年間、私は万葉集の諸註釈書に親しみ、従つて人麿に関する文献なども少しづつ集めて居たが、大正六年長崎に行つた以来、ずつと万葉集から遠ざかつてしまひ、大正十三年の火難で蔵書を焼いたときには、万葉集の諸抄に接触することなどはもはや叶はぬことに思へたのであつた。そして同人のうちでは島木赤彦、土屋文明の二君が銘々独特の意力を以て万葉研究に進んだので、私はただ友のしてくれた為事にすがつて辛うじて万葉に親しむに過ぎなかつた。さういふ風であるから、アララギ安居会で万葉の共同研究などのある時にも、諸註釈書の説などは殆ど忘れてゐておもはぬ不覚をとりとりした。また万葉の歌について雑誌から意見を徴せられる時などにも、気が引けてものが云へなかつた。アララギの万葉集短歌輪講に近時参加しなかつたのも、ただ多忙だといふのみの意味ではなかつた。

〔『柿本人麿　総論篇』「自序」一九三四年十月筆、全集15〕

いくらか補足しておこう。『アララギ』の「万葉集短歌輪講」は、茂吉が留学に出発した直後から中絶し、赤彦没後の一九二六年六月号から再開されていたが、この再開「輪講」に、茂吉は二八年一月の第十六回までに六回参加しただけで、以後一度も参加していない。毎号のように登場したのは、二四年から東京に移り住んだ土屋文明であり、また赤彦直門の在京歌人、高田浪吉、広野三郎、竹尾忠吉らであって、特に文明は、別途「万葉集私見」を一六回にわたって誌上に連載するなど（一九二八年二月〜二九年九月。『万葉集私見』所収、一九四三年、岩波書店）、後に『万葉集私注』全二〇冊（初版一九四九〜五六年、筑摩書房）として結実する研鑽を着々と積んでいた。さらに、三〇年に『アララギ』

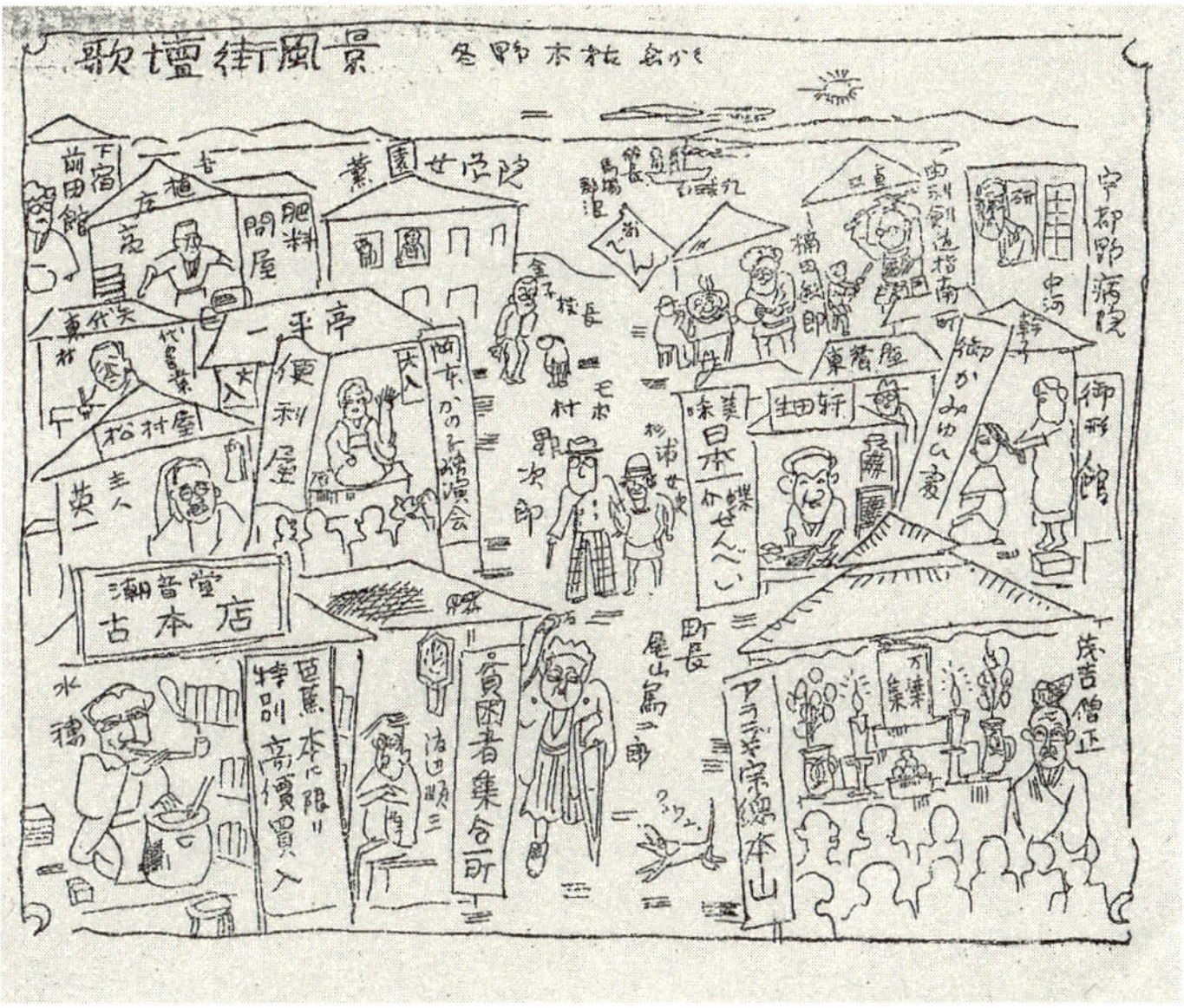

「歌壇街風景」（『短歌雑誌』1930年１月号より）
気が引けて物が言えない茂吉を，世間はあくまで万葉尊重の教祖と見ていた。

編集発行人の座を茂吉から引き継ぐと、上記『万葉集年表』（③）を企画作成したほか、有力会員四七名による共同作業「万葉研究」を組織して、自ら指導に当たった（一九三四年七月〜三八年六月。斎藤茂吉編『万葉集研究』所収、一九四〇年、岩波書店）。赤彦亡き後、『万葉集』の享受と研究という面でアララギ派を牽引したのは、間違いなく文明であって、茂吉は傍らで手をこまねいている状態だったのである。

新潮社の『日本文学講座』（一九二六〜二八年）に「私の受けた古典の影響」という著名人への出題欄がある。回答に応じた茂吉は、当然のように『万葉集』を挙げながらも

「大正六年以後は余り熱心に読む暇がなかつた。生活が順境になつたら、何とかして出直して万葉集を読んで見たいとおもふ」と述べている（「万葉集から」一九二六年十一月、全集5）。

万葉の周辺

生活はこの翌々年ごろから順境に向かう。が、そのとき彼が取り組んだのは、『万葉集』ではなく、後世の「万葉調」歌人たちの研究だった。早く『短歌私鈔』（一九一六年、白日社出版部）で源実朝と良寛の歌を評釈し、その後も増補を続け、実朝については『金槐集私鈔』（一九二六年、春陽堂）も出していたから、手が付けやすい面もあったのだろう。実朝に関してはほかにも多くの論考を発表し、後に単行本にまとめるのだが（『源実朝』一九四三年、岩波書店、全集19）、その背景には、一九二九年に発見された『金槐和歌集』定家所伝本により、実朝を万葉調歌人とする従来の評価が動揺した、という事情もあった（古川）。

その結果どういう光景が現出したか。新潮社の『日本文学講座』（前掲）には、折口信夫・沢瀉久孝による同題の「万葉集研究」のほか、土岐善麿「万葉集鑑賞」が載っていたが、茂吉が寄せたのは「金槐集研究」（『源実朝』所収、全集19）である。『岩波講座日本文学』（一九三一〜三三年）には、森本治吉・藤森朋夫・五味保義という、国文学者でもあったアララギ中堅歌人三名が、同題の「万葉集の研究」を寄稿し、そこに茂吉の「源実朝」（『源実朝』所収、前掲）、「近世歌人評伝」（『近世万葉調歌人』所収、全集13）、「正岡子規」（『正岡子規』所収、全集20）が併載された。類例はまだあるが、もう十分だろう。

中世・近世の「万葉調」歌人を顕彰し、その系譜を描き出す茂吉の作業には、アララギ派の立場を確証しようとの意図も看取されるが、肝心の『万葉集』から逃げていた観は否めない。アララギ総帥ともあろう者が、本丸に切り込むのを避けて周辺をうろついている——そう見られてもしかたのない状態が、少なくとも五、六年は続いたのである。

人麿研究に着手

その茂吉が、一九三三年十月よりにわかに柿本人麿の研究を開始し、翌年十一月に『柿本人麿』の第一冊、通称『総論篇』を刊行する。同書は初め上下二冊を予定していたのだが、執筆過程で構想が大幅に膨れあがり、最終的には『鴨山考補註篇』『評釈篇巻之上』『評釈篇巻之下』『雑纂篇』を含む全五冊、全集で四冊分の大著となって完結する（一九四〇年十二月）。

茂吉が人麿研究に突き進んだきっかけは、この年生じた二つの出来事に求められる。一つは長谷川如是閑が人麿をこきおろした一件で、もう一つは妻輝子の醜聞が世間を騒がせた一件だ。二件のあいだに直接の関連はないが、当時の社会情勢に照らすとき、意外な共通点も見出される。

長谷川如是閑の万葉論

総力戦体制に向かう流れのもと、思想・風俗の統制が厳しくなりつつあった。前年八月には、学生生徒の左傾化防止を目的として文部省直轄の国民精神文化研究所が設置されていたし、九月には、皇国史観のイデオローグ、平泉澄《きよし》による『国史学の骨髄』も刊行されていた（至文堂）。万葉ブームにも当局の介入が始まって、文部省社会教育局の名でテキストが編まれるなどの動きも見られた（久松潜一校注『万葉集』、文部省社会教育局・日本思想叢書6）。

そのとき、反骨のジャーナリスト長谷川が論陣を張ったのだった。改造社から出ていた二つの雑誌で立て続けに『万葉集』を論じ、古典を国威発揚に利用しようとする動きを牽制したのである。

1「万葉集に於ける自然主義」（『改造』一九三三年一月）。

2「御用詩人柿本人麿」（『短歌研究』一九三三年三月）。

論文1では、『万葉集』の歌は道徳とは無縁な態度で一貫していると主張し、「大君の命《みこと》畏《かしこ》み」など、国家的統制につながる表現も常套句として使用されたものにすぎないし、何かにつけ引き合いに出される防人歌も、実は家族との離別を悲しんだ作ばかりであって、兵士らしく軍国意識を打ち出した作は皆無に近い、と論じた。また論文2では、万葉随一の宮廷歌人、柿本人麿を「御用詩人」と規定し、人麿が制作した天皇讃歌・皇統讃歌はことごとく社会的感覚の欠如した「低劣」な作にすぎない、と指弾したのだった。

長谷川の論文1が出たとき、月刊誌『短歌研究』の編集者、大橋松平が茂吉に反駁文を書くよう持ちかけた。茂吉の日記には「カ、ヌ」とだけあって文意が曖昧だが、少なくとも当初は乗り気でなかったのだろう（一九三二年十二月十九日）。が、論文2は捨て置けなかったらしい。何しろ文中には、「言語の綾を悦ぶ」あまり「浅薄な形式趣味」に流れたとの、先師左千夫の人麿評が引かれていたばかりか、現在の歌人たちが左千夫の見解を発展させずにいるのは「芸術の本質から見て、堕落である」とまで書かれていた。

ダンスホール事件

溜まっていた仕事に片がついた十月中旬から、茂吉は人麿論の執筆に取りかかる。同じ月の下旬に恩人の平福百穂が郷里横手で倒れ、数日病臥した後に死去したため、対応に追われて執筆はいったん中断される。青山斎場で本葬を済ませたのが十一月六日で、二日後の八日朝、二つめの出来事「ダンスホール事件」の報道が飛び込んでくる。銀座のダンスホールの不良教師が常連の有閑マダムらと派手な遊興を繰り返し、ついに警視庁に検挙されたというのが事件のあらましで、取り巻きの一人「青山某病院長医学博士夫人」も取り調べを受けたと報ぜられていた（『東京朝日新聞』）。これを機に輝子との不和が決定的となった茂吉は、院長職を辞して斎藤家を出ようとまで思い詰めるが、周囲の説得によって翻意し、結局、輝子は本院脇の弟西洋の家に別居することとなり、茂吉は青山に住んで院長を続ける代わりに、診察の分担は分院・本院とも週一日、それも火曜の午前と水曜の院長総回診のみということで落着した（藤岡八二）。その結果、執筆に割ける時間が大幅に増えた次第だが、事件が大著成立に及ぼした影響はそれだけではなかった。

事件の背景

ふたたび当時の社会情勢を振り返ろう。一九三三年を迎え、左翼・自由主義者に対する弾圧はますます厳しくなっていた。二月には小林多喜二が築地署で虐殺され、六月には共産党幹部佐野学・鍋山貞親が獄中で転向を声明した。四月から七月には、京都帝大教授滝川幸《ゆき》辰《とき》の刑法学説を文相鳩山一郎が問題視して圧力をかけ、法学部教授たちが抵抗して全員辞表を提出する騒ぎもあった。世にいう滝川事件である。十一月に限っても、再建共産党の指導者風間丈吉の転向、全協関係者の一斉検挙、地下活動中の野呂栄太郎の検挙などが相次ぐ一方、二十二日には長谷川如是閑もシンパの嫌疑で中野署に召喚され、取り調べを受けている。夕刊でその記事に接した茂吉は、ちょうどこの日から長谷川論文2への反駁文を書き始めたところだった（日記）。

浪費的・退廃的な風俗も統制の対象とされた。二月にはバーやカフェーなどの特殊飲食店の営業に規制が加えられ、七月には文部・外務・陸軍・海軍各省の共編による文書「非常時と国民の覚悟」が各種学校・公共団体に配布された。十一月には、東京の新歌舞伎座で上演されるはずだった番匠谷英一《ばんしょうや》脚色「源氏物語」が、開演四日前に突如警視庁から禁止通告を受けた（小林正）。ダンスホール事件はこの流れの中で持ち上がったのであり、当局側の狙いは、明らかに、反時局的な遊興の徒を槍玉に挙げて一罰百戒とする点にあった。実際、怯《おび》えたダンスホール経営者たちは、教師を減員するなど、にわかに営業を自粛したのだった（『東京朝日新聞』十一月十五日）。事件に関連して里見弴《とん》、久米正雄ら、有名作家が摘発されるという一幕もあった。仲間内で花札賭博に興じていたかどで捕らえられ、一晩留置されて翌朝には放免されたのだが、その顚末を報ずる記事には「留置場の一夜に　迷夢さめた文士連」「転向を誓ひ朝帰る」との見出しが付いている（同・十九日）。思想犯と遊び人が、ともに不心得者として「転向」を迫られるご時世だったのである。

世論の誘導　農村不況にあえぐ世情のもと、ダンスホール事件の大々的報道は、「特権階級に対する民衆の潜在的な不満」（米田六五）の表れである以上に、不満をことさら煽って当局の意図する方向に誘導する役割を果たしたに相違ない。「この非常時に」「非国民」といった非難は、声なき声となって茂吉を脅かしたと思われるが、彼の強烈な自意識は、汚名を完全にそそぐこと、非難を倍にして突き返すことを、彼自身に命じたはずである。国民歌人の役を全力で演ずることが茂吉の当為となったのは、おそらくそのときだったろう。

大著執筆の原動力

『柿本人麿』に心血を注いだ理由は、まさにここに求められる。妻に裏切られた「精神的負傷」（『白桃』「後記」）を忘れるために人麿研究に没頭したというような、巷間語られる観測は、動機を私的・逃避的に捉えすぎているし、当時の日本社会で人麿を論ずることに否応なく伴った意味をも、みすみす取り逃がしている。人麿は万葉随一の歌人である点において、日本人の民族的美質、優秀な文化伝統の表象にほかならなかった。そしてその表象は、国体の精華という観念と分かちがたく癒着してもいた。長谷川はそれを果敢に打ち壊そうと企て、茂吉はその企てを全力で阻止しようとしたのである。そのとき彼の自意識は極端に肥大して、自身の聖域を守り抜くことと時代の要請に応えることとの区別がつかないような構造となっていったらしい。いわば、公《おおやけ》ごとと私《わたくし》ごととがクラインの壺のように相互に嵌入する構造である。何よりも、以下に述べる執筆の経緯がこの推測を裏づける。

4　稀代の奇書『柿本人麿』

『総論篇』

まずは第一冊『総論篇』から見ていこう。約四五〇ページからなる同書の内容は、「第一　人麿伝諸記」「第二　人麿作歌年次配列」「第三　人麿評論史略」「第四　柿本人麿私見覚書」「第五　柿本人麿雑纂」「附録其一　鴨山考」「附録其二　長谷川如是閑氏の人麿論を読む」となっている。

このうち茂吉の面目が表れている部分は、「総論」とも呼んだ第四と、人麿の死地とされる「鴨山」の比定地に新説を出した附録其一、そして長谷川論文2「御用詩人柿本人麿」に反駁した附録其二だろう。分量上約六割を占める他の部分は、「自序」で「人麿百貨店」と称し、「世の人々が見て、以て不必要だとおもふことまでくどくどと筆記してゐる」と弁解したとおりの内容で、第一と第三は諸説の網羅的紹介でしかないし、第二は文明の『万葉集年表』(前掲)から抄出して多少修正したものにすぎない。第五は、末尾の「人麿文献集」こそ初の試みとして貴重だったものの、他は肖像やら祠堂やら、人麿の芸術の解明には役に立たない雑多な資料を羅列したままでのものだ。

『総論篇』出版計画　同書成立の経緯は、「自序」によれば、初めある雑誌(附録其二によれば『短歌研究』)に発表するつもりで「人麿論を読む」を書き、長くなりすぎたため発表を中止して、次に別の雑誌用に「私見覚書」を書き、やはり冗長になったのでこれも手許にとどめたが、「そのほかに人麿に関する資料と帳面の手控がいろいろと多くあるので」、友人の勧めもあって「おもひ立つて纏めた」のだという。

この自己申告には明らかに粉飾がある。日記に照らせば、最初に着手したのは「人麿論を読む」ではなく、「私見覚書」であって、これを書き上げた翌日から「人麿論を読む」を書き、脱稿後ただちに人麿短歌の評釈に移っている。

一九三三年十月十四〜十九日・十一月十四〜二十一日……「柿本人麿私見覚書」執筆。
同年十一月二十二〜二十六日……「長谷川如是閑氏の人麿論を読む」執筆。

同年十一月二十七日〜一九三四年一月十七日……人麿短歌評釈執筆。

「私見覚書」の執筆は、上述した百穂の死去とダンスホール事件によって一ヶ月近く中断しているが、それを除けば、ここまで一連の作業と見てよい。総論にあたるものから起筆し、後に『評釈篇巻之上』の一部に組み込まれる部分までを一気に書き進めたのだから、茂吉は、遅くとも短歌評釈に着手するまでには『柿本人麿』の出版を計画していたはずである。第一・三・五の諸資料も、大半はこの計画のもとに収集しはじめたのだろうし、その作業には門弟や書生を動員したと考えられる。

有能な門弟には事欠かなかった。特に山口茂吉は、終生師の秘書役を務めた人で、そのために栄転の話を断わった逸話までがあるし（斎藤茂太九七）、柴生田稔は東京帝大の、藤森朋夫は東北帝大の、それぞれ国文科出身で、ともに大学教授となった。柴生田は後年亡師を追懐して「君が仕事手伝ひて果てむ一生《いつしやう》かと嘆きたりにしことも思ほゆ」（『麦の庭』一九五九年、白玉書房）と詠じたほどで、このころ茂吉の名で講座物の代筆をしたこともある（「万葉秀歌評釈」『新文芸思想講座』一九三三〜三五年、文芸春秋社。茂吉日記・一九三四年一月十六日）。ほかにも、住み込みの書生で国学院の高等師範部に通う山口隆一がいた（北・彷徨）。

『柿本人麿 総論篇』

出版計画とダンスホール事件

出版計画が成立したのはいつか。山口茂吉日記の一九三三年十一月十日の条には、晩に師の自宅に呼ばれたとき「来年から、アララギの方の用を少し休んで、先生の為事を手伝ふやうにして貰ひたいと思つてゐる、などいふことも話された」とある（翻刻の会）。十一月十日といえば、ダンスホール事件報道の二日後である。しかも斎藤茂吉の日記では、「私見覚書」は当初「人麿ノコト」（十月十四日、十五日）、「柿本人麿論」（同十六日）、「人麿論」（同十八日、十九日）と記され、事件を境に呼び名が「人麿総論」（十一月十八日、二十一日）に変わっている。これら二点を照らし合わせれば、もともと「私見覚書」だけを書くつもりだった計画が、事件を機に著書の出版へと膨らんだ、との判断が成り立つだろう。

アララギ派の総帥、斎藤茂吉が民族的文化伝統のよき理解者であって、断じて非国民などではないことを、この際はっきりさせなくてはならない。そのためにも長谷川の論難を完膚無きまでに叩き潰す必要があるし、それには論文一通では手ぬるい。堂々たる著書を突きつけてこそ所期の目標が達成される——肥大した自意識の立てた戦略は、ざっとこのようなものだったろう。本質的でない資料までをごてごて並べ立てて内容を水増ししたことも、ある種の動物が自分の身体を大きく見せかけて敵を威嚇するような行為と見て、はじめて腑に落ちるものがあるし、わざわざ執筆過程を粉飾した理由も、舞台裏を見透かされないための用心として説明がつく。

「柿本人麿私見覚書」

では、肝心の「私見覚書」はどこまで本質的な部分に届いているか。私の先輩学者にはこの文章の心酔者がずいぶん多く、特に、《人麿のものは常に重々しく、切実で、そのひびきは寧ろ悲劇的である》《人麿のものにはいまだ『渾沌』が包蔵せられてゐる。いまだカーオスが残つて居る。重厚で沈痛な響は其処から来るのであらう》《その声調は顫《せん》動的《どうてき》であり流動的である》《またその声調がデイオニゾス的だと謂ふことも出来る。或は言語をしてデイオニゾス的象徴（Dionysisches Symbol）として成立たしめたとも謂ふことが出来る》など、ニーチェの芸術論を援用して人麿の声調を評した一節は、ある年代までの人麿論・万葉論に頻繁に引用されていた。

私の見るところでは、しかし、これは茂吉が自身の理念を語ったものであり、挫折した『あらたま』の夢を人麿に投影したものであって、印象批評として上乗ではあっても、人麿の表現を解明してみせたとはとうていいえない。想起されるのは、茂吉がこれ以前に声調一般を理論的に解明しようとして、ついに成功しなかった点だろう（→本書断章）。彼は、声調とは何であるかを実作では示せても、説明はできない人なのだ。実際、具体的表現に沿って説明を試みたくだりには、次のような記述が繰り返されている。

タマダスキ。　ウネビノヤマノ。　カシハラノ。　ヒジリノミヨユ　でも、初句は『き』で止めて、幾つかの『の』が続いたかとおもふと、ぴしりと、『ゆ』で受けたあたり何ともいへないのである。

〔近江荒都歌（1・二九）に関する記述〕

『山川の清き河内と』といひ、『花散らふ秋津の野べに』といふ。『船なめて朝川わたり舟競ひ夕川わたる』といふ。このへんは言語芸術の極致ではなからうかとさへ思へるほどである。

〔吉野讃歌第一長歌（1・三六）に関する記述〕

茂吉が人麿の歌の声調に心底感服していることはよく分かる。だが、どこにどう感服しているのかはさっぱり分からない。あらゆる表現を「声調」というブラックボックスに入力しては、そのつど感動を出力する――これでは批評が成立していないと言わざるをえないだろう。

「私見覚書」に次いで書かれた「人麿論を読む」については、長谷川の議論の綻びを捉えては執拗に絡んだもの、というほか特に言うべきことはない。

「鴨山考」

有名な「鴨山考」はどうか。『万葉集』巻二の「挽歌」部に「柿本朝臣人麿在《リテ》二石見国一臨《ム》レ死《ニ》時自《ラ》傷《ミテ》作《ル》歌一首」という題詞のもと、「鴨山《かもやま》の磐根《いはね》し纏《ま》ける吾《われ》をかも知《し》らにと妹《いも》が待《ま》ちつつあらむ《あるらむイ》」（2・二二三）という短歌があり、続けて「柿本朝臣人麿死《ヌル》時妻依羅娘子作《ル》歌二首」という題詞のもと、「今日今日と吾が待つ君は石川の貝に交《まじ》りて在りといはずやも」（二二四）、「直《ただ》の逢は逢ひかつましじ石川に雲立ちわたれ見つつ偲ばむ」（二二五）がある。この「鴨山」を島根県邑智郡《おおちぐん》粕淵村《かすぶちむら》の津目山《つのめやま》に比定したのが「鴨山考」だ。

茂吉は自説を立てるにあたり、次の三点を「認容」することを読者に求めていた。第一に、人麿が石見で死んだこと、第二に、石見相聞歌（2・一三一～三九）で「吾《われ》は妹《いも》おもふ別《わか》れ来《き》ぬれば」と歌われた石見の女性が右の「依羅娘子《よさみのをとめ》」と同一人で、しかも人麿没時に石見にいたこと、第三に、人麿が晩年石見国府の役人だったこと、この三点である。が、最近では、人麿が石見にいたのは持統五年（六九一）以前で、石見で死んだとする伝えは付会であるとの見方が定着しているから（稲岡など）、茂吉本人が「若しこの認容が駄目ならば、愚考は成立しない」と述べていたことが皮肉にも的中した格好である。

結論の当否以上に興味深いのは、茂吉が自説にのめり込んでいった経緯だろう。「鴨山考」は、『柿本人麿』の出版が計画された一九三三年十一月の時点では、まだ着想されていなかった。右の二三歌を評釈したのが同年十二月二十六日で、そのとき「人麿は死に臨んで先づ愛妻に心の向いたのは自然でもあり幸福でもあつたとおもふのである」云々と記したのだが、生原稿には続けて、度重なる密通によって痛手を被った私などとは大違いだ、という意味のことがラテン語交じりでいったん記され、棒引きで抹消されているという（柴生田八一）。このときから人麿の死地が気になりだしたということはあったろう。翌三四年の五月、中村憲吉の葬儀に出席するため広島県布野を訪れた際、石見地方に足を伸ばしたのも、「鴨山」探索のためだったろうが、「鴨山考」に直接つながるアイデアが浮かぶのは六月十六日

人麿地理探索（1935年４月）

のことで、以後、出版に向けた最終作業と並行して石見古地図を検討し、七月には十日間に及ぶ現地踏査を行なって、八月十五～二十一日に「鴨山考」を執筆、『文学』九月号に発表したうえで、翌々月刊行の『総論篇』に間に合わせたのだった。

『万葉集』英訳の委員を買って出る

この間、茂吉の知らないところで『万葉集』英訳の計画が進行していた。外圧の高まるなか、日本文化の優秀性を海外に向けて宣伝しようという国家的企画であり、一九四〇年に"THE MANYŌSHŪ"五百余ページとして実現する(日本学術振興会)。

一九三四年五月二十五日に、学術振興会日本古典翻訳委員会の一員、阿部次郎が、四千五百余首から一千首を選出する作業への助力を依頼してきたことから、茂吉はこの企画を知ったらしい。当日の日記に「コレハ阿部氏ガ個人トシテ友人ノ僕ニ依頼シタワケデアル」と不満を書き記した彼は、翌六月の三十日、つまり「鴨山考」のアイデアを得た二週間後に、万葉翻訳小委員会の座長、佐佐木信綱のもとを訪れて、「一委員タランコトヲ話ス」と自ら委員を買って出る。そして、十月十九日に正式に委嘱を受け、翌十一月からは毎月一、二回、時には数回の小委員会に、数年間ほとんど欠かさず出席するのである。他の委員は、吉沢義則、山田孝雄、橋本進吉、武田祐吉という、当時を代表する国語学者・国文学者たちであった。

活況の国文学界に進出

茂吉は「ルネッサンス」下の国文学界へと自ら売り出していったのだ。つい二、三年前までは『万葉集』を語ろうにも気が引けて物が言えなかった人物が、打って変わって、第一線の万葉研究家として振舞いだした。そして、自身のほとんど唯一の〝業績〟を補強しようと躍起になり、『総論篇』刊行後次々に発表した補論が下巻『評釈篇』に収めきれない分量に達するや、それらを第二冊『鴨山考補註篇』として一九三五年十月に刊行した。後に、津目山の所在地と同じ粕淵村の大字湯抱《ゆがかえ》に、その名も「鴨山」という別の山があるのを知ると、改めて現地を踏査し、湯抱の鴨山こそ人麿の死地だと言いだすのだが（「鴨山後考」『文学』一九三八年一月、『雑纂篇』所収、全集18）、驚くまいことか、津目山説に立つ『鴨山考補註篇』はその後も四二年まで増刷された（全集18「後記」）。

『評釈篇』の大幅増補

『評釈篇』の構想が膨れあがったのもこれと軌を一にしていた。当初は下巻一冊とする予定で、人麿の全短歌六十余首と、人麿歌集の歌から選出した百首前後との評釈を、一九三四年四月末には一通り済ませていた（ここで「人麿歌集」について一言しておく。『万葉集』には、題詞に「柿本朝臣人麿作歌」と明記した約八〇首の長歌・短歌以外に、左注に「右柿本朝臣人麿之歌集出」などとする短歌・旋頭歌・長歌が約三六〇首、各巻に散在している。『万葉集』の成立に先立って、人麿の名を冠して呼ばれる歌集、略称「人麿歌集」が存在し、『万葉集』の編纂資料となったのだが、この歌集自体は早く散逸した。書式の研究などにより、人麿自身が編纂したことが現在では確実視されているが、昭和戦前期の研究水準ではまだその点が明らかでなく、人麿作がどの程度含まれるかについても意見が割れていた）。その際、歌の訓――漢字本文の和語による読み下し方――についてはほぼ全面的に『新訓万葉集』（↓本書二二〇頁⑤）に従っていたらしい。

が、『総論篇』刊行後、人麿と名のつくすべての歌を評釈する方針に切り換え、長歌を含む全人麿作歌を『評釈篇巻之上』で、全人麿歌集歌を『評釈篇巻之下』で扱うとともに、訓も逐一検討し直すこととした。三五年一月から改めて筆を執り、三六年七月までかかって脱稿、その後も校正を重ねては補正を加え、第三冊『評釈篇巻之上』を三七年五月に、第四冊『評釈篇巻之下』を三九年二月に刊行した。それぞれ千ページを超える大冊である。

『柿本人麿 評釈篇巻之上』函
背文字を思い切り大きく組ませ，遠くまでよく目立つようにするのが茂吉の流儀だった。

学術的外観と内実

この二冊はつくづく不思議な書だと思う。私は、国文科の学生だったころからかれこれ三十年近く同書の世話になってきたが、最大の恩恵は、諸説が細大漏らさず載せてある点だったろう。語釈ひとつとっても、ある歌のある一句を江戸時代以来の注釈家たちがどう訓じ、どう解釈してきたか、該当のページを開いただけでほぼ一覧できる。ところが、それら諸説のうち一つが支持される際、根拠が明示されない場合が多いうえに、「自力の新説といふやうなものは皆無だと謂って好く、偶《たまたま》有るも皆覚束ないもののみである」（『巻之上』「自序」）。つまり、訓詁注釈書としての外観を装いながらも、中身が全然そうなっていない。

私は、茂吉の評釈が採用した訓と『新訓万葉集』のそれとの異同を逐一確かめたうえで、食い違う場合にどの注釈書の訓と一致するかを調べてみた。その結果をふまえて言うのだが、訓の検討と決定はほぼこういう手順でなされたと推定できる。『新訓』の訓が声調などの点でどうも気に入らないという場合に、異訓の可能性が検討される。その際、ごく限られた注釈書——『万葉集』巻一・巻二所載の歌、つまり『巻之上』に収めた歌の大部分については、『万葉集講義』（→本書二二一頁⑦）のみ——と『校本万葉集』とが参看され、それらの折衷によってほとんどの訓が決定された（どれも気に入らなかった六句についてのみ、「覚束ない」新訓が考案された）。そして、あとから『校本万葉集』の「訓」「諸説」の記載をもとに諸注釈の説が書き込まれ、あたかもそれらをすべて検討したうえで訓を決定したかのような装いが施されていった。

高圧的な讃辞

著者の本領は鑑賞にあると言われるかもしれない。それはそのとおりであって、読者が舌を巻くような語感の冴えが随所に示されているのだが、それにしても、人麿の技倆を称える言辞のあまりの多さと、それが時に高圧的な調子で迫ってくるところには、辟易せざるをえない。特に『巻之上』では、どの歌の項でも、たった三種類の讃辞が飽きもせずに繰り返されている。人麿の作歌態度が全力的だったこと、声調が甘滑でなく流動的であること、そして通俗的理解を阻むような迫力を蔵していること、この三点だ。末尾に近い二六一歌の項の記述などは、読者の微苦笑を誘うに違いない。

人麿は高市皇子尊殯宮時の歌の如き長大なものを作ると共に、この歌の如き短いものをも作つて居る。そして簡極高極の効果を成し遂げてゐるのは彼の作歌態度の真気に本づくものだといふことは既にくどい程云つてしまつた。けれども善言は繰返しても邪魔にならぬものだから、敢て此処でもいふのである。

ほかにも、記述のバランスがおそろしく悪いこと、他の諸注釈書が顧みない箇所に執拗にこだわること、時に交じる高圧的な調子は筆者が自身の論法に不安を感じていたためらしいこと、しかもなお、異様な執着にしばしば有益な示唆が含まれること、等々、書きたいことが山ほどあるのだが、今は旧稿をもって代えることにする（品田・神ながら）。

5　もう一人の人麿

回りくどい口語訳

人麿歌集を扱う『評釈篇巻之下』には、もう一つの脈絡が絡んでいた。まずは次の短歌二首の評を見ておこう。

石上《いそのかみ》布留《ふる》の神杉《かむすぎ》神《かむ》さびて恋《こひ》をも我《われ》は更《さら》にするかも　〔11・二四一七〕
白玉《しらたま》を手《て》に纏《ま》きしより忘《わす》れじと念《おも》ひしことは何時《いつ》か畢《をは》らむ　〔11・二四四七〕

一首めの歌の上二句は序詞で、第三句の「神さびて」を導く。下三句を茂吉は「齢がこのやうにいたく老いて、そしてまたまた若者のやうに恋に悩んで居る」と口語訳したうえで、一首全体をこう評している。「それにしても珍しい歌である。紅顔の媚青年が花の如き少女と相交会するのは自然であらうが、老醜の身を以て恋に悩むのは苦艱の道といふことも出来る。ゲエテが年老いてミンナ・ヘルツリイプに恋愛を感じ、エポッヘといふ詩にその情感を托し、なほ親和力製作の動機となつたと言はれて居るが、西洋には斯の如き例は多いけれども、日本文学にはその例が少いのではあるまいか」。

二首めの歌はこう口語訳された。「一首の意は、白玉をば自分の手に纏き持つて、それを忘れまいと思つたことは何時になつたらば終《をはり》になることか、何時になつたら忘れてしまふことか。決して忘れてしまふことは無いぞ。この美しい女を手に入れてからは、もはや永久に忘れないよ。といふのである」。なぜこうもくどくどと訳したのだろうか。しかも筆者は、「下《しも》の句《く》は、廻りくどいことを云つてゐるが、その云ひ方、語気がなかなかおもしろい」などと、自分の訳の回りくどさを原歌のせいにしている。

一首めの原稿は一九三六年三月九日に書かれた。二首めは日が特定できないが、日記における前後の記載から推して、同じ月の十日から二十日のあいだと見られる。

実はちょうどこのころ、彼は、松山在住の女性に宛ててこう書き送っていた。《「石上布留乃神杉《いそのかみふるのかむすぎ》神《かむ》さびて恋をもわれはさらにするかも」といふのに蓬着〔逢〕しました。これは老翁の恋です》《ゲエテは六十歳に近く、シンナ〔ママ〕・ヘルツリイプにこひし、非常に苦しんで、たうとう諦念に入つてゐます。

老山人もふさ子さんの御きまりの時に諦念に入ります》（永井）。このとき茂吉は五五歳、「ふさ子さん」こと永井ふさ子は二八歳である。

二人の恋愛は、当時はごく限られた人にしか知られていなかったが、茂吉が生前永井に宛てた大量の書簡が没後永井の手で公表されて以来、周知の事実となった。書簡の大部分は新版全集にも収録されている。

永井ふさ子との恋愛

経緯をかいつまんで記せば——永井は、松山在住の医師の娘として生まれ育ち、一九三三年にアララギに入会し、翌三四年九月の子規三十三回忌歌会で初めて茂吉に会った。美貌の彼女を茂吉は一目で気に入ったらしく、同じ年の末から直接作歌の指導を始める。恋愛関係が生じたのは三六年一月からで、以来永井は、しきりに縁談を勧める両親に口実をつけては郷里と東京とを往復し、茂吉と忍び逢いを続けた。三七年五月、彼女はこの関係を断ち切ろうとして若い医師と婚約、茂吉も同意したのだが、その年の十一月、結婚の準備で上京したのを機に、また元の関係に戻ってしまう。永井の著書によれば、このとき彼女は婚約解消を決意するとともに、「先生との恋愛をつづけることも自分にゆるせなかった」ため、翌年早々に帰郷して一切に終止符を打ったのだという。二人のあいだにはもう少し複雑な事情もあったらしいが（佐藤佐〇二）、本書ではこれ以上の穿鑿を慎む。

写真を見ながら執筆

『評釈篇巻之下』の執筆期間（一九三六年一月六日〜四月二十三日、六月十五日〜七月二十三日）は、この恋愛が高揚していく時期と重なっていた。机に向かう茂吉は「日に幾度となく写真を出してはしまひ又は出して、人麿哥集やつてゐます」（書簡八四六二・一九三六年五月二十九日・永井ふさ子宛、全集36）という状態だった。

そこで先ほどの二首め、しつこい口語訳に戻って、これを永井宛書簡の一節と照らし合わせてみよう。発表されたとき世間を啞然とさせたくだりだ。

ふさ子さん！ふさ子さんはなぜこんなにいい女体なのですか。何ともいへない、いい女体なのですか。どうか、大切にして、無理してはいけないとおもひます。玉を大切にするやうにしたいのです。ふさ子さん。なぜそんなにいいのですか。

（書簡八五一七・推定一九三六年十一月二十六日・手交、全集36）

永井ふさ子
（茂吉自ら神宮外苑にて撮影）

すでに明白だろう。白玉を手放さないというのは茂吉の心境そのものだったのだ。彼はこの前月の永井宛書簡にも「あはれこのにほふ白玉に濁出でばえ、儘よ炎《ほのほ》に放《はう》り投げむぞ」など、彼女を「白玉」にたとえる短歌四首を書きつけ（書簡八五〇六・一九三六年十月二十八日、全集36）、翌年一月にも「あなたはやはり清純な玉でありました」

「あなたは白玉のごとき方です」などと書き送っている（書簡八五二五・推定一九三七六年一月、全集36）。

全身をさらして生きる国民歌人にも、人目にさらせば身の破滅となる急所が一つだけあって、それが永井との恋愛だったのだが、彼はこの急所をすら、密かに自著に書き込んでしまう。まるで、王様の耳が驢馬の耳であることを、当の王様が井戸の底に向かって叫ぶような所業である。

土屋文明の人麿歌集民謡論

さて、当時の国文学界では人麿歌集の評価が割れており、他者の作と明記したもの以外すべて人麿の自作とする見解から、自作はほとんどないとする見解までがあった。土屋文明は後者の立場に立って、人麿歌集歌の大部分は原作者のない民謡であり、わずかに含まれる人麿的な歌も原作が伝誦されて民謡化したものである、と主張し（「柿本人麿歌集の歌」『万葉集私見』所収、前掲）、この考えが多くのアララギ会員にも浸透しつつあった。が、茂吉は、もともと「あしひきの山河の瀬の」の歌など、人麿歌集の歌のいくつかを人麿の実作、それも代表作と見なしていたから（→本書二〇六〜九頁）、文明らの論調に表向き反対こそしなかったものの、内心では相当の違和を感じていたはずである。

人麿の実作を判別しようとして失敗

『評釈篇巻之下』の「自序」には、『評釈篇』がまだ一冊を予定していた一九三四年四月時点での選釈作業について、「人麿作だらうと想像し得るもの」を「約二百首」抜き出して評釈したとある。生原稿に当たった柴生田稔によれば、その数は実際には百首前後だったらしいが（「第十七巻について」全集17月報）、いずれにせよ、茂吉が人麿歌集評釈の目標を人麿作とそうでないものとの判別に置いていたことは間違いない。この難題に対し、彼は当初、一首一首の声調を吟味することで答えを出そうとしていた。
だが、この企ては結局成功しなかった。『評釈篇巻之下』全編を通じ、茂吉は、「かういふ歌になると人麿作とも直ぐ断定することが出来ず、普通の読人不知とせば歌が上等であるから、当時の人々は総じて力量があつたとも解すべく、或は人麿がかういふ一般向の歌を作つたのだとも解し得るのである」（11・二四三六）など、動揺定まらない記述を繰り返している。人麿的声調を認めたのはわずか二十数首で、それらについても「人麿歌集中には人麿の作が多分に含まれていると考え得べきだとせば、此処の二首などはやはり人麿の作なのではあるまいか」（7・一〇八七〜八八）、「この歌を人麿の作だとせば、ただの空想的な作でなく、実際に恋人の死んだ時の歌のやうに受取れる。そして一首の哀韻に人麿的なところがあつて棄てがたい」（7・一二六八）など、ひどく自信なさげであって、判断が揺れに揺れていたことが分かる。

判断が揺れた原因　茂吉の判断はなぜこれほど動揺したのか。人麿的声調の判別が予想外に困難だったということもあるだろう。が、それ以上に、軽い調子の歌にも人麿の実作は大量に含まれるのではないか、との考えが途中から頭をもたげてきて、声調という判断基準そのものを突き崩してしまったらしい。

健男《ますらを》の現《うつ》し心《ごころ》も吾《われ》は無《な》し夜昼《よるひる》といはず恋《こ》ひしわたれば　〔11・二三七六〕
我妹子《わぎもこ》し吾《われ》を念《おも》はばまそ鏡《かがみ》照《て》り出《い》づる月《つき》の影《かげ》に見《み》え来《こ》ね　〔11・二四六二〕

夜《よる》も寝《ね》ず安《やす》くもあらず白細布《しろたへ》の衣《ころも》は脱《ぬ》がじ直《ただ》に逢《あ》ふまで　〔12・二八四六〕

これら三首は『評釈篇巻之下』では、それぞれ「男児としての正気《しやうき》ももはや己には無い。夜昼の差別なく恋のしつづけであるから」「遠くに隔つてゐる恋びとよ。若し私を思ひ慕つてくれるのなら、この清く照り渡る月の中に、彷彿として見えて来い」「今は恋ゆゑ夜も碌々ねむらず、心も常に悩ましく不安で平静でない。このうへは（白細布《しろたへの》）着物も脱がずに丸寝してゐよう。直接恋しき人に逢ふまでは」と口語訳されている。

学士院賞受賞記念写真

恋人の写真を眺め眺め訳文を作成した茂吉は、いちいち身につまされたものと見えて、決して重厚沈痛でないこれらの作にも人麿の影を認めようとする。一首めは「人麿本来の面目である一首の暈《かさ》が尠《すくな》いが、併し何処かに重みが保たれてゐて相当に味へる点もある」ように感じられたし、二首めは「人麿は縦横に変化を試み、余り苦吟せずに自由に民謡風の歌を作つたとせば、この歌をも人麿に結付けても別にかまはぬ」ように思えた。三首めにしても、「骨折らず楽々と民謡風の歌作家のやうな態度で、人形師が沢山の人形を並べて置いて絵具を塗るやうな態度で出来た」のではあるまいか——こうして茂吉は、それまで一途に振り仰いできたのとはおよそ異なる方角から、もう一人の人麿を見出すことになったのだが、「鴨山考」のときのようにこの発見を吹聴して回ろうとはしなかった。

理由は明らかだろう。自ら信奉してきた理念が根底から覆りかねなかったからである。

学士院賞を受賞　一九四〇年五月十四日、『柿本人麿』の業績に対し、第三十回帝国学士院賞が授けられる。受賞審査要旨が実に味わい深いので、左にその一部を抜粋して本章を閉じよう。なお、当時の帝国学士院会員の顔ぶれから見て、執筆者は佐佐木信綱かと推測される。

今之を通覧するに、この書は人麿に関するあらゆる部面に及びたるものにして、従来人麿に関する著述中、是の如く博洽なるものを見ず。その所論のうちには、直ちに従ふこと能はざるものなきにしもあらざれども、全篇に現はれたる人麿に対する熱意は、実に著者の実作者たるに基づくものにして、本書の特色も亦此に在り。されば読者は、往々此の書に於いて主観的色彩の強きを感ずといへども、資料の蒐集整理等に採りたる方法は、全く科学的なりといふべし。〔……〕

之を要するに、本書は、一個の学術的組織、学術的体系を示すにはあらずして、渾然たらざるものあることは、著者みづからも其の序文に於いて記せる所なり。しかもその資料の蒐集に於いて、作品の批判に於いて、著者の努力と考察との尋常ならざるは、十分に之を認むべきものなり。

〔「医学博士斎藤茂吉君著『柿本人麿』に対する受賞審査要旨」日本学士院〕

こぼれればなし5　破門した弟子におねだり

病院の火事で蔵書一切を失った茂吉は、借金苦のなかで歌書の収集を再開する。方々に手を回していたところ、見ず知らずの人が電話をよこして、『万葉代匠記』を差し上げるから揮毫《きごう》してください、などと持ちかけてきたこともある（日記・一九二五年九月十六日）。どうしても欲しかったのが『校本万葉集』（→本書二二〇頁①）で、発売時に留学していた茂吉は予約しておらず、佐佐木信綱に直接掛け合ってみたものの、もう残部がないと断わられてしまった。

杉浦翠子《すいこ》という歌人がいた。例の歌人番付でも「女力士」の上位にランクされている（→こぼればなし4）。茂吉にとって数少ない女の門人だったが、彼の洋行中、赤彦一門と衝突してアララギを退会していた。茂吉は彼女を庇《かば》わなかった代わりに咎《とが》めもせずにいたが、『東京日日新聞』の紙上で翠子が打倒子規を叫んだときには、激しく憤怒して絶交状を送りつけた。「何処かで小生の歌を御褒めになるさうですが、それは止めてくれ玉へ。もう小生のものなどは眼中におかずにくれ玉へ。好い機会ですからアヂウ・マダム!!」（書簡一三九一・杉浦翠子宛・一九二五年六月二十九日、全集33）。

その年の暮れ、絶縁したはずの彼女を茂吉がひょっこり訪ねてきた。新病院が落成した挨拶回りだという。通された応接間には和装の『校本万葉集』が積み上げてあった。それを見て涎《よだれ》を垂らさんばかりになった茂吉に対し、翠子はあれこれ予防線を張るが、茂吉は「譲ってくれ」と二度も葉書を出し、とうとう自分のものにしてしまう。翠子の夫、非水（画家・デザイナー）が茂吉の境遇に同情し、妻が長年お世話になったからと言って、無償で贈与したのだという（杉浦翠）。

こぼればなし6　とんだご挨拶

国学院大学で長く教鞭を執った万葉学者、武田祐吉は、求められてちょくちょく『アララギ』に寄稿した人で、この関係は同僚の折口信夫がアララギを去ってからも長く続いた。

その武田から新著『万葉集新解』（↓本書二二一頁⑧）を寄贈されたとき、茂吉の出した礼状が振るっている。《謹啓温暖の候益々御勇健の段大賀奉り候今般御高著「万葉集新解」御恵送にあづかり厚く御礼申上候小生も万葉注釈書より遠ざかり居候がいづれその内親しみたく奉存候取りあへず御礼迄いづれ万々　敬具》（書簡二三七三・一九三一年五月八日、全集34）。当分「積《つ》ん読《どく》」にしておくつもりなのだ。それを正直に伝えたら先方が気を悪くするとは思っていないところに愛嬌がある。

二年後に人麿の評釈を始めたとき、同じ武田にこういう質問状を送った。《拝啓益々御清適太賀奉り候平素多忙のため御無音に打過ぎ失礼奉申上候さて唐突恐縮に御座候へども、人麿の歌（巻三。二六二）の第四句、「雪驪」を新訓にユキニコマウツと有之候が、これは貴堂の新訓に御座候や或は先縦《〔ママ〕》有之候や、御教授たまはりたし、甚だ乱筆なれども御推読奉願候　頓首》（書簡二七四三・一九三三年十二月二十二日、全集34）。なるほど『新訓万葉集』（↓本書二二〇頁⑤）では問題の句が「雪に驪《こま》うつ」と読まれているけれども、これは佐佐木信綱の著書だから、武田に質問するのはお門違いである。たぶん「新解」と「新訓」を混同したのだろう。『新解』には問題の歌は載っていないのだが、武田はさっそく自説を書き送った。これに感謝した茂吉は非礼を詫びていないから（書簡二七四四・一九三四年一月三日、全集34）、人違いにはとうとう気づかなかったらしい。

第六章　こころの貧困――国民歌人の戦中と戦後

前章に引き続き、戦中・戦後における茂吉の事績を、主として『万葉集』との関わりで追跡していこう。この時期には名著『万葉秀歌』を執筆する一方で、あまたの戦争詠を制作・公表している。そこにどのような連関が見出せるか、という点を記述の基軸としたい。

1　戦時下の歌壇と万葉称揚

『新万葉集』

昭和戦前期の万葉ブームに戦時色が加わろうとしていたころ、『新万葉集』が大々的に刊行された（全一一冊・一九三七〜三九年、改造社）。『万葉集』の現代版を作ろうとの企画であった。正編一〇冊のうち九冊分は、新聞雑誌の広告を通じて広く自作の投稿を募ったうえで、有力歌人一〇名による審査を経て選抜・編集され、残る一冊「宮廷篇」は御歌所の全面的協力のもとに成った（翌年には補巻「明治初期篇」も追加された）。

審査員の顔ぶれは、太田水穂、北原白秋、窪田空穂、佐佐木信綱、釈迢空（折口信夫）、土岐善麿、前田夕暮、与謝野晶子、尾上柴舟、そして斎藤茂吉。ほかに、川田順、土屋文明、吉井勇ら一三名が評議員となった。改造社社長山本実彦が、社員で若山牧水の門人でもあった大橋松平に諮って人選したらしい。同社の社員には大橋と同門の大悟法《だいごほう》利雄もいて、この二人が編集の実務を差配した。

一九三七年（昭和12）の三月三日に、改造社の三名と審査員全員とによる最初の相談会が開かれ、募集規程がまとめられて、その月のうちに『短歌研究』などに広告が掲載される。投稿歌は文語定型律、一般からの募集は一人二〇首、ただし有力歌人には別途五〇首までの投稿を勧奨し、審査員と評議員は五〇首まで無審査、物故者を含む著名歌人もこれに準ずる、というのがその骨子だった。

各結社の領袖が傘下の会員たちに投稿を呼びかけたためもあって、五月末日までという短期の募集にもかかわらず応募が殺到した。その総数は、二〇首組が一万七千人以上で歌数は約三十五万首、五〇首組は五七四人で二万八千首以上だったという。うち、一目で拙劣と分かる約十万首は大悟法があらかじめ削除したらしいが、残る三十万首弱は、臨時雇の和文タイピスト五五名の手で慌ただしく打ち直され、青焼きの複写にかけられていった。審査員一〇名は、作者名の伏せられたその複写原稿に各自すべて目を通し、よいと思う歌に押印して返却する。それを編集部が集計し、二点以上を得た歌が入選する、という仕組みである。

三十万首もの選歌は大変な作業だったが、審査員はみな非常な熱意で事に当たった。茂吉の場合、六月から七月まで暇を見ては五千人分をこなしたが、このペースでは九月五日の締め切りに間に合いそうもないと判断して、予定していた朝鮮アララギ歌会への参加を中止し、七月末から箱根の別荘に籠もって一夏をこの作業に費やした（「新万葉集選後感」全集14）。白秋は複写原稿の不鮮明な文字を見つめつづけたせいで両眼を痛め、眼底出血を起こしてもなお作業を続行して、おそらくその無理が祟ったのだろう、後に失明してしまう。

審査員の奮闘

入選歌と無審査歌の総計は二万六千数百首。作者六千六百余名には、朝鮮・台湾はもとより、満州、北米、南米、ハワイなどの在住者も含まれていた（以上、荻野）。日中戦争前夜に募集が締め切られていたため、収録歌そのものに戦時色は認められない。ただ、装幀に金を使用することは制限されたらしい（斎藤茂吉「新万葉集完成」全集6）。山本の「刊行の辞」が「日本精神の昂揚」を高らかに謳った点にも、時局は確実に影を落としていた（第九巻）。

なお、第六巻には永井ふさ子の作も四首掲載されている。うち一首は「冷やびやと暁《あかとき》に水を呑みにしが心徹りて君に寄りなむ」というもので、「君」が誰をさすかは言うまでもない。茂吉の自選歌にも「うつつにしもののおもひを遂《と》ぐるごと春の彼岸《ひがん》に降れる白雪《しらゆき》」（一九三五年作）というのがある。

新万葉集には、専門歌人の歌のみでなく、あらゆる階級、あらゆる職業の人の作を収録してゐる。現代のお歴々から路傍の癩者の歌までも収録してゐるといふことは、万葉集の内容とその類を等しくするもので、新万葉の名も決して不自然でないことを示すものである。

〔斎藤茂吉「新万葉集」『改造』一九三七年十二月、全集14〕

短歌という詩形が「天皇から庶民まで」の全国民に共有されていることを満天下に示した点で、同書はまさに『新万葉集』の名にふさわしかった。『万葉集』そのものにではなく、国民歌集としての『万葉集』に似ていたからである。

歌壇の統合と戦時体制への順応

『新万葉集』成立の前提には、一九三六年に発足した大日本歌人協会（→本書二一六頁）と、それによる歌壇統合の動きが想定される。実際、三八年九月に行なわれた完成祝の記念写真には、それまで党同伐異を繰り返してきた主要結社の領袖たちが睦まじげに収まっているのだが、とりわけ目を引くのは、茂吉と太田水穂という宿敵どうしが隣り合わせに並んでいる点だ。六年前の「〈病雁〉論争」（篠八二）で「剽窃漢」「ペテン師」「糞土の蛆」等々と激しく罵倒しあったことなど、すっかり忘れてしまったとでも言いたげな顔つきである。そればかりではない。二年後に茂吉の『柿本人麿』が学士院賞を受賞した際には、あろうことか、祝賀会の最後に水穂が万歳三唱の音頭を取ったという（藤岡七五・評伝）。

歌壇を『万葉集』がまとめ上げていた。日本の社会を、と言っても過言ではないかもしれない。その中心に茂吉の座があった。

日中戦争は泥沼の様相を呈していた。一九三八年四月には国家総動員法が公布され、同年九月、つ

『新万葉集』完成祝（1938年9月25日，芝紅葉館にて）

前列左より，折口信夫，北原白秋，土岐善麿，川田順，吉植庄亮，松村英一，半田良平，石榑千亦。後列左より，大悟法利雄，前田夕暮，大橋松平，斎藤茂吉，太田水穂，与謝野晶子，山本三生，佐佐木信綱，尾上柴舟，窪田空穂，山本実彦，一人おいて尾山篤二郎，土屋文明。白秋が黒メガネをかけている理由については本文参照のこと。

まり『新万葉集』完成祝が行なわれたのと同じ月には、内閣情報部が設置され（四〇年に内閣情報局に改組）、十一月には近衛文麿内閣により「東亜新秩序」建設が声明される。さらに、四〇年十月には大政翼賛会が成立、同じ年には贅沢品の製造と販売が禁止され、翌年には米も配給制となる。ヨーロッパでは三九年九月に第二次世界大戦が勃発、対中戦局の打開を南進に求めた日本は、四〇年九月に日独伊三国同盟を締結して北部仏印に進駐、翌四一年七月には南部仏印をも手中に収め、経済封鎖によってこれを阻止しようとするアメリカとの対立を深め、十二月には対米開戦へと突き進む。

日中戦争に出陣した将兵には、『新万葉集』に自作を投稿した人もかなり含まれていた。その数は少なくとも数百人にのぼっていただろう。彼らが軍事便で送ってきた戦地詠は、次々に新聞雑誌に掲載され、銃後の歌人たちも競って戦争詠を発表する。大日本歌人協会は、文部省の助成により、従軍歌人の作歌三万余首から二七〇四首を選抜して『支那事変歌集 戦地篇』（一九三八年十二月、改造社）を刊行、読売新聞社も同時期に同様の企画を実行し（佐佐木信綱・斎藤茂吉選『支那事変歌集』一九三八年十二月）、二年後にはアララギ単独の事変歌集も出る（斎藤茂吉・土屋文明選『支那事変歌集 アララギ年刊歌集別篇』一九四〇年十月、岩波書店）。

戦地詠の盛観

左翼の壕にとりつきし刹那あはれあはれ敵機関銃はものすごくなりぬ　〔瓜生鉄雄〕
あをみどろ底ひに見ゆる溜水の丸きはすべて爆弾の穴　〔海野隆次〕
敵兵の残して逃げし南瓜飯《かぼちゃめし》湯気たつままを飯盒につめぬ　〔孤淵正雄〕
残りゐる敵の死体を見廻りつ皆一様に若きを云ひ合ふ　〔竹村豊〕
陣地捨て逃げゆく敵のうしろより剣突きとほし胸すく覚ゆ　〔細川白鷗〕
幾度か逆襲せる敵をしりぞけて夜が明け行けば涙流れぬ　〔渡辺直己〕
集中弾が鉄板にはぬる音高し軽戦車は今向《むき》をかへたり　〔同。以上、『支那事変歌集 戦地篇』〕

戦争という極限状況が、これだけ広汎に、しかもこれだけの熱気と生々しさとで、三十一文字の詩形に表現されたことはかつてなかった。事の善悪を度外視すれば、ともかくもこれは「短歌史上空前の盛観」（土屋文明「渡辺直己歌集後序」『渡辺直己歌集』一九四〇年、呉アララギ会）に違いなかった。

日本文学報国会短歌部会

大日本歌人協会は、続いて『紀元二千六百年奉祝歌集』（一九四〇年二月、大日本歌人協会）を編集刊行し、一九四〇年十一月にいったん解散する。元軍人の斎藤瀏《りゅう》、国会議員の吉植庄亮、および当時国粋主義に傾斜していた太田水穂が、会員にプロレタリア派の残党が紛れ込んでいることを問題視し、総会の場で役員らを恫喝《どうかつ》して解散を迫ったのだという（渡辺）。翌年六月には会員を厳選して大日本歌人会が発足、十名の顧問に茂吉も名を連ねる。四一年八月ごろからは会の役員と内閣情報局との情報交換が恒常化し、十一月九日には大日本歌人会主催の時局講演会も開かれる（木俣）。太平洋戦争下の四二年五月には、この会が日本文学報国会短歌部会へと発展的に解消されることとなり、新代表の座を茂吉と佐佐木信綱が譲り合うが（佐佐木信綱「斎藤君をしのぶ」『アララギ』斎藤茂吉追悼号）、結局、十歳年長の信綱が引き受けることで落着した。文学報国会短歌部会は、後述する「愛国百人一首」の選定に当たる一方、翌四三年九月には『大東亜戦争歌集』を編集刊行する（協栄出版社）。

国威発揚に利用された『万葉集』

時局の荒波は万葉ブームをも呑み込み、『万葉集』を『古事記』『日本書紀』と並ぶ軍国日本の聖典に祭り上げていった。

思想当局・文部当局が推進し、多くの学者・文化人が迎合することで加速されたこの動きは、「国体明徴」の叫ばれた一九三五年にはすでに相当露骨なものとなっていた。たとえば、この年刊行の始まった『日本精神叢書』（一九三五〜四三年、文部省思想局→教学局→文部省教学局）は、書名どおり「日本精神」の顕彰を目的とするシリーズ物のパンフレットで、著名な国文学者らの執筆による六十余点には、『日本精神歌集』『万葉集と忠君愛国』『万葉集と国民性』『万葉精神』など、万葉関係の著作が複数収められた。

サクラ読本にも掲載

教育の分野では、一九三七年に中学校の国語科の教授要目が改訂され、それまで鎌倉時代以降とされていた講読用教材の時代制限が撤廃された結果、教科書への『万葉集』の掲載頻度が格段に上昇した。小学校の国語教科書にも、一九三三年度以降入学者用の第四期国定教科書『小学国語読本 尋常科用』、通称「サクラ読本《とくほん》」に、初めて『万葉集』を題材とする単元が設けられた。第五学年用の「御民われ」と第六学年用の「万葉集」がそれで、授業で扱われたのはやはり一九三七年度からである。

第六学年用の「万葉集」を一瞥しておこう。二千字ほどの文章であり、冒頭に、下野国の防人今《いま》奉《まつりべの》部与曾布《よそふ》の一首、

今日よりは返り見なくて大君《おほきみ》の醜《しこ》の御楯《みたて》と出《い》で立つ吾は〔20・四三七三〕

を掲げ、「まことによく国民の本分、軍人としてのりつぱな覚悟をあらはした歌である。かういふ兵

士やその家族たちの歌が、万葉集に多く見えてゐる」と評する。次いで、大伴家持「出金詔書を賀する歌」（18・四〇九四）の一節、

海行かば水漬《みづ》く屍《かばね》、山行かば草むす屍、大君の辺《へ》にこそ死なめ、返り見はせじ

を引いて、「忠勇の心が躍動してゐる。万葉集の歌には、かうした国民的感激に満ちあふれたものが多い」と述べ、さらに柿本人麿、山部赤人、山上憶良、小野老、舒明天皇の作（1・四八、6・九一九、6・九七八、3・三二八、1・二）を例示して「雄大明朗の気性」「純な感情」を讃え、「かういふ遠い昔に、古事記と共に此の万葉集を持つてゐることは、我々日本人の誇である」と結んでいる。

文部省教学局『臣民の道』（一九四一年、内閣印刷局）も落とせない。《我等の祖先は、肇国以来歴代の天皇の大御心を奉じ、明き浄き直き誠の心を以つて仕へまつり、「海ゆかば水漬くかばね、山行かば草むすかばね」の言立《ことだて》も雄々しく、「大君の醜の御楯と出で立つ我は」と勇み立ち、努め励んで来た》との記述は、「教育勅語」の一節「独リ朕カ忠良ノ臣民タルノミナラス又以テ爾《なんぢ》祖先ノ遺風ヲ顕彰スルニ足ラン」とも響き合っている。

サクラ読本第一世代の回想　こういう教育を受けて育った人の証言を引いておこう。筆者は一九二七年の生まれだから、茂吉の次男北杜夫（本名斎藤宗吉）と同い年で、「サクラ読本」で『万葉集』の単元を習った最初の世代に当たる。

そのころの私は文学研究とは全く無縁な少年であり、御多分にもれぬ軍国主義教育の申し子であった。ただそんな子供ごころにも、日米開戦となって間もなく、東京有楽町の日本劇場の壁面いっぱいに突貫する一兵士の姿が描かれ、かたわらに「撃ちてしやまん」と大書されたのを見て、そのおどろおどろしい雰囲気に若干の違和を感じたことを思い出す。「鬼畜米英」と組みあわされた「撃ちてしやまん」の戦時スローガンは、記紀の神武天皇条にある一連の歌謡、久米歌からとられたものであり、なおいえば、万葉集では、大伴家持の「海ゆかば水漬《みづ》く屍《かばね》、山ゆかば草むす屍、大君の辺《へ》にこそ死なめ……」や、海犬養岡麻呂の「み民われ生けるしるしあり……」の歌、そして、「今日よりは顧みなくて大君の……」の防人歌がなんとかまびすしく鼓吹されていたことか。「真木柱《まけばしら》ほめて作れる殿の如《ごと》いませ母刀自面変《おめかは》りせず」との駿河の国の防人歌があるが、これなど私は「愛国百人一首」のひとつとしておぼえこんだのであった。

源氏物語や西鶴・近松はいざ知らず、記紀・万葉をはじめとする古典の多くが「聖戦」遂行のために無媒介に動員されつつあった。

〔阪下圭八「解説」、吉野裕『防人歌の基礎構造』筑摩叢書版、一九八四年〕

当時の状況がまさに活写されているが、今このページを読んでいる大多数の人のためには多少補足が必要だろう。

「海ゆかば」

家持作の長歌の一節「海ゆかば」は、「サクラ読本」での学習が始まる一年ばかり前に歌曲に仕立てられ、数ある戦時歌謡のうちでも随一の名曲となった。一九三七年十一月の「国民精神強調月間」を機に信時潔《のぶときよし》が作曲、当時大阪中央放送局が制作していた「国民歌謡」の一つとして発表され、四二年十二月には大政翼賛会により「国民歌」に指定されて、四三年には公的な会合での歌唱が義務づけられた。ラジオの大本営発表で玉砕が報道される際にも決まって流れたから、当時を知る人々の胸裏には、英霊たちへの荘重な鎮魂歌としてこの曲が畳み込まれている。

「愛国百人一首」

また「愛国百人一首」は、「愛国尽忠の赤誠を歌つた短歌を通して日本精神の神髄を国民の心臓に浸透せしめ」るとの趣旨にもとづき、一九四二年十一月に日本文学報国会が選定発表した。歌人でもあった情報局第五部第三課長、井上司朗（筆名逗子八郎）が大もとの発案者らしく、報国会短歌部会から佐佐木信綱、斎藤茂吉、北原白秋、尾上柴舟、太田水穂、窪田空穂、斎藤瀏、土屋文明、川田順、折口信夫、吉植庄亮、松村英一が選定委員となった。情報局、大政翼賛会、毎日新聞社の後援協力のもと、四二年九月より新聞広告で読者の推薦投稿を呼びかけ（葉書一枚に一首）、関係各方面にも別途推薦を募って、のべ十二万通をもとに選定作業を行なったという（桜本）。五年前の『新万葉集』編集時と同様の、メディアによる大衆動員の手法が、今度は官民一体の国家的プロジェクトに応用されたことになる。選定された一〇〇首中、二三首までを万葉歌が占め、うち六首は防人歌であった。

発表後ただちにカルタが制作頒布されたほか、

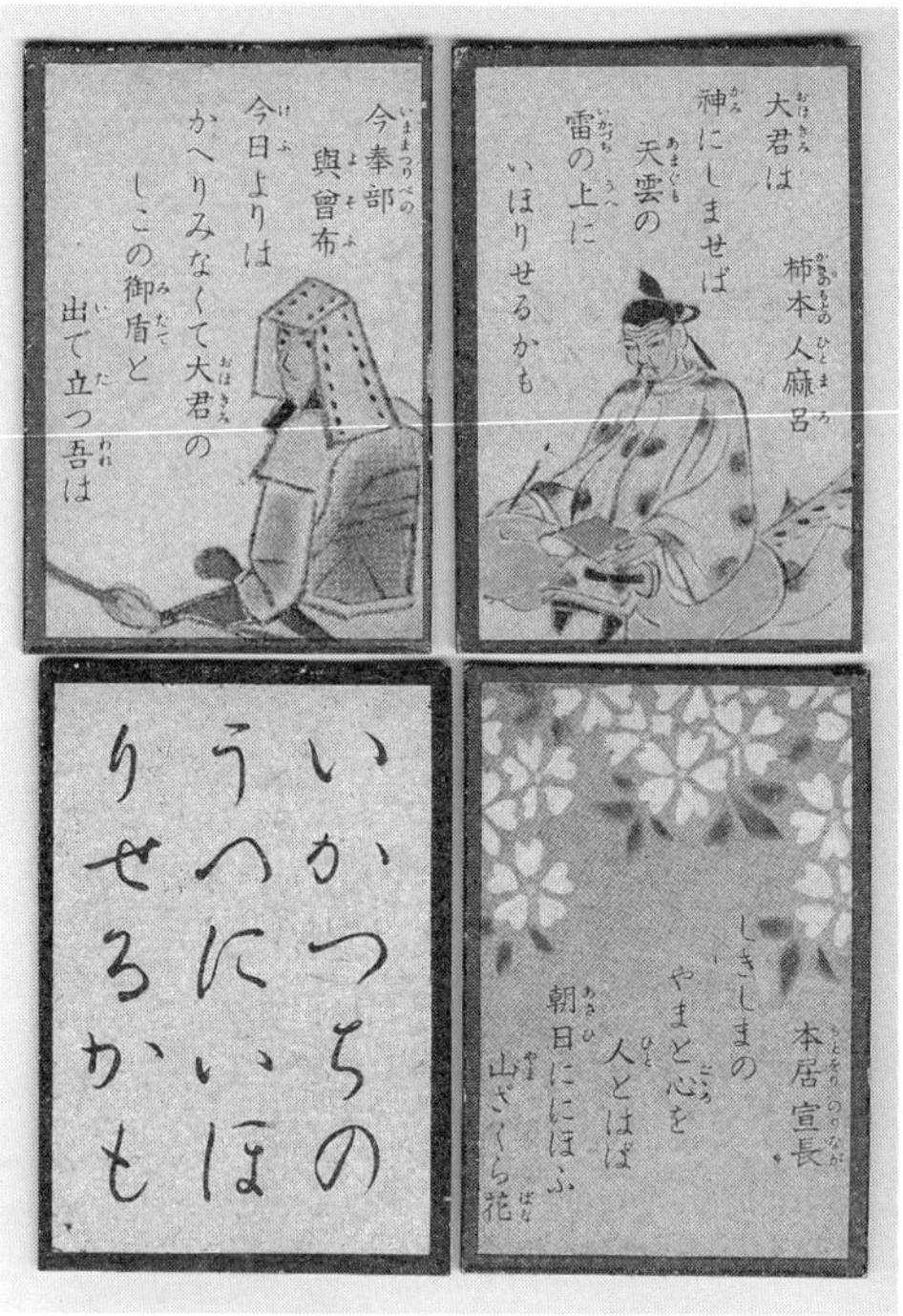

愛国百人一首カルタ

何種か出回ったうち，これは読み札に絵の入った豪華版で，定価２円80銭（1943年，日本玩具統制協会）。普及版は定価１円だった。

①日本文学報国会（編）『定本愛国百人一首解説』（一九四三年三月、毎日新聞社。初刷二〇〇〇〇〇部・二刷七〇〇〇〇部・三刷二〇〇〇〇部。↓口絵）。

②田口由美『愛国百人一首解釈』（一九四三年三月、華陽堂書店）。

③水野治久『愛国百人一首詳解』（一九四三年四月、大衆書房）。

④川田順『愛国百人一首評釈』（一九四三年五月、朝日新聞社。初刷一〇〇〇〇部・二刷一〇〇〇〇部）。

⑤窪田空穂『愛国百人一首』（一九四三年七月、開発社。一〇〇〇〇部）。
⑥松村英一『愛国百人一首物語』（一九四三年十一月、天佑書房。五〇〇〇部）。

など、いくつもの評釈本が競作され──私の手許にはこのほかにも、カルタの付録かと思われるパンフレットが複数ある──、朗誦会や解説講座の開催、点字化、ドイツ語訳、書道用手本帖の刊行などが相次いだ。東京新宿の伊勢丹百貨店は著名文士揮毫《きごう》による短冊色紙の展示即売会を開催し、売上金を忠霊顕彰会に全額寄付して話題になる一方、同じく東京の歌舞伎座では、里見弴・舟橋聖一原作による「歌劇愛国百人一首」が上演されたという（桜本）。

防人ブーム

忠君愛国といえば『万葉集』、『万葉集』といえば防人歌、防人歌といえば「醜の御楯」──組織的大キャンペーンに後押しされて、太平洋戦争期には防人歌に関する著作や雑誌記事が目白押しとなる（品田〇六）。「昭和の防人」「北辺の防人」等と銘打った戦記物も続々刊行され、「大東亜戦争」に出陣した帝国陸海軍の将兵が千二百年前の防人たちの再来と見なされていく。

断わっておくが、古代の防人は平時における国境警備兵であって、出征兵士ではなかった。当時の根本法典の一つ「軍防令」とその公式注解とによれば、出征する将兵は妻妾の同伴を禁じられていたのに対し、防人の場合、本人が願い出れば許可される定めだった（征行者条、防人向防条、同義解）。ところが、サイパン島の玉砕が伝えられて東條英機内閣が総辞職したときには、律令の規定を当然知っていたはずの折口信夫までが「みむなみの　遠の皇土《ミカド》の防人の命を思ひ、こよひねむらず」などと詠ずる始末であった（「国の崎々」『東京毎日新聞』一九四四年七月二十二日）。

もう一つ断わっておくが、『万葉集』四千五百首あまりのうち、四割以上は相聞の歌であり、防人歌は巻二十に九三首、巻十四に五首と、合計しても百首に満たない。しかも、大多数の防人歌は、

忘らむて野行き山行き我《われ》来れど我が父母は忘れせぬかも　〈20・四三四四、商長《あきのおさの》首麿〉
父母が頭《かしら》掻き撫で幸《さ》くあれて言ひし言葉《けとば》ぜ忘れかねつる　〈20・四三四六、丈部稲麿《いなまろ》〉
我《わ》が母の袖もち撫《な》でて我《わ》が故《から》に泣きし心を忘らえぬかも　〈20・四三五六、物部乎刀良《おとら》〉
韓衣《からころも》裾に取り付き泣く子らを置きてそ来《き》ぬや母《おも》なしにして　〈20・四四〇一、他田《おさたの》舎人大嶋《おおしま》〉
ひな曇り碓氷《うすひ》の坂を越えしだに妹が恋ひしく忘らえぬかも　〈20・四四〇七、他田部子磐前《こいわさき》〉
家《いは》ろには葦火《あしぶ》焚《た》けども住み良けを筑紫に至りて恋《こふ》しけ思《も》はも　〈20・四四一九、物部《もののべの》真根《まね》〉

など、家郷を離れて旅する辛苦を歌う。忠勇の意気を歌い上げた作は、『万葉集』全体はおろか、防人歌全体から見てもごく少数にすぎないのに、そういう例外的な歌に『万葉集』を代表させて「祖先ノ遺風」を喧伝するという、恣意的かつ一面的な扱いがまかり通っていたのである。

保田与重郎

人麿の「おほきみは神《かみ》にしませば天雲《あまぐも》の雷《いかづち》のうへに廬《いほり》せるかも」（3・二三五）は、天皇を「現人神《あらひとがみ》」とする宣伝に以前から利用されていたから、「愛国百人一首」でも当然のように冒頭第一首に据えられた。前後して、大伴家持を人麿の悲劇的後継者として扱う保田与

重郎『万葉集の精神 その成立と大伴家持』（一九四二年、筑摩書房）が刊行され、皇道精神に殉ずる敗北の美学を称揚して一世を風靡し、時代閉塞にあえぐ青年層を名誉の戦死へと駆り立てていった。十年前に長谷川如是閑が警戒した兆候は（↓本書二二七～八頁）、このように、もはや末期的症状にまで進行していた。

「愛国百人一首」をめぐる茂吉の反骨

茂吉と「愛国百人一首」との関わりについて、土屋文明が興味深い証言を残している。候補作が絞り込まれた最後の選定会の席上、ある委員（斎藤瀏らしい）が、源実朝の「山はさけ海はあせなむ世なりとも君にふた心わがあらめやも」（『金槐集』雑・六八〇）に難をつけ、鎌倉将軍の実朝は皇室に忠誠な人物とはいえないから除外すべきだと主張し、軍部にも同じ意見の持ち主が多いと付言して、二、三の委員と押し問答になりかけた。

この時であった、それまでお義理で引っぱり出された形で退屈そうに着席していた茂吉が、立ちあがると、初めから火を噴くような熱弁で、実朝を除くくらいなら愛国百人一首などというものは止めてしまえ、実朝を無視するような俗論があるなら、身を以てそれを打ちくだくのが歌を作るものの義務ではないかと言った。私は茂吉のこの時以上に興奮し全身を傾けて発言するのは、長い交わりの中でも見たことがなかった。私自身も引きこまれて感奮してしまったので、茂吉の発言を正確に記憶するゆとりを失ってしまった程だが、最後に、生命を投出したっていいでしょうと結んだのだけは、今も昨日のごとくに耳にある。

（土屋文明「斎藤茂吉」初出一九六六年一月、朝日新聞社・折り折りの人）

文明の耳には、この茂吉発言が「文学に携わる者の覚悟を思い知れというようにひびいた」という。それもあるだろうが、一件の背後にはもっと複雑な脈絡があったように思う。そしてその脈絡は、茂吉の名著『万葉秀歌』（上下二冊・一九三八年、岩波新書）の問題ともそっくり重なっていたように思う。

2　『万葉秀歌』は文学的良心の所産か

驚異のロングセラー

世に「万葉」と名のつく書は数知れずあるが、もっとも広く読まれたのは『万葉秀歌』（以下『秀歌』と略称）に違いない。一九三八年十一月、岩波新書創刊とともに売り出された同書は、非常な好評を博して一ヶ月足らずで増刷の運びとなり、翌三九年の三月には早くも第五刷が発行されて、この年の文部省推薦図書にも指定された。以来増刷・改版を繰り返し、六八年の改版時には上巻が四三刷五一万部、下巻は四〇刷四〇万部に達していたという（下巻付載「改版に際して」）。上巻は二〇〇八年の秋、ついに第一〇〇刷に到達した。著者没後半世紀を超えて著作権も切れたのに、なお売れ続けているという、驚異的なロングセラーだ。『万葉集』の秀歌を抄出・解説した入門書はそれまで何種もあったし、その後もあまたの学者・批評家・歌人が類書を世に送り出したけれども、『秀歌』の地位を脅かす書はいまだに現れていない。

収録歌の内訳は短歌三六〇首、旋頭歌五首。執筆の方針を茂吉は「国民全般が万葉集の短歌として是非知つて居らねばならぬものを出来るだけ選んだ」「本書の目的は秀歌の選出にあり、歌が主で注釈が従、評釈は読者諸氏の参考、鑑賞の助手に過ぎない」と慎ましく語る一方、「いよいよとなれば仮借しない態度を折に触れつつ示した筈である」と自負を覗かせてもいる（序）。

短期間で執筆

茂吉が『秀歌』執筆に費やした時間は、あっけないほど短かった。岩波書店の小林勇から依頼を受けたのが一九三八年七月五日で、同じ月の二十三日から箱根の別荘で執筆開始、八月二十五日までに全体の「粗書キ」を済ませ、以後は他の仕事と並行して推敲を行ない、十月一日に完了している（日記）。執筆依頼から三ヶ月足らず。実働一ヶ月半。一気呵成とはこのことだろう。大著『柿本人麿』の主要部分はすでに書き上げていたから、余勢を駆って、存外気楽に書き進めたのかもしれない。

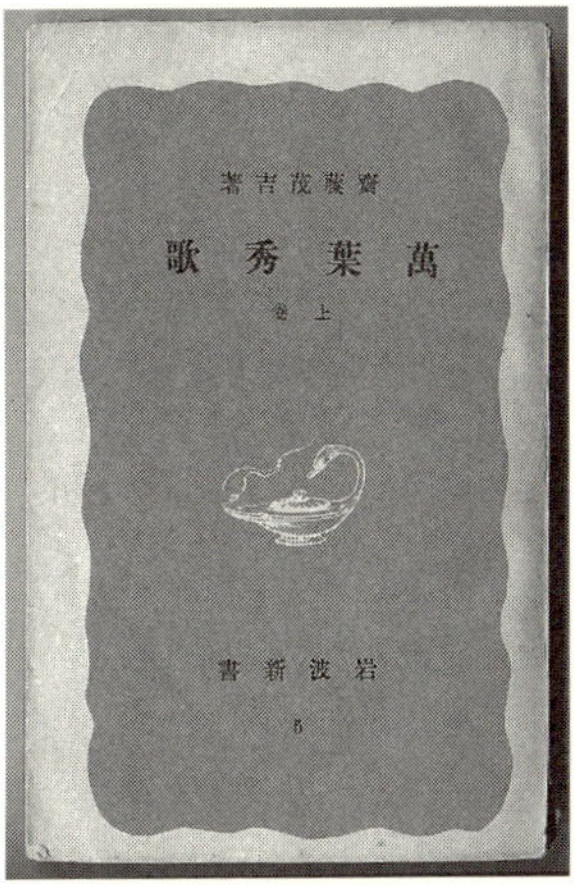

斎藤茂吉『万葉秀歌』上巻
（初版初刷）

短期間での執筆が可能だったのは、「秀歌の選出」にはそれほど手間取らずに済んだからでもあった。三年半前の『アララギ』一九三五年一月号に、「万葉集百首選」というリストが載っている。主だった会員一〇〇名と、別格の重鎮、茂吉・文明・岡麓《ふもと》の三名とが各自一〇〇首ずつ選出した結果を集計したもので、一名でも選んだ人のいる歌はすべて掲げられ、それぞれの歌の得点が付記されている（斎藤茂吉三五に数値を訂正して再録）。『秀歌』収録歌とこのリストの得点状況とのあいだには明白な相関があるし、茂吉自身《今回の選については、アララギで共同してやつた「万葉集百首選」をも参考したから、大体に於て諸君の考とさう距離が大きくないつもりである》と述べていた（「童馬山房夜話」二二四、『アララギ』一九三八年十二月、全集8）。

秀歌の標準

「国民全般」が「是非知つて居らねばならぬ」万葉歌を選出するとの企ては、このように、昭和戦前期におけるアララギ派の総意をふまえて実行された。茂吉が独力で選出した場合に生じたかもしれない偏向は、少なくとも結果的に抑制されたろうし、一般読者に歓迎された理由も一端はそこにあったと考えられる。その意味では、同時代の万葉享受の最大公約数的な集約をここに見ることもできるし、さらには、戦後の国語教科書の多くが万葉歌の採否基準を『秀歌』に求めてきたという事情もあるから、万葉「秀歌」の標準は同書の出現を機に後々まで固定されてしまったと言っても過言ではない。

本書の記述を通して明らかにしてきたように、明治末期から昭和戦前期にかけてのアララギ派の運動は、国民歌集『万葉集』の発明と普及の過程で生起したもろもろの事象の一典型にほかならない。この運動における茂吉の立場は、島木赤彦の場合とは対照的に、長く動揺定まらなかった次第だが、『柿本人麿』執筆を機に彼は国文学界にまで進出し、右の過程の到達点を体現する存在として振舞うようになった。『秀歌』はまさにこの立場から、『万葉集』の神髄を「国民全般」に伝えるために書かれたのである。伝えられる内容は、前述した文化主義的国民歌集像以外のものではありえなかった（→本書二一九〜二二〇頁）。

好戦的記述は皆無　『秀歌』が名著であるゆえんについて、一九二七年生まれの詩人、中村稔はこう記している。

> 『万葉秀歌』はただ一首のさしかえを行っただけで今日もなお公刊されていることから分るとおり、当時の時代的風潮の所産ではない。私だけでなく私と同時代に青春期を過した人々に共通の体験だと思われるが、同書は私たちにとって当時心の飢餓をいやす数少い書物の一であり、また私たちにとって古典理解への最良の案内の一であった。今日読みかえしてみても、『万葉秀歌』は茂吉の生涯の評論の中で最もすぐれたものの一であろうと思われる。〔中村〕

中村はさらに、『秀歌』の序の一節「本書では一首一首に執著するから、いはゆる万葉の精神、万葉の日本的なもの、万葉の国民性などいふことは論じてゐない。これに反して一助詞がどう一動詞がどう第三句が奈何結句が奈何といふやうなことを繰返してゐる。読者諸氏は此等の言に対してしばらく耐忍せられむことをのぞむ」を引いて、「こういう姿勢が同書を時代を超えた鑑賞とさせたにちがいない」とも推測する。

一首一首、一語一語を丹念に読みほどく『秀歌』の記述態度は、なるほど、前節で見届けたような

「時代的風潮」とはおよそ無縁であるように見える。好戦的といえるような記述は上下二冊のどこにも見当たらないし、選出歌も相聞歌が全体の三分の一までを占めている。増刷のたびに施された手直しにしても、ほとんどは字句の修正程度のもので、内容に関わる改訂はたった一度、それも一箇所にとどまる。一九四八年の改版に際し、「醜の御楯」の歌が別の防人歌、「あられ降り鹿島《かしま》の神《かみ》を祈《いの》りつつ皇御軍《すめらみくさ》に吾《われ》は来《き》にしを」(20・四三七〇、大舎人部千文)に差し替えられたのがその例外的改訂だ。

これは占領軍の検閲に関わる措置とおぼしいが、そのとき障害となったのは、おそらく、いわくつきの歌を載せることそれ自体だったろう。茂吉の記述が特に問題視されたわけではなかろうと思うし、実際、戦中版に載っていた「醜の御楯」の歌の解説文は「火長の覚悟で歌つてゐるのはおもしろい。歌は大づかみで概念的のやうだが、この覚悟が出てゐるのでただの概念でなくなつてゐる」「防人は歌人としては素人が多く、家持のところに集まる迄幾らか手が入つてゐるともおもふが、それでも、家持が兵部少輔であつて、家持が歌を尊重したために、これだけのものが輯録せられたのである」云々というもので、軍国主義に直結するような書き方にはなっていない。

しかも、戦後版に新たに掲載された「あられ降り」の歌は、戦時中は、皇軍の一員となった感激を歌った傑作として「愛国百人一首」にも選ばれ、「醜の御楯」の歌に次いで喧伝された作である。後者を削除する代わりに前者を載せた茂吉の行為は、検閲への屈服どころか、むしろ挑戦を意味していたと見なくてはならない。民主主義の時代を迎えても『秀歌』の内容は実質的には変更されなかったし、著者もその必要を認めなかったのだ。戦後の読者も、この、変更されなかった『秀歌』を長く読み継いできた。

戦争詠の量産とどう両立したか

すると『秀歌』とは、暗い時代に抗して良心——文明の言う「文学に携わる者の覚悟」——を貫いた著作なのだろうか。戦中の読者の目にそう映ったことは中村の証言どおりだとして、同じことが著者の側にも当てはまるだろうか。

なぜこんな問いを発するかといえば、茂吉は反戦論者でもなければ、厭戦家でもなかったからだ。それどころか、短歌の実作を通して戦争遂行にきわめて積極的に加担した人物であった。戦時中に彼の制作した戦争礼讃歌・国威発揚歌は、実に千八百首以上に及び、その大半が新聞雑誌に発表されて多くの人目に触れ、一部はラジオでも放送された。総じて国策に協力的だった歌人たちのうちでも、とびきり旺盛に活動したのが茂吉なのである。終戦直後に文学者の戦争犯罪が取り沙汰された際、非難が集中したのもそのせいだった。

茂吉が戦争詠に手を染めたのは、一九三七年に「支那事変が起り」「事変に感動した」ことがきっかけだという（『寒雲』「巻末記」一九四〇年、全集3）。『秀歌』を書くのはその翌年の夏だから、二つの仕事は同時期に並行してなされていたことになる。三八年の年頭には、「あま照らす光を負《お》へる御軍《みいくさ》と瞳《ひとみ》の碧《あを》きもの等知らずや」「けがれたる敵《あた》ほろぼすと戦《たたか》はば戦ひ遂げよこの天地《あめつち》に」（『寒雲』所収）など五首に「貫徹」と題して決意を示したし、『秀歌』の校正が進行していた同年十月末には、折しも飛び込んできた武漢三鎮陥落の報に歓喜して、

今とどろとどろ天《あま》ひびき地《つち》ひびく聖《きよ》き勝《かち》どきや大き勝鬨《かちどき》や　〔「祝歌五章」同〕

と荒々しい雄叫びを挙げた。「聖戦」を本気で支持し、戦況の推移に一喜一憂していた様子は、日記からも窺えるし、ほかにも数々の証言がある（北・彷徨、佐藤佐〇二、など）。

『秀歌』を著者の良心の所産と見ることには、あえて異を唱えないことにしよう。が、それにしても、その良心は、国家による大量殺戮を全面肯定する態度と隣り合わせだったのである。なんとも不思議な良心ではないか。

前章で述べた点を振り返ろう。『柿本人麿』執筆を機に国民歌人の役を全力で演じていく過程で、茂吉の自意識は極端に肥大するとともに、公ごとと私ごととの境界が曖昧になった、との観測を私は示しておいた。いま茂吉の「良心」と仮称しているものも、この意識構造に沿って理解されるべきではないだろうか。具体的には、日本の文化伝統の体現者としての強烈な自負が、戦時下における彼の、一見矛盾する行動を根底で支えていたように思われる。以下、茂吉が戦争詠を量産した経緯と、戦時下の万葉称揚に背を向けた事情とを掘り下げることで、この考えを確かめていきたい。

3　戦争詠の量産を促したもの

戦争詠の範囲

戦争詠について述べるには、まず、戦中・戦後の茂吉作歌と歌集との複雑な関係を確認しておかなくてはならない（→巻末付録「茂吉歌集の制作と刊行」）。

(12)『寒雲』（一九四〇年三月、古今書店）……一九三七年～三九年十月作の一一一五首。
(13)『のぼり路』（一九四三年十一月、岩波書店）……一九三九年十月～四〇年作の七三四首。
(14)『霜』（一九五一年十二月、岩波書店）……一九四一・四二年作のうち戦争詠を除く八六三首。
(15)『小園』（一九四九年四月、岩波書店）……一九四三年～四六年一月作のうち戦争詠を除く七八二首。
(16)『白き山』（一九四九年八月、岩波書店）……一九四六・四七年作の八二四首。
(17)『つきかげ』（一九五四年二月、岩波書店）……一九四八～五二年作の九七四首（以上、全集3）。

茂吉の戦争詠は(12)～(15)の時期に制作されたが、歌集としては(12)(13)だけに収められた。(12)(13)でも、一連の作のうちで日常詠や自然詠と混在する場合が少なくないので、戦争詠とそうでないものとの判別は厳密には難しい。私見では、(12)(13)収録歌の二割前後が戦争を題材にしており、うち過半は戦争を讃美したり肯定したりした作といえるかと思う。なお、(13)には、鹿児島県の招きで「神代聖蹟」を巡った際の「高千穂峰」二一〇首があり、紀元二千六百年奉祝歌も四十首ばかりあって、これらはいちおう除外して数えたが、国威発揚に加担したという意味では広義の戦争詠と見なすことも可能だろう。

他方、(14)(15)収録歌も、もとは戦争詠と取り混ぜて年次歌集となるはずだったもので、そのための自筆稿本も準備されていた。それら稿本にあって(14)(15)にない歌は左記のとおりである。

i「いきほひ」より……一九四一年の作で(14)に収められなかったもの、一五三首。
ii「とどろき」より……一九四二年の作で(14)に収められなかったもの、六四二首。
iii「くろがね」より……一九四三年の作で(15)に収められなかったもの、三九九首。
iv無題歌集稿本より……一九四四・四五年の作で(15)に収められなかったもの、四一七首(以上、全集4)。

ほかに、終戦により未刊に終わった歌集『万軍』の問題もあるが、話が細かくなりすぎるから省略しよう。とにかく、(12)(13)所収の戦争詠とi〜ivとを合わせれば、ゆうに千八百首以上、多めに見積もれば二千首以上という勘定となる。

中野重治の見解

さて、茂吉の戦争詠については、中野重治の示した図式が後々まで継承されてきた経緯がある。中野は、『寒雲』所収の戦争詠を二種に大別して、

大冊河《ざいさくが》わたれる兵の頸《くび》までも没《ぼっ》すときさて吾《わ》れ立ちあるく〔一九三七年作「山房小歌」〕
土嚢《どなう》かつぐ兵目《へい》のまへに転《ころ》びしときおもほえず吾《われ》の声が出でたり〔同年作「街頭小歌」〕

弾薬を負ひて走れる老兵がいひがたくきびしき面持《おももち》せるも　〈同年作「保定陥落直後」〉
おびただしき軍馬《ぐんば》上陸のさまを見て私《わたくし》の熱《あつ》き涙せきあへず　〈同年作「時事歌抄」〉
わが家の隣《となり》につどひし馬いくつ或日《あるひ》の夜半《よは》に皆発《た》ち行けり　〈同年作「保定陥落直後」〉

などを第一類とし、これらは「強く茂吉の個に即し」「事変にたいする彼の内面の熱情を湛えている」とする一方、

よこしまに何ものかある国《くに》こぞる一《ひと》ついきほひのまへに何なる　〈同年作「一国民の歌」〉
あからさまに敵《あた》と云はめや衰《おとろ》ふる国を救はむ聖《きよ》き焔《ほのほ》ぞ　〈同〉
あたらしきうづの光はこの時し東《ひむがし》亜細亜《あじあ》に差しそめむとす　〈同〉
直心《ただごころ》こぞれる今かいかづちの炎《ほのほ》と燃えて打ちてしやまむ　〈同年作「時事歌抄」〉
天地《あめつち》につらぬき徹《とほ》り正しかるいきほひのまへに何ぞ触《さや》らふ　〈同年作「ＢＫ放送の歌」〉

などを第二類とし、これらは森鷗外の言う「感境体」に近いと述べて冷淡に扱った。さらに、当時従軍歌人の注目株だった渡辺直己の戦地詠には第二類にあたるものがなく、逆に伊藤左千夫の日露戦争詠には第一類にあたるものがなかったのに対し、茂吉の戦争詠が二類に分裂し、全体として抽象的・不透明であるのは、「事変の近代戦・総力戦としての時間・空間的テンポが茂吉をも追い越した」た

めだろう、と評したのだった（中野）。

この中野の書は、度重なる執筆停止の間隙を縫って書き継がれたうえに、雑誌に発表されてから単行本にまとめられる際、大幅に書き換えられてもいる。これらの点をきちんと整理したうえでないと、筆者の真意を正確につかむことは難しいと思われるが、いま私にはその準備がない。

ともあれ、後の論議で関心が集中したのは、戦争の進展にともなって第一類が激減し、第二類ばかりとなる点だった。おびただしい「聖戦」礼讃歌・国威発揚歌を前に、諸家は、正視に堪えないと口々に評し、これを作った茂吉は仮面をつけていたのだ、と強いて擁護したり（上田六四）、本人もことばの荒廃を痛感して途中から自然詠に逃避していった、と解したりしてきた（菱川善夫「戦時下の茂吉をめぐる試論」日本文学研究資料刊行会八〇所収）。

「処女地」

だが、戦時下における茂吉の行動を内在的に把握するには、一切の倫理的判断をいったん棚上げにする必要があると思う。本人は戦争詠の制作に微塵も罪悪感を覚えなかったばかりか、国難に際し歌人が「武装」して立ち上がるのは当然だと考えていたからである（「制服的歌」『アララギ』一九四七年五月、全集8）。

それだけではない。日米開戦の一ヶ月あまり後、茂吉は愛弟子佐藤佐太郎に「戦争の歌も一世紀もたてば篩《ふるい》にかけられて残らないとおもうが、こういう時はもうないからね。そうおもって作っているんだ」と語ったという（佐藤佐〇二・一九四二年一月十八日）。同じ佐藤が「戦争の歌もすこし新しいものを作りたい」と述べた際には、「そうだ、処女地だからね」と強い語気で同意したともいう

（同・四三年十二月十一日）。戦争詠はもとより短歌の本道ではないが、未開拓の領域であるからには、実作者として黙って見過ごすことはできない。まして自分は多力者ではないか——戦争詠の制作に、茂吉は自身の芸術的野心をも託していた。

プロパガンダの芸術

この点に関わって、従来の論議は、第一類を「個に即して」実感的、第二類を儀礼的で空疎と、いささか単純に対比しながら展開してきたのだが、そこにも不都合な面があったように思う。

ある詩人が権力の意志を代弁しつつ、しかも読者を感動させることに成功すれば、彼の詩はプロパガンダの芸術として上乗のものといえるだろう。古代では、ほかならぬ柿本人麿がそういう詩人として活躍し、吉野讃歌（2・三六〜三九）や安騎野の歌（2・四五〜四九）など、いくつもの作で天武・持統朝の栄光を儀礼的に讃美しつつ、過剰なまでに豊富な詞藻で宮廷人を圧倒し、煽りたて、神聖王権の幻想へと引き込むことに成功していた（品田・神ながら）。人麿はまた、高市皇子挽歌（2・一九九〜二〇二）で壬申の乱の戦闘を壮大に歌い上げた点、和歌史上稀有な存在でもあった。そのことは茂吉の熟知するところでもあったから、戦争詠に取り組む過程で彼が人麿をますます理想化していったことは想像に難くないし、そのさい彼が目ざしたのは、吉野讃歌がそうであるように、儀礼的であることにおいて同時に読者を感動の渦に巻き込む作だったと考えられる。イデオロギー性と芸術性の両立する作、と言い換えてもよい。ならば、力を注ぐべきは主として第二類の系列だったろうし、彼は現にそうしたのだと思う。

岡井隆は、《政治的イデオロギーを歌つて、立派に「芸術」として通用する歌が、できるはずだし、現にその実例が、茂吉にはあると思つてゐる》と述べている（岡井九六）。この発言に意を強くしつつ、なお言えば、先に挙げた「今とどろとどろ」の歌や、

たたかひは始《はじ》まりたりといふこゑを聞けばすなはち勝のとどろき　（一九四一年作「開戦」）

「大東亜戦争」といふ日本語《にほんご》のひびき大《おほ》きなるこの語感《ごかん》聴け　（同）

レパルスは瞬目《しゆんもく》のまに沈みゆきプリンスオブウエルスは左傾《さけい》しつつ少し逃ぐ　（同年作「絶待」）

「轟沈《ぐわうちん》」の新《あたら》しき語《ご》よつくづくと放射《はうしや》し来《きた》るものを愛《を》しみつ　（四二年作「アララギ一月号」）

罪悪《ざいあく》のほろびむとする轟音《ぐわうおん》にシンガポール落つシンガポール落つ　（同年作「シンガポール陥落」）

などは、荒々しい声調を通して暴力の祝祭空間というべきものを築き上げていると思うし、意味の不明瞭なうわずった表現にしてからが、捷報に沸き立つ群衆の心理をさながら定着したかのようである。これらは、第二類の系列における数少ない成功例とはいえないだろうか。

ここまで述べた考えに対しては、次の作を挙げて反問する向きもあるかと思う。

「死骸の如き歌」とは何か

死骸《しがい》の如き歌累々《るゐるゐ》とよこたはるいたしかたなく作れるものぞ　（一九四二作「折に触れ」）

たたかひの歌をつくりて疲れたるわれの一時《ひととき》何か空《むな》しき　〔同年作「アララギ」一月号〕

戦争詠を「死骸の如き歌」と呼び、その制作に疲れて「何か空しき」と言ったのは、本人も内心うしろめたさを感じていた証拠ではないか――じっさい右の二首は従来そう解されてきたのだが（菱川・前掲、など）、私はこの解釈には立たない。

満たされなかった芸術的野心

茂吉の自作自注「作歌四十年」（一九四二・四四年筆、全集10）は、末尾の約五分の一が戦争詠に関する記述で埋め尽くされている。それらを通読すると、あれだけ量産した戦争詠に本人がほとんど満足していなかったことが分かる。いくらか抜粋してみよう。

最初期の「ＢＫ放送の歌」について、いきなり「事変の歌に手慣れぬために、一首作るのにも甚だ難儀し、第一放送用として一般向の歌を作るのにどういふ具合にすべきかといふ見当が第一つかぬ程であつた」「これがその時のせい一ぱいであつた」とある。以下、「山川草木の歌よりも余程多く苦心してゐるが、出来たものを見れば、佳作といふわけには行かない」「新しく創造せねばならぬ点が多く、言葉も次から次と新しいのが出来て、一首の声調を整へるのに難儀せねばならぬからであつた」（「寒雲抄」）、《後に客観して佳作の甚だ尠いのを残念におもふのであるが、いかんとも為しがたいのである。なほ、自叙伝的にいふならば、新聞雑誌の需に応ずる歌は、心がまへに制限があり、時間的に制限があるので、思ひ切り精選といふわけに行かず、思ひ切り推敲といふわけには行かずして、その時その時にせい一ぱいの作を為すより途は無い。そしてその時のせい一ぱいといふのは、種々の条件のために、真の『全力』を出しきれぬといふこともあり得ることを告白する》(「のぼり路抄」)、「従来の和歌作法の稽古では何とも非力で致方のないものだといふことを告白する」(「いきほひ抄」)、「まづいものだ」「空前の大勝を前にして、これがせい一ぱいであつたことを思へば、四十年の修業も力足らざることを感ぜしめるのである」(「とどろき抄」)、「なかなかむづかしい」「骨折つたが、むづかしかつた」(「くろがね抄」)等々、全力的な取り組みが満足な出来映えにつながらなかったことを随所で告白し、自身の力量不足を嘆く一方、応需の作ゆえ力を出し切れなかったむねの弁解を繰り返している。反面、戦争を讃美する行為自体の善悪理非にはひと言も触れていない。

ならばこう考えるべきだろう。「死骸の如き歌」とは、人倫にもとる歌ではなく、ひどく出来の悪い歌なのであり、「いたしかたなく」作ったとは、当局の圧力云々ではなく、メディアの注文に時間上・内容上制限があったということなのだ。「何か空しき」の句も、努力が実を結ばなかった空しさと読むべきだろう。裏返せば、出来のよい戦争詠なら「死骸の如き」ではなかったし、制作の疲労にも充実感が伴った、ということになる。

「制服的歌」

この脈絡でよく言及される「制服的歌」(前掲)についても一言しておこう。茂吉はこの文章で、あまたの歌人が一斉に取り組んだため戦争詠は著しく類型的になった、と指摘し、《私はさういふ歌に『制服的歌《ユニフォームてきうた》』といふ名を附けて、みづからを慰めた。併しこの制服的歌はもはや国家的で、個人的でないのだから、善悪優劣について彼此いふべき性質のものではあるまい、さう云はざることを得なかつた》と述べていた。この傍線部は、従来、歌壇が戦争一色に染め上げられたことに違和を吐露したとも、逆に滅私奉公的な時局協力を唱道したとも解されてきたが、どちらも本人の真意からは遠い理解だと思う。

同じ文章の末尾で、茂吉は杉村楚人冠の時事評論に触れている。杉村は、時局的詩歌を「下卑た言葉」の羅列と非難し、国民精神の昂揚に歌が入用なら「君が代」と「海ゆかば」の二つでたくさんで、あえて蛇足を添える必要はないと論じていたのだが、茂吉に言わせれば、これは「鑑賞家の位置に立つてのみの立言で、人類の表出といふことに無関心な極めて冷たい言説と謂はねばならない」。二つの傍線部を重ね合わせれば、彼の言おうとしていたことがらは明白だろう。新たな題材が目の前にあれば、表現意欲を掻きたてられるのが詩歌作者のさがであり、たとえ自身の力量不足が分かっていてもこの衝動を抑えることはできない。ましてそういう衝動が国中に満ち溢れているときに、善悪優劣などをかれこれ言うべきではない——この文章で茂吉は、不出来と承知しながら戦争詠に挑まずにいられない創作者の心理を、自ら解剖してみせたのであった。

万葉調のくびき

では、なぜ満足な歌が作れなかったか。本人はその理由として、応需の作に付きまとう種々の制限と、自身の力量不足とを挙げ、後者については「従来の和歌作法の稽古では何とも非力で致方のないものだ」とまで言っていた。具体的には、戦争報道に溢れるさまざまな軍事用語、また外国の地名・人名等の新漢語やカタカナ語を取り込みながら、なおかつ一首全体を万葉調に統一するということが至難のわざだったのである。それでいて、「虚空小吟」のときのような大胆な破調に踏み出そうとせず（→本書二一四～五頁）、万葉調にどこまでもしがみついた点に、彼のジレンマがあった。なぜしがみついたか。万葉の伝統の体現者という役柄がそれを厳命したということ以外、理由は見当たらないように思われる。

対米開戦を控えた一九四一年の作「くぐもれる物を払《はら》ひて南なる大門《おほと》を開けいきほひのむた」に自注して、彼はこう言っている。

何かもやもやした鬱陶しい物を払除けて、南方の門を開けといふので、その意味は既に分かつて居る。『いきほひのむた』は、勢と共に、勢に乗じて、勢のまにまに、勢の赴くところ、といふぐらゐに翻していい。なぜ『むた』などといふ古語を使ふか、これは上代祖先の紅血の通つた語そのものを使ふので、何の憚ることを要せぬからである。短歌の調は万葉調を保持して下等低劣に堕落することを防がねばならない。

〔「いきほひ抄」、「作歌四十年」前掲〕

『赤光』刊行前後の茂吉が、「内的節奏さながら」の声調を求めて事実上の万葉離れを推進したことを想起しよう（→本書第三章）。彼の国語観は『あらたま』後期から伝統主義への傾斜を深めたものの（→本書第四章）、それでも大正末期までは、万葉調に依拠するのは自分一個の覚悟であり、他に強いるつもりは毛頭ない、との立場を保っていた（→本書二〇九～一〇頁）。その茂吉が、今や、短歌の調べはすべからく万葉調でなければならぬと断言し、さもないと下等低劣に堕落すると警告するに至った。一般人に耳遠い古語をあえて使用するのは、「何の憚ることを要せぬから」、つまり使用が自己目的化しているからで、詩歌の方法として有効だからではなかった。方法的に無効な万葉調が、茂吉の戦争詠を倫理的に破綻させる以前に、そもそも芸術として破綻させていたのである。彼が『万葉集』に祟られるのはこれで三度めだった。

4 かけがえのない日本文化

茂吉はその一方で、戦時下の一面的万葉称揚に対しては最後まで同調せず、時には公然と抗議の声を挙げさえした。

御用学者を揶揄する

たとえば一九四二年一月の『改造』では、「万葉集と日本精神」と題する文が世に氾濫する現象について「同じ歌を引いて同じことを繰返してゐるに過ぎない」と指摘し、これは編集者が「何の考もなしに」出題して、学者たちが「いい加減」に解答しているからだろう、と揶揄するとともに、『万葉集』を安直に時局に利用しようとする人は「抒情詩といふものの上つつらを素通りする人で、その真髄には触れ得ない人に相違ない」と決めつけ、そういう手合いにはあの「海ゆかば」や「醜の御楯」のすばらしさも実は身にしみていないのだ、と駄目を押した（「万葉雑話」全集14）。

『日本精神叢書』執筆の一件

もっとスリリングな一件もある。あの『日本精神叢書』（→本書二六〇頁）に茂吉も執筆を依頼されたのだ。

問題の文章には、発表までにかなり複雑ないきさつがあり、その点とも関わって全集巻末の「後記」に若干の事実誤認を見るのだが、細かい点は旧稿（品田〇六）に譲るとして、今は極力簡略に記そう。

茂吉日記の一九四〇年十二月十七日の条に、「文部省教学局」から来客のあったことが記されている。執筆依頼はおそらくこの日になされたのだろう。年が明けて、四一年一月四日に「文部省教学局ノ精神叢書ノタメニ万葉ヲ読ム」とあり、八日より起稿、十日には左に引く防人歌の箇所を書き、十八日には「教学局ノ分続稿」「午後ニナリテ大体ソレガ終了、綴《とぢ》ル」とある。完成稿を紙縒《こより》で綴じたらしい。

再三触れてきたように、茂吉はこのときまでに『柿本人麿』で学士院賞を受け、また『万葉秀歌』が文部省推薦図書に指定されるなど、万葉尊重の国民歌人として押しも押されもしない存在となっていた。しかも、多くの戦争詠を発表して戦時下の国民を全力で鼓舞していたうえに、一九三九年の文部省撰定「日本国民歌　第一輯」にも協力し、「神の生ませる、大やしま、常若《とこわか》にして、ゆたかなる、われらが生《せい》の、みなもとを、いま新しく、感激す」云々の歌詞を提供していた（「国土」全集24）。「万葉精神」を語らせるのにうってつけの人物と見込んだ文部当局が『日本精神叢書』への執筆を懇望し、本人も承諾して、翌月には原稿を書き上げた――ところが、それがとんでもない原稿だったのである。

防人の歌は、『今日よりは顧みなくて』といふやうな、勇壮活潑の歌から、『泣きし心を忘らえぬ

『日本精神叢書』

かも』といふのに至るまであるのである。されば、看様によつては、一は勇猛で、一は臆病であるやうにおもへる。また一は日本精神で、一は非日本精神であるやうに見える。実際、万葉集から日本心といふやうなものを拾出して、当嵌めようと急ぐ人々は、さういふ取扱方をして居るやうに見受けられる。

併し、この方法なり結論なりには、顧慮せねばならぬものが無いであらうか。私のやうに万葉集の歌全体を日本心だと解釈するものにとつては、防人の歌をも全体として日本心だと看做すのである。然らば、ああいふ女々しい、臆病ともいはば謂はるべき歌をばどう解決つけるであらうか。答へていはく、あれは一面には防人等の本音《ほんね》であり地金《ぢがね》であるからである。彼等にとつては純粋なる感情の表出だからである。思邪なき表現だからである。辺土防備に当つて、実質的に勇猛果敢な彼等といへども、人間であり、日本人であるうへは、別離に際して悲哀の情の無いものはない。それを純粋に悲しんで、飽くまで悲しんで、さうして一種の『覚悟』の境界に彼等は到達してゐるのである。それであるから、若しかういふ純粋感情をば矯《た》めるものがあつたら、それは純粋日本心を強ひて矯めようとするものである。いかがであるか。

〔「万葉の歌境」一九四一年一月筆、『万葉の歌境』所収・一九四七年、全集14〕

傍線部に注目しよう。『日本精神叢書』にはこの時点ですでに『万葉集と忠君愛国』『万葉精神』などが収められていたから、茂吉はそれを承知のうえで強烈に皮肉ったことになる。お上《かみ》から仰せつかった仕事でお上に喧嘩を売った格好だ。同じ文章には「防人の歌は当時の東国兵士の心を明らさまに表出したものであつて、尽く日本精神の発露でないものはない。よつて、ある歌をば認容し、ある歌をば否定しようといふやうな、末世的態度は却つて日本精神の純粋性を濁らしめるものだといふことを覚悟せねばならない」ともあって、後述するようにこれは年来の持論でもあったから、彼の所業はほとんど確信犯に近い。

叢書に収録されなかった原稿

ただ、日記には、いったん綴じたこの原稿を教学局に引き渡した記事が見当たらない。教学局側から交渉に当たっていた望月健夫（後の筆名は一憲）は、その後も面会日の火曜を狙ってたびたび訪問しているが、一九四二年一月十三日を最後に名前が記されなくなる。

書き上げたもののさすがに差し障りがあると思って、のらくら引き延ばしていたということだろうか。それとも、いったん引き渡した原稿に教学局上層部からクレームがついて、書き直しを求められたのだろうか。そこは分からない（望月氏の遺族・知人に問い合わせたが、何も聞いておられないとのことであった）。いずれにせよ、一九四三年には『日本精神叢書』の刊行自体が打ち切られて、原稿は茂吉の手許に残された。

改造社からの刊行を計画

茂吉はこの原稿によほど執着があったらしく、他の旧稿と取り合わせて単著とすることを思い立つ。出版社は改造社で、担当編集者は大橋松平。一九四三年七月に問題の原稿を増補し、書名も原稿の題と同じ『万葉の歌境』と決めて、十一月には企画届を提出した（佐藤佐〇二）。翌四四年の四月から五月にかけて万葉関係の別の原稿を整理したのも、おそらくこの単行本のための作業だったろうし、この時点で原稿を引き渡した可能性もある。ところが当の改造社が、横浜事件のあおりでこの年七月に廃業に追い込まれてしまい、計画はふたたび頓挫する。

次に引く柴生田稔の回想は、ことによると右の一件と関係があったのかもしれない。

軍部ににらまれる

昭和十九年の某月某日、私は陸軍教育総監部付の陸軍教授藤田清氏から「斎藤先生もあんなことを書いてゐると危険ですぞ」といふ言葉を聞いた。藤田氏はアララギ会員でもあり、昭和八年比叡山のアララギ安居会ののち、茂吉や私を芭蕉の幻住庵址その他に案内してくれた時以来の友交があつた。だから、右の藤田氏の言葉は、茂吉への警告を私に托さうとする好意に出たものであることを

疑はないが、当時の私には陸軍教授の制服をつけての居丈高の恫喝と聞こえた。〔柴生田八二〕

思うに藤田清は、横浜事件に関連して改造社が捜査された際、その筋から「万葉の歌境」の内容を漏れ聞いたのではないだろうか——出来すぎた推理のようだが、一つの仮説として提出しておく意味はあるだろう。少なくとも状況は符合しているし、このころ茂吉が発表した文章で危険視されるようなものは、私にはほかに思い当たらない。なお、この原稿は、終戦後の一九四六年六月に佐藤佐太郎に託され、青磁社から刊行されるのだが、その時点で加筆がなされた気遣いはまずない。当時茂吉は肋膜炎がやっと治りかけたところで、机に向かえる体調ではなかったからだ。

文化主義的万葉像の擁護

改めて言おう。茂吉が身の危険をも顧みず、戦時下の万葉称揚を非難してやまなかったのは、「醜の御楯」や「海ゆかば」が歌として低劣だからでは決してなかったし、まして『万葉集』が日本精神と無縁だからでもなかった。自ら信奉し、世間に広めてもきた文化主義的国民歌集像が蹂躙されていくという事態を、彼は座視するに堪えなかったのである。

万葉集の日本精神は『日本語』をもって表現せられた。直に『歌そのもの、歌それ自身』に顕現せられてゐるのであつて、万葉集の歌を抽出して、それに『何々性』『彼々性』などと名づけて、辛うじて日本精神を羅列し得る如き、さういふ抽象的なものではないのである。さういふ程度のものならば、いづれの国土、いづれの民族にも存在し得る可能性を認めねばならぬのである。

〔「日本精神と万葉集」『大阪朝日新聞』一九四〇年九月三・四日、全集14〕

遍満する万葉精神

日本精神は『万葉集』の一首一首、一語一語に遍満している。それは日本語以外のいかなる国語にも宿ることはなく、したがって日本以外のいかなる国土、いかなる民族にも存在しない――この信念は、「万葉集の歌全体が、取りもなほさず、日本人の心の顕現だ、といふに帰着する」以上、「万葉集の歌の何首目と何首目とがそれ、何首目と何首目とがそれでないといふがごとき、さういふ中腰の雑論を許容せぬ」ものでもあった（「万葉の歌境」前掲）。『万葉集』は茂吉にとって、文部当局が仕立てようとするのよりはるかに深遠な次元において、紛れもなく日本精神の精粋なのだった。

先に引いた『秀歌』序の一節を、この脈絡に置き直してみよう。ただならぬメッセージが読み解けてくるだろう。

本書では一首一首に執著するから、いはゆる万葉の精神、万葉の日本的なもの、万葉の国民性などいふことは論じてゐない。これに反して一助詞がどう一動詞がどう第三句が奈何結句が奈何といふやうなことを繰返してゐる。読者諸氏は此等の言に対してしばらく耐忍せられむことをのぞむ。

「万葉の精神、万葉の日本的なもの、万葉の国民性」は、一首一首を味わい尽くすことではじめて感得されるし、また感得すべきものである。一部を抽象的に扱って事足れりとするのは、日本精神に対する冒瀆にほかならぬ――茂吉が自ら実践し、読者にも求めたのは、『万葉集』とそういう態度で向き合うことであった。彼のナショナリズムは筋金入りであって、文化や感性の次元にまで根を張っていたのだ。茂吉の「良心」と仮称しておいたものの正体がここにある。

底流していた共通の論調

しかも、これは茂吉に限った話ではなかった。時局的古典称揚に対する違和や反感は、言論統制の厳しさにもかかわらず、戦時下の刊行物に実は意外なほど頻繁に表明されていた。

たとえば、著名な作家・評論家が一堂に会した伝説的座談会「文化綜合シンポジウム――近代の超克」の席上、出席者の一人、林房雄が「記紀、万葉その他の古文献の文部省的釈義によつて、日本人が出来るなどと思つてそんなことをやつてゐる連中に、お前らは苦労したかと言ひたい。万葉、記紀その他の古文献以外に、一体お前らは何を識つてゐるか、真剣に近代といふものを通つて来たかとさへ反問したいね」と憤慨すると、三好達治が「文部省の便宜主義は甚だ困りものだ」「古典のなかから日本精神を探し出して、さしづめこの時局に応用しようとする、さういふ目の先の意図が非常に浅薄に見え透いてゐて、その為に古典の読み方、解釈の仕方が甚だ軽率で不十分で、また時には非合理なんだ」と応じていた（『文学界』一九四二年十一月）。

暴露された防人歌の実態

『万葉集』に直接関わるところでは、前掲の川田順『愛国百人一首評釈』もある（↓本書二六四頁）。著者は戦争詠の多さで茂吉と並び称せられた歌人であり、「愛国百人一首」の選定委員をも務めた。事業を後援した毎日新聞社から『定本愛国百人一首解説』が出たとき、対抗して朝日新聞社が売り出したのがこの本であり、いわば折り紙付きの便乗書である。ところが驚くまいことか、その一節にはこう明記されている。

防人の歌に就いて、一言せねばならぬ事がある。万葉集を全く読まぬ人達の間には、防人の歌といへば悉く男性的な、勇敢なもので、恰も現今の出征将兵らが前線で詠むところの戦争短歌と同類のものといふ誤解の流布してゐることだ。少しく歴史を読めばわかることだが、防人は戦争をしたことは無いのである。さればこそ戦争の歌が皆無なのだ。主として大陸に対して九州の北辺を防衛する任務を持ち、東国から応召した徴兵なのだが、この制度が始められてから終るまで、外寇は一回も無かつた。

川田は続ける。防人関係歌を内容から分類すると、防人が妻や家族を思った歌が圧倒的に多く、旅行の難儀や旅愁を歌つた歌がこれに次ぎ、「君国の御為に身命を捧げようといふ直接の愛国歌」は六首にすぎない。こう書いておいて、《忠君愛国の情を直叙した歌は少数で、その少数の中に今回の「百首」に採られたやうな不朽の作のあることは、勿論特記せねばならぬ》と付け足すのだが、行間は容易に読み取れるだろう。

日ごろ『万葉集』に親しんできた人々にとって、防人歌の実態が「滅私奉公」やら「尽忠報国」やらのスローガンにそぐわないことは明々白々であった。ならば両者は衝突するのか。多くの論者はそうは考えなかった。私情を包み隠さないところが防人歌の真実であり、尊ぶべき美質であって、防人たちは心底悲しんだすえに覚悟を決め、立派に任務を果たしたのだ、と考えた。つまり茂吉と同じように考えたのである。月刊『文学』の特集「万葉精神」(一九三九年一月)、また「特輯『防人の歌』」(一九四二年八月)なども、そういう論調で埋め尽くされている(品田〇六)。

戦意を下支えした文化主義的国民歌集像　するとこうも言えるだろう。茂吉にとってそうだったように、当局の誘導と一線を画そうとした多くの論者にとっても、『万葉集』は美しい日本文化、優秀な日本民族の表象にほかならなかった。擁護すべきはこの『万葉集』であって、政治主義的にデフォルメされた『万葉集』ではない——戦地で軍嚢から茂吉の『秀歌』や岩波文庫の『新訓万葉集』を取り出し、ページを繰っていくとき、兵士たちの胸裏に実感として込み上げてきたのもおそらくそうした思いだったに違いない。

ぼくは戦争に文庫本の『万葉集』を一冊持って行った。何のために死ぬんだろうか、何のために死ななきゃならないんだろうか。そのときの自分を納得させるために、一つには日本の文化というものがあり、その先に日本のことばがあった。そういうことで自分を心の中で納得させようと思ったんです。日本語は美しいことばだとそのとき思いました。〔三枝・原風景〕

歌人の近藤芳美がインタビューに応じたことばである。新婚三ヶ月めの一九四〇年九月に応召し、船舶工兵として中国大陸に渡った近藤は、揚子江の河畔で行なった手旗演習を、「はてしなきかなたにむかひて手旗うつ万葉集をうちやまぬかも」（『アララギ』一九四一年三月）と詠じ、それがこの時期の彼の代表作となった。このときポケットには妻からの手紙が忍ばせてあって、打ち続けたのは「海ゆかば」でも「醜の御楯」でもなく、人麿の「小竹《ささ》の葉《は》はみ山《やま》もさやに乱《みだ》れども吾《われ》は妹《いも》おもふ別《わか》れ来《き》ぬれば」（1・一三三）だったという。

『万葉集』を生み出した日本の文化、日本のことばは、自分たちが命がけで守るに価するし、守り抜かなくてはならない――文化主義的国民歌集像は、当局の推進する万葉称揚と軋轢を生じる一方で、皮肉にも、人々の戦争遂行の意志を根深いところで支えてもいたのである。戦時下における茂吉の行動も、この脈絡ではむしろ終始一貫していたと評すべきだろう。

5　敗戦を越えて

疎開生活

一九四五年四月、茂吉は、日増しに空襲の激化する東京を逃れて郷里金瓶に疎開し、斎藤十右衛門家に仮寓した。この家は妹なをの嫁ぎ先で、生家のすぐ隣に今もある。

青山脳病院の本院は、東京都の買収に応ずる手続きがほぼ完了し、分院も、空襲に備えてすでに患者たちを他の郊外の病院に移し、事実上休業状態となっていた。並行して、茂吉は義弟斎藤西洋から財産を分与されて分家し、長く別居してきた輝子を青山の自宅に呼び戻したのだが、それからまもなく、輝子ら家族を青山に残したまま、単身疎開先に向かったのだった。その自宅は病院ともども五月二十五日の空襲で全焼してしまい、翌月からは十右衛門家の土蔵で茂吉、輝子、次女昌子の三人が寝起きする生活となる。

八月十五日の終戦も金瓶で迎えた。「正午、天皇陛下ノ聖勅御放送、ハジメニ一億玉砕ノ決心ヲ心ニ据ヱ、羽織ヲ著テ拝聴シ奉リタルニ、大東亜戦争終結ノ御聖勅デアツタ。噫、シカレドモ吾等臣民ハ七生奉公トシテコノ怨ミ、コノ辱シメヲ挽回セムコトヲ誓ヒタテマツツタノデアツタ」（日記）。

やがて十右衛門の息子たちが戦地から復員してくる。土蔵の明け渡しを求められ、移転先をあれこれ思案したあげく、アララギ会員板垣家子夫《かねお》の仲介によって、大石田の資産家、二藤部《にとべ》兵右衛門の二階建て隠居家を借り受けることとする。大石田は金瓶より四十キロばかり北方の豪雪地域で、かつて最上川の水運で栄え、芭蕉が『奥の細道』の旅で「五月雨をあつめて早し〔初案すゞし〕最上川」の句を詠じた地でもある。同地へは翌年一月三十日に引き移った（輝子はそのとき上京し、医院を開業していた長男茂太らと同居した。昌子は復学するために前年のうちに上京、長女百子《ももこ》の嫁ぎ先に寄宿していた）。

借り受けた二階屋に「聴禽書屋」と命名し、帰京するまでの一年九ヶ月をそこで暮らした。その間、一九四六年三月には風邪をこじらせて肋膜炎を発症し、一ヶ月近く高熱に苦しんで、住み込みの看護婦に六月まで世話になった。九月には全快したものの、翌年二月には軽度の脳出血で一週間臥床した。

『小園』と『白き山』

疎開時代の作歌は『小園』『白き山』の二歌集に収録されており、特に後者は、四十数年にわたる歌業の到達点として世評が高い。

くやしまむ言《こと》も絶えたり炉《ろ》のなかに炎《ほのほ》のあそぶ冬のゆふぐれ　〔一九四五年作「金瓶村小吟」〕
沈黙《ちんもく》のわれに見よとぞ百房《ひやくふさ》の黒き葡萄に雨ふりそそぐ　〔同〕
こゑひくき帰還兵士のものがたり焚火《たきび》を継がむまへにをはりぬ　〔同〕
うつせみのわが息息《そくそく》を見むものは窗にのぼれる蟷螂《かまきり》ひとつ　〔同年作「残生」。以上、『小園』〕
ひがしよりながれて大き最上川見おろしをれば時は逝くはや　〔四六年作「黒滝向川寺」〕
おそろしき語感《ごかん》をもちて「物量」の文字《もじ》われに浮かぶことあり　〔同年作「大石田より」〕
かりがねも既にわたらずあまの原かぎりも知らに雪ふりみだる　〔同年作「逆白波」〕
最上川逆白波《さかしらなみ》のたつまでにふぶくゆふべとなりにけるかも　〔同〕
「追放」といふことになりみづからの滅ぶる歌を悲しみなむか　〔四七年作「黒どり」〕
道のべに蓖麻《ひま》の花咲きたりしこと何か罪ふかき感じのごとく　〔同年作「ひとり歌へる」〕
うつせみの吾が居《ゐ》たりけり雪つもるあがたのまほら冬のはての日　〔同〕
くらがりの中におちいる罪ふかき世紀《せいき》にゐたる吾もひとりぞ　〔同〕
わが国の捕鯨船隊《ほげいせんたい》八隻はオーストラリアを通過せりとぞ　〔同〕
かん高く「待避《たいひ》！」と叫ぶ女《をんな》のこゑ大石田にてわが夢のなか　〔同〕

オリーヴのあぶらの如き悲しみを彼の使徒《しと》もつねに持ちてゐたりや　〔同〕
最上川の流のうへに浮びゆけ行方《ゆくへ》なきわれのこころの貧困《ひんこん》　〔同。以上、『白き山』〕

敗戦の痛恨を歌う作と北国の山河を詠ずる作とが相俟って、一続きの心模様が織りなされる。最上川の流れを見下ろして老いの孤独を嚙みしめる心に、突如戦火の記憶が生々しく蘇るかと思うと、降りしきる雪の彼方から容赦ない断罪の声が迫ってくる。こんなはずではなかった。何がどう食い違ってしまったのか。

『万葉集』なども要らないという声

世間には種々の破壊的言論が飛び交っていた。いわく「国語を日本語からフランス語に変えよ」。いわく「法隆寺など潰して駐車場にするがよい」。いわく「俳句も短歌も第二芸術にすぎぬ」。およそ日本的と名の付く物事がことごとく槍玉に挙げられ、その後進性や封建性を指弾されるという風潮だったから、つい昨日まで総力戦遂行に利用されてきた『万葉集』が怨嗟の的となるのも、ある意味で当然のなりゆきだった。現に小学校では、国語教科書の「万葉集」の単元に墨を塗りたくる始末となったのである（海後）。いっそ抹殺してしまえとの声が拡がるとしてもそう不思議はなかった。

私は些か歌に関係ある一老人として、この機会にわが親愛なる日本の歌人に一言繰言を呈したい。諸君が軍国主義や帝国主義を捨てられた序に、どうです一つ万葉集をも捨てられてはと、何時迄も古臭い万葉などにこだはつてゐては新文化は決して発達しません。文化日本の建設などあつたものではないと思ひます。

〔平野万里「観潮楼歌会の事など」『芸林間歩』一九四六年五月〕

この平野の文に茂吉は激昂し、反駁文を書くのだが、ひどく手間取ったうえに筆致も精彩を欠いた。

万葉集は尊ぶべき詩集で、侵略政治書でも、軍略書でもないのに、軍国主義を棄てたからといつて、万葉集を棄てよといふのはをかしくはないか。侵略政治を追放したからといつて、万葉集を棄てよといふのもをかしくはないか。

近時いけなかつたのは、政府の万葉集取扱が悪かつたので、万葉集そのものが悪かつたのではないではないか。若し追放するならば、その悪い取扱方を追放すべきであるのに、それをし得ない平野君も、正しい判断が出来なかつたものと見える。

〔「万葉追放」一九四六年十二月稿、『アララギ』一九四七年十一月、『茂吉小話』所収、全集7〕

趣旨は明瞭であるし、茂吉自身は「悪い取扱方」と現に戦ってきたのでもあった。が、それにしても、「をかしくはないか」とはなんという腰の引けた言い回しだろう。以前の戦闘的な茂吉——並み居る論敵を「魯鈍」「ペテン師」等々と決めつけ、挑発に乗った相手の不用意な発言を捉えては執拗に追及し、さんざん叩きのめしたあげく、なお罵声を浴びせかけて倦むことを知らなかった茂吉の、あの恐るべき気迫はどこへ行ってしまったのか。文中には「吾々は徹底的に敗北し、もはやどうしてよいか分からず、おどおどして、夜も碌に眠れぬといふときに、このやうな提言は案外人気を得るかも知れず」云々ともあるのだが、これでは平野を揶揄したのか、自身の失意を吐露したのか分からない。末尾で「若しも国禁によつて万葉集が焚焼でもされたとせよ。秦始皇かナチス党の如き運命たるべきことを私は予言するものである」と精一杯の見栄を切ってみせたのも、負け犬の遠吠えめいてかえって痛々しい。

戦争責任追及の動き

じっさい茂吉は、このころ「徹底的に敗北し」「おどおどして」「夜も碌に眠れぬ」日々を送っていたのだった。戦後創刊された左翼系の文学雑誌『新日本文学』『人民短歌』を中心に文学者の戦争責任を追及する動きが見られたばかりか（三枝・精神史）、あまたの戦争詠を非難する声は身内の『アララギ』にさえ現れていた。この年春からは占領軍司令部の指示による公職追放の審査も始まっており、その審査用紙を返送した直後に、まるで追い打ちをかけられたかのように肋膜炎を発症したのだった。病後はめっきり老け込んだともいう（山上七四）。

「こころの貧困」の解釈

先に挙げたうち最後の一首、「最上川の流のうへに浮びゆけ行方《ゆくへ》なきわれのこころの貧困《ひんこん》」の解釈がこの点に関わってくる。

この一首には厳しい自省・自責を読み取る向きが多く、第五句「こころの貧困」を「己が過去の思想的貧困」（鎌田）、「己が過去の思想的無智」（吉田九七）などと解したものもあるが、佐藤佐太郎が「満ち足りない精神の状態」と解し、全体を「昼夜なく流れている最上川の水に浮かんでいってしまえ、遣り場もなく、わだかまっている心の不満、心の悲哀は」と敷衍したのに従うべきだと思う（佐藤佐七八）。

茂吉は「作歌四十年」（前掲）の「赤光抄」で「ひもじさに百日《ももか》を経たりこの心《こころ》よるの女人《をみな》を見るよりも悲し」に注して、《『ひもじさ』は此処は主に精神上のひもじさ、心の貧困といふ意味に使つてゐる。そして、聖書などにある、『心の貧しき』云々の虚心の意味とも違ふ意味に使つて、もつと現世的此岸的人間的である》と記している。当面の「貧困」もこれと同様に解するのが順当だろう。また、「蓮葉《はちすば》に溜まれる水の、行方無み我がする時に」（万葉・13・三二八九）などの用例に照らせば、「行方なき」は〈行くべき方角がない〉つまり〈どこにも行きようがない〉意であって、〈どこへ行くとも分からない〉意の「行方も知らぬ」とは違う。

要するに、「行方なきわれのこころの貧困」とは、追い詰められて〈どこにも行きようのない〉〈精神上のひもじさ〉――「おどおどして」「夜も碌に眠れぬ」現在の心の状態――をいうのであって、過去にうかうか戦争詠を量産してしまった思想の貧弱さをいうのではない。以上の解釈は、茂吉が戦争責任に対する非難・糾弾をまったく理解できず、ただ不条理なものとしか受け止められなかった、との観測（中村）とも符合するはずである。

国民として当然の行為

その点にも関わって、茂吉が大石田にいたころ、訪ねてきた山口茂吉とのあいだでこういう会話が交わされたという。

歌の話をしていた時、山口氏は、

『先生、先生を戦争協力者に挙げているものが居りますから、十分気をつけて下さい。』

これを聞くと先生は勃然と怒り出した。

『そうか、山口、そういうことがあるのか。俺を戦争協力者とは一体どういうことだ。俺ばかりということはない。歌人のほとんどが皆そうじゃないか。国が戦争をすれば、誰でも勝たせたいと願うのは当然だ。国民としてそれがどこが悪い。そうだろう、山口。』　〔一九四六年四月談話、板垣〕

大石田にて

この会話は著者が後年記憶を頼りに復元したものであり、より信頼性の高い山口茂吉日記と日付の記載が食い違うなど、いくらか割り引いて受け取る必要もある。が、本人がこれに類する発言をしたことまでは疑うに及ばないだろう。想起されるのは、後に戦後民主主義の旗手となる多くの人物が、戦時下には国策に積極的に協力していたこと、そしてその行為について、国が戦争を始めた以上は協力するのが国民の責務だと考えた、と説明していたことである（小熊〇二）。

かつて福沢諭吉は、日本の社会では統治者と被統治者が水と油のように分離しており、国の独立を賭けた戦争にも被統治者はおよそ無関心であると慨嘆して、「日本は政府ありて国民（ネーション）なし」と断言した。茂吉が生まれる七年前のことである（福沢）。

福沢発言から日中戦争勃発までが六十二年。万葉時代からの千三百年というスパンで眺めれば、たかだか二十分の一にすぎない。そういう短い期間で、茂吉の、そして彼と同じ被統治層出自の多くの人々の脳裏に、福沢が憂えたのと正反対の意識がすっかり根を下ろしていたことになる。かたがた照らし合わせるとき、思い半ばに過ぎるものがありはしないだろうか。

立ち消えた追及の声

幸いにも、と言うべきだろうか、文壇・歌壇の戦争責任追及はまもなく立ち消えてしまった（木俣）。ほとんどの文学者がなんらかの形で戦争協力に手を染めていたため、追及する側とされる側との線引きがひどく困難だったらしい。公職追放の措置が適用されたのも、有力歌人では、元推薦議員の吉植庄亮、元言論報国会理事の斎藤瀏、元情報局文芸課長の井上司朗くらいで（長浜）、茂吉を含む元日本文学報国会短歌部会関係者の活動は不問に付された。

国民歌集『万葉集』の延命

茂吉が危惧してやまなかった『万葉集』はどうなったか。終戦後七年めに書かれた次の文章が、当時の空気をよく伝えているように思う。

大戦勃発とともに、「おほきみは神にしませば」「しこのみ楯といでたつわれは」というような歌をもつて「万葉集」の全体を代表せしめるようなことになつた。戦後は反動として同様な根拠から「万葉集」を全く否定しようとする傾向さえ見られた。「万葉集」の片鱗をもつて全体を推そうとするもので、どちらも正しいとはいえない。「万葉集」を全面的に見直そうではないか。自然主義的な迷路からひき返し、潮の高鳴りのような民族のコーラスに耳を傾けよう。

〔井上豊「新万葉論への序説」『上代文学』創刊号・一九五二年八月〕

こうした「見直し」により、文部省教学局的『万葉集』、日本文学報国会的『万葉集』、また保田与重郎的『万葉集』は闇に葬られ、代わって「民族のコーラス」としての『万葉集』が息を吹き返していったのである。それは『万葉集』が戦時下の歪曲から解放されたということではない。昭和戦前期に形成されていた文化主義的万葉像が無傷のまま戦後に引き継がれ、人々の万葉享受の土台でありつづけたということなのである。『万葉集』はそのようにして、戦後なお半世紀にわたり日本の国民歌集でありつづけた。

茂吉の『秀歌』が長く読み継がれてきた事実は、右に述べた経緯の端的な例証にほかならない。

こぼればなし7　作詞は苦手

大歌人茂吉にしては意外ながら、歌曲の作詞は不得手で、生涯に数編しか手がけなかった。

一九三八年の十二月二日、呼び出しを受けて文部省に出向くと、北原白秋、佐藤春夫ら六名と「国民歌」の歌詞を競作するようにとの依頼だった。茂吉は「渋々引受ケテ来タガ、僕ニ出来ルカ出来ナイカ見当ガツカナイノデ大ニ煩悶」し、それから神田の古書店街を巡り、山口茂吉を勤務先に訪ね、渋谷でニュース映画を観て鰻を食い、もう一度映画館に入ってようやく「煩悶」が薄らいだ（日記）。

非常に苦吟して草稿を多くの知人・友人に示し、看護婦にまで感想を求めたうえ、不満足ながらどうにかまとめた。本文中で言及した「国土」がそれで、三番まで作ったのを十二月二十三日に作曲者大木正夫に渡し、二十六日には文部省にも提出して一安心した。

さてここから茂吉の本領が発揮される。明けて一月八日、大木宅で作曲試演に立ち会い、十日には文部省で作曲試吟に立ち会う。それを聴くうちに歌詞の不満足な箇所がまた気になりだしたらしい。帰途、佐藤佐太郎宅に立ち寄った際、談話の途中で突如、末尾の「いま新しく、感激す」を「この新代《あらたよ》に思ふべし」に改めると言いだし、それを「思ふべしこの新代に」と変え、さらに「思はざらめや新代に」として、「これでおさまった」「万葉調で結局おちついた」と上機嫌で帰って行った（佐藤佐〇二）。

翌々日、直した歌詞二通を文部省の担当官と大木にそれぞれ速達で送る。それから自動車で大木宅を訪問するが、留守だったので置き手紙をして来る。何を伝えに行ったかというと、郵送した新案をやはり元通りにするという件なのだった（佐藤佐〇二）。

こぼればなし8　虫の好く男

茂吉には独特の強い体臭があったという。長男の斎藤茂太が「肌につけていたものは、くらがりでもえり分けることが出来た。父の死後かなり経ってからも、病室には、父の臭いがただよって、なかなか消えなかった。なつかしい臭いであった」と書いている（斎藤茂太〇〇）。

そのせいか、人一倍虫に食われやすいたちで、蚤も蚊もダニも南京虫も大嫌いだった。一高の学寮では、蚤があまりに出るので病人用ベッドのカバーを大きな袋に改造し、毎晩その袋に全裸で入って、首のところを巾着のように締めて寝た（「蚤」全集7）。留学先のミュンヘンでは、南京虫に悩まされて何度も下宿を変えた（「南京虫日記」全集5）。「家蛃《いへだに》に苦しめられしこと思《も》へば家蛃《いへだに》とわれは戦《たたか》ひをしぬ」などという作もある（『暁紅』）。

膚を刺す虫ではないが、戦後の一時期を過ごした大石田では、畳に巣くう虫と戦った。成虫はごく小さな甲虫で、幼虫が畳の芯を食って育ち、羽化するとき表を食い破って外に出る。肋膜炎が癒えかけた初夏のころ成虫を発見、畳を天日に干したが効果はなく、板垣家子夫の発案で畳に熱湯をかけてようやく「征伐」した。

その一方で習性を細かく観察したところが茂吉らしい。「雄ハ触手羽状、雌ノ触手ハ昆《ママ》棒状、穴ヲイデ、五分交尾ハジム、雌ノ産卵器1分位マデノビル。絶エズ産卵ス」（一九四六年六月十六日）。交尾は空中で行なうのだ。茂吉は板垣相手に喜々としてこの「大発見」を語り、飛翔する様子から種族保存の目的まで看破するのが「実相観入」の極意だ、と説諭した（板垣）。

少年のころ昆虫マニアだった北杜夫によれば、この虫はクシヒゲシバンムシかという（北・晩年）。

終章　配役の転倒

帰京

一九四七年十一月、茂吉は大石田を去って帰京し、世田谷代田の茂太の家で悠々自適の生活に入った。すでに準備してあった歌集や単行本を矢継ぎ早に刊行する一方、翌四八年の夏には箱根の別荘で『小園』『白き山』の原稿を整えた。アララギにはすでに「土屋幕府」（日記・一九四八年一月八日）が成立しており、疎外感から距離を置くような態度をとったが、作歌意欲そのものはなお旺盛で、

税務署へ届けに行かむ道すがら馬に逢ひたりあゝ馬のかほ　（一九四八年作「猫柳の花」）
一様《ひとざま》のごとくにてもあり限りなきヴアリエテの如くにてもあり人の死《し》ゆくは　（四九年作「一月一日」）
わが生きし嘗ての生《せい》もくらがりの杉の落葉とおもはざらめや　（同年作「檜あふぎ」）
この現世《げんぜ》清しくなれとをろがむにあらざりけりあゝ菩薩よ　（五〇年作「ひもじ」）

地下鉄の終点に来てひとりごつまぼろしは死せりこのまぼろし（同年作「夕映」）

暁《あかつき》の薄明《はくめい》に死をおもふことあり除外例なき死といへるもの（同年作「晩春」）

茫々としたるこころの中にゐてゆくへも知らぬ遠《とほ》のこがらし（同年作「冬の魚」）

など、没後『つきかげ』にまとめられる秀吟を残した。

衰　弱　が、一九四九年ごろから体力・気力とも著しく衰え、五〇年の夏には心臓喘息の兆候が表れた。この年の十月十五日に書いた未発表の随筆「無題（六）」には、《何だか『死』といふものが近づいたやうな気がしてならない。息ぐるしい》《僕の精神状態は、朦朧として居て、実に変だ。これは夜半から暁にかけて、著しい。只今は正午でラジオでは、素人のど自慢がはじまつてゐる。二階にゐてそれを聴いてゐるが、実に朦朧としてゐる》と痛ましい心境が告白されており（全集7）、この四日後には二度めの脳出血を起こして、新宿大京町への転居を延期した。

十一月一日には、新居を訪ねてきた佐藤佐太郎に「歌はもうボケてしまってだめだが、それでもかまわない作っておこうとおもうんだ。麻痺があるとボケるもんだからね」「土屋君などは僕のボケてゆくところをひややかに傍観しているような気がする」などと語った（佐藤佐〇二）。

文化勲章　以後、日記をつけるのも不自由となったらしく、一九五一年以降の分はすべて家人の手で記されている。五一年二月と五二年四月には心臓喘息の発作に襲われ、五二年からは老人性痴呆の症状も目立つようになって（北・晩年）、五一年十一月三日の文化勲章授賞式にはかろう

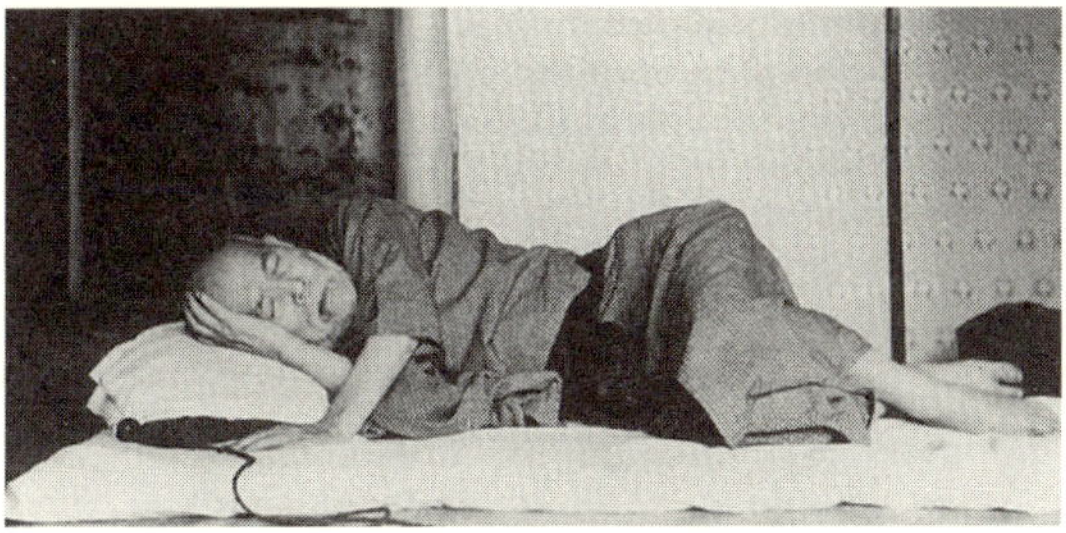

最晩年（1952年７月21日，甥の高橋重男が撮影）

じて出席したものの、翌年四月の祝賀会には欠席せざるをえなかった。

講和記念式典歌の作詞者に指名される

その茂吉が一九五二年三月、翌々月に迫った講和条約発効記念式典で歌われる祝典歌の作詞者に指名された。家人代筆の日記にはそれが「犬丸、高橋教育長（国民歌タノミ、コトワル）」（三月十八日）、「犬丸（モチ）、国民歌渡シ」（三月三十一日）とだけ記されており、断わったはずのものがなぜか提出されたことになっている。作詞に取り組んだことを窺わせる記載は一切ない。だいいち、このときの依頼は「国民歌」ではなかったのだが、老耄の茂吉には、戦時中「日本国民歌」を作詞した経験（→本書二八六頁、三〇五頁）と区別がつかなかったらしい。なお、「犬丸」とは文部省人文科学研究課長の犬丸秀雄で、アララギ会員としてかつて茂吉の選を受けていた人物である。

問題の歌詞は、

（一）ひむがしに　茜《あかね》かがよひ　祖先《とほつおや》　生《あ》れし国土《くにつち》　あらた代に　今こそ映《は》ゆれ　見はるかす　小野《をぬ》も木原《きはら》も　香《か》ごもりて　幸《さきは》ふごとし　もろともに　祝《ほ》がざらめやも

（二）あたらしき　朝明《あさあけ》にして　峰々《みねみね》の　とほきそぎへに　雲はるか　常若《とこわか》の国　むらぎもの　心
さやけく　澄みとほる　光《ひかり》こそ見め　とことはに　和《のど》にあゆまむ

というもので、四月三日の朝刊各紙で報道された。たとえば『朝日新聞』には、「茂吉翁に喜び重なる」「講和祝典歌を脱稿　お祝いの肖像画も届く」との見出しのもと、再三の作詞依頼を茂吉は固辞しつづけたが、文部大臣天野貞祐の熱望に動かされてついに引き受けた、との記事と、「歌は強制しない」との社会教育局長寺中作雄の談話、および「早く仕上げたい」との作曲者信時潔（↓本書二六三頁）の所感が掲載された。

難解さを国会で追及される

同じ日の参議院文部委員会で、日本共産党の議員、岩間正男が右の歌詞を問題視して質問に立った。「わざわざ万葉時代の古語を用いておる」「一体理解できる日本人が百人のうち一人あるかどうか」「これによつて当然構成されて来るところの観念、思想、そういうものは非常にやはり何か古代回想的なそういうものに連なつて来る」などと批判し、漢字制限や新仮名遣いなど、目下文部省が進めている新時代の国語教育政策とどう整合するのか、と追及したのだった。答弁に立った天野文相は、斎藤氏はこの方面の第一人者だから適任だろうと考えたまでだ、とかわしたが、岩間議員は「国語を現代とマッチさせようとの方策」を進める一方で「こういう復古調を再び採用する」のは政策上の矛盾ではないか、となおも食い下がった。

日本社会党（左派）の議員、高田なほ子もこれに同調し、難解な歌詞を各学校で子どもたちに歌わせるのはどうかと思うと述べ、寺中社会教育局長が「国民全般に全部歌わせるという趣旨」ではないと答弁したことからさらに紛糾、岩間議員は茂吉の戦争詠にも言及して、「軍国主義と結び付いたこういう芸風が抜けきれないで新たな形で出てきておる、ここが問題だ」と切り込み、第一クラブの矢嶋三義議員も「わけのわからないこういう歌」を文部省の手で出すことには賛同しかねると述べ、公募を提案したが、天野文相は「私はこれでよいと思っております」との答弁で最後まで押し通した（国会議事録検索システムによる）。

なお、岩間正男は北原白秋門の歌人でもあって、このときまでに歌集『ひとり愚かに』（一九四九年、平凡社）があった。

新聞報道も否定的

『朝日新聞』の「天声人語」が翌朝この件を取り上げた。「茂吉翁の歌そのものをあれこれ言うのではもちろんない。この人に依頼すればこうした万葉風になるのは当り前の話で、天野さん以下文部官僚の考え方に疑問を感ずるのである」「講和による独立は古典日本に逆もどりすることではない。新しい日本として前に進むことだ。わかり易い現代語の庶民の歌こそがほしいのである」。同紙同日の社会面では《難しい？『式典歌』》《是か非か各界の意見を聞く》との見出しのもと、識者の声が特集され、五名中四名が「難しすぎる」と批判し、残る一名は「迷っている」と述べた。他方、『読売新聞』が一般読者から投稿を募集したところ、応募総数七二六通のうち、反対四五八通、賛成二六八通だったという（『読売新聞』同年五月三日朝刊）。

一連の報道には、事態を重く見た文部省が全国の学校用に歌詞の解説パンフレットを大急ぎで作成した、というものもあるが（『読売新聞』同年四月七日夕刊）、真偽は定かでない。ただ、東京芸術大学図書館所蔵の譜面「平和条約発効ならびに憲法施行五周年記念式典歌　日本のあさあけ」には、末尾に「文部省」の名で「歌の大意」と「語釈」が付記されている。

混乱していた解釈

「東の空が　あかく　かがやいて　われらの　祖国は　新しく迎えた代に　今こそ照りはえている」云々というその「大意」によれば、冒頭の「ひむがしに　茜かがよひ」は六句めの「今こそ映ゆれ」に係るものと解されるが、曲のほうは、冒頭以下「生れし国土」までが八小節、「新た代に」以下「小野も木原も」までが八小節となっているため、旋律に沿って歌う際には、「茜かがよひ」は四句めの「生れし」に係るようにしか受け取れない。つまり、歌詞の解釈が作曲者と文部省で食い違っていたようなのである。

が、この点には誰も口を挟まないまま、式典はこの年五月三日、皇居前広場――たった二日前に同じ場所で血のメーデー事件が起こり、千二百人以上の逮捕者が出ていた――で盛大に執り行なわれた。平和日本の再出発を祝う歌として永く歌い継がれるはずだった「日本のあさあけ」は、この日を境に完全にお蔵入りとなって、譜面も現在では全国の図書館にわずか二通しか保存されていない。

二つの国語観の衝突

右の一件は、国語の同一性をめぐる二つの見地が歴史の転換期に顕在化し、正面衝突した事件と捉えることができる（↓本書一七七頁）。

近代日本における国語言説として当初優勢だったのは啓蒙主義的国語観であり、この見地から標準語と言文一致の実現が目ざされたのだったが、大正中期に所期の目標がひとまず達成されると、代わって伝統主義的国語観が台頭し、国語学・国文学の研究を主導するとともに、短歌の分野では万葉調の全盛を支えていった。昭和戦前期の万葉ブームも、戦中における古典称揚も、同じ国語観に立脚していたと見てよいだろう。それが終戦を機に一転し、啓蒙主義的国語観が盛り返して、「分かりやすさ」が「伝統」より重視されることになったのだ。銘記すべきは、この立場から祝典歌の歌詞を非難した人々にしても、一国家一言語という国民国家の理念をなんら疑ってはいなかったという点だろう。

攻撃された茂吉に沿っていえば、一八八二年生まれの彼は、一五歳で上京するまで国語という観念そのものを持ち合わせていなかったし、国語と呼べるような言語が当時この国に存在したわけでもなかった。彼がある時期から伝統主義的国語観を受け入れたこと、さらには民族的文化伝統の、したがってまた国語の伝統の体現者として振舞いはじめたこと、そしてこの立場から国策協力者となっていったことは、結果から見れば必然的な流れのようでもあるが、実に多くの偶然が積み重なった結果でもあって、しかも、「復古調」という非難にもかかわらず、それ自体としては近代にしかありえない事態だったのである。

一介の「みちのくの農の子」だった茂吉が、歴史の流れの中で紛れもない近代人となって、世が世なら背負わずに済んだはずのもろもろの重荷を背負い込み、事と次第によっては演じずに済んだはずの役柄を演じとおしたのであった。

それればかりではない。

覆面の代作者

旧版『斎藤茂吉全集』の編集が進んでいた折しも、岩波書店の編集室に祝典歌の新聞報道が飛び込んできて、その歌詞を全集に収録すべきか否かが問題になった。そのとき、編集委員の山口茂吉と柴生田稔は代作として強く否定し、佐藤佐太郎も肯定はせず、山形県在住の古い門人、結城哀草果《ゆうきあいそうか》が代作したのだろうと推測した。山口と柴生田はそれにも反対して口論になったというから、二人は佐藤を代作者と見たのかもしれない。いずれにせよ、茂吉本人はほとんど寝たきりで、作詞などとうてい不可能な体調だった（柴生田八一）。

万葉調の国民歌人という、茂吉に割り振られた役柄は、彼が全力で演じたことでまことしやかなものとなったばかりか、あげくには役柄のほうが茂吉を演じていたのであった。

主要参考文献

本書に直接引用した諸文献と、執筆過程で参照した諸文献のうち特に有益だったものとを、左に一括して掲げる（新聞雑誌の記事はここには含めず、本文中でそのつど注記する）。配列は、第一～三群については刊行年月順、第四～六群については著者名の五十音順としてある。

―一―

『斎藤茂吉全集』新版・全三六冊、一九七三～七六年、岩波書店。

『大石田町立歴史民俗資料館資料集 別集 斎藤茂吉病床日記』二〇〇七年、大石田町教育委員会。

―二―

『アララギ』8-3、「赤光批評号」（1）、一九一五年三月。

『アララギ』8-4、「赤光批評号」（2）、一九一五年四月。

『アララギ』14-10、「あらたま批評号」一九二一年十月。

『アララギ』19-10、「島木赤彦追悼号」一九二六年十月。

『アララギ』26-1、「二十五周年記念号」一九三三年一月。

『アララギ』35-11、「斎藤茂吉歌集批評特輯」一九四二年十一月。

『アララギ』46-10、「斎藤茂吉追悼号」一九五三年十月。

『アララギ』56-4、「茂吉記念号」一九六三年四月。

「斎藤茂吉全集月報」旧版・全五六部、一九五二〜五六年、岩波書店。

「斎藤茂吉全集月報」新版・全三六部、一九七三〜七六年、岩波書店。

日本文学研究資料刊行会（編）『日本文学研究資料叢書 近代短歌』一九七三年、有精堂。

日本文学研究資料刊行会（編）『日本文学研究資料叢書 斎藤茂吉』一九八〇年、有精堂。

昭和女子大学近代文学研究室『近代文学研究叢書73 斎藤茂吉・三井甲之・堀辰雄』一九九七年、昭和女子大学近代文化研究所。
＊基礎資料を網羅してある。

―三―


蕨真一郎（編）『竹の里人選歌』一九〇四年、根岸短歌会。

高浜清（編）『子規遺稿第一篇 竹の里歌』一九〇四年、俳書堂。

北原白秋（選）『斎藤茂吉選集』一九二二年、アルス。

斎藤茂吉『自選歌集 朝の螢』一九二五年、改造社。

『斎藤茂吉集　島木赤彦集』一九二九年、改造社・現代短歌全集12。

斎藤茂吉『柿本人麿』全五冊、一九三四〜四〇年、岩波書店。

斎藤茂吉（編）『万葉集研究』上・下、一九三五年、岩波書店。
＊茂吉の名で刊行されたが、真の編者は土屋文明。
日本学術振興会“THE MANYŌSHŪ”（『英訳万葉集』）一九四〇年、岩波書店。

山口茂吉・柴生田稔・佐藤佐太郎（選）『斎藤茂吉歌集』一九五八年、岩波文庫。

『日本の詩歌8 斎藤茂吉』（〈肖像〉臼井吉見、〈鑑賞〉山本健吉）一九六八年、中央公論社。

『日本近代文学大系43 斎藤茂吉集』（柴生田稔解説・本林勝夫注釈）一九七〇年、角川書店。

『新潮日本文学アルバム14 斎藤茂吉』一九八五年、新潮社。

阿川弘之・北杜夫（編）『斎藤茂吉随筆集』一九八六年、岩波文庫。

斎藤茂吉『歌集 万軍』一九八八年、紅書房。


―四―


『芥川龍之介全集』全二四冊、一九九五～九八年、岩波書店。

『左千夫全集』全九冊、一九七六～七七年、岩波書店。

『白秋全集』全三九冊、一九八四～八八年、岩波書店。

『赤彦全集』全一〇冊、一九六九～七〇年、岩波書店。

『長塚節全集』全八冊、一九七六～七八年、春陽堂。

『中村憲吉全集』全四冊、一九八二年、岩波書店。

『子規全集』全二五冊、一九七五～七八年、講談社。

『渡辺直己全集』全一冊、一九九四年、創樹社。


―五―

翻刻の会（編）『山口茂吉日記 CD-ROM』二〇〇二年、非売品。
＊斎藤茂吉日記の脱漏がこれによって補える場合が多々ある。
北原白秋・与謝野晶子・堀口大学ほか『よみがえる自作朗読の世界』（CDアルバム）二〇〇五年、コロムビアミュージックエンタテインメント。

―六―


青山英正「和歌の教訓的解釈についての史的研究――中世から近代へ」二〇〇八年、東京大学大学院総合文化研究科言語情報科学専攻博士学位論文。

朝日新聞社（編）『折り折りの人 1』一九六六年、朝日新聞社。

ベネディクト・アンダーソン『定本 想像の共同体 ナショナリズムの起源と流行』二〇〇七年、書籍工房早山（白石隆・白石さや訳、原著二〇〇六年）。

石原千秋（ほか五名共著）『読むための理論』一九九一年、世織書房。

板垣家子夫『斎藤茂吉随行記――大石田の茂吉先生』上・下、一九八三年、古川書房。

稲岡耕二『万葉集の作品と方法』一九八五年、岩波書店。

イ・ヨンスク『国語という思想』一九九六年、岩波書店。

岩城之徳（監修）・藤岡武雄（編著）『諸説近代秀歌鑑賞』一九八一年、桜楓社。

上田三四二『斎藤茂吉』一九六四年、筑摩叢書。

上田三四二『現代秀歌Ｉ 斎藤茂吉』一九八一年、筑摩書房。

上田三四二『茂吉晩年』一九八八年、弥生書房。

薄井忠男『斎藤茂吉論序説』一九七二年、桜楓社。

太田一郎『斎藤茂吉覚え書』一九八七年、創樹社。

大山真人『文ちゃん伝 出羽ヶ嶽文治郎と斎藤茂吉との絆』一九八六年、河出書房新社。

岡井隆『茂吉の万葉 現代詩歌への架橋』一九八〇年、短歌研究社。

岡井隆『古代詩遠望 続・前衛短歌の問題』一九八三年、短歌研究社。

岡井隆『斎藤茂吉と中野重治』一九九三年、砂子屋書房。

岡井隆『岡井隆コレクション4 斎藤茂吉論集成』一九九四年、思潮社。

岡井隆『茂吉の短歌を読む』一九九五年、岩波セミナーブックス。

岡井隆『茂吉と現代 リアリズムの超克』一九九六年、短歌新聞社。

岡井隆『歌集『ともしび』とその背景』二〇〇七年、短歌新聞社。

岡井隆・小池光・永田和宏『斎藤茂吉——その迷宮に遊ぶ』一九九八年、砂子屋書房。

岡田靖雄『精神病医斎藤茂吉の生涯』二〇〇〇年、思文閣出版。
＊精神病医としての側面に光を当てた労作。
岡田靖雄『日本精神科医療史』二〇〇二年、医学書院。

荻野恭茂『新万葉集の成立に関する研究』補訂版・一九七一年、中部日本教育文化会。

小熊英二『単一民族神話の起源』一九九五年、新曜社。

小熊英二『民主と愛国』二〇〇二年、新曜社。

小田切秀雄『万葉の伝統』一九四一年、光書房。

海後宗臣（編）『日本教科書大系 近代編8』一九六四年、講談社。

開成学園九十年史編纂委員会（編）『開成学園九十年史』一九六一年、開成学園。

梶木剛『斎藤茂吉』一九七〇年、紀伊国屋新書。

梶木剛（編）『斎藤茂吉『赤光』作品論集成』一九九五年、大空社・近代文学作品論叢書。

梶木剛『抒情の行程 茂吉、文明、佐太郎、赤彦』一九九九年、短歌新聞社。

梶木剛『子規の像、茂吉の影』二〇〇三年、短歌新聞社。

片野達郎『斎藤茂吉のヴァン・ゴッホ——歌人と西洋絵画との邂逅』一九八六年、講談社。

ハンス・ゲオルグ・ガダマー『詩と対話』二〇〇一年、法政大学出版局（巻田悦郎訳、原著一九九〇年）。

加藤将之『斎藤茂吉論』一九四一年、八雲書林・水甕叢書。

加藤淑子『斎藤茂吉と医学』一九七八年、みすず書房。

加藤淑子『斎藤茂吉の十五年戦争』一九九〇年、みすず書房。

鎌田五郎『斎藤茂吉秀歌評釈』一九九五年、風間書房。
＊先行諸説が列挙されていて重宝。
ジョナサン・カラー『文学理論』二〇〇三年、岩波書店（荒木映子・富山太佳夫訳、原著一九九七年）。

菊葉文化協会（編）『宮中歌会始』一九九五年、毎日新聞社。

北杜夫『青年茂吉「赤光」「あらたま」時代』二〇〇一年、岩波現代文庫（初版一九九一年、岩波書店）。

北杜夫『壮年茂吉「つゆじも」～「ともしび」時代』二〇〇一年、岩波現代文庫（初版一九九三年、岩波書店）。

北杜夫『茂吉彷徨「たかはら」～「小園」時代』二〇〇一年、岩波現代文庫（初版一九九六年、岩波書店）。

北杜夫『茂吉晩年「白き山」「つきかげ」時代』二〇〇一年、岩波現代文庫（初版一九九八年、岩波書店）。
＊数ある茂吉評伝のうち、おもしろさという点で群を抜くのが右の四部作。肉親だからこそ書ける多くの逸話を含む。
木俣修『昭和短歌史』1～4、一九七八年、講談社学術文庫（初版一九六四年、明治書院）。

窪川鶴次郎『近代短歌史展望』一九五四年、和光社。

エーミール・クレペリン『精神病理学原論』一九九三年、みすず書房（西丸四方・遠藤みどり訳、原著一九〇九年）。

黒江太郎『窿応和尚と茂吉』一九六六年、郁文堂書店。

小池光『茂吉を読む 五十代五歌集』二〇〇三年、五柳書院。

小泉苳三（編）『明治大正短歌資料大成』1～3、一九四〇～四二年、立命館出版部。

小泉苳三『近代短歌史　明治篇』一九五五年、白楊社。

小林勇『人はさびしき』一九七三年、文芸春秋。

小林正明「わだつみの『源氏物語』」（吉井美弥子編『〈みやび〉異説　源氏物語という文化』一九九五年、森話社）。

近藤芳美『歌論集　茂吉死後』一九六九年、短歌新聞社。

三枝昻之『昭和短歌の精神史』二〇〇五年、本阿弥書店。

三枝昻之『歌人の原風景――昭和短歌の証言』二〇〇五年、本阿弥書店。

西郷信綱『斎藤茂吉』二〇〇二年、朝日新聞社。

斎藤茂太『快妻物語』一九六六年、文芸春秋。

斎藤茂太『精神科医三代』一九七一年、中公新書。

斎藤茂太『茂吉の周辺』一九八七年、中公文庫（初版一九七三年、毎日新聞社）。

斎藤茂太『回想の父茂吉母輝子』一九九七年、中公文庫（初版一九九三年）。

斎藤茂太『茂吉の体臭』二〇〇〇年、岩波現代文庫（初版一九六四年）。

斎藤茂太・北杜夫『この父にして』一九八〇年、講談社文庫（初版一九七八年、毎日新聞社）。

斎藤希史『漢文脈と近代日本　もう一つのことばの世界』二〇〇七年、ＮＨＫブックス。

斎藤茂吉記念館（編）『斎藤茂吉歌集　白き山研究』補訂版・二〇〇一年、短歌新聞社（初版一九六九年、右文書院）。

斎藤由香『猛女とよばれた淑女　祖母・斎藤輝子の生き方』二〇〇八年、新潮社。

桜本富雄『日本文学報国会』一九九五年、青木書店。

佐藤佐太郎（編）『「柿本人麿」批評集』一九三五年、非売品。

佐藤佐太郎『斎藤茂吉研究』一九五七年、宝文館。

佐藤佐太郎『茂吉秀歌』上・下、一九七八年、岩波書店。

佐藤佐太郎『茂吉随聞』Ⅰ・Ⅱ、二〇〇二年、岩波書店・『佐藤佐太郎集』7・8（初版『斎藤茂吉言行』一九七三年・角川書店、『童馬山房随聞』一九七六年・岩波書店）。
＊高弟が直接記録した師の発言。文章にはしにくい内容が随所で生々しく語られている。
佐藤嘉一『斎藤茂吉全歌集各句索引』一九八二年、蒼土舎。

ヴィクトル・シクロフスキー『散文の理論』一九七一年、せりか書房（水野忠夫訳、原著一九二五年）。

品田悦一『万葉集の発明 国民国家と文化装置としての古典』二〇〇一年、新曜社。

品田悦一「文学のあけぼの――文学史記述における文明主義と文化主義」（『大阪大学 日本学報』23、二〇〇四年三月）。

品田悦一「東歌・防人歌論」（神野志隆光・坂本信幸編『セミナー万葉の歌人と作品 11』二〇〇五年、和泉書院）。

品田悦一「『万葉秀歌』遍満する日本精神」（『現代思想』33－7、特集「ブックガイド日本の思想」、二〇〇五年六月）。

品田悦一「茂吉の万葉観」（『国文学 解釈と鑑賞』70－9、二〇〇五年九月）。

品田悦一「万葉集に託されたもの」（浅田徹他四名編集『和歌をひらく5 帝国の和歌』二〇〇六年、岩波書店）。

品田悦一「神ながらの歓喜――柿本人麻呂「吉野讃歌」のリアリティー」（『論集上代文学 29』二〇〇七年、笠間書院）。

品田悦一「漢字と『万葉集』――古代列島社会の言語状況」（東京大学教養学部国文・漢文学部会編『古典日本語の世界 漢字がつくる日本』二〇〇七年、東京大学出版会）。

品田悦一「語られなかった日本精神――斎藤茂吉『万葉秀歌』の一面」（『国文学』52－14、二〇〇七年十一月）。

品田悦一「五七音節定型は誦詠に規定されたものか」（『上代文学』一〇〇、二〇〇八年四月）。

篠弘『近代短歌論争史 明治大正編』一九七六年、角川書店。

篠弘『近代短歌論争史 昭和編』一九八一年、角川書店。

柴生田稔『斎藤茂吉伝』一九七九年、新潮社。

柴生田稔『続斎藤茂吉伝』一九八一年、新潮社。
＊高弟による詳細な評伝。正・続二冊。
柴生田稔『斎藤茂吉を知る』一九九八年、笠間書院。

清水房雄『斎藤茂吉と土屋文明――その場合場合』一九九九年、明治書院。

杉浦翠子『純愛三十年　斎藤茂吉の手紙』一九五四年、折口書店。

杉浦明平『斎藤茂吉』一九五四年、要書房。

杉浦明平『現代短歌　茂吉・文明以後』一九五九年、弘文堂。

高橋貞之丞（編）『東京開成中学校校史資料』一九三六年、東京開成中学校。

田中綾『権力と抒情詩』二〇〇一年、ながらみ書房。

田中隆尚『茂吉随聞』上・下・別巻、一九六〇～六一年、筑摩書房。

田中隆尚・大田一郎・中村稔『共同討議 斎藤茂吉の世界』一九八一年、青土社。

玉城徹『茂吉の方法』一九七九年、清水弘文堂。

田守育啓、ローレンス・スコウラップ『オノマトペ――形態と意味』一九九九年、くろしお出版。

塚本邦雄『茂吉秀歌『赤光』百首』一九九三年、講談社学術文庫（初版一九七七年、文芸春秋）。

塚本邦雄『茂吉秀歌『あらたま』百首』一九九三年、講談社学術文庫（初版一九七八年、文芸春秋）。

塚本邦雄『茂吉秀歌『つゆじも』『遠遊』『遍歴』『ともしび』『たかはら』『連山』『石泉』百首』一九九四年、講談社学術文庫（初版一九八一年、文芸春秋）。

塚本邦雄『茂吉秀歌『白桃』『暁紅』『寒雲』『のぼり路』百首』一九九四年、講談社学術文庫（初版一九八五年、文芸春秋）。

塚本邦雄『茂吉秀歌『霜』『小園』『白き山』『つきかげ』百首』一九九五年、講談社学術文庫（初版一九八七年、文芸春秋）。
＊茂吉の歌の読み方を大きく変えた五部作。『赤光』『あらたま』に手厚い編成自体が著者の見識の表れといえる。
土屋文明（編）『斎藤茂吉短歌合評』上・下、一九六〇年、明治書院。

土屋文明『万葉集私注 10 補巻』新訂版・一九七七年、筑摩書房。

土屋文明『伊藤左千夫』再刊・一九八九年、日本図書センター（初版一九六二年、白玉書房）。

永井ふさ子『斎藤茂吉・愛の手紙に寄せて』一九八一年、求龍堂。

中野重治『斎藤茂吉ノート』一九九五年、ちくま学芸文庫（初版一九四二年、筑摩書房）。
＊多くの問題を提起した早期の名著。
長浜功（監修）『復刻資料 公職追放・総理府官房監査課『公職追放に関する覚書該当者名簿』一九八八年、明石書店。

中村稔『斎藤茂吉私論』一九八三年、朝日新聞社。
＊『白き山』に対する厳しい見解は注目される。
西川長夫『地球時代の民族＝文化理論』一九九五年、新曜社。

日本学士院（編）『日本学士院八十年史 資料編四』一九六三年、日本学士院。

野山嘉正『日本近代詩歌史』一九八五年、東京大学出版会。

橋田東声『評釈 現代名歌選』一九一六年、白日社出版部。

長谷川孝士（編）『斎藤茂吉歌集 赤光・あらたま・暁紅 総索引』一九八〇年、清文堂出版。

林谷広『文献　茂吉と鰻』一九八一年、短歌新聞社。

林谷広『少年茂吉』二〇〇二年、短歌新聞社。

平野仁啓『斎藤茂吉』一九四三年、構成社。

ミシェル・フーコー『狂気の歴史――古典主義時代における』一九七五年、新潮社（田村俶訳、原著一九七二年）。

福沢諭吉『文明論之概略』一九九五年、岩波文庫（初版一八七五年）。

藤岡武雄『評伝　斎藤茂吉』一九七五年、桜楓社。
　＊綿密な取材を重ねて成った労作。
藤岡武雄『斎藤茂吉とその周辺』一九七五年、清水弘文堂。

藤岡武雄『年譜　斎藤茂吉伝』新訂版・一九八二年、沖積舎（初版一九六七年、図書新聞社）。

藤岡武雄『茂吉評伝』一九八九年、桜楓社。

藤岡武雄（編）『斎藤茂吉二百首』一九九五年、短歌新聞社。

藤岡武雄『書簡にみる斎藤茂吉』二〇〇二年、短歌新聞社。

藤森朋夫（編）『斎藤茂吉の人間と芸術』一九五一年、羽田書店。

古川哲史『定本斎藤茂吉』一九六五年、有信堂。

エリック・ホブズボウム、テレンス・レンジャー（編）『創られた伝統』一九九二年、紀伊國屋書店・文化人類学叢書（前川啓治訳、原著一九八三年）。

真壁仁『定本人間茂吉』一九七六年、三省堂（初版一九六七年）。

水野忠夫（編）『ロシア・フォルマリズム文学論集 1』一九七一年、せりか書房。

三井甲之『三井甲之存稿――大正期諸雑誌よりの集録』一九六九年、三井甲之遺稿刊行会。

三好行雄『日本文学の近代と反近代』一九七二年、東京大学出版会・ＵＰ選書。

村井紀「国文学者の十五年戦争」(『批評空間』16、一九九八年一月)。

本林勝夫『斎藤茂吉論』一九七一年、角川書店。

本林勝夫『近代文学注釈大系 斎藤茂吉』一九七四年、有精堂。

本林勝夫『斎藤茂吉』増訂新版・一九七八年、桜楓社(初版一九六三年)。

本林勝夫『斎藤茂吉の研究 その生と表現』一九九〇年、桜楓社。

本林勝夫『論考 茂吉と文明』一九九一年、明治書院。

安田敏朗『〈国語〉と〈方言〉のあいだ 言語構築の政治学』一九九九年、人文書院。

カール・ヤスパース『精神病理学原論』一九七一年、みすず書房(西丸四方訳、原著一九一三年)。

安森敏隆『斎藤茂吉幻想論』一九七八年、桜楓社。

安森敏隆『斎藤茂吉短歌研究』一九九八年、世界思想社。

山上次郎『斎藤茂吉の恋と歌』一九六六年、新紀元社。

山上次郎『斎藤茂吉の生涯』一九七四年、文芸春秋。

結城哀草果『茂吉とその秀歌』一九七二年、中央企画社。

吉田漱『『赤光』全注釈』一九九一年、短歌新聞社。

吉田漱『『白き山』全注釈』一九九七年、短歌新聞社。

米田利昭『斎藤茂吉』一九六五年、明治書院・近代作家叢書。

米田利昭『渡辺直己の生涯と芸術』一九九〇年、沖積舎。

米田利昭『続・茂吉秀歌』二〇〇三年、短歌研究社。

渡辺順三『定本 近代短歌史』一九六二~六四年、春秋社。

あとがき

斎藤茂吉の短歌と初めて出会ったのは中学一年のときだが、ろくな出会い方ではなかった。私の育った群馬県前橋市は萩原朔太郎の出身地である。市内の老舗書店Kには「郷土の詩人」というコーナーが常設されており、そこで見つけた『萩原朔太郎詩集』（伊藤信吉編・世界の詩8、一九六三年、弥生書房）という小型の選集に、私はたちまち夢中になった。「およぐひとのからだはななめにのびる」「のをあある　とをあある　やわあ」。

薄っぺらい選集を穴の空くほど読み返した私は、またK書店に行って、今度は朔太郎詩集のもっと厚いのを物色した。『日本の詩歌14　萩原朔太郎』（中央公論社、一九六六年）という薄紫色の本なら、朔太郎の詩が九割がた収録されているらしい。この本はよく売れると見えて、「郷土の詩人」コーナーに同じのが何冊も並んでいたが、あいにく小遣いが足りなかった。

学校の図書室で探すと、見知った薄紫の背表紙がずらりと二、三段も並んでいる。こんなに借り手がいるのかと感心しながら一冊を抜き取り、借りて帰ったのだが、察しのよい向きはもうお気づきだろう。図書室の棚には『日本の詩歌』のシリーズ全巻が一冊ずつ並んでいたのであり、そそっかしい私は目当ての第十四巻とは別の巻を借り出してしまったのだ。それが第八巻『斎藤茂吉』だった。

帰宅してすぐ間違いに気づいたものの、斎藤茂吉という名前は初耳だったし、そもそも『日本の詩歌』のラインナップが飲み込めていなかった。で、台所にいた母に、「斎藤茂吉という詩人も前橋の人かい」などととんちんかんな質問をぶつけた。これには母も面食らったのだろう、押し問答の末に、茂吉が非常に有名な歌人で、東北地方のどこかの出身だということを聞き出した。

せっかくだから読んでみようと思った。ところが、短歌が一行ずつ並ぶページは詩集とは大違いで、読んでも読んでもなかなか先に進まない。それに文語文法を知らないから、大半の歌は意味がよく分からない。たまに分かりそうなのがあると、なんだか愚にもつかない内容のようである。「書《ふみ》よみて賢くなれと戦場のわが兄は銭を呉《く》れたまひたり」それがどうした。「数学のつもりになりて考へしに五目《ごもく》ならべに勝ちにけるかも」だからなんだというのだ——我慢して読みつづけたが、二、三日でうんざりして返却したきり、二度と借り出すことはなかった。

朔太郎とは正反対の、およそ野暮ったい歌人——実際この二人は風貌までが対照的なのだった。大学に進んで万葉研究に志してからは、『万葉集』に関する茂吉の発言に接する機会が増えたが、いささか狂信的とも思える人麿崇拝にはとうてい追随する気になれなかった。後に塚本邦雄の五部作を読み、茂吉が偉大な歌人であることを思い知ったが、私は同書を講談社学術文庫版で初めて読んだのだから、十二歳でニアミスを経験してからすでに二十年あまりが経過していたはずである。

旧著『万葉集の発明』を方々に寄贈したとき、渡部泰明氏からの懇切な来信に「次はぜひ君の茂吉論が読みたい」とあった。素敵に挑発的な注文だったが、どうすれば応じられるのか見当もつかなかった。そうこうするうちに「ミネルヴァ日本評伝選」の一冊として斎藤茂吉を書かないかとのお誘いを受けた。やはり『万葉集の発明』を読まれた兵藤裕己氏が推薦して下さったのだという。完成は五年先でも十年先でもよいと言われて引き受ける気になったが、立ち入った知識は何もない状態だったので、参考書を集めるところから着手しなくてはならなかった。本腰を入れたのは二〇〇四年からだから、旧著と同様、調べだしてから本になるまでに約六年を要した勘定である。

本書作成の過程では多くの図書館の便宜を得た。特に、勤務校である東京大学の駒場図書館情報サービス係の方々には、他大学の図書館から大量の複写資料を取り寄せていただくなど、たいそうお世話になった。また日本近代文学館が勤務先のすぐ近くにあって、頻繁に利用できたのもありがたかった。上山市の斎藤茂吉記念館は、Ｅメールによる再三の問い合わせにそのつど快く応じて下さった。三枝昻之氏、藤岡武雄氏は、立ち入った質問に懇切にお答え下さった。ここに記して深謝する次第である。忘れてはいけない。ミネルヴァ書房編集部の田引勝二氏にも心よりお礼申し上げる。

旧著を脱稿した翌日の晩に、妻が救急車で運ばれて急遽手術を受け、以来長患いの身となった。私も長男も不如意な生活を強いられたが、本人は身動きすらままならない日々が続いたのである。最近やや持ち直してきたわが最愛の妻、奈保美に、慰労の意味を込めて本書を捧げたいと思う。

二〇一〇年五月十四日

品田悦一

斎藤茂吉略年譜

＊藤岡八二をもとに作成し、一般事項・関連事項を補った。

和暦	西暦	齢	主要事項	一般事項（●）および関連事項
明治一五	一八八二	1	5・14山形県南村山郡金瓶村（一八八九より堀田村、現上山市金瓶）に、守谷熊次郎（伝右衛門）・いくの三男として出生。	
二三	一八九〇	9		10・30教育勅語発布。
二九	一八九六	15	4月上山尋常高等小学校高等科を首席で卒業。これより先、宝泉寺の住職、佐原窿応に習字と漢文の手ほどきを受ける。8月金瓶出身の医師斎藤紀一（当時は喜一郎）を頼って上京。9月東京府開成尋常中学校第五級（第一学年）に編入。	
三一	一八九八	17	8月佐佐木信綱『歌のしをり』を購入。	2～3月正岡子規「歌よみに与ふる書」（『日本』）。
三三	一九〇〇	19	11月斎藤紀一ドイツ留学に出発。	4月『明星』創刊（～08年11月）。
三四	一九〇一	20	3月開成中学卒業。7月第一高等学校第三部の受験	

			に失敗。	
三五	一九〇二	21	9月一高第三部入学。斎藤家に未入籍のため在学中は守谷姓で通す。	9・19正岡子規死去（36歳）。
三六	一九〇三	22	1月斎藤紀一帰国（夏目漱石と同船）。8月紀一、赤坂区青山南町五丁目に青山脳病院を創設。	6月『馬酔木』創刊（〜08年1月）。
三七	一九〇四	23	年末ごろ『竹の里歌』を読んで感動し、作歌に熱中しはじめる。	●日露戦争（〜05年）。
三八	一九〇五	24	7・1斎藤紀一の婿養子として入籍。7月一高第三部卒業。六四名中一五番。9月東京帝国大学医科大学入学。	●日比谷焼き打ち事件。
三九	一九〇六	25	2月伊藤左千夫に宛てた手紙に添えた短歌五首が『馬酔木』に掲載される。3・18初めて左千夫を訪問し、門弟となる。○このころから近視がひどくなり、前頭部が禿げはじめる。	
四〇	一九〇七	26	9月完成した青山脳病院に移り住む。	
四一	一九〇八	27	2月『アカネ』創刊。10月『アカネ』から分かれて『阿羅々木』創刊（翌年より『アララギ』）。	
四二	一九〇九	28	1月観潮楼歌会に初めて出席。6〜8月腸チフスにかかって卒業を延期。11〜12月腸チフス再発、日赤病院隔離病棟に入院。	●伊藤博文暗殺さる（10・26）。3月北原白秋『邪宗門』。

四三	一九一〇	29	8月左千夫の選を経ずに『アララギ』に歌を発表しはじめる。12月東京帝国大学医科大学卒業。一三二名中一三一番。	●大逆事件。●韓国併合。
四四	一九一一	30	2月東京帝国大学医科大学副手となる。7月東京府巣鴨病院医員となる。10月医師開業免状を受ける。○この年より『アララギ』の編集を担当（〜14年）。左千夫との対立が表面化し、『アララギ』誌上で論戦を繰り返す（〜13年2月）。	●辛亥革命。4月『詩歌』創刊。
大正元	一九一二	31	6月ごろ『アララギ』無期休刊を決意するも、島木赤彦の猛反対により翻意する。11月東京帝大医科大学助手となり、引き続き巣鴨病院に勤務。	●中華民国成立。4・13石川啄木死去（27歳）。
二	一九一三	32	5・23生母いく死去（50歳）。7・30伊藤左千夫死去（59歳）。10月第一歌集『赤光』刊、一躍歌壇の寵児となる。	1月北原白秋『桐の花』。
三	一九一四	33	4月斎藤紀一の次女輝子（当時20歳）と結婚する。4月島木赤彦上京。6月『アララギ』誌上で「万葉集短歌輪講」開始。7月大戦勃発により、予定していた留学を中止する。	●第一次世界大戦（〜18年）。
四	一九一五	34	2月島木赤彦が『アララギ』編集発行人となる。2・8長塚節死去（37歳）。3〜4月『アララギ』	

			「赤光批評号」。	
五	一九一六	35	1~3月土岐哀果と論争。3・21長男茂太誕生。4月『短歌私鈔』刊。○この年アララギ派の歌壇制覇成る。	
六	一九一七	36	1月医科大学助手を辞職、巣鴨病院勤務からも退く。2~11月三井甲之と論争。4月義父紀一衆議院議員選挙に立候補して当選（立憲政友会）。このころ青山脳病院の診療に従事。4月『続短歌私鈔』刊。12月長崎医学専門学校教授、県立長崎病院精神科部長の職に就き、単身赴任する。以後作歌激減。	●ロシア革命。2月萩原朔太郎『月に吠える』。
七	一九一八	37	10月緊張病者の「エルゴグラム」の実験を始める。	●シベリア出兵。●米騒動。
八	一九一九	38	5月長崎来遊の芥川龍之介・菊池寛と知り合う。8月『童馬漫語』刊。	●三・一独立運動。●五・四運動。●ヴェルサイユ条約締結。
九	一九二〇	39	1月流行性感冒にかかり、後に肺炎を併発。4月『アララギ』に「短歌に於ける写生の説」を連載、実相観入を提唱（~21年1月）。6月喀血して入院。7月温泉地を巡って転地療養し、『あらたま』を編集する（~11月）。	●国際連盟成立。6月島木赤彦『氷魚』。
一〇	一九二一	40	1月第二歌集『あらたま』刊。2月医学論文「緊張病者ノえるごぐらむニ就キテ」を完成。2月文部省	●ワシントン会議（~22年）。

			在外研究員となる。3・16長崎を去る。上京の途次、初めて奈良を見物。10月『アララギ』「あらたま批評号」。10・18横浜を出航してヨーロッパ留学に向かう。11月『改選赤光』刊。12・20ベルリン着。	
一一	一九二二	41	1月ウィーン大学神経学研究所に入り、マールブルク教授の指導のもと、博士学位論文「麻痺性痴呆者の脳カルテ」などを作成（〜23年5月）。	5月萩原朔太郎「現歌壇への公開状」（『短歌雑誌』）。アララギ主導の万葉崇拝を痛罵。
一二	一九二三	42	6月イタリアを旅行。7月ミュンヘンに転学、シュピールマイアー教授の指導のもと論文作成（〜24年5月）。7・27実父守谷伝衛門死去（73歳）。	●関東大震災（9・1）。4〜9月前田夕暮と島木赤彦、「万葉調」をめぐり論争。
一三	一九二四	43	7月ミュンヘンを去り、パリで輝子と落ち合ってヨーロッパ各地を巡歴。11・30マルセイユより乗船、帰国の途につく。12・29青山脳病院全焼、翌日船上でその報せを受ける。	4月『日光』創刊（〜27年12月）。5月島木赤彦『歌道小見』。11月島木赤彦『太虚集』。12月『校本万葉集』刊行開始。
一四	一九二五	44	1・7焼け跡に帰宅。2・23長女百子誕生。4月自選歌集『朝の蛍』刊。5・23〜6・2近江蓮華寺に窿応師を見舞い、帰途木曾方面に遊ぶ。7・27〜8・10比叡山アララギ安居会に出席、帰途大和・紀伊各地を巡る。11〜12月病院再建費用の調達に失敗し、金策に奔走する。○この年より諸雑誌に随筆を	●治安維持法。●普通選挙法。11月島木赤彦『万葉集の鑑賞及び其批評』。

			寄稿する。	
昭和元	一九二六	45	3・27島木赤彦死去（51歳）。4・7府下松沢村松原に青山脳病院を復興開院。4月『金槐集私鈔』刊。5月『アララギ』編集発行人を引き受ける。10月『アララギ』「島木赤彦追悼号」。	
二	一九二七	46	4月義父紀一に代わって青山脳病院長となる。5・1次男宗吉（北杜夫）誕生。7・26芥川龍之介自殺（35歳）、衝撃を受ける。8・11古泉千樫死去（42歳）。11月日本歌人協会発足につき発起人となるも、後に脱退。○この年病院経営の心労から不眠症がつのる。	9～10月佐佐木信綱『新訓万葉集』（岩波文庫）。12月北原白秋「偶像の破壊」（『日光』）。アララギ一派が明治短歌史を歪曲宣伝していると非難。
三	一九二八	47	2～12月石榑茂と論戦。9・17若山牧水死去（44歳）。11・17斎藤紀一死去（68歳）。	●三・一五事件。●張作霖爆殺。10・14新興歌人連盟結成。
四	一九二九	48	1月体調不良につき佐々廉平の診察を受け、慢性腎臓炎と診断される。4月『短歌写生の説』刊。10・25次女昌子誕生。11・28土岐善麿らと朝日新聞社の飛行機に搭乗して作歌する。	●世界恐慌。4月折口信夫『古代研究（国文学篇）』。
五	一九三〇	49	3月『アララギ』編集発行人を土屋文明と交代。3～10月太田水穂と病雁論争。8月随筆集『念珠集』刊。10・11～11・30満鉄の招きで満州各地を旅行。	●ロンドン軍縮会議。

六	一九三一	50	帰途、平福百穂・中村憲吉らと山陰方面に遊ぶ。8・10佐原窿応死去（69歳）。11・13長兄守谷広吉死去（58歳）。	●満州事変。
七	一九三二	51	2月改造社『短歌講座』のために「短歌声調論」を執筆。3・25医学の師呉秀三死去（68歳）。8・10〜9・11弟高橋四郎兵衛と北海道に次兄守谷富太郎を訪ね、各地を巡る。	●上海事変。●満洲国建国宣言。10月改造社『短歌研究』創刊（〜44年6月）。
八	一九三三	52	1月『アララギ』「二十五周年記念号」。10・30平福百穂死去（57歳）。11・8妻輝子の醜聞が大々的に報道され、不和が決定的となって別居生活に入る（〜45年3月）。11月書きかけていた柿本人麿論を大幅に増補して単著『柿本人麿』とする計画を立て、以後その準備に心血を注ぐ。	●国際連盟脱退宣言。●ドイツにナチス政権成立。1〜3月長谷川如是閑、『万葉集』の時局利用を牽制（『改造』『短歌研究』）。
九	一九三四	53	1月院長辞任の申し出を慰留され、代わりに診察は火曜の午前のみとする。5・5中村憲吉死去（47歳）。葬儀に出席し、帰途島根県方面を巡る（〜13日）。7・11〜30土屋文明と大和・紀州に遊び、途中から単身山陰に向かい、人麿関係の地理を踏査する。8月「鴨山考」執筆。9・16アララギ会員永井ふさ子（当時26歳）と知り合う。10・19日本学術振	11月土屋文明『万葉集名歌評釈』。

			興会より『英訳万葉集』の委員を委嘱される。11月『柿本人麿（総論篇）』刊。	
一〇	一九三五	54	5月青山の焼け跡に新病院落成、青山脳病科病院（青山脳病院分院）と称する。10月『柿本人麿（鴨山考補註篇）』刊。	●国体明徴声明。
一一	一九三六	55	1月永井ふさ子と恋愛関係となる（〜38年初頭）。11月大日本歌人協会発足、長老格の名誉会員となる。	●二・二六事件。●日独防共協定。●西安事件。
一二	一九三七	56	3月『新万葉集』の審査員となる。4月永井ふさ子、岡山の医師との見合いを決意。5月『柿本人麿（評釈篇巻之上）』刊。5・12〜27中村憲吉長女良子の結婚式に臨み、帰途島根県下の人麿地理を踏査、松山に渡り永井ふさ子の案内で正岡子規の遺跡を見学、さらに瀬戸内各地と藤原御井の踏査をする。6・17帝国芸術院が設置され、会員を仰せつけられる。11〜12月結婚準備のために上京した永井ふさ子と密会を重ねる。○この年より戦争詠の制作に取り組む。	●日中戦争勃発。●日独伊防共協定。12月改造社『新万葉集』（〜39年6月）。
一三	一九三八	57	9・28『柿本人麿』により透谷賞を受ける。9・29『新万葉集』完成記念の企画で自作一二首をレコードに吹き込む。11月『万葉秀歌』刊。12月文部省の委嘱により国民歌「国土」を作詞。	●国家総動員法。12月大日本歌人協会『支那事変歌集戦地篇』。

一四	一九三九	58	2月『柿本人麿（評釈篇巻之下）』刊。10・4～17鹿児島県の招きにより高千穂峰・開聞岳などを巡る。	●第二次世界大戦。
一五	一九四〇	59	3月歌集『寒雲』刊。4月随筆集『不断経』刊。5・14『柿本人麿』により帝国学士院賞を受ける。6月歌文集『高千穂峰』、歌集『暁紅』刊。10月斎藤茂吉編『万葉集研究』刊。10月土屋文明と共編の『支那事変歌集（アララギ年刊歌集別篇）』刊。12月『柿本人麿（雑纂篇）』刊。	●大政翼賛会発足。●大日本産業報国会発足。3月 NIPPON GAKUJUTSU SHINKŌKAI "THE MAN-YŌSHŪ" 11・6大日本歌人協会解散。
一六	一九四一	60	1月文部省教学局の依頼で『日本精神叢書』の原稿をまとめるも、手許にとどめる。4月随筆集『砂石』刊。6・1大日本歌人会発足、顧問となる。7・29永井ふさ子が茂吉との関係を土屋文明に相談したと知り、激怒する。12・8日米開戦の報に感激し、以後、戦争詠の制作に没頭する。	●南部仏印進駐。●独ソ戦。●太平洋戦争（～45年）。
一七	一九四二	61	2月歌集『白桃』刊。5・1大日本歌人会、日本文学報国会への合流を前提に解散。6月『伊藤左千夫』刊。11・2北原白秋死去（58歳）。11・13「愛国百人一首」選定の会に出席。	●日本文学報国会発足（5・26）。6月保田与重郎『万葉集の精神』。
一八	一九四三	62	7・4『日本精神叢書』用に書いたまま放置していた原稿を改造社から刊行する計画を立てる。10・23	3月日本文学報国会『定本愛国百人一首解説』。7月土屋文明

			長男茂太結婚。11月『源実朝』、歌集『のぼり路』刊。12月『小歌論』『正岡子規』刊。	『万葉集私見』。9月日本文学報国会『大東亜戦争歌集』。12月土屋文明『万葉紀行』。
一九	一九四四	63	2・5茂太、軍医として応召。12月『アララギ』誌面で銀の供出を呼びかける。同号発行後、罹災のため休刊。	
二〇	一九四五	64	3・29妻輝子との別居を解消。4・9義弟西洋から財産分与のうえ分家。4・10疎開のために単身上山に赴く。4・14金瓶の斎藤十右衛門家の土蔵に仮寓する。4月評論『文学直路』刊。5・18松原の青山脳病院本院を東京都が買収、松沢病院分院梅ヶ丘病院となる。5・25空襲により青山の自宅と病院（旧分院）が全焼。6月輝子と次女昌子を疎開先に迎える。7・21八雲書店の「決戦歌集」用に自作戦争詠二二一首を選び「万軍」と命名。8・15羽織を着用して玉音放送を聞く。9月土屋文明の尽力で『アララギ』復刊（実際の刊行は11月10日以降か）。	●東京大空襲。●沖縄戦。●広島・長崎に原爆投下。●太平洋戦争終結。12・30新日本文学会結成。
二一	一九四六	65	1・30単身金瓶から大石田に移る。2・1二藤部兵右衛門家の離れ家を借り受け、聴禽書屋と名づける。3・13左湿性肋膜炎にかかって高熱に苦しみ、看護	●天皇人間宣言。●公職追放令。●農地改革。●日本国憲法公布。8月西郷信綱『貴族文学として

			婦付きで臥床養生する（～6月）。8月歌集『つゆじも』刊。9・1輝子・茂太ら、世田谷区代田に家屋を購入して入居。9月下旬、病気平癒する。10・1次年度の宮中歌会始選者の交渉を受け、承諾する。○この年文学者の戦争責任を追及する動きがあった。また「第二芸術論」を皮切りに短歌否定論が盛んとなった。	の万葉集』。
二二	一九四七	66	4月『短歌一家言』『作歌実語鈔』『万葉の歌境』刊。7月『童牛漫語』刊。8・16～17東北巡幸中の昭和天皇に上山にて拝謁。8月歌集『遠遊』刊。11・4上京して代田の家に住む。	●労働基準法。●独占禁止法。
二三	一九四八	67	1・30歌会始選者として参内し、天皇皇后に拝謁。2・8アララギにはすでに「土屋幕府」が成立していると発言。4月歌集『遍歴』刊。10・22～11・24関西・中国方面を旅行、最後の長旅となる。	●東京裁判判決。
二四	一九四九	68	1・24歌会始選者として参内。2月『茂吉小文』刊。3月『島木赤彦』刊。4月歌集『小園』刊。5・10芸術院会員として参内陪食。7月『幸田露伴』刊。8月歌集『白き山』刊。	●下山・三鷹・松川事件。●中華人民共和国成立。
二五	一九五〇	69	1・31歌会始を欠席。1月『ともしび』刊。5・29	●朝鮮戦争（～53年）。●警察

			『ともしび』により読売文学賞を受ける。6月歌集『たかはら』刊。この夏箱根強羅の別荘滞在中に心臓喘息の徴候が表れる。10・18次兄守谷富太郎死去（75歳）。10・19左側不全麻痺がおこる。11・14新宿区大京町に転居。10月『明治大正短歌史』刊。11月歌集『連山』刊。	予備隊新設。●レッドパージ。
二六	一九五一	70	3月『続明治大正短歌史』刊。4月『歌壇夜叉語』刊。6月歌集『石泉』刊。11・3文化勲章を受ける。12月歌集『霜』刊。	●サンフランシスコ平和条約調印。
二七	一九五二	71	3月文部省の委嘱により、講和祝典歌「日本のあさあけ」を作詞したという。4・6二度めの心臓喘息の発作に襲われ、以後外出不能となる。5・7『斎藤茂吉全集』第一回配本。11・21文化功労年金受給者に決定。	●血のメーデー事件。●破防法。5月竹内好・伊藤整「新しき国民文学への道」（『日本読書新聞』）。
二八	一九五三	72	1月顔面・下肢に浮腫顕著となる。2・25心臓喘息により死去。遺体は翌26日東京大学病理学教室にて病理解剖された。2・28幡ヶ谷火葬場にて火葬に付し、壺二個に分骨。3・2築地本願寺にて葬儀・告別式執行。5・24金瓶宝泉寺の墓地にて分骨埋葬式。6・4東京青山墓地にて埋骨式。10・1『アララ	3月平凡社『万葉集大成』全22冊刊行開始（〜56年8月）。

二九	一九五四		ギ』「斎藤茂吉追悼号」。 2・25一周忌の法要を機に、最終歌集『つきかげ』刊（編者は山口茂吉・佐藤佐太郎・柴生田稔）。	●自衛隊発足。

茂吉歌集の制作と刊行

収録歌制作期間

一九〇五（明38）
一九〇六
一九〇七
一九〇八
一九〇九
一九一〇
一九一一
一九一二（大1）
一九一三・7／8
一九一四
一九一五
一九一六
一九一七
一九一八
一九一九
一九二〇
一九二一
一九二二
一九二三・7
一九二四
一九二五・1
一九二六（昭1）
一九二七
一九二八
一九二九
一九三〇
「10・11月
一九三一
一九三二

編集整理

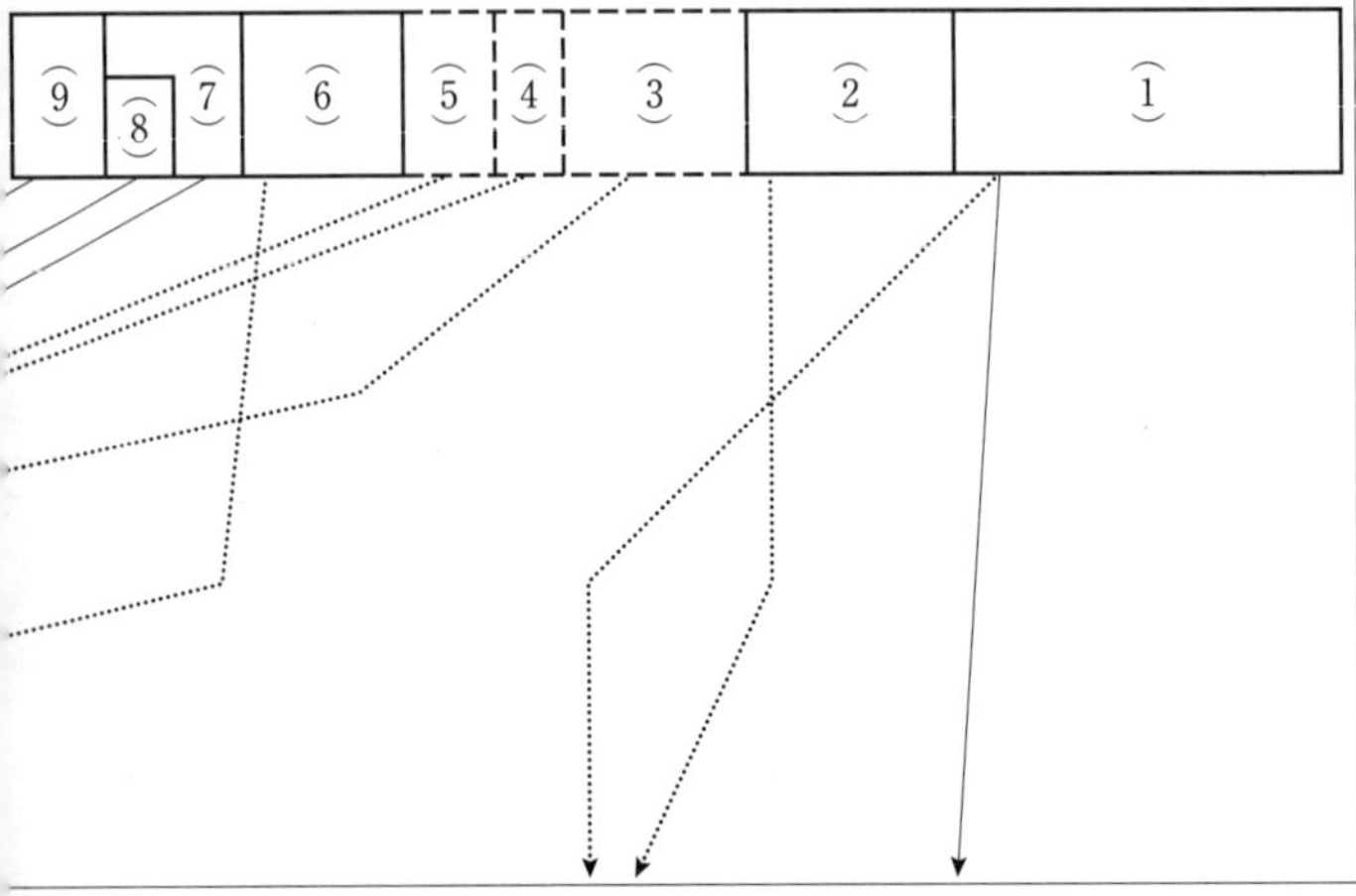

歌集名 刊行年月／発行所／新版全集収録歌数

①（1）**赤光** 一九一三・10・東雲堂・八三四首

*（2）は手直しに難渋。

②（2）**あらたま** 一九二一・1・春陽堂・七四六首
①'（1'）**赤光改選版** 一九二一・11・東雲堂・七六〇首

*（3）〜（5）は当時のメモをもとに後に作歌したものが主体。
*（3）は一九四〇夏に原稿整理、一九四一夏に浄書。
*（4）（5）は一九四一夏に原稿整理。

*（6）は一九二九ごろいったんまとめ、後に修正。

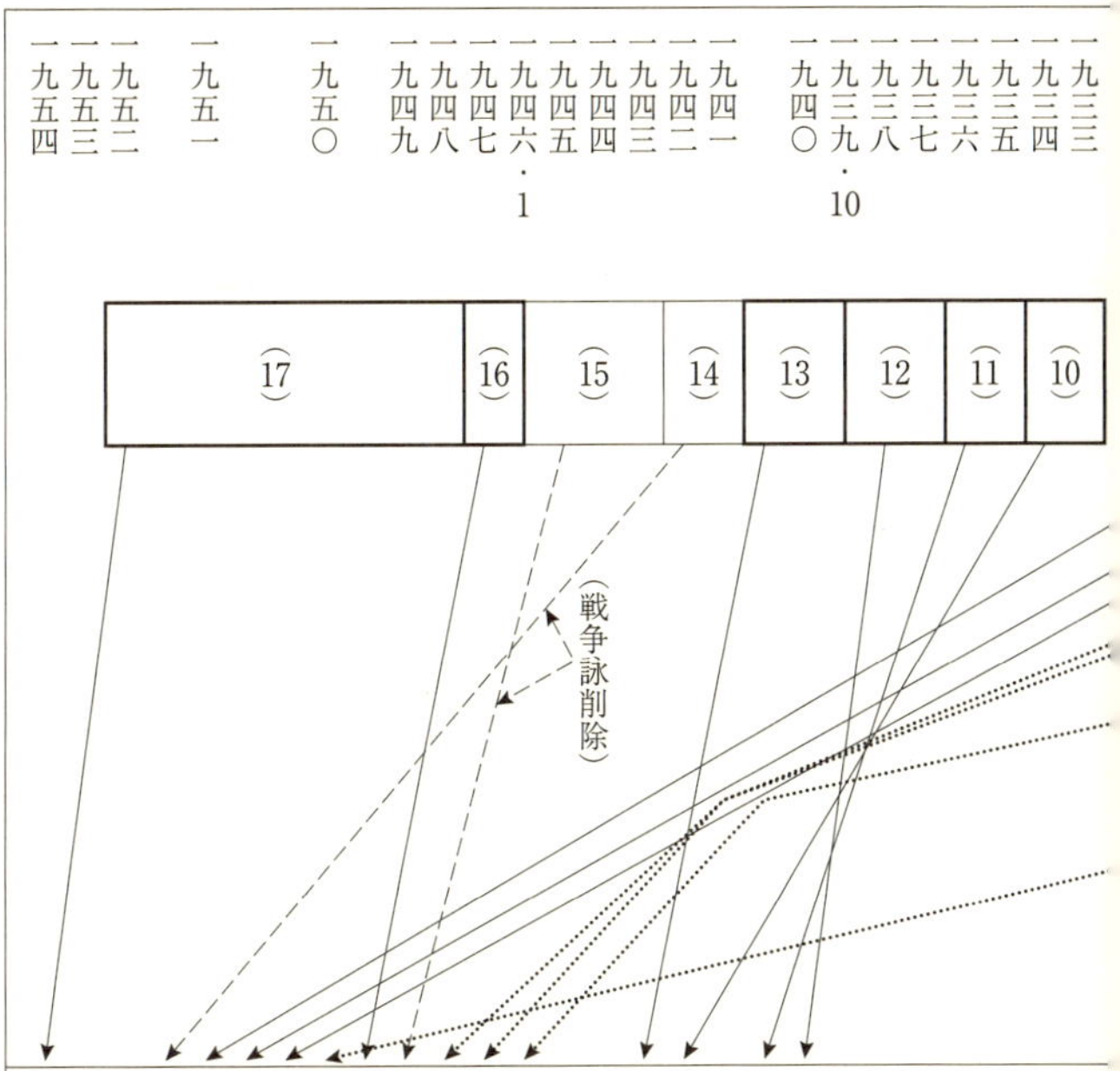

③（12）**寒雲** 一九四〇・3・古今書院・一一一五首
④（11）**暁紅** 一九四〇・6・岩波書店・九六九首

⑤（10）**白桃** 一九四二・2・岩波書店・一〇三三首
⑥（13）**のぼり路** 一九四三・11・岩波書店・七三四首

⑦（3）**つゆじも** 一九四六・8・岩波書店・七二二首
⑧（4）**遠遊** 一九四七・8・岩波書店・六二五首
⑨（5）**遍歴** 一九四八・4・岩波書店・八二八首
⑩（15）**小園** 一九四九・4・岩波書店・八四三首
⑪（16）**白き山** 一九四九・8・岩波書店・八五〇首
⑫（6）**ともしび** 一九五〇・1・岩波書店・九一二首
⑬（7）**たかはら** 一九五〇・6・岩波書店・四五四首
⑭（8）**連山** 一九五〇・11・岩波書店・七〇五首
⑮（9）**石泉** 一九五一・6・岩波書店・一〇二五首
⑯（14）**霜** 一九五一・12・岩波書店・八六三首

*（17）は本人没後門弟らが編集。

⑰（17）**つきかげ** 一九五四・2・岩波書店・九七四首

*全集では遺漏を補ったため、実際に刊行された歌集より収録歌数が若干上回っている。

*未刊戦時歌集『いきほひ』『とどろき』『くろがね』および無題歌集稿本については、本書二七五～六頁を参照のこと。

人名索引

あ 行

赤木桁平（1891〜1949） 156
芥川龍之介（1892〜1927） 4, 199, 204
蘆原〔葦原〕金次郎（1850〜1937） 127, 131
阿部次郎（1883〜1959） 156, 238
海犬養岡麻呂（？〜734〜？） 262
天野貞祐（1884〜1980） 310, 311
池辺〔小中村〕義象（1861〜1923） 47, 62
石川啄木（1886〜1912） 125
石榑〔五島〕茂（1900〜2003） 215, 216
石榑千亦（1869〜1942） 257
石原純（1881〜1947） 200
板垣家子夫（1904〜82） 296, 306
伊藤左千夫（1864〜1913） 10, 18, 25, 45, 46, 60, 70-72, 77, 79, 82, 84-87, 89-91, 96, 103, 120, 123, 125, 132-134, 152, 155, 166, 180, 182, 207, 208-210, 277
犬丸秀雄（1904〜90） 309
井上哲次郎（1855〜1944） 61, 62, 74
井上通泰（1866〜1941） 153, 221
今奉部与曾布（？〜755〜？） 50, 260
岩間正男（1905〜89） 310, 311
臼井吉見（1905〜87） 7
大木正夫（1901〜71） 305
太田水穂（1876〜1955） 87, 222, 223, 254, 256, 257, 259, 263
大塚金之助（1892〜1977） 216
大伴家持（718〜785） 50, 154, 261-263, 266, 272
大橋松平（1893〜1952） 228, 254, 257, 289
岡麓（1877〜1951） 60, 269
岡本一平（1886〜1948） 223
落合直文（1861〜1903） 47, 53, 62, 77
尾上柴舟（1876〜1957） 35, 77, 105, 216, 222, 223, 254, 257, 263
小野老（？〜719〜737〜？） 261
沢瀉久孝（1890〜1968） 220, 221, 226
尾山篤二郎（1889〜1963） 100, 139, 153, 154, 156, 257
折口信夫〔釈迢空〕（1887〜1953） 154, 155, 157-159, 161, 167, 168, 200, 204, 226, 251, 254, 257, 263, 265

か 行

貝原益軒（1630〜1714） 52
柿本人麿（？〜680〜700〜？） 10, 11, 122, 138, 176, 205-210, 227, 228, 231-242, 244, 246-249, 251, 256, 261, 266, 274, 279, 286
風間丈吉（1902〜68） 229
香取秀真（1874〜1954） 60, 69
金沢種美（1889〜1961） 105, 140
金子薫園（1876〜1951） 216
賀茂真淵（1697〜1769） 41, 43, 62
川田順（1882〜1966） 254, 257, 263, 264, 292, 293
菊池寿人（1864〜1942） 56
北原白秋（1885〜1942） 103-105, 114, 125, 126, 128, 139, 140, 156, 169, 199, 200, 204, 254, 255, 257, 263, 305, 311
北杜夫〔斎藤宗吉〕（1927〜） 97, 261, 306

木下杢太郎（1885～1945） 125, 126, 156
金田一京助（1882～1971） 143
九條武子（1887～1928） 222
窪田空穂（1877～1967） 153, 208, 216, 254, 257, 263, 265
久米正雄（1891～1952） 230
呉秀三（1865～1932） 99, 108, 129, 164
ゲーテ（Johann Wolfgang von Goethe）（1749～1832） 243
古泉千樫（1886～1927） 112, 125, 133, 138, 152, 155, 156, 200, 204
小磯国昭（1880～1950） 23, 31
小中村清矩（1821～95） 49
小中村義象 →池辺義象
小林勇（1903～1981） 269
小林古径（1883～1957） 223
小林多喜二（1903～33） 229
五味保義（1901～82） 226
小宮豊隆（1884～1966） 156
近藤芳美（1913～2006） 3, 295

さ 行

西行（1118～90） 46, 57, 58
斎藤勝子〔青木ひさ〕（1866～1948） 16
斎藤紀一（1861～1928） 9, 14-16, 31, 45, 163, 164, 196, 197
斎藤茂太（1916～2006） 164, 296, 306, 307
斎藤西洋（1901～58） 16, 187, 229, 295
斎藤輝子（1895～1984） 13, 15, 163, 164, 191, 192, 227, 229, 296
斎藤なを（1891～1980） 16, 295
斎藤瀏（1879～1953） 259, 263, 303
佐伯梅友（1899～1994） 220
佐佐木〔佐々木〕信綱（1872～1963） 17, 46-48, 51, 53, 58, 125, 154, 155, 208, 216, 220-222, 238, 249-251, 254, 257, 258, 259, 263
佐々木弘綱（1828～91） 47, 58
佐々廉平（1882～1979） 22
佐藤佐太郎（1909～87） 209, 278, 300, 305, 308, 314
佐藤春夫（1892～1964） 204, 305
里見弴（1888～1983） 230, 265
佐野学（1892～1953） 229
佐原窿応（1863～1931） 14, 15, 30, 31
篠原志都児（1881～1917） 84
柴生田稔（1904～91） 26, 141, 142, 169, 233, 246, 289, 314
島木赤彦〔久保田俊彦，柿の村人・柿人〕（1876～1926） 87-90, 120-123, 132-136, 152, 153, 155-158, 162, 163, 167, 169, 180-182, 186, 199-205, 209, 210, 222, 224, 250, 270
シュピールマイヤー（Walther Spielmeyer）（1879～1935） 186
聖武天皇（701～756） 50
舒明天皇（593～641） 261
新村出（1876～1967） 155
吹田順助（1883～1963） 22
杉浦翠子（1885～1960） 250
杉浦非水（1876～1965） 250
杉浦明平（1913～2001） 7
杉村楚人冠（1872～1945） 283
千田憲（1889～1974） 220
ソシュール（Ferdinand de Saussure）（1857～1913） 146, 147

た 行

大悟法利雄（1898～1990） 254, 257
高田なほ子（1905～91） 310
高田浪吉（1898～1962） 203, 204, 224
高津鍬三郎（1864～1921） 64
高橋四郎兵衛〔守谷直吉〕（1887～1972） 16
高橋虫麻呂（？～732～？） 72

高浜虚子〔清〕(1874～1959)　17
滝川幸辰 (1891～1962)　229
竹尾忠吉 (1897～1978)　224
武田祐吉 (1886～1958)　158, 220, 221, 238, 251
茅野雅子 (1880～1946)　222
塚本邦雄 (1920～2005)　104
津田左右吉 (1873～1961)　161
土田耕平 (1895～1940)　157
土屋文明 (1890～1990)　47, 96, 152, 156, 157, 215, 220, 222, 224, 225, 246, 254, 257-259, 263, 267-269, 273, 307, 308
出羽ヶ嶽文治郎 (1902～50)　16
東條英機 (1884～1948)　23, 97, 265
土岐善麿〔哀果〕(1885～1980)　99, 100, 153, 154, 178, 214, 222, 223, 226, 254, 257
徳川斉昭 (1800～60)　51
徳富蘇峰 (1863～1957)　223
外山正一 (1848～1900)　61-63, 74

な　行

永井ふさ子 (1909～92)　244-246, 255
中勘助 (1885～1965)　22
長塚節 (1879～1915)　60, 70, 117, 125, 166, 180
中野重治 (1902～79)　276, 278
中村憲吉 (1889～1934)　152, 155-157, 163, 167, 187, 204
夏目漱石 (1867～1916)　56, 126
鍋山貞親 (1901～79)　229
ニーチェ (Friedrich Wilhelm Nietzsche) (1844～1900)　235
西村陽吉 (1892～1959)　156
額田王 (？～658～671～？)　136
乃木希典 (1849～1912)　128
野田九浦 (1879～1971)　223
信時潔 (1887～1965)　263, 310
野呂栄太郎 (1900～34)　229

は　行

芳賀矢一 (1867～1927)　155, 161
萩野由之 (1860～1924)　47, 62, 155
萩原朔太郎 (1886～1942)　156
橋田東声 (1886～1930)　140, 156
橋本進吉 (1882～1945)　155, 220, 238
芭蕉 (1644～94)　205, 289, 296
長谷川如是閑 (1875～1969)　47, 227-229, 231, 232, 234, 267
鳩山一郎 (1883～1959)　229
林房雄 (1903～75)　292
原阿佐緒 (1888～1969)　200
番匠谷英一 (1895～1966)　230
半田良平 (1887～1945)　257
久松潜一 (1894～1976)　220
平泉澄 (1895～1984)　227
平木白星 (1876～1915)　42
平瀬泣崖〔胡桃沢勘内〕(1885～1940)　167
平野万里 (1885～1947)　125, 191, 299
平福百穂 (1877～1933)　125, 187-190, 223, 228-229
広野三郎 (1897～1968)　224
福沢諭吉 (1835～1901)　302, 303
福地桜痴 (1841～1906)　64
藤沢古実〔木曾馬吉〕(1897～1967)　157, 204
藤村作 (1875～1953)　221
藤森朋夫 (1898～1969)　226, 233
藤原俊成 (1114～1204)　41
舟橋聖一 (1904～76)　265
堀内卓 (1888～1910)　96
本間久雄 (1886～1981)　79, 81, 83-86

ま　行

マールブルク (Otto Marburg) (1874～

1948）186
前田青邨（1885～1977）223
前田夕暮（1883～1951）77, 78, 99, 103, 140, 155, 214, 222, 254, 257
正岡子規〔竹の里人〕（1867～1902）17, 45-48, 52-56, 59-63, 65-72, 74-76, 78, 82-90, 93, 132, 158, 176
正宗敦夫（1881～1958）220
松村英一（1889～1981）257, 263, 265
三上参次（1865～1939）64
三井甲之（1883～1953）81, 87, 180-183
源実朝（1192～1219）226, 267
三宅鉱一（1876～1954）99
三好達治（1900～64）292
室生犀星（1889～1962）156
森鷗外（1862～1922）38, 103, 125, 154, 277
森田義郎（1878～1940）60, 70, 75, 76, 208
森本治吉（1900～77）220, 226
守谷いく（1855～1913）14, 124
守谷熊次郎〔伝右衛門〕（1851～1923）14, 15
守谷富太郎（1876～1950）16, 17, 49, 50, 85
守谷広吉（1874～1931）16, 85
森山汀川（1880～1946）88

や　行

安田靫彦（1884～1978）223
保田与重郎（1910～81）266, 304
矢田部良吉（1851～99）61
柳田国男（1875～1962）161
柳原燁子〔白蓮〕（1885～1967）222
山口誓子（1901～94）25, 26, 41, 149, 172
山口茂吉（1902～58）233, 301, 302, 305, 314
山田孝雄（1875～1958）221, 238
倭大后（？～668～671～？）129
山上憶良（660頃～733頃）50, 261
山部赤人（？～724～736～？）72, 261
山村暮鳥（1884～1924）156
山本実彦（1885～1952）254, 257
結城哀草果（1893～1974）314
与謝野晶子（1878～1942）125, 129, 191, 216, 254, 257
与謝野寛〔鉄幹〕（1873～1935）42, 75, 77, 78, 96, 125
吉井勇（1886～1960）99, 125, 254
吉植庄亮（1884～1958）214, 257, 259, 263, 303
吉沢義則（1876～1954）221, 238

ら・わ行

頼山陽（1780～1832）14
リップス（Theodor Lipps）（1851～1914）145
良寛（1758～1831）226
冷泉為相（1263～1328）49
若山喜志子（1888～1968）156
若山牧水（1885～1928）42, 99, 105, 222, 254
渡辺幸造（1882～1956）17, 32, 53, 78-80, 82, 91, 163
渡辺直己（1908～39）258, 259, 277
和辻哲郎（1889～1960）161
蕨真〔蕨真一郎〕（1876～1922）60, 72, 87

《著者紹介》

品田悦一（しなだ・よしかず）

1959年　群馬県生まれ。

1988年　東京大学大学院人文科学研究科博士課程単位取得修了。
聖心女子大学文学部教授を経て，

現　在　東京大学教授（大学院総合文化研究科）。

著　書　『万葉集の発明　国民国家と文化装置としての古典』新曜社，2001年。

共編著　『【うた】をよむ　三十一字の詩学』三省堂，1997年。
『近代朝鮮・日本における民謡の発明』（韓国語・林慶花訳）ソミョン出版，2005年。
『古典日本語の世界　漢字がつくる日本』東京大学出版会，2007年。
『古典日本語の世界　二　文字とことばのダイナミクス』東京大学出版会，2011年。

論　文　「人麻呂作品における主体の複眼的性格」『万葉集研究18』1991年。
「人麻呂作品における主体の獲得」『国語と国文学』1991年５月。
「人麻呂歌集旋頭歌における叙述の位相」『万葉』149，1994年。
「人麻呂歌集の七夕歌」『セミナー万葉の歌人と作品２』和泉書院，1999年。
「七世紀の文学は上代文学か」『国語と国文学』2001年11月。

ミネルヴァ日本評伝選

斎《さい》藤《とう》茂《も》吉《きち》

――あかあかと一本の道とほりたり――

2010年６月10日　初版第１刷発行
2012年１月10日　初版第２刷発行

〈検印省略〉

定価はカバーに
表示しています

著　者　品　田　悦　一
発行者　杉　田　啓　三
印刷者　江　戸　宏　介

発行所　株式会社　ミネルヴァ書房

607-8494 京都市山科区日ノ岡堤谷町１
電話（075）581-5191（代表）
振替口座 01020-0-8076番

共同印刷工業・新生製本

ISBN978-4-623-05782-5

Printed in Japan

刊行のことば

歴史を動かすものは人間であり、興趣に富んだ人間の動きを通じて、世の移り変わりを考えるのは、歴史に接する醍醐味である。

しかし過去の歴史学を顧みるとき、人間不在という批判さえ見られたように、歴史における人間のすがたが、必ずしも十分に描かれてきたとはいえない。二十一世紀を迎えた今、歴史の中の人物像を蘇生させようとの要請はいよいよ強く、またそのための条件もしだいに熟してきている。

この「ミネルヴァ日本評伝選」は、正確な史実に基づいて書かれるのはいうまでもないが、単に経歴の羅列にとどまらず、歴史を動かしてきたすぐれた個性をいきいきとよみがえらせたいと考える。そのためには、対象とした人物とじっくりと対話し、ときにはきびしく対決していくことも必要になるだろう。

今日の歴史学が直面している困難の一つに、研究の過度の細分化、瑣末化が挙げられる。それは緻密さを求めるが故に陥った弊害といえるが、その結果として、歴史の大きな見通しが失われ、歴史学を通しての社会への働きかけの途が閉ざされ、人々の歴史への関心を弱める危険性がある。今こそ歴史が何のためにあるのかという、基本的な課題に応える必要があろう。評伝という興味ある方法を通じて、解決の手がかりを見出せないだろうかというのも、この企画の一つのねらいである。

狭義の歴史学の研究者だけでなく、多くの分野ですぐれた業績をあげている著者たちを迎えて、従来見られなかった規模の大きな人物史の叢書として、「ミネルヴァ日本評伝選」の刊行を開始したい。

平成十五年（二〇〇三）九月

ミネルヴァ書房

ミネルヴァ日本評伝選

上代

*俾弥呼　古田武彦
日本武尊　西宮秀紀
仁徳天皇　若井敏明
雄略天皇　吉村武彦
*蘇我氏四代　遠山美都男
推古天皇　義江明子
聖徳太子　仁藤敦史
斉明天皇　武田佐知子
小野妹子・毛人　大橋信弥
*額田王　梶川信行
弘文天皇　遠山美都男
天武天皇　新川登亀男
持統天皇　丸山裕美子
阿倍比羅夫　熊田亮介
柿本人麻呂　古橋信孝
*元明天皇・元正天皇　渡部育子
聖武天皇　本郷真紹
光明皇后　寺崎保広
孝謙天皇　勝浦令子
藤原不比等　荒木敏夫
吉備真備　今津勝紀
*藤原仲麻呂　木本好信
道　鏡　吉川真司
大伴家持　和田　萃
行　基　吉田靖雄

平安

*桓武天皇　井上満郎
嵯峨天皇　西別府元日
宇多天皇　古藤真平
醍醐天皇　石上英一
村上天皇　京樂真帆子
花山天皇　上島　享
*三条天皇　倉本一宏
藤原薬子　中野渡俊治
小野小町　錦　仁
藤原良房・基経　滝浪貞子
菅原道真　竹居明男
*紀貫之　神田龍身
源高明　所　功
慶滋保胤　平林盛得
*安倍晴明　斎藤英喜
藤原実資　橋本義則
*藤原道長　朧谷　寿
藤原伊周・隆家　倉本一宏
藤原定子　山本淳子
清少納言　後藤祥子
紫式部　竹西寛子
和泉式部　ツベタナ・クリステワ
大江匡房　小峯和明
阿弖流為　樋口知志
坂上田村麻呂　熊谷公男
*源満仲・頼光　元木泰雄
平将門　西山良平
藤原純友　寺内　浩
空　海　頼富本宏
最　澄　吉田一彦
*空　也　石井義長
奝　然　上川通夫
*源　信　小原　仁
後白河天皇　美川　圭
式子内親王　奥野陽子
建礼門院　生形貴重
藤原秀衡　入間田宣夫
平時子・時忠　元木泰雄
平維盛　根井　浄
守覚法親王　阿部泰郎
藤原隆信・信実　山本陽子

鎌倉

源頼朝　川合　康
*源義経　近藤好和
源実朝　神田龍身
後鳥羽天皇　五味文彦
九条兼実　村井康彦
九条道家　上横手雅敬
北条時政　野口　実
熊谷直実　佐伯真一
*北条政子　関　幸彦
北条義時　岡田清一
曾我十郎・五郎　杉橋隆夫
北条時宗　近藤成一
安達泰盛　山陰加春夫
平頼綱　細川重男
竹崎季長　堀本一繁
西　行　光田和伸
藤原定家　赤瀬信吾
*京極為兼　今谷　明

*兼好　島内裕子
*重源　横内裕人
*運慶　根立研介
快慶　井上一稔
法然　今堀太逸
慈円　大隅和雄
明恵　西山　厚
親鸞　末木文美士
恵信尼・覚信尼　西口順子
覚如　今井雅晴
道元　船岡　誠
叡尊　細川涼一
*忍性　松尾剛次
*日蓮　佐藤弘夫
一遍　蒲池勢至
夢窓疎石　田中博美
*宗峰妙超　竹貫元勝

南北朝・室町

後醍醐天皇　上横手雅敬
護良親王　新井孝重
赤松氏五代　渡邊大門
*北畠親房　岡野友彦
楠正成　兵藤裕己
*新田義貞　山本隆志
光厳天皇　深津睦夫
足利尊氏　市沢　哲
佐々木道誉　下坂　守
円観・文観　田中貴子
足利義詮　早島大祐
足利義満　川嶋將生
足利義持　吉田賢司
足利義教　横井　清
大内義弘　平瀬直樹
伏見宮貞成親王　松薗　斉
山名宗全　山本隆志
日野富子　脇田晴子
世阿弥　西野春雄
雪舟等楊　河合正朝
宗祇　鶴崎裕雄
*満済　森　茂暁
一休宗純　原田正俊
蓮如　岡村喜史

戦国・織豊

北条早雲　家永遵嗣
毛利元就　岸田裕之
毛利輝元　光成準治
*今川義元　小和田哲男
*武田信玄　笹本正治
*武田勝頼　笹本正治
*真田氏三代　笹本正治
三好長慶　天野忠幸
*宇喜多直家・秀家　渡邊大門
*上杉謙信　矢田俊文
島津義久・義弘　福島金治
吉田兼倶　西山　克
山科言継　松薗　斉
*雪村周継　赤澤英二
織田信長　三鬼清一郎
豊臣秀吉　藤井讓治
*北政所おね　田端泰子
*淀殿　福田千鶴
前田利家　東四柳史明
*黒田如水　小和田哲男
蒲生氏郷　藤田達生
*細川ガラシャ　田端泰子
伊達政宗　伊藤喜良
*支倉常長　田中英道
ルイス・フロイス　エンゲルベルト・ヨリッセン
*長谷川等伯　宮島新一
顕如　神田千里

江戸

徳川家康　笠谷和比古
徳川家光　野村　玄
徳川吉宗　横田冬彦
*後水尾天皇　久保貴子
光格天皇　藤田　覚
崇伝　杣田善雄
春日局　福田千鶴
池田光政　倉地克直
シャクシャイン　岩崎奈緒子
*田沼意次　藤田　覚
*二宮尊徳　小林惟司
末次平蔵　岡美穂子
高田屋嘉兵衛　生田美智子
林羅山　鈴木健一
吉野太夫　渡辺憲司
中江藤樹　辻本雅史
山崎闇斎　澤井啓一
山鹿素行　前田　勉
*北村季吟　島内景二
貝原益軒　辻本雅史
松尾芭蕉　楠元六男
*ケンペル　B・M・ボダルト＝ベイリー
荻生徂徠　柴田　純
*雨森芳洲　上田正昭
石田梅岩　高野秀晴
前野良沢　松田　清
平賀源内　石上　敏
本居宣長　田尻祐一郎
杉田玄白　吉田　忠
上田秋成　佐藤深雪
木村蒹葭堂　有坂道子
*大田南畝　沓掛良彦
菅江真澄　赤坂憲雄
*鶴屋南北　諏訪春雄
良寛　阿部龍一
*山東京伝　佐藤至子
*滝沢馬琴　高田　衛
平田篤胤　山下久夫
シーボルト　宮坂正英
本阿弥光悦　岡　佳子
小堀遠州　中村利則
狩野探幽・山雪　山下善也
尾形光琳・乾山　河野元昭
*二代目市川團十郎　田口章子
与謝蕪村　佐々木丞平
伊藤若冲　狩野博幸
鈴木春信　小林　忠
円山応挙　佐々木正子
*佐竹曙山　成瀬不二雄
葛飾北斎　岸　文和
酒井抱一　玉蟲敏子
孝明天皇　青山忠正
*和宮　辻ミチ子

徳川慶喜　大庭邦彦
島津斉彬　原口　泉
*古賀謹一郎　小野寺龍太
*栗本鋤雲　小野寺龍太
塚本明毅　塚本　学
月　性　海原　徹
*吉田松陰　海原　徹
*高杉晋作　海原　徹
ペリー　遠藤泰生
オールコック　佐野真由子
アーネスト・サトウ　奈良岡聰智
緒方洪庵　米田該典
冷泉為恭　中部義隆

近代

*明治天皇　伊藤之雄
*大正天皇　F・R・ディキンソン
*昭憲皇太后・貞明皇后　小田部雄次
大久保利通　三谷太一郎
山県有朋　鳥海　靖
木戸孝允　落合弘樹
井上　馨　伊藤之雄
*松方正義　室山義正
北垣国道　小林丈広
板垣退助　小川原正道
長与専斎　笠原英彦
大隈重信　五百旗頭薫
伊藤博文　坂本一登
井上　毅　大石　眞
井上　勝　老川慶喜
*桂　太郎　小林道彦
渡辺洪基　瀧井一博
*乃木希典　佐々木英昭
林　董　君塚直隆
児玉源太郎　小林道彦
*高宗・閔妃　木村　幹
山本権兵衛　室山義正
高橋是清　鈴木俊夫
小村寿太郎　簑原俊洋
*犬養　毅　小林惟司
加藤高明　櫻井良樹
加藤友三郎・寛治　麻田貞雄
牧野伸顕　小宮一夫
田中義一　黒沢文貴
内田康哉　高橋勝浩
石井菊次郎　廣部　泉
平沼騏一郎　堀田慎一郎
宇垣一成　北岡伸一
宮崎滔天　榎本泰子
*浜口雄幸　川田　稔
幣原喜重郎　西田敏宏
関　一　玉井金五
水野広徳　片山慶隆
広田弘毅　井上寿一
安重根　上垣外憲一
*グルー　廣部　泉
*永田鉄山　森　靖夫
東條英機　牛村　圭
今村　均　前田雅之
蔣介石　劉　岸偉
石原莞爾　山室信一
木戸幸一　波多野澄雄
*岩崎弥太郎　武田晴人
伊藤忠兵衛　末永國紀
五代友厚　田付茉莉子
大倉喜八郎　村上勝彦
*安田善次郎　由井常彦
渋沢栄一　武田晴人
山辺丈夫　宮本又郎
武藤山治　阿部武司・桑原哲也
西原亀三　森川正則
小林一三　橋爪紳也
大倉恒吉　石川健次郎
大原孫三郎　猪木武徳
*河竹黙阿弥　今尾哲也
イザベラ・バード　加納孝代
*林　忠正　木々康子
森　鷗外　小堀桂一郎
二葉亭四迷　ヨコタ村上孝之
夏目漱石　佐々木英昭
巌谷小波　千葉信胤
樋口一葉　佐伯順子
島崎藤村　十川信介
泉　鏡花　東郷克美
有島武郎　亀井俊介
永井荷風　川本三郎
北原白秋　平石典子
菊池　寛　山本芳明
宮澤賢治　千葉一幹
正岡子規　夏石番矢
高浜虚子　坪内稔典
与謝野晶子　佐伯順子
*種田山頭火　村上　護
*斎藤茂吉　品田悦一
*高村光太郎　湯原かの子
萩原朔太郎　エリス俊子
原阿佐緒　秋山佐和子
*狩野芳崖・高橋由一　古田　亮
竹内栖鳳　北澤憲昭
黒田清輝　高階秀爾
中村不折　石川九楊
横山大観　高階秀爾
*橋本関雪　西原大輔
小出楢重　芳賀　徹
土田麦僊　天野一夫
岸田劉生　北澤憲昭
松旭斎天勝　川添　裕
中山みき　鎌田東二
佐田介石　谷川　穣
ニコライ　中村健之介
出口なお・王仁三郎　川村邦光
島地黙雷　阪本是丸
*新島　襄　太田雄三
木下広次　冨岡　勝
嘉納治五郎　クリストファー・スピルマン
津田梅子　田中智子
*澤柳政太郎　新田義之
河口慧海　高山龍三
山室軍平　室田保夫
大谷光瑞　白須淨眞
*久米邦武　高田誠二
フェノロサ　伊藤　豊
三宅雪嶺　長妻三佐雄
*岡倉天心　木下長宏

志賀重昂　中野目徹
徳富蘇峰　杉原志啓
竹越與三郎　西田　毅
内藤湖南・桑原隲蔵　礪波　護
岩村　透　今橋映子
西田幾多郎　大橋良介
金沢庄三郎　石川遼子
上田　敏　及川　茂
柳田国男　鶴見太郎
厨川白村　張　競
大川周明　山内昌之
西田直二郎　林　淳
折口信夫　斎藤英喜
九鬼周造　粕谷一希
辰野　隆　金沢公子
シュタイン　瀧井一博
*西　周　清水多吉
*福澤諭吉　平山　洋
福地桜痴　山田俊治
田口卯吉　鈴木栄樹
*陸　羯南　松田宏一郎
黒岩涙香　奥　武則
宮武外骨　山口昌男
*吉野作造　田澤晴子
野間清治　佐藤卓己
山川　均　米原　謙
岩波茂雄　十重田裕一

*北　一輝　岡本幸治
中野正剛　吉田則昭
満川亀太郎　福家崇洋
杉　亨二　速水　融
*北里柴三郎　福田眞人
田辺朔郎　秋元せき
*南方熊楠　飯倉照平
寺田寅彦　金森　修
石原　純　金子　務
J・コンドル　鈴木博之
辰野金吾　河上真理・清水重敦
七代目小川治兵衛　尼崎博正
ブルーノ・タウト　北村昌史

現代

昭和天皇　御厨　貴
高松宮宣仁親王　後藤致人
*李方子　小田部雄次
吉田　茂　中西　寛
マッカーサー　柴山　太
石橋湛山　増田　弘
重光　葵　武田知己

市川房枝　村井良太
*池田勇人　藤井信幸
高野　実　篠田　徹
和田博雄　庄司俊作
朴正熙　木村　幹
竹下　登　真渕　勝
*松永安左エ門　橘川武郎
鮎川義介　井口治夫
出光佐三　橘川武郎
松下幸之助　米倉誠一郎
渋沢敬三　井上　潤
*本田宗一郎　伊丹敬之
井深　大　武田　徹
佐治敬三　小玉　武
幸田家の人々　金井景子
*正宗白鳥　大嶋　仁
大佛次郎　福島行一
*川端康成　大久保喬樹
*薩摩治郎八　小林　茂
松本清張　杉原志啓
安部公房　成田龍一
*三島由紀夫　島内景二
R・H・ブライス　菅原克也
金素雲　林　容澤

柳　宗悦　熊倉功夫
バーナード・リーチ　鈴木禎宏
イサム・ノグチ　酒井忠康
川端龍子　岡部昌幸
藤田嗣治　林　洋子
*井上有一　海上雅臣
*手塚治虫　竹内オサム
山田耕筰　後藤暢子
古賀政男　藍川由美
*吉田　正　金子　勇
武満　徹　船山　隆
*力道山　岡村正史
*西田天香　宮田昌明
安倍能成　中根隆行
サンソム夫妻　平川祐弘・牧野陽子
和辻哲郎　小坂国継
矢代幸雄　稲賀繁美
石田幹之助　岡本さえ
*平泉　澄　若井敏明
安岡正篤　片山杜秀
島田謹二　小林信行
前嶋信次　杉田英明
保田與重郎　谷崎昭男
福田恆存　川久保剛
井筒俊彦　安藤礼二

佐々木惣一　松尾尊兊
*瀧川幸辰　伊藤孝夫
矢内原忠雄　等松春夫
福本和夫　伊藤　晃
*フランク・ロイド・ライト　大久保美春
大宅壮一　有馬　学
今西錦司　山極寿一

*は既刊
二〇一二年一月現在